ぶんころり
Ill.カントク

2
佐々木とピーちゃん

異世界の魔法で現代の異能バトルを
無双していたら、魔法少女に喧嘩を売られました
～まさかデスゲームにも参戦するのですか?～

「……お巡りさん、その能力者の知り合い？」
Mahoushoujo
〈魔法少女〉

Sasaki
〈佐々木〉
「こちらで囮と
援護を務めます。
隙を突いて
接触してください」
Futari shizuka
〈二人静〉
「うむ、任された」

Hoshizaki san
星崎さん
「せっかく経費で落ちるんですから、好きに頼んで下さい」
昼飲み

「オジサン世代って、本当にお酒の席で仕事を進めるのね」
「お天道さまの高いうちから税金で呑む酒は最高じゃのぅ」

Elsa sama
エルザ様

Otonarisan's recent posts

20xx/07/22
ランラン @natori980102
おはようございます。

20xx/08/03
ランラン @natori980102
今日は暑いですね。

20xx/08/08
笹の木 @wiQ2fK9p2xHgi4J
動物園に行ってきた。
やたらと癒やされた。
安かったので、年パスを買ってしまった。

 3   

ランラン @natori980102
返信先 @wiQ2fK9p2xHgi4J
彼女さんできたんですか？

笹の木 @wiQ2fK9p2xHgi4J
返信先 @natori980102
お恥ずかしながら、
一人で行きまして……。

ランラン @natori980102
返信先 @wiQ2fK9p2xHgi4J
なんか、すみません。

20xx/08/11
ランラン @natori980102
急に雨が降ってきましたね。

20xx/08/17
ランラン @natori980102
おはようございます。

佐々木とピーちゃん2

異世界の魔法で現代の異能バトルを無双していたら、魔法少女に喧嘩を売られました

～まさかデスゲームにも参戦するのですか？～

ぶんころり
Ill.カントク

contents

口絵・本文イラスト
カントク

〈中学生の日常〉

【お隣さん視点】

ここ最近の私は、隣のおじさんと顔を合わさない日々が続いている。

生活習慣に変化があったのか、働き方が変わったのか、理由は定かではない。ただ、そもそも自宅を不在にすることが増えた。勤め先からリストラにあって、夜間の工事現場で働き始めた、とかだろうか。

分からない。ぜんぜん分からない。

そして、彼の身辺はどうあれ、私の生活もまた続いていく。

平日は毎日決まった時間に、学校に通わなくてはならない。

給食を食べる為だ。

「えー、この式の最小公倍数は6ですから、両辺に6をかけてそれぞれ分母を消します。そして、こちらのエックスを移項することで、左側の式をひとつにまとめて……」

しかし、朝から晩まで自宅の玄関前に張り付いていれば、一度くらいは顔を合わせる機会に恵まれるかもしれない。そう思うと学業に身が入らない。否応なく意識は教室の窓から外に向かい、その先に自宅アパートの隣室を思う。

何を学んだところで、私にはそう意味があるものではない。

自身にとって大切なのは、昼休みと共に訪れる給食の時間だけ。

「……おじさん」

給食を食べ終えたら、休み時間中にでも仮病を使って自宅前に戻ろうか。

そんなことを考えつつ、教師の言葉を右から左へ聞き流す。

教壇に立っているのは、四十前後と思しき男性教師だ。不細工ではないが、格好いいともいえない。強いていえば毎日スーツを着用しているのが印象的。そんな人物が教科書を片手に、黒板へ数式を書き連ねていく。

「それでは次に、文章問題を解いていきます。文章問題で大切なのは、求められている解答に対して、不変であるものを見つけることです。この問題で求められているのは兄が妹に追いつく時間、不変である値は兄妹（きょうだい）の歩いた距離なので……」

隣のおじさんと同じ性別、年頃の相手だ。

スーツ姿もなんとなく似ている。

けれど、私は何も感じない。

やはり彼だけが特別なのだと、改めて確信を覚える。

そうこうしていると、校内にチャイムの音が鳴り響いた。

四時間目の終了を知らせる音である。

授業中からそわそわとしていた男子生徒たちが、わっと声を上げて賑（にぎ）やかになる。給食当番の生徒が白衣を着用して、本日の食事を取りに配膳室に向かう。他の生徒たちは我先にと机を移動させて、事前に取り決められた班員同士で島を作る。

毎日繰り返されている昼食の風景だ。

私もこれに倣い、隣近所のクラスメイトと机を合わせる。

給食の時間、本日の献立はクリームシチューと温野菜のサラダだった。

デザートは冷凍みかん。

ところで、ご飯はいつも男子生徒が奪い合うようにおかわりを求める。必ずと言っていいほどに売り切れる。一方で食パンやコッペパンは何故（なぜ）か常に余る。少なくとも我が校では学年を通じて見られる現象だ。

女子生徒の中には、通常二枚与えられる量を半分に減らした上、耳を残して返却する子たちも多い。

そして、本日の主食は食パンだった。

トレーに載せられたそれを眺めて、私は少しだけ気分が晴れるのを感じた。

何故ならば、そうして余った食パンは私のモノとなるのだ。

二十分ほどで終えられた給食の時間、食後の挨拶を済ますと共に、教室内から廊下に向かい、生徒たちが散らばっていく。給食当番は教室の前方に展開されていた配膳台を片付けて、空になったワゴンを配膳室に片付けにいく。

昼休み、大半のクラスメイトは校庭や体育館へ遊びに行ったり、自席で友人とお喋（しゃべ）りをしたりと、思い思いの場所で好きなように時間を過ごす。一人で本を読んでいる生徒もちらほらと見受けられる。

「………」

そうした生徒たちの賑わいに紛れて、私は教室を発った。

向かったのは給食のワゴンが返却された配膳室。

我が校は学内に自前で給食室を設けている。そこから各階にワゴンを輸送する為、配膳室の内部には小型のエレベータが設置されている。そして、同所では昼休みの間に、調理担当者の手によりワゴンが給食室に回収される。

しかし、その作業が行われるのは、生徒によるワゴンの返却から若干の時間差がある。

このタイミングこそが私にとっては、大切な食料調達の時間。

「………」

他者の視線を避けるようにして、配膳室に忍び込む。

室内に全教室分のワゴンが収まっていることを確認して、私はその一つに向かい足を急がせた。狙いは当然、食パンが収まっていた番重である。ビニールの梱包をワシャワシャとかき分けて、目当てのモノを確認だ。

「……よし」

最後に視認してから、内部の状態に変わりはない。

手つかずの食パンが綺麗なまま何枚も収まっている。

たまに他の料理と混ざり合っていたりした日には、配膳当番の生徒を呪い殺したくなる。ただ、本日は見たところ汚れた様子もなく、結構な枚数が手つかずのまま綺麗に並び収まっていた。

これなら今日明日はお腹を鳴らすことなく過ごせそうだ。

私は内心ほくそ笑む。

中学校に進学して以降、献立にパン類が出た日の日課である。

スカートのポケットに入れておいたビニール袋に手を伸ばす。

すると時を同じくして、ガラと配膳室のドアが開かれた。

「っ……」

私は咄嗟にポケットから手を引き抜くと、ワゴンを覗き込むように曲げていた腰をピンと伸ばした。自ずと視線は音が聞こえてきた方に向かう。脳裏では目まぐるしい勢いで、今後の対応を巡り検討が始まった。

　まさか給食の窃盗がバレては大変なことだ。

　クラスメイトから変な目でみられる程度なら構わない。

　だが、配膳室に鍵など掛けられては目も当てられない。

　本校を卒業するまでは厄介になりたいと考えている。

「黒須(くろす)さん、こんなところでどうしたの？」

「…………」

　姿を見せたのは同じクラスの男子生徒、佐藤(さとう)君だった。

　教室内ではかなり目立つ人物だ。いわゆるクラスの中心的な立場にあり、常日頃からクラスメイトに囲まれて賑やかにしている。顔立ちが優れているため、同性のみならず女子生徒からの人気も高い。

　当然ながら、こちらとは接点も皆無の相手だ。

　そんな人物がどうしてこんな場所に。

　まさか私の食パンを狙っているのだろうか。

「もしかして、何か探しものとか？」

「……はい、そんなところです」

「それだったら俺も手伝うよ！　何を探せばいいのかな？」

「…………」

　あぁ、面倒なことを言い出した。

　食パンを探しているのである。

　こうして日々の食い扶持(くぶち)にさえ困窮している点からも判断できるとおり、自身の教室内における立場は低いものだ。仲のいい友達も皆無である。何故ならば人付き合いに必要な時間的、あるいは経済的な余裕が私にはない。

　おしゃれや遊びに敏感なクラスメイトとは、話を合わせることさえ困難だ。テレビ番組やウェブ上の映像作品など、まさか手が届くはずもない。その手のメディアで触れることができるのは、せいぜい図書館で読む本くらいだろうか。

　そんなつまらない人間、当然ながら相手もお断りだろう。

　実際、小学校の頃は何かにつけて苛(いじ)められたものだった。

　それに放課後は、自宅の玄関前でおじさんを待つという日課がある。

「髪留めをお盆に載せていて……」

「なるほどね！」

　咄嗟の言い訳にしては、なかなか悪くない文句ではなかろうか。

当然ながら口から出任せである。

すると先方はこちらに近づいてきて、私の正面でワゴンを漁り始めた。汚れた食器やギッチリと積まれたお盆の間を、覗き込むようにして確認していく。どうやら本当に、私の言葉を信じたようだ。

「…………」

さっさと彼を追い出して、食パンを確保しなければ。あまり時間をかけていると、ワゴンが回収されてしまう。

次に給食でパンが出るのは数日後だ。

おじさんにばかり頼ってはいられないし、この場は最低でも三枚、いいや、五枚は確保したいところ。しかも先程チラッと目に入ったのだが、他所のクラスではパックの牛乳にあまりが出ていた。こちらも絶対に手に入れたい。

「ところで、黒須さんっていつも一人でいるよね」

「……駄目ですか?」

「あ、いやいや、そういう意味じゃないんだけどねっ!」

給食のおばさんが訪れるまでには数分の猶予がある。

その間に目の前の彼を教室に追い返さなければ。

「俺はできれば、黒須さんと仲良くなりたくてさぁ」

「私に構わずとも、佐藤君は友達が沢山いるじゃないですか」

「黒須さんって普段、家だと何してるの? 趣味とかある?」

「…………」

佐藤君がやたらと話しかけてくる。

彼はクラスを跨いで女子生徒から人気がある。そんな人物と私のような底辺が二人きりで話をしていたら、まず間違いなく周囲から反感をもたれるだろう。以前にも彼の存在を巡り、女子生徒の間で他所のクラスの子の陰口を耳にした。

そういった意味でも彼との会話は危うい。絶対に遠慮したい。

あぁ、そうこうしていると、再び配膳室のドアが開かれた。

やってきたのはマスクをした白衣姿の中年女性。

私も見覚えのある人物だ。

そう、ワゴンの回収人である。

　いつもなら目当てのものを手に入れた後、その来訪を遠目に眺めるばかりであった。面識を持つなど以ての外である。当然、先方からしたら私という存在は、数多いる生徒の一人でしかない。個人としての認識さえ持たれていないだろう。

「あら？　貴方たち、こんなところで何をやっているの？」

「すみません、この子の髪留めが紛れているかもなんです」

「あらぁ、そうなの？」

「少しだけ探させてもらえませんか？」

「まあ、そうねぇ。他のを運んでいる間くらいなら……」

「ありがとうございます！」

　私に代わり率先して受け答えをする佐藤君。

　こちらの妄言に説得力が増したのはありがたい。

　ただ、彼が正面にいては食パンに手を伸ばすことも儘ならない。

　こうなっては致し方なし。

「佐藤君、私の教室の机、確認してきてもらえませんか？」

「え？」

「もしかしたら中に入っているかもしれないから」

「いやでも、女の子の机の中を勝手に見るのはちょっと……」

　そう大したものは入っていない。

　学校から支給された教科書と、あとはおじさんから譲り受けたノートや筆記用具くらいだろうか。そもそも私物など自宅にだってほとんどない。財布を手にした経験がないと言ったら、彼はどんな顔をするだろうか。

　当然ながら、見られて困るものは皆無だ。

　どちらかというと、佐藤君が私の机を漁っている姿の方が問題である。彼に気のある女子に目撃されたのなら、ちょっと貴方、どうして佐藤君にそんなことお願いしているのよ？　などと言われそうである。

　ただ、こちらは頭を下げて謝罪すれば収まる場合が多い。

　彼女たちは感情で動いている為、素直に腹を見せれば引き下がる。

　生意気なことを口にしなければ、苛めにまで発展することはない。

最悪、土下座でもなんでもしよう。

それよりも食パンの方が大切だ。

これからの時期、寒くなる。

脂肪を蓄えないといけない。

「……お願いできませんか？」

「わ、わかった」

佐藤君は神妙な面持ちで頷（うなず）いて、配膳室から出ていった。

これを確認して、私はワゴンに向き直る。

回収人は室内に設けられた小型のエレベータに向かい、ボタンを操作している。ワゴンの輸送は一台ずつ行われる為、彼女が最初の一台に手を出してから、最後の一台が終えられるまでには、数分の時間差が生じる。

それこそが私に残された最後の猶予だ。

ワゴンの陰にしゃがみ込むことで、彼女の視界から手元を隠す。

スカートのポケットから取り出したビニール袋に、当初の予定通り食パンを五枚、手早く放り込む。袋については過去、隣のおじさんから菓子パンを受け取ったときに利用されていたものだ。色が付いているので、他者の目から中身を隠せて丁度いい。

更に上から両手でギュッギュと圧迫して、かさを減らす。

パンはぺたんこにしてしまえば、元の半分以下に収まるのがいい。食感はいささか悪くなるが、栄養的には変化がないので、そこまで気にすることもない。むしろ歯ごたえが増したことで、なんとなく腹持ちに向上が感じられる。

「…………」

そう、ここまでは簡単なのだ。

いつもなら数分とかからずに終えている。

問題は以降、膨らんだビニール袋を教室に持ち帰り、カバンに入れるまでの過程。以前までであれば、私が下げた袋を眺めて、それなに？　などと尋ねてくる相手はいなかった。スカートのポケットがやたらと膨らんでいても、疑問に思われることはない。

そういう可能性を減らす為にも、学内では一人を貫いている。

しかし、本日は佐藤君がいる。

割とグイグイと来るタイプだった。

まず間違いなく質問を受けるだろう。

先程まで手にしていなかったビニール袋の存在は大きい。試しにポケットに入れてみると、いかに圧縮したとはいえ、パン五枚分の膨らみが露骨に窺(うかが)えた。配膳室で何かしら手に入れたことは、傍目(はため)にも明らかに映ることだろう。

そして、食パン窃盗の露見は、配膳室の施錠に繋(つな)がる由々(ゆゆ)しき事態。

「…………」

私は必死になって考えを巡らせる。

同所には回収人の目もあるのだ。彼女は着実にワゴンを階下の給食室に送り出して、私の隠れている一台に近づいてきている。妙に手際がいい。エレベータのボタン操作も、碌(ろく)に視線を向けることなく行っている。本校に勤めて長いのだろう。

隣のクラスの牛乳の回収は絶望的だ。

致し方なし、こちらは諦めよう。

けれど、せめて食パンだけは持ち帰りたい。

そうして必死になっていた時分のこと、ふと屋外に面する窓が目に入った。その先にはガラス越しにベランダ。

同じフロアの教室はベランダが屋外ですべて通じており、生徒は自由に行き来することができる。

それは配膳室も例外ではない。

そこでふと閃(ひらめ)いた。

ビニール袋を一時的に屋外に隠して、ベランダ側から回収するのだ。

あぁ、天啓ではなかろうか。

「……いける」

善は急げとばかり、私は窓ガラスに向かった。

サッシのクレセント鍵を開ける際には、カチャンという音を耳にして、回収人がこちらに視線を向けていた。けれど、これといって声を掛けられることはなかった。これで相手が男性教員だと、やたらと絡まれたりするのだ。

ビニール袋も身体(からだ)に隠しておりセーフ。

窓から顔を突き出して、ベランダの様子を手早く確認する。

よし、誰もいない。

ここ最近はだいぶ冷えてきた為だろう。

食品衛生的にも大変よろしい。

そのまま手にした獲物を窓から屋外に下ろす。

くしゃりと音を立てて、食パンの収まった袋はベランダの隅に落ちた。

見たところ、そこいらのゴミが風で飛んできたような感じ。率先して手を伸ばすようなものでもないし、放っておけば数ヶ月(すうかげつ)は残っていそうな雰囲気が素晴らしい。この様子なら少しくらい他者の目についても問題はなさそうだ。

「貴方、どうしたの？　急に外なんか眺めたりして」

「あ、はい……」

「探しものはいいの？　ワゴン、下に送りたいんだけど」

「ありがとうございます。無事に見つかりました」

「そう？　それならよかったわね」

精一杯の作り笑いを浮かべて、私は配膳室を後にした。

＊

【お隣さん視点】

同日、無事に食パンを得た私は、満ち足りた思いで帰路についた。

午後の授業は仮病により回避である。

寄り道をすることなく、まっすぐに自宅アパートへ向かう。移動は徒歩だ。それなりに距離がある為、進学当初はいささか苦労した。けれど、それも数ヶ月ほどを通ったことで、いつの間にやら慣れていた。

地元民しか名前を知らないような、車通りも少ない通りを黙々と進む。

日も高いうちから制服姿の学生が出歩いているため、行き交う人たちからはチラリチラリと視線が向けられるのを感じる。近隣は住宅街ということも手伝い、大半は年金受給者か年配の主婦である。

「…………」

普段は学校にいる時間帯、こうして外を歩くのは新鮮だ。

解放的な気分になる。

更にこの後、おじさんを待って過ごすのだと思うと気分が高ぶった。

自ずと足の動きも速いものになる。

そうして通学路を半分ほど進んだ時分の出来事だ。

数メートル先の路上に、どこからともなく人が現れた。建物の陰から現れただとか、空から落ちてきただとかではなく、文字通り何もなかった場所に、一瞬にして人が現れたのである。前動作が一切感じられない、それこそ瞬間移動でもしてきたかのような登場だった。

しかも何故か路上に仰向(あおむ)けで倒れている。

当然ながら見間違いかとも思った。

しかし、そうした疑問は次の瞬間に霧散した。

理由は倒れた人の姿である。

腹部が大きく裂けており、肋骨(ろっこつ)が外に向かい開いていた。

ぽっかりと口を開いた腹部には、内臓が見当たらない。いいや、あるといえばあるのだけれど、大きく損傷している。それこそ獣に襲われて、食い散らかされたかのような有様であった。衣服も乱暴に破かれた跡が見受けられる。

既に事切れているようで、ピクリとも動かない。

首から上も酷(ひど)い有様だ。チェーンソーで削り取ったかのように、造形が完全に崩壊している。早い話がグチャグチャだ。それでもかろうじて残った頭髪や、下半身に着用したスカートから、遺体が女性のものであることは判断がついた。

「っ……」

勢いづいていた足は、その光景を目の当たりにしてピタリと止まった。

咄嗟に声を上げそうになった。

胃から喉元まで上がってきた熱いものを必死に飲み込む。

せっかく食べた給食をこんなところで無駄にする訳にはいかない。

直後に私以外、路上で居合わせた中年女性が甲高い悲鳴を上げた。

向かって正面、遺体を挟んで反対側から、こちらに向かい歩いていた人物である。手に下げた白いビニール袋と、そこから飛び出した長ネギの頭から察するに、スーパーで買い物を済ませた帰り道、といった感じである。

以降、誰が通報を行ったのか、すぐさま警察がやってきた。

その間に自身は、我先にと現場から離れようとした。

動物園から猛獣が逃げ出した、みたいな状況であるなら、この場に留まっていたら危険だ。見るからにそれっぽい遺体であった。しかし、悲鳴を上げていた女性に声を掛けられたことで、その機会を逃してしまった。

何の変哲もない住宅街の一角。

沢山のパトカーが止まって、周囲には野次馬が集まり始める。

遺体にはビニールシートが掛けられた。

路上にはキープアウトと記載されたテープが張り巡らされる。

私も同所で警察官からあれこれと質問を受けた。

急に現れた遺体とは別に、どうして学生が昼間から歩き回っているのだと、しょっぱい顔で小言を言われる羽目にもなった。ただ、こちらは体調不良で帰宅途中にあった旨を伝えると、以降は先方も態度を軟化させた。

これにより悲鳴を上げていた女性よりも、幾分か早く解放してもらえた。

第一発見者なる役柄に任命された彼女は、興奮した面持ちで終始賑やかにしていた。

事情聴取から解放された私の意識は、すぐさま帰路に向かう。

目前にふっと湧いて出たのは、今まさに調査が始まったばかりの事件だ。場合によっては犯人が近くに潜んでいるかもしれない。早急に現場を離れるべきだろう。警察からも真っ直ぐに家に帰るようにと言われた。

そうした去り際のこと。

制服姿の警察官に交じって、私服姿で現場を行き交う人たちに気付いた。

「またこの手の急死か……」

「前の現場と同じ能力者ですかね？」

「ああ、間違いないだろうな」

デカというやつだろうか。詳しくは知らない。ただ、特定の業務に就いている警察官は、日頃から私服で仕事に当たっていると、学校の図書室にある本で読んだ覚えがある。そんな人たちが遺体の傍らで、ボソボソと話をしていた。

共に二十代と思しき男性だ。

周りで忙しくしている人たちと比べると、非常に若々しく映る。それでも現場に居合わせた警察官は、誰一人の例外なく、二人に対して恭しく対応していた。ピンと伸ばした手を額にかざして、キリリと敬礼をしていたりする。

　きっと偉い人なんだろう。

「星崎さんに出張ってもらうことになりそうですね」

「あの人、若いのにおっかないんだよなぁ」

「先日から、佐々木って人とよく絡んでませんか？」

「あれはもう完全に水源扱いだな。可哀そうに」

「え、水源扱いって何ですか？」

「佐々木って人、結構な大きさの氷柱が出せるらしいんだよ」

「あぁ、それはまた可哀そうなことで……」

　彼らが何を話しているのか、私にはさっぱり分からない。

　ただ、自身の耳は二人のやり取りに反応を示した。

　そういえば、隣のおじさんの苗字も佐々木だったような。

　いいや、いくらなんでも考えすぎだろう。

　だいたい佐々木という苗字は、三文字の苗字としては、日本で一番人口が多いらしい。前に学校の授業で社会科の先生が、そのようなことを言っていた。しかも彼らの話題に上がったのは、恐らく身内の警察官。まさか彼である筈がない。

「…………」

　聞き耳を立てていて、先方から見咎められては面倒だ。

　私は大人しく帰路に就いた。

　当然ながら事件は完全に他人事。

　このときはまだ、まるで気づけていなかった。

　近い将来、一連の出来事が自身にも無関係ではなくなることに。

〈採用活動　一〉

　ヘルツ王国とマーゲン帝国の戦争騒動も一段落。余暇を異世界で過ごした我々は、ピーちゃんの魔法で現代日本に戻ってきた。移動した先は例によって、自身が住まう単身者向けの安アパートだ。

　そうして世界を渡った直後、ふと違和感を覚えた。

　当初の予定では、こちらの世界における一日から二日に相当する期間を、あちらの世界で過ごした感覚でいた。それが戻ってきた直後、ノートパソコンの時計を確認すると、なんと翌日には登庁日が迫っている。

　誤差を考慮しても当初考えていたより、時間の流れが倍かそれ以上に速い。

「ピーちゃん、これはどうしたことだろう」

『ふむ……』

　二人してデスクの上、画面隅の時計を覗（のぞ）き込（こ）んで頭を悩ませる。

　タイムゾーンを確認したり、端末の時間をＮＴＰサーバと同期させてみたり、色々と確認を行ってみるも、これといって変化は見られなかった。

　目覚まし時計が鳴らずに、布団の中で遅刻の確定を知った気分だ。しかも、そういう時に限って、朝一で重要な会議とか入っていたりするのだ。ただし、今回に限ってはギリギリセーフ。辛うじて一日の猶予がある。

　課長や他の局員からも連絡は入っていなかった。

『どうやら世界間における時間の歪（ゆが）みは一定ではないようだな』

「早めに気づけて良かったと喜ぶべきなのかな？」

『うむ、可能であれば規則性を確認したいところだ』

「そうだね」

『果たして何が影響しているのか……』

　向こうしばらくはこまめに行き来して、データを取るように心がけよう。

　一日や二日の相違であれば許容できる。しかし、これが数（すう）ヶ月（かげつ）、あるいは数年といった期間にまで及んだら大変だ。万が一にも天文学的な値となった日には、世界を渡った瞬間に周囲の環境変化から絶命しかねない。

　戻ってきたら地球が寿命を迎えていた、とか笑えないもの。

『当面の最重要課題としよう』

「記録を取るための端末を用意しようと思うんだけど」

夏と冬で日照時間が移り変わるように、二つの世界で流れる時間の関係も一定ではないのだろう。そして、星々の軌道を計算するのが極めて煩雑であることを思えば、仮に近似であっても、その規則性を導くことは大変な作業と考えられる。

チマチマと手作業で計算、検討してはいられない。

『もしや、ノートパソコンというやつを仕入れるつもりか？』

「小さめでバッテリーの持ちがいいのを買ってくるよ」

『それなら衝撃に強いものだと安心できる』

「あぁ、たしかにそのとおりだね」

『あれは素晴らしい道具だ。ワクワクする』

身体を上下にヒョコヒョコさせながら語ってみせる仕草が可愛い。

とても文鳥っぽくてグッときた。

そうした愛らしい姿を晒してみせる一方で、コンピュータやインターネットに触れて僅か数週間ながら、既にその利便性を理解しているから驚きである。この調子で現代に適応していったのなら、近いうちにプログラムとか組み始めるのではなかろうか。

そう考えると、なんだかちょっと恐ろしい気がしないでもない。

「明日から仕事なんで、これからでも行ってくるけど構わない？」

『うむ、気をつけて行くといい』

「ありがとう、ピーちゃん」

『なるべくいいやつを買ってきて欲しい』

「わかったよ」

『めもり、というのが多いと、使い勝手がいいと聞いた』

「大丈夫だよ。ちゃんとメモリが沢山載ってるのを買ってくるから」

『しーぴーゆー、というのが速いと、使い勝手がいいと……』

「安心して、ピーちゃん。速くて便利なの買ってくるから」

『……頼んだぞ』

めちゃくちゃ付いていきたそうな顔をしている。

でも、連れてはいけない。

ごめんよ、ピーちゃん。

そんなこんなで本日の予定が決定である。秋葉原界隈まで出向いて、異世界専用のマシンを購入だ。充電の度に世界を移動するのも面倒なので、大きめのモバイルバッテリーと太陽発電用のパネルも併せて買い込もう。

当面はあちらのセレブお宿に設置して、我々のワークステーションにしたい。

＊

現代日本に戻った翌日、新米公務員は長期休暇を終えて登庁した。

昨日、都内の電気街で買い込んだ端末一式については、今晩にでも異世界に運び込む予定である。昨晩はソフトウェアのセットアップに掛かりっきりで、設置まで作業を進めることができなかったのだ。

MATLABのインストールとか、大学の研究室以来である。

他にも色々と入れたし、きっとピーちゃんも満足してくれることだろう。

あちらの世界にはインターネットが通じていないから、これればかりは自宅アパートで行う他にない。如何に星の賢者様であっても、世界を跨いでアクセスポイントを設置するような真似は不可能だと言っていた。

そんなこんなで局を訪れると、早々に阿久津課長から声が掛かった。

星崎さんと一緒に会議室まで呼び出された次第である。

四角いテーブルの周りに椅子が六つほど配置された手狭な部屋でのこと。三者面談的な配置で一辺に課長、その対面に自分と星崎さんとが並んでいる。課長の手元にはノートパソコン。そこから映像が壁掛けのディスプレイに出力されている。

画面に映し出されているのは、盗撮と思しき数枚の写真だ。

被写体は十代の少年。

写真の横にはテキストで、彼に関する諸情報が記載されている。なんでも埼玉県在住の高校生とのこと。ここ最近、こちらの少年の周りで異能力が原因と思われる怪奇現象が、度々発生しているというお話だった。

調査の結果、異能力者であることは確定。同時にこれといって、他の能力者と関わりを持っている様子は見受けられず。そこで局としては、少年を野良の能力者と判定して、身柄の確保に乗り出した、という訳だそうな。

「発火能力とは、これまた危なっかしいですね」

「調査部隊から上がってきた情報によれば、扱える炎の規模は小型の火炎放射器ほどという話だ。水を扱える星崎君との相性は、決して悪くないと言える。君が生み出した水で盾を作れば容易に防げるだろう」

部下が上げた寸感に、課長は淡々と答えてみせた。

これに応じる星崎さんも慣れたものだ。

「たしかに私こそ適役のようね」

「サクッと勧誘してきてくれたまえ」

相変わらず好戦的な姿勢である。

同伴が確定している水源役としては、もう少しこうなんというか、安全について検討を重ねてからでも遅くないと思うのだけれど、そこのところどうだろう。火炎放射器ほどの炎とか、とんでもなく危険な代物だ。

「課長は随分と簡単におっしゃいますね」

「なんだね？　佐々木君」

以前から伝えられていた能力者の勧誘のお仕事。その第一弾が、こちらのディスプレイに表示された発火少年。扱える能力的に考えて、星崎さんをチョイスしたことに異論はない。ただ、やっぱりどうしても不安だ。

「もう少しばかり、慎重に検討してもよろしいのではないかと」

「調査結果に従えば、能力者としてのランクはそう高くない」

「それはそうですが、星崎さんは若い女性ですよ？　万が一にも顔に火傷など負った日には大変なことじゃないですか。あぁ、そう言えば以前から気になっていたんですが、身体を癒やす異能力とかあるんでしょうか？」

少年の異能力者としてのランクはEと記載されている。自分と同じだ。

どうやら炎を出す程度では、優秀な異能力者とは言えないようである。そう考えると先週の現場で出会った和服のロリっ子は、何故にランクAなのだろう。たしかに圧倒的な身体能力を誇っていたけれど、それだけで要注意ランクになるとは思えない。

個人的にはハリケーンの人のほうが、余程脅威だと感じた。

「肉体を治癒する異能力は存在する。ただし、非常に貴重なものだ。ランクの上で言えば、実用的な能力者の大半はＢ以上となる。また、星崎君を庇うのは結構だが、その場合は君一人で行ってもらうことになる」

「課長の言う通り、チームで協力してこその局員ですね」

「佐々木って真面目そうに見えて、割と適当なところあるわよね」

隣から星崎さんの視線を感じた。

彼女は当初から現場に向かう気も満々だ。怖気づいた後輩に目を向けたのも束の間、その意識はすぐにディスプレイに戻り、映し出された情報の確認を再開する。きっと真正面から争っても打倒する自信があるのだろう。気の強いＪＫである。

化粧を重ねたスーツ姿だと、威厳も三割増し。

「最悪、拳銃一つで片がつく。大した仕事ではないだろう」

「え、それってもしかして、あの……」

「現場の判断は星崎君に一任する。佐々木君は彼女を支えて欲しい」

「……承知しました」

「それじゃあ行くわよ、佐々木」

課長からゴーサインが出たところで、我先にと席を立つ星崎さん。

これに促される形で、自身もまた会議室を後にした。

＊

局を出発した我々は、黒塗りの国産セダンに乗り込んで移動である。

運転手曰く、一時間半ほどで現地に到着するとのこと。

車内にはハンドルを握る彼を除いて、自分と星崎さんの二人きり。共に後部座席に並んで腰掛けている。二回り近い年の差から、共通の話題など皆目見当もつかない。自然と脳裏に浮かぶのは、異能力関連のあれやこれや。

そこでこの機会に色々と、知りたかったことを確認することにした。

「星崎さん、以前の件で少しいいでしょうか」

「なに？」

「和服の女の子を覚えていますか？」

「あの能力者がどうかしたの？」

「なんでも異能力界隈では有名な方なのだとか……」

「あぁ、そう言えば佐々木には教えていなかったわね」

　そこまでを口にすると、彼女もこちらの言わんとすることに気付いたようで、つらつらと語り始めた。なんでも彼のロリっ子は一対一の争いにおいて、非常に強力な能力を有する異能力者なのだという。

　しかも幼い見た目に反して、実年齢は三桁を超えるのだとか。

　気になる能力はエナジードレイン。触れた相手の生命力的な何かを吸い取り、自らのものとすることができるらしい。実年齢に対して圧倒的に若々しい外見や、人間離れした身体能力は、そうして得たエナジーによりもたらされているのだとか。

　ただし、彼女はランクAの中でもかなり下の方、ランクBに近い位置にあるらしい。それじゃあランクAでも中間層以上の人たちは、どれくらいヤバイのだろうか。考えるだけでも恐ろしい。

　ちなみに和服の子やハリケーンの人が所属するグループのトップが、正真正銘の中堅ランクAという話である。ただし、能力の詳細は未だに把握しきれておらず、色々と謎が多い人物でもあるのだとか。


「異能力というのは、随分と幅が広いものなのですね」

「彼女に捕捉、接近された上で生き永らえたのは、奇跡的なことなのよね」

「なるほど」

　どうりで当時の彼女は、偉そうにドヤっていた訳だ。

　腕を組んでふんぞり返っていた童女の姿を思い起こす。

「けれど、集団戦となると話は変わってくるわ。たとえば先の件だと、同じく居合わせたテレキネシスの異能力者の方が、遥かに厄介になる。だから以前も、彼女は現場が落ち着くまで姿を現さずに、こちらの数が減ってからやって来たでしょう？」

「たしかに彼女は登場が遅かったですね」

「対象に直接触れなければならない、というのが大きな制限なのよね」

「それって星崎さんも同じじゃないですか？」

「私は対象が水だから、そこまで苦労することはないわ」

「それもそうですね」

「彼女がランクAとして扱われているのは、その異能力とは別に、長らく生きてきたことで育まれた知識や経験、メンタルが評価されてのこと。あの能力者を運用する上で最も適切な現場は、恐らく間諜や暗殺ではないかしら」

「それはまた物騒なことで……」

「実際にそうした現場で姿を見られることが多いのよ」

「…………」

星崎さんの話を耳にした後だと、当時の自身の判断が最良であったと理解できる。あのロリっ子に対する最適な戦法は、接近される前に撃破することだ。そう考えると雷撃の魔法こそ、極めて相性がいい対応策である。

きっと本人もこれを理解して素直に引いたのだろう。

「どうして彼女たちが去っていったのか、まるで分からないわ」

「我々局員の戦力を削ることが、目的であったのではありませんか？」

「だったら私を生かしておく意味がない」

「何らかの理由や事情があって、局という組織は残しておきたい、という思惑が先方にあったのであれば、決して不思議ではありません。あるいはメッセンジャーとしての役割を与えられた、という可能性もあります」

「……そう」

これ以上はボウリング場での出来事について話をしたくない。

ボロを出してしまいそうで怖い。

表情変化に乏しい星崎さんに、至近距離からジッと見つめられると、まるで心の内側を見透かされているような気分になる。あれこれと素直に喋ってしまいたい衝動に駆られる。年齢を偽るほどの厚い化粧と相まって、ちょっと不気味だ。

そこで適当に他の話題を振ることにした。

「ところで星崎さん、今日は平日ですが学校はよかったのですか？」

「学校には局から連絡がいっているから、休んだところで問題ないわ。卒業したらそのまま局に就職する予定だし、仕事がない平日に通学していれば、ちゃんと卒業させてくれるって課長が言っていたから」

「なるほど」

「望むのであれば、大学入学も融通してくれると言っていたわね」

裏口入学というやつだろうか。

バックにお国が付いていると、そういうことも平然とできてしまうのだろう。我々が所属する局は、自身が考えている以上に大きな力を備えているのかもしれない。

おかげで何やら背筋が寒くなってきたぞ。

「意外とそういうところは恵まれているんですね」

「そうでもしないと能力者を確保しておけないのよ。人材の奪い合いの相手は、非正規の異能力者グループだけじゃないもの。異能力者の雇用は国内外で圧倒的な売り手市場だから、のほほんとしていると他所の国に簡単に取られてしまうわ」

「え、そうなんですか？」

「うちの局からも毎年何人か、他の国に引き抜かれているわよ」

「……それは知りませんでした」

異能力者に限らず一般の市場であっても、ことヒューマンリソースの扱いについて、日本は他国に遅れている。周回遅れと称しても過言ではないだろう。きっと異能力者についても、後手に回りまくっているのだろうなぁ、なんて思う。

だからだろうか、自身も色々と考えてしまう。

先に遭遇した非正規グループの背後には、当国と対立関係にある国が付いているとか、割と普通に考えられる。

そうなると以前のお断りは、一変して事情が変わってくる。国内では非正規でも、他国では正規として扱われている可能性があるからだ。

誰だってより良い雇用条件でお仕事したいじゃないの。

「あら、欲が出てきたかしら？」

「いえいえ、そんな滅相もない」

「まあ、日本の異能力者に対する待遇は、この国にしては珍しくも悪くないわよ。課長や古株の局員が色々と頑張っているおかげで、諸外国と遜色ない扱いを受けているわ。だからこそ私も、こうして前向きに仕事に励んでいる」

「そうだったのですね」

よかった、早まらないで。

＊

異能力トークで暇を潰すことしばらく、我々は目的地に到着した。

共通する話題のおかげで、現役ＪＫとも気不味くならずに済んだ。まずはこの点を喜びたいと思う。自動車に乗り込む直前までは、移動中をどうしようかと、あれこれ頭を悩ませていた次第である。

「思ったよりも時間がかかったわね」

「道路が混雑していましたから仕方がありませんよ」

事前に与えられた資料によれば、入間（いるま）市近辺とのこと。

車から降りた直後、航空機の飛ぶ音が聞こえてきた。航空自衛隊の入間基地から飛び立った機体だろう。頭上に広がった青空を見上げると、想像していた以上に大きな機影が確認できた。

同所を訪れたのは初めてなので、こんなに低い位置を飛ぶのかとビックリだ。

「どうしたの？」

「いえ、かなり近いところに航空機が見えたもので」

「あぁ……」

頷（うなず）いて星崎さんも空を見上げる。

昼前の陽（ひ）も高い時間帯、頭上に眺めるは雲一つない青空。これがなかなか心地よいものだ。都内と比べて背の高いビルも少なく、空を広く感じることができる。仕事がなければ、最高の気分転換だったろう。

「行くわよ」

「承知しました」

航空機を目の当たりにしても、なんら構った素振りのない先輩局員。

その背に促されるがまま、足を動かす。

向かった先は道路を一本挟んで、すぐ正面にある高校だ。局からは事前に連絡が入っており、我々が学内に足を運ぶと、教頭を名乗る男性が早々案内にと現れた。名目は中央から地方に対して、教育現場の視察ということになっている。

そのため相手の態度は、これでもかと仰々しいものだ。

「わざわざ遠いところお越し下さりありがとうございます。我が校は生徒の自主性に力を入れておりまして、他校と比較して自由な校風が特徴となっております。生徒たちには伸び伸びとした環境で……」

高等学校の教頭と言えば、それなりの企業における課長ほどの地位に相当する。中小企業ならば部長並か。それがぺこぺこと頭を下げてみせるのだから、中央省庁の肩書はなかなか大したものだ。

こんなことを考えるのは申し訳ないけれど、正直、めっちゃ気分がいい。

一度でいいから、こういう風にちやほやされてみたかった。

国家権力様々である。

四十近い自分はともかく、星崎さんはとても若々しい。そんな二人が現場で並ぶ様子は、叩き上げの準キャリを連れたキャリア女性、といった感じで映ることだろう。対外的にもそれなりに説得力を与えられそうだ。

制服を脱いでスーツを着用した彼女の判断は、きっと正しい。

肩書的にもキャリア組は警部補スタートだからドンピシャである。

「……といった形で部活動にも力を入れておりまして、あちらにある部室棟では、運動部のみならず文化部であっても、コンクールや大会などで成績を残すことを目標に、生徒たちが活動に励んでおりまして……」

教頭先生の案内を受けて、校内を見て回る。

授業時間中ということもあり、廊下は閑散としたものだ。時折、グラウンドの方から生徒の声が聞こえてきたりして、なんとも懐かしい気持ちになる。二十年以上前の記憶ながら、当時の光景は未だに思い出せる。

果たして星崎さんはどういった気分でこの場に臨んでいるのだろう。

彼女の場合は現役の女子高生だし。

「……昨年には吹奏楽部が県の大会で入賞しました。他にも演劇部や情報処理部といった部活動では、最先端のコンピュータを取り入れた作品作りが行われており、こちらも地元のコンクールで大賞を受賞するなど……」

ところで、この教頭先生ってばめっちゃ喋る。このままだと彼の話を聞いているだけで一日が終わってしまいそうだ。校内の地図はおおよそ脳内に描けたので、以降は本格的に異能力者の確保に向けた調査に進みたい。

チラリと星崎さんに視線を向けると、小さく頷く様子が見て取れた。

先輩の許可をゲットしたところで、教頭先生のお喋りに横入り。

「色々とご説明ありがとうございます。ところで少しの間、我々だけで校内を見て回りたいと考えているのですが、許可を頂いてもよろしいでしょうか？　教頭先生が一緒ですと、生徒のみならず教員の方々も身構えてしまいますので」

「え？　あ、はい。それはもう、どうぞ見て回って頂けたらと……」

　国家権力の賜物か、彼は素直に頷いた。

　ご厚意に甘えて、好き勝手にさせてもらおう。

「何か困ったことがありましたら、何でもおっしゃって下さい。私は職員室におりますので、いらして下さればすぐに対応させて頂きます。もしも留守でありましたら、居合わせた教員の者たちにお声掛け下さい。事情は説明しておりますので」

「ご丁寧にありがとうございます」

「いえいえ、それでは私は失礼いたします」

　恭しく頭を下げて、教頭先生は廊下を去っていった。

　これをその背中が見えなくなるまで見送ったところで、いざ現地調査を開始である。当初の目的通り、星崎さんと意識合わせを行う。さっさと仕事を終わらせて、明るい内にでも局まで戻りたい我々だ。

「どうしますか？」

「もう少し学内を見て回るわよ」

「何か気になることが？」

「最悪、戦闘になった場合への備えとしてね」

「承知しました」

　意外としっかり準備を考えていらっしゃる。てっきり真正面から突っ込んで、力尽くで説得するものだとばかり想像していた。相手が彼女より下のランク、それも相性の良い能力者ともなれば尚のこと。

「……なにかしら？　その顔は」

「いえ、頼りになる先輩だなぁと」

「佐々木、私のことを馬鹿にしているの？」

「そんな滅相もない」

　ああだこうだと言い合いながら、学校内を歩いていく。

　するとしばらくして、何やら生徒の声が聞こえてきた。

　それは校舎の外に出て、敷地内を確認している最中のことだった。授業の終了を知らせるチャイムとともに、生徒の姿が目に付き始めた校内。その視線から逃れようと、歩みを校舎裏に向けた先での出来事である。

「なんだよこれ？　どうして五千円しか持ってきてねぇんだよ」

「ご、ごめん……」

　理科室や家庭科室といった専門教室の収まる校舎の裏側で、数名の生徒が一人の生徒を囲っていた。満足に陽も当たらないロケーション、周囲には人気も皆無である。悪いことをするには絶好のスポットだ。

幸いこちらに気付いた様子はない。

「ごめんじゃねぇよ。おかげでこっちは予定が狂っただろうが」

「でも、お、お小遣いそんなにもらってないから……」

「だったら親の財布から抜いてこいよ！」

とても分かりやすい光景だった。

どうやらイジメの現場に出くわしてしまったようである。

責め立てられているのは、見るからに気弱そうなメガネをかけた男子生徒。これを囲っているのは、髪を茶色に染めていたり、制服を着崩していたりと、これまたヤンチャそうな格好の生徒たち。チラホラと女子生徒の姿も見受けられる。

いわゆる学内カーストで上位にある生徒たちだろう。その中でも取り分け悪いことをしていそうな風貌の男子が、メガネの彼を恫喝している。他の面々はこれをニヤニヤと眺めるばかり。メガネの少年の味方はいなそうだ。

ただ、それだけだったら我々も注目することはなかっただろう。生徒の問題は学校の問題。学校の問題は教師の問題である。部外者があれこれと口を挟むような真似はすまい。下手をすれば課長に迷惑がかかる。

しかし、今回に限っては見過ごすことができなかった。

何故なら虐められている生徒こそ、我々のターゲット。ランクE、発火能力を保有する能力者であったから。

「佐々木、行くわよ」

「いえ、この場は控えましょう」

校舎の壁に隠れて様子を窺っていたところ、早々に飛び出していこうとする血の気の多い星崎パイセン。その肩に手をおいてお伝えさせて頂く。すると彼女はこちらを振り返り、少し怖くなった顔で問うてみせた。

「何故？」

「課長からの報告書には、学内での発火現象は挙げられていませんでした。局の人たちが確認した対象による異能力の行使は、すべてが自宅の近隣、それも人目を避けるようにして、とのことです」

「それがどうかしたの？」

「こうして金銭のやり取りが発生している時点で、対象へのイジメはこれまでの期間も含めて、長期的な問題である可能性が高いと思われます。少なくとも昨日や今日に始まったことではないでしょう」

メガネ少年の手から、不良一派のリーダー的存在に五千円札が渡る。リーダー的存在はこれを奪うように取ると、ズボンのポケットに荒々しく押し入れた。なんだかんだと文句を言いつつも、お金はゲットである。

「その期間中に彼の能力に発すると思しき問題が、学内から挙げられていないということは、あそこで虐められている少年が、こうした状況でも長らく堪えてきた、ということでしょう。その場合このタイミングで介入することは推奨しかねます」

「……なるほど」

「対象が一人になったところで接触するべきでは？」

「わかったわ。佐々木の案を採用する」

「ありがとうございます」

そうは言っても、目の前で暴力が振るわれたらどうしようかと、少なからず心配していた。今日この瞬間が異能力の学内初公開となる可能性も、決して否定はできない。ただ、不良一派は取るものを取ると、早々に校舎裏から去っていった。

「ところで、それなら私からも提案があるわ」

「なんでしょうか？」

「対象との接触、交渉は私に任せて欲しいのだけれど」

「……よろしいので？」

「貴方（あなた）の考えが正しいのなら、交渉はそう苦労することもないでしょう。むしろ、下手に大人が同席するよりも、私のような年齢の近い人間からアプローチを掛けたほうが、対象の心理的ハードルを下げることができるわ」

「ええ、その通りかと」

「この場を見届け次第、私は局が押さえたホテルに向かう。そこで準備を整えて、改めて対象に接触する。その間に佐々木は、彼に対するイジメについて、課長に上げる報告書でも作っておいて頂戴。局からもらった情報には記載がなかったから」

「分かりました」

不良一派の歩みは、我々が控えているのとは反対側に向かっていった。そのためこちらは慌てることなく、最後まで様子を確認することができた。後に残されたのは、ギュッと拳を握り、自身の足元を見つめるように俯（うつむ）いたメガネ少年。

これがまた心の痛む光景だ。

だからこそ、彼の自尊心が傷つくような状況は避けたい。老若男女、誰だって自分の惨めな姿は他者に見られたくないものだ。

それが今後、職場を共にするかもしれない相手となれば尚のこと。

＊

メガネ少年が教室に戻ったのを確認して、我々は彼が通う学校から引き上げる運びとなった。その足で向かったのは、局の職員が押さえたホテルだ。一日で仕事を終えられなかった場合の宿泊施設、もしくは拠点としての利用を考えて用意されたそうな。

当然、星崎さんとは別室で二部屋のご予約。

なんでも彼女は、メガネ少年を局へ勧誘するに当たり、同所で準備を行うのだという。何かあったら端末に連絡を入れるから、とは部屋に消えていく彼女が残した言葉だ。そんなこんなで以降はお互いに別行動と相成った。

これにより報告書の作成を終えた我が身は、早々に自由時間である。

近場にいるなら、彼女から連絡が入るまで好きにしていていいそうだ。

なんて気の利いた先輩だろう。

パチンコでも風俗でも、好きに過ごしてくれていて構わないわ、とは本人の談である。なんとなく家庭環境で苦労していそうな台詞（せりふ）だった。彼女の中にある中年オヤジ観を理解した気がする。

「……どうしよう」

そうした経緯も手伝い、とても暇だ。

彼女とは別に用意された居室、そのベッドに腰を落ち着けて呟（つぶや）く。

やることが無くなってしまったから。

ピーちゃんが一緒だったら、お喋りをしたり、水浴びを手伝ったり、異世界へショートステイに出かけたりと、やれることはいくらでもあった。しかし、彼を仕事に連れて回ることはできなかった。鳥かごを持参して出張とか、いくら何でも怪しすぎる。

「………」

手持ち無沙汰なまま、しばらくぼうっとして過ごす。

まだ日も高い時間帯、同僚が働いている一方で他にやることがなく暇というのが、如何せん落ち着かない。ペアの相手が年下の女性ともあれば尚更に。けれど、星崎さんの言う通り遊んで過ごすのも気が引ける。

そうして考えることしばらく。

ピーちゃんへのお土産を買いに行くことに決めた。

その程度なら先輩に引け目を感じることもない。彼との関係の良し悪しは、局における自身の活動にも大きく影響する。これを良好に保つことは、局員としてのパフォーマンスを上げる意味でも価値のあることだ。

とかなんとか、言い訳を胸中に並べつつのお出かけ。

歩みが向かった先は、宿泊先からほど近い総合スーパーだ。

都内のそれとは違い、郊外のこうしたスーパーは規模が大きくてワクワクする。広々とした駐車場を抜けて、人で賑わう店内を歩いていると、隣に誰もいなくても、なんだか楽しい気分になってくる。

キャベツ一玉、九十八円。安い。

トマト一つ、六十九円。最高。

長ネギ一束、百十円。買って帰りたい。

エントランスにほど近い生鮮食品売り場を脇目に、歩みは二階フロアへ。

そこでは家具や雑貨、オモチャなどが扱われている。ずらりと並んだ寝具や、ピカピカの調理器具など、陳列された商品を眺めているだけでも飽きない。新居に引っ越した自身を想像して、まだ見ぬ新生活に思いを馳せる。

これまでの安月給生活では、遠い夢物語であった脱1K。しかし、国家公務員なる肩書を手にした昨今であれば、それも手が届きそうである。きっと高額なローンだって組むことができる筈だ。

異世界での恵まれた生活と比較したら、敢えて手を伸ばす必要はないかも知れない。世界間貿易の利益は圧倒的だ。一方で異世界の金銀財宝を円に換える手立てがない現状、こちらの世界で住まいの改善を試みることは、コスパが悪いにも程がある。

しかし、それでも日本男児として生まれたからには、やはり本国で持ち家を手に入れたい。一国一城の主になってみたい。広々とした一軒家で、人懐っこいゴールデンレトリバーと共に過ごす生活、めっちゃ憧れる。

「…………」

しばらく二階フロアを歩いていると、ゲームセンターを見つけた。

放課後という時間帯も手伝って、子供たちが大勢見受けられる。お客さんの大半は小中学生だ。これに混じって主婦と思しき女性や、年金生活者と思しき老人たちがメダルコーナーにチラホラと窺える。

暇つぶしにはもってこいだ。

ゲーセンとか何年ぶりだろう。

そんなふうに考えて、自然と歩みはセンター内に設置されたビデオゲームに向かう。自宅にもゲーム機を持っていないので、ゲーム文化から離れて久しい身の上だ。足が向かったのは、自分が子供の頃から続いているご長寿シリーズの現行版。

椅子に腰を落ち着けて財布を探す。

そうこうしていると、ふと視界の隅に見覚えのある姿がチラッと映った。

「あ……」

本日の午前中、星崎さんと共に訪問した高校で確認した、火炎能力者の少年である。黒縁の丸メガネを掛けたお坊ちゃまカットは未だ記憶に新しい。同校の制服姿と相まって、まさか見間違えることもない。

そして、彼の隣には同じく制服姿の女子高生が。

制服のデザインは他校のものと思われる。

髪を後ろで二つ、三つ編みに結ったおさげが印象的だ。少年と同じくまるっこい眼鏡を掛けており、少し地味な雰囲気の感じられる女の子である。手には鞄を下げており、共に学校帰りのようだ。

「……………」

もしかして、メガネ少年の彼女だろうか。

総合スーパーのゲームコーナーで、デートだろうか。

若々しい二人の並び立つ姿を目の当たりにして、中年のメンタルが少しだけダメージを受けた気がする。自然と視線を逸らしそうになったところで、いやいや、それは駄目でしょうと意識を正す。

ゲームセンターから逃げ去りたい気持ちをこらえて、対象の動向に注目だ。星崎さんは任せてくれと言っていたけれど、どこで何をしているのだろう。もしかして、自分と同じように遠くから監視していたりするのだろうか。

あぁ、その可能性は高そうだ。

そこで自身もまた、対象の跡を付けることにした。
今後の状況次第では、彼女の役に立てるシーンが訪れるかもしれない。

＊

ゲームセンターでゲームを何度かプレイした二人は、それから一つ上のフロアに設けられたフードコートに向かった。そちらで一つのテーブルを囲み、美味(おい)しそうにクレープなど食していらっしゃる。

「…………」

そんな彼らを遠目に眺めて、こちらの中年はパッフェを頂く。

イチゴとチョコがたっぷりと入ったそれは、甘くて美味しい筈なのに、何故なのかあまり味が感じられない。せめてピーちゃんが一緒だったら、とは切なる思いである。ここ最近の癖で、ついつい二つ買ってしまいそうになった。

「……は……だよ。たぶん、それは……だから」

「……だから？　……なの？」

「そう……、やっぱり、……は……かな」

それなりに離れて監視している為(ため)、二人の間で交わされる会話はこちらまで届かない。周囲には他に客の姿も多く、とても賑わっている。その喧騒(けんそう)に紛れて、彼と彼女のやり取りは不明である。これはゲームセンターでもそうだった。

ただ、少年の顔には絶えず笑みが浮かんでいる。愛想笑いのようにも思えない。とても素直な笑顔だ。だから自身の視界の隅で行われている交流は、彼にとって決して悪いものではないように思えた。

それでも少し気になるのが、お相手の反応だ。

ニコニコと笑みの絶え間ない少年とは対照的に、どことなく表情が硬い。決して嫌がっているようには見えないが、なんとなく強張(こわば)りのようなものが見て取れる。彼とのデートに緊張していたりするのだろうか。

「…………」

あれこれと考えたところで、切ない気持ちになった。

仕事とは言え、これはなかなか惨めだ。

若い二人のデートを覗き見る中年、という構図がよろしくない。

しかも、相手はこちらの都合など待ってくれない。クレープを食べ終えた二人は、席を立って歩きだした。君たちをストーキングしている中年は、まだパフェが半分ほど残っているというのに。大切に残しておいたイチゴたっぷり層にさよならバイバイ。

食べかけのパフェを大急ぎで返却棚に戻す。

駆け足で少年と少女の背を追いかける。

向かった先は店舗の地上階に設けられた正面エントランスだ。

放課後デートの歩みは、総合スーパーから他所へ移動のようである。

できることなら一階の食品フロアで、ピーちゃんにお土産を買いたかった。しかし、こうなっては四の五の言っていられない。後ろ髪を引かれる思いながら、屋外に出ていった二人の背中を追いかけた。

しかしなんだ、傍目とても危ないヤツだな、今の自分。懐に控えた警察手帳だけが心の支えだ。

局から現場へ向かうに当たり、移動中の車内で事前に確認した地図と、二人の足取りとを照らし合わせる。この辺りにはいくつか公園があった筈だ。金銭的に乏しい学生デートの定番、公園のベンチなど求めての移動ではないかと思われる。

もしもホテルが目的地だったら泣きそう。

どうかホテルだけは勘弁して欲しいと願いつつ、対象を尾行する。

そうして彼らの背中を追いかけることしばらく。

向かう正面から、少年と同じ制服を着た子供たちがやってきた。

本日の休み時間、彼のことをイジメていた不良グループだ。人数も変わらず、仲良く歩道を歩いている。彼らは早々、自分たちの行く先に見知った少年の姿を確認して、賑やかに反応を示し始めた。

メガネ少年、これまたピンチの予感である。

彼の姿に気付いた不良グループは、すぐにその下まで歩み寄ってきた。わらわらと近づいて、対象を取り囲むように位置取る。その顔に浮かんだニヤニヤとした笑みから察するに、以降の展開が手に取るように分かる。

流石にこれは可哀そうだ。

「おいおいちょっと待てよ、オマエが女と二人とかどういうこと？」

不良グループのリーダー的存在、学内では恐喝の末に五千円をゲットしていた彼が、メガネ少年に意気揚々と語り掛ける。その視線はイジメの対象と、隣に立ったおさげの女の子との間で行ったり来たり。

「っていうか、普通に可愛くね？　地味だけど」

「……」

不良リーダー、よく分かっていらっしゃる。

地味だけど可愛いのだよ、メガネ少年の彼女は。

ナチュラルメイクというのだろうか。ほとんど化粧をした様子も見られないのに、顔立ちはかなり際立っている。ただ、地味な髪型や野暮ったい眼鏡の影響もあって、ひと目見た限りでは目立たない様相だ。

ファンデーションを盛りに盛っている星崎さんとは対照的である。

あの人、普段から長めの付けまつ毛をしているし、アイラインも凄いんだよ。

「君さ、俺らと一緒に遊ばない？　隣にいるヤツと同クラなんだよね。これからカラオケに行くんだけど、絶対に盛り上がるよ？　っていうか、その制服ってどこの学校の？　この辺りだと見ないよね？　めっちゃ可愛いんだけど」

不良リーダーの意識はメガネ少年からおさげＪＫに移っていた。

居合わせたグループの面々も同様だ。

「こっちは女子も一緒だから安心できるよ？　どう？」

不良リーダーの腕が、おさげＪＫに向かい伸びる。

その指先が相手の肩に触れようとした真際の出来事であった。

「や、やめろよっ！」

メガネ少年が声を上げた。

大きな叫びだった。

建物の陰に隠れて様子を窺う自身の下まで、ハッキリと聞こえた。

「はぁ？　なに大きな声出してるの？　ビックリするじゃん」

「この子は、そういうのが苦手って聞いたから、だ、だからっ……」

プルプルと震えながら、自己主張してみせるメガネ少年。

ちょっと格好良いシーンだ。

とかなんとか、一連のやり取りを物陰から窺う自身を客観的に評価すると、とても情けない気持ちになる。完全に変質者ではなかろうか。これも仕事だと、言い訳を並べることはできるけれど、それでも切ないものは切ない。

イジメの現場を警察に連絡して、そのまま回れ右したくなる。

「行きつけの店があるんだよ。一緒に行こう？」

メガネ少年を無視した不良リーダーが、おさげＪＫの手を取った。

直後、彼女の空いているもう一方の腕が動いた。

パァンという乾いた音が、自身の下まで鮮明に響く。

「っ……」

「勝手に触らないで欲しいのだけれど」

おさげＪＫの手の平が、不良リーダーの頬を捉えていた。

居合わせた誰もが驚いた面持ちで彼女のことを見つめる。まさか暴力に訴えるとは思わなかったようだ。ただ、そうした驚愕も一時的なものである。間髪を容れずに不良リーダーが動いた。

「この女、何すんだよっ！」

どうやら彼にはドメスティック・バイオレンスの才能がありそうだ。

おさげＪＫを殴るべく、その右腕が振り上げられる。高校生ともなれば、男女間の肉体差は圧倒的だ。しかもその拳は顔を捉えていた。勢いの付いた一撃を受けては、まさか無事ではいられないだろう。場合によっては歯が欠けたり、鼻の骨が折れたりするかも知れない。

これはよくない。

物陰から様子を窺う中年エージェントも緊張の瞬間である。

だが、彼の一撃は不発に終わった。

「や、やめろぉおおおおっ！」

メガネ少年が吠えた。

同時に異能力注意報が発令。

その正面に火球が生み出された。

十中八九、おさげＪＫを守ろうとしての行いだろう。これまた格好いいシーンである。金銭を奪われても、自尊心を砕かれても、それで尚も抵抗しなかった少年が、他者の為に力を使ってみせた、という展開が熱い。

ただ、それはそれで困るのが超常現象対策局なる組織に属した身の上だ。

咄嗟(とっさ)に声を上げそうになった。

「っ……」

不良リーダーは拳を引くと共に、大慌てで身を反らしてこれをやり過ごす。

いいや、そう言うと少し語弊があるかも知れない。

火球はもとより、彼の上半身を煽(あお)るように、下から上に向かい打ち出されていた。恐らくメガネ少年は直撃させるつもりがなかったのだろう。轟々(ごうごう)と火の粉を上げる火球は、仮に相手が反応を示さなかったとしても、何を焼くこともなかったに違いない。

けれど、それでも黙って見ていられないのが、局勤めの悲しいところ。

異能力を世間に秘匿とすることは、自身に与えられた大切なお仕事である。

蔑(ないがし)ろにすると課長から怒られる。

さてどうしたものか、これは困ったことになった。

あれこれと目まぐるしい勢いで意識は巡る。

しかし、そうした苦悩はこれから始まる厄災の始まりに過ぎなかった。

少年が撃ち放った火球は不良リーダーの脇を過ぎて、瞬く間に空に昇っていく。高度を上げていく。あっという間に幾十メートル、幾百メートルと過ぎて、空に浮かんだ小さな点になる。

そのまま消えて、どこともなく失われたら最高だった。

だが、これが運のないことに、空を飛んでいた航空機を直撃した。

ズドンと大きな音が辺り一帯に鳴り響く。

それは火球の直撃を受けて、機体が翼を欠損させる音であった。

「うそっ……」

果たしてその悲鳴は誰のものか。

自衛隊の入間基地を発(た)って間もない貨物機が、メガネ少年の火球によって撃墜されていた。驚愕に目を見開く皆々の面前、巨大な機影が段々と地上に向かい近づいてくる。モクモクと煙を上げつつ落ちてくる。

しかもこのまま推移すると、ちょうどメガネ少年たちが集まっているところに落ちてきそうな気配を感じるぞ。

十数メートルを離れて、通りの角から様子を窺う自身も十分に影響範囲である。絶対に破片とか飛んでくるでしょこれ。

　地上に落ちた航空機と、燃料に引火して炎が吹き荒れる光景は、テレビ映像などで幾度となく目の当たりにした覚えがある。現場に居合わせたのなら、どういった体験が待っているのか、否応なく意識させられた。

　逃げるのが正しい選択だ。

　自分はこの場にいなかった。

　そう主張すれば全ては丸く収まる。

　野良の異能力者の暴走として、それもこれも片付けられることだろう。

　しかし、これを見ていた局の職員がいたとなると、話は変わってくる。どうして止められなかったのか。事前の検討に誤りがあったのではないか。とかなんとか、あれこれと面倒な問題となって、きっと我が身は追及を受けることだろう。

　それはとても大変なことだ。

　今の立場を失いかねない大失態である。

　具体的には墜落した航空機一台、二桁億円から。

　メガネ少年を筆頭とした少年少女の生命を諦めれば、そうした失態を回避可能である。何気ない顔で総合スーパーのフードコートに戻り、完食し損ねたパフェをもう一度注文して、悠々と宿泊先のホテルに戻ればいいのだ。対象の死を受けて、今回のお仕事は終了である。

　異能力者の世間への露見もなかったことになる。

　航空機の墜落は整備不良か何か、適当な理由をでっち上げて対応することが可能だ。少なくとも局の人たちはそのように動くことだろう。自身はお偉い人たちが求めるがままに始末書を仕上げればいい。

　なんて美味しい展開だろう。

　阿久津課長がここにいたら、きっとそう指示すると思う。

「……………」

　ただ、躊躇する。

　そうして帰宅した自分は、普段と同じようにピーちゃんと言葉を交わすことができるだろうか。手にした出張先のお土産を気兼ねなく彼にプレゼントして、これまでどおり異世界へショートステイに向かえるだろうか。

「……………」

　答えはというと、ちょっと難しい感じ。

こちらの中年のメンタルは、そこまでタフにできていない。

なによりもそうして育まれた人格は、星の賢者様の相棒にふさわしくない。

ありがとう、ピーちゃん。

ピーちゃんのおかげで、自分は今後も胸を張って生きていけそうだ。

「ごめんよ、ピーちゃん。当面は異世界で過ごすことになりそうだ」

さようなら、社会生命。

こんにちは、異世界人生。

南無三の掛け声と共に地を蹴って飛び出す。

気付けばすぐ目前まで迫っている墜落間際の航空機。

これを正面に捉えて、新米魔法使いは障壁魔法を行使である。恐怖から震える少年少女を背後に、掛け値なしの中級魔法をえいやっと展開だ。呪文が間に合ったのは不幸中の幸い。

しかし、果たして防ぎ切ることができるのか。

不安は大きい。

どうしても誰かに縋りたくなる。

自ずと思い浮かんだのは、つい数日前、異世界での出来事である。

高高度で魔族なる紫肌の人物と戦うピーちゃんの姿。

これを脳裏に描いては、自分も負けてはいられないと踏ん張る意気込み。

魔法の行使に意識を向けて集中する。

根性を込める。

直後に閃光が視界を覆った。

ズドンと来た。

自身を含めて、居合わせた皆々の周りをドーム状に包むように展開した障壁。その一端に航空機が直撃したようだ。炎上するコクピットが面前に飛び込んでくる。どうやらパイロットは脱出したようで無人。

その事実を幸運に思いつつの正面衝突だった。

時を同じくして、爆風と炎が吹き荒れる。

視界の一切合財を奪う強烈な輝きや、同時に発生した衝撃とで、周囲は砂嵐にでも巻き込まれたかのように混乱している。耳を劈くような轟音には怯まずにいられない。咄嗟に目を閉じて身を強張らせることになる。

それでも何かが飛んできたり、炎に炙られたりすることはなかった。

どうやら中級の障壁魔法は、十分な効果を発揮してくれたようである。

恐怖から目を瞑っていたのは数秒のこと。

大慌てで周囲の様子を確認。

すると視界に入って来たのは、地に墜ちて炎にまみれた航空機と、その只中にあって無事な我々だ。ピーちゃん印の障壁魔法は、墜落する航空機の直撃と、その直後に発生した爆発を受けて尚も、居合わせた皆々を救っていた。

ただし、障壁の外は炎まみれである。墜落した機体はどうやら、離陸から間もなかったようで、たっぷりと燃料を搭載していた。これが周囲に四散して、めらめらと激しく燃え上がっている。

「さ、佐々木っ!?」

そうかと思えば、予期せず名前を呼ばれた。

よくある名字なので、別人を呼ぶ声だとも考えた。

ただ、その声色は自身もまた覚えのあるものだった。

「……星崎さん、ですか？」

「どうして佐々木がここにいるのよ！」

声の出処は、おさげＪＫだった。

これまでメガネ少年とデートしていた人物である。でも、先程までの彼女はもう少しお淑やかな声色であった。少年との会話も年相応、女子高生然としたものだったように思う。それは例えば、図書室がよく似合う文学少女、みたいな。

それが何故か眉を吊り上げて、年上の中年オヤジを呼び捨てである。

だからだろう、こちらも一発で判断できた。

目の前のＪＫは星崎さんで間違いないのだと。

「いえ、それはむしろこちらの台詞なんですが」

「しかもこれは……」

彼女の視線は我々を覆う目に見えない壁を見つめていた。

中級の障壁魔法である。

これが墜落した航空機の炎上から、我々を隔離している。そうでなければ今頃は、激突の衝撃によってぺちゃんこ。更にはメラメラと音を立てて燃え盛る炎に炙られて、まっ黒焦げになっていたことだろう。

航空機の残骸とその周辺は、現在も激しく燃え上がっ

ている。それでも我々が無事なのは、お椀状に生まれた障壁が安全地帯を生み出しているからだ。目に見えない壁に阻まれて、そこだけ切り取ったかのように炎が見られない。

「……これってまさか、佐々木の能力なの？」

「いえ、わ、私にも何がなにやら……」

どうして答えるのが正解だろう。

上手い返事が浮かばない。

とりあえず驚いた振りをしておく。

当然、星崎さんからは疑念の眼差しが。

「…………」

まさか職場の先輩が、わざわざ制服を着用してまで、女子高生のふりをして対象に近づいているとは思わない。いや、そう言うと語弊がある。職場の先輩は現役の女子高生に違いない。ただ、こうまでも装いを変えられると、ちょっと戸惑ってしまう。

あまりにも普通に女子高生していたものだから。

化粧の恐ろしさを真に理解した気分だ。

「星崎さんには待機を指示されましたが、私も彼を監視しておりました。しばらくして対象による異能力の行使と、航空機の墜落を確認しました。まさか放ってはおけず、咄嗟に近づいたところ、ご覧の状況です」

「我々を付けていたの？」

「ええまあ、結果的にはそうなりますね。ですがまさか、少年の隣にいる学生が星崎さんだとは思いませんでした。策があるとは事前に聞いていましたが、ここまで可愛らしく化けられるとは……」

「だ、黙りなさい。これが確実だと考えたのよっ！」

どうしよう、どうして伝えたらいいのだろう。

我々を包み込んだ半透明のお椀の秘密。

やっぱり社会生命を失うのは恐ろしいよ、ピーちゃん。

「まあいいわ、今は事態の隠蔽を優先しましょう」

「隠蔽とは言っても、どうするんですか？」

我々のすぐ近くでは、地面に座り込んで腰を抜かしたメガネ少年と、同じく座り込んで怯える苛めっ子たちの姿がある。これほどの大惨事、まさか無かったことにはできない。しかも前者に至っては当事者だ。

「水を出して頂戴。なるべく沢山よ」

「承知しました」

促されるがままに氷柱を生み出す。

こうなると放水魔法で直接生み出した方が早いかも知れない。ただ、それでもこの場は堪えて、以前と変わらずに氷柱でのご提供。障壁魔法の存在を他所の能力者に責任転嫁できる可能性もゼロじゃない。

人間大の氷柱を数本ばかり生み出して、彼女の正面に並べる。

すると星崎さんはこれに触れて、状態を液状に変質させた。

「まさか消火するつもりですか？　ジェット燃料は……」

「違うわよ。隠蔽だと言ったでしょう？」

空に浮かんだ水の塊は触手のように伸びて、居合わせた少年少女の下に向かっていった。そして、あろうことか彼らの肉体を包み込んだ。当然、呼吸ができなくなる。必死にもがくも身体を覆う水は決して離れない。

メガネ少年も含めて、一同は数分と掛からずに失神した。

「……こんなところかしら」

短く呟いて、少年少女を包んでいた水が身体から離れる。

意識を失った面々は地面に崩れ落ちて、ピクリとも動かなくなった。

これを顔色一つ変えずに行った星崎さん。

なんて恐ろしいＪＫだろう。

そのまま死んでしまったりしないのだろうか。いや、失神したあとに気道をすぐさま確保すれば、大丈夫だったりするのかも。ただ、それにしたって乱暴なやり方である。一歩間違えればどうなるか分からない。

「随分と手慣れていますね」

「悪い？」

「いえ、そんな滅相もない……」

「ところで、誰もこちらにやって来ないわね？」

「……というと？」

「このバリアのようなものが、他の能力者による行使であるとするなら、我々に対してアプローチがあってもいいと思うのだけれど。これだけ強固な守りを展開できる能力ともなると、ランクＣは下らないのではないかしら？」

「そういった意味ですと、星崎さんに能力者のお知り合いなど……」

どうにかして誤魔化せないものかと言葉を重ねる。

救えるものなら救いたい、自身の社会生命。

しかし、そうした自らの口上は早々、彼女の声に遮られてしまった。

「佐々木、まさか貴方、魔法少女だったりしないわよね？」

「はい？」

ツッコミどころ満載のお言葉である。

何がどうして魔法少女なのか。取り分け少女の二文字に疑問を感じざるを得ない。どこからどうみても草臥(くたび)れた中年男性。そんな自身のアイデンティティに疑問を持つ日が訪れるとは思わなかった。

魔法中年かと問われていたのなら、きっと胸がドキッとしていた。

核心を突かれてしまったと。

自宅では魔法文鳥が、その帰りを待っている。

「星崎さん、酸欠で頭が朦朧(もうろう)としていたりしませんか？」

「でも、世の中で知られている魔法少女は、すべて例外なく少女のはず……」

「…………」

そりゃそうである。

っていうか、そうじゃなければ困る。

こちらの世界に存在する異能力という枠組みの中で、特定の能力を指してのことだろうか。たとえば『魔法少女』という能力が存在しているとか。そういうことなら、今の発言も分からないでもない。

あぁ、こうなると自分だけ知らないまま、というのはよくないだろう。

障壁魔法を誤魔化す意味でも、確認は重要だ。

「星崎さん、魔法少女について説明をお願いしたいのですが」

「改めて確認するけれど、本当に知らないのかしら？」

ジッと見つめて問われる。

普段の厚化粧とは打って変わって、今の星崎さんは碌(ろく)にファンデーションもパフっていない。そのため年相応、十代も中頃の少女らしさが窺える。まるで接点のない年頃の相手から注目を受けたことで、自ずと緊張を覚えた。

若い子からそんなふうに見つめられたら、オジサンはドキドキしてしまうよ。

「子供向けのアニメ番組か何かですか？」

「……わかったわ」

しばらく見つめ合ったところで、彼女は頷いた。

納得してくれただろうか。

分からない。

そして、いずれの場合であったとしても、悠長に講義を受けている暇はない。未だに周囲では炎が立ち上っている。遠くからは緊急車両の発するサイレンが聞こえてきた。早急に炎をどうにかして、障壁魔法を片付けなければ。

爆発当初は逃げるように散っていった通行人も、時間経過と共に野次馬（やじうま）として戻ってきている。炎の合間から様子を窺うと、数十メートルほど離れて、端末のカメラを構える姿がちらほらと窺えた。

距離がある上に機体の残骸や炎、煙に包まれている為、我々の姿が映っているということはないと思う。思いたい。だからこそ、なるべく早くこの場を脱して、姿を隠す必要があった。

「魔法少女は世界に七人いる、世にも不思議な魔法の力を得た子供たちよ。異能力とはまた違った理屈で不思議な現象を起こすことができるわ。そのうちの一人が日本人で、あちらこちらで異能力者を殺して回っているの」

「え……」

これまた突拍子もない話だ。

ピーちゃん並に出自が気になる。

「色々と疑問はあるでしょうけれど、これ以上は後にしてもらっていい？　それよりも今はこのバリアをどうにかしないと。画像や映像を撮影されてネットにでも上げられたら、とても面倒なことになるわ。まず間違いなく、減給は避けられないわね」

「なるほど」

それは由々（ゆゆ）しき事態である。

ボーナスが減らされた日には、労働意欲も激減だ。

しかし、どうやって解決したらいいのだろう。

何の対策もなく障壁魔法を解除したのなら、我々の生存は絶望的である。しかもすぐ近くには、気を失って倒れた少年少女の姿がある。これを運び出す手間を思うと、人目に触れずに活動できる気がしない。

などとあれこれ考えている只中の出来事である。

突如として、辺り一帯がまばゆい輝きに飲み込まれた。

障壁の外側でビリビリと大気の震える気配。この感じはつい数日前、異世界でピーちゃんが撃ってみせた魔法と似ている。マーゲン帝国の軍勢を一撃で屠ったビームのような雰囲気だ。

「まさか、魔法少女っ!?」

「え?」

星崎さんがまた魔法少女って言った。

二人して大慌てで周りの様子を窺う。

すると数秒ほどで、周囲が変化を見せ始めた。

轟音が収まると同時に、障壁の外側から輝きが失われていく。つい今し方まで燃え盛っていた炎は、ビームもどきの輝きに吹き飛ばされて鎮火。更にはどこへ消えてしまったのか、我々を囲うように存在していた航空機の残骸もまた、完全に消失していた。

後には障壁魔法により守られた我々の姿だけがある。

「くっ、やっぱり……」

忌々し気に星崎さんが言った。

彼女が見つめる先には、人が一人立っている。

しかもそれは、自身も見知った相手だった。

「あ……」

可愛らしいフリルが沢山付いたコスプレさながらの服は、しかし、そこかしこが汚れていたり、解れていたり、破けていたり。皮脂にまみれてベタついたピンク色のツインテールをまとめているのは、ウサギを思わせるシルエットの髪飾り。

片手にはどこで手に入れたのか、白いビニール袋が下げられており、内容物によって凸凹と膨らんでいる。なかには色々と入っているみたいだ。その口から垣間見えるのは、なんだろう、山芋? とろろにしてご飯にかけると美味しい。

つまるところ、非常に特徴的な出で立ちだ。

だからこそ、見間違える筈もない。

自称魔法少女のホームレスっ娘である。

そんな彼女が杖を片手に、こちらを見つめていた。

「星崎さん、あの、まさか彼女が魔法少女だなどと……」

「佐々木、逃げるわよ」

「え?」

「魔法少女は強いわ。撃退するには複数人のランクB能力者、あるいはランクA能力者の協力が必要なの。貴方のサポートを受けたとしても、今の私じゃあ手も足もでないわ。数分持てば御の字といったところ」

「いや、しかし……」

勢いよく捲し立てられた。

そうして語る彼女の表情は、いつになく真剣だった。

先週、ボウリング場で垣間見た姿を彷彿とさせる。

おかげでこちらも、自宅の近所で遭遇した年若いホームレスが、決して伊達や酔狂で魔法少女の姿をしていたのではないと理解した。背景はさっぱり分からないけれど、魔法少女は異能力者と同じように、たしかに存在しているみたいだ。

「……お巡りさん？」

先方もこちらに気付いたようである。

ボソリとその口が動いた。

「佐々木、まさか知り合いなの？」

「自宅の近所で残飯を漁っているところに遭遇しまして、少し話をしたことがあります。その時はまさか、異能力と関わり合いのある存在だとは気付かず、警察手帳を利用して交番へ誘ったのですが」

「それじゃあこのマジカルバリアは、佐々木を助ける為のものなのかしら？」

「あの、マジカルバリアというのは……」

「魔法少女が使う能力の一つよ。マジカルフライで空を飛び、マジカルビームで閃光を放ち、マジカルバリアで障壁を張る。並の能力者では足元にも及ばない、攻守ともに優れた存在、それが魔法少女なの」

「なるほど」

さて、星崎さんはこれまでに何回マジカルと言っただろうか。

とってもマジカルだ。

もしかして、今し方に炎を払ってみせた魔法こそ、マジカルビームだったりするのだろうか。そうだとすれば、先方は明確な殺意を持ってこちらを攻撃してきたことになる。星崎さんは勘違いしているけれど、そう考えると非常に恐ろしい。

「またそれとは別に、七人いる魔法少女は各々が固有の力を持っているわ。これが各魔法少女の存在を特色づける要素になっていて、同時にランクA能力者の動員を要請するほどの要因とも判断されているわね」

「異能力者とは違うのですか？」

「ええ、違うわ。異能力者のそれとは異なる理屈で存在している超常的な存在、それが魔法少女なの。来歴についても、異能力者がそれなりの歴史を持っているのに対して、魔法少女はここ最近になって現れた経緯があるわ」

「そうだったのですね」

異世界、異能力、魔法少女。

自身が考えていたより、世の中は多様性に富んでいるようだ。

社畜を辞めたのと前後して、急に世界観が広がったように感じる。

探したら他にも色々と出てきそうで恐ろしい。

「日本で活動している魔法少女は普段、マジカルフィールドに籠もっている為、こちらからは手出しできない。一方で相手は気が向いた時に姿を現して、縦横無尽に暴れまわる。そんな人物が異能力者を恨み、狩って回っているのよ」

「その文句は先程も聞きましたが、やたらと不穏な響きですね」

「他国はどうだか知らないけれど、日本の魔法少女は異能力者の敵よ」

「そうなんですか？」

「ええ、異能力者を見つけたら問答無用で襲ってく……」

星崎さんが語っている間にも、先方に動きがあった。

ふわりと身体を浮かせて、こちらに接近してきた。

ピーちゃんから学んだ飛行魔法と大差ないように思われる。一体どれくらいの勢いで飛び回ることができるのだろうか。いや、今はそんなことを考えている場合じゃない。星崎さんの言葉に従えば、彼女は非常に優秀な異能力者キラーとのこと。

「お巡りさん、異能力者なの？」

感情の窺えない、能面のような表情でジッと見つめられる。

その可愛らしい顔立ちはやはり、自宅近くで出会った彼女であった。

果たしてどう答えるのが正しいのだろう。

依然として周りには障壁魔法を張ったままである。ビームを防がれた魔法少女からすれば、異能力的な何かが顕現しているように見えることだろう。一方で星崎さんは彼女が自分を助けにきたのではないかと勘違い気味。

また、遠くには野次馬の姿もあり、下手に異能力だの魔法少女だのを扱う訳にはいかない。ということで非常にやりにくい状況である。ただし、マジカルビームのおかげで障壁魔法の存在は、ひとまず世間から隠蔽された。

障壁の魔法は無色透明だ。

周囲で炎が揺れていなければ、その存在に気付くことは難しい。

航空機の残骸や煙が失われれば、これを遠目に感知されることはない。そう考えると先程の一撃は不幸中の幸い。少なくとも阿久津課長からお叱りを受ける理由が一つ減ったことは間違いない。

「あの、君はどうしてここに……」

思い切って魔法少女に語りかけてみる。

すると、こちらの口上を遮るように先方からお言葉が。

「空に火球が上っていくのが見えたから」

「火球？　それは君の見間違いじゃないかな？」

怯える星崎さんに代わり、魔法少女との会話に当たる。戦闘狂の彼女に任せたら、そのまま争いに発展しかねない。

「ビームも防がれた。最低でも二人、異能力者がいる」

「……異能力者に何か用事なのかな？」

「異能力者は殺す。絶対に逃さない」

「…………」

先輩の言葉通りである。

本当に我々の首を取りに来ているじゃないか。幼い少女が淡々と語ってみせる姿に、ホラー映画のような恐ろしさを感じる。先程のビームも障壁魔法を張っていなければ、どうなっていたことか。

「君はもしかして、この辺りに住んでいたりするの？」

「近くに大きなスーパーがある。そこでは沢山食べるものが捨てられるから、たまに来る。でも、今日は食べるものを探してたら、炎が空に撃ち出されて、それに当たって飛行機が落ちるのを見たの」

「なるほど」

どうやらこの辺りは彼女のテリトリーであったようだ。

星崎さんの言葉に従えば、普段はマジカルフィールドという謎空間に潜んでいるという。局の人たちも彼女の動向は掴めていないのだろう。津々浦々、全国各地のスーパーやコンビニに足を運んでいたりするのかも知れない。

他に六人いるという魔法少女も、彼女と同じような感じなのだろうか。

「お巡りさん、異能力者なの？」

「…………」

異能力者絶対殺すマンから、同じ質問が繰り返された。

そのとおりだと答えたら、きっとまたマジカルビームが飛んでくるのだろう。先程の一撃には躊躇がなかった。彼女がどういった理由から異能力者を狙っているのかは知らない。ただ、その殺意は本物と思われる。

しかも困ったことに、ひと目を気にされていないご様子。

「ケーキをくれたの、私を騙すためだったの？」

「いいや、決してそんなことはないよ」

「だったらどうして、お巡りさんはここにいるの？」

魔法のステッキを構えて、魔法少女は語ってみせる。

パッと見た感じ、おもちゃ屋さんで扱っていそうな品だ。出来栄えは悪くない。細部にまでこだわりが感じられる。可愛らしくも格好いい感じ。ただし、こちらも衣服と同様、あちらこちらに汚れが見て取れる。

そして、そこから放たれる魔法は致死性の代物。

これを我々は正しく理解している。

自分が彼女と真正面から勝負したらどうなるだろう。

マジカルフライには、先日覚えた飛行魔法で対応可能だ。マジカルビームには障壁魔法が有効であった。一方で未だ見ぬマジカルバリアに対しては、恐らく中級の雷撃魔法で応戦することになるだろう。

後者が前者を貫けるか否かで勝敗が決まりそうだ。もしも貫けなかったら、お互いに決定打を放てずにジリ貧である。一方でマジカルビームが出力を上げて障壁魔法を貫いてきたら、こちらは敗北必至だ。

飛行魔法でマジカルビームを回避するような真似は絶対にしたくない。

だってあれ、めっちゃ酔うもの。

ヘッドマウントディスプレイなんて目じゃない。

ミュラー伯爵やアドニス殿下の自身に対する評価を思えば、眼の前の彼女は異世界に移っても、優秀な魔法使いとして活動可能なスペックを誇っている。そう考えると、星崎さんが魔法少女という存在を恐れるのも納得だ。

しかも更にもう一つ、彼女はまだ見ぬ固有のマジカルをお持ちだという。

異能力者としてランクBからランクA相当とのお話にも合点がいく。

こんな子がいるなら、ちゃんと事前に研修で教えておいて欲しかった。

「お巡りさん？」

「こうした騒動に駆けつけるのは、お巡りさんの仕事だよ」

「お巡りさんは、異能力者って知ってる？」

どうやら彼女は一人として、異能力者を見逃すつもりはなさそうだ。

執拗（しつよう）に尋ねてくる点からも窺える。

もしも素直に伝えたのなら、メガネ少年や星崎さんの生存は絶望的だろう。二人の能力では恐らく、彼女に太刀打ちできない。顔や所属を知られた時点で近い将来、マジカルフィールドにより待ち伏せされた上、マジカルビームで討ち取られてしまうことだろう。

こうして考えると、なんて恐ろしいのだ魔法少女。その可愛らしい字面に対して、アサシンだとか、殺し屋だとか、その手のダーティーなお仕事に高い適性を感じる。

だからこそ、どうにかしてこの場をやり過ごしたい。

「異能力者？　それは今さっき君が口にしていたのを聞いたけれど……」

どうして対処したものかと、考える時間を稼ぐべく当たり障りのないことを喋る。メガネ少年や星崎さんと別れて、彼女と二人きりになることができたのなら、まだ可能性はあるのではなかろうか。

ただ、そうして一歩を踏み出した直後の出来事である。

「なんとまあ、魔法少女が出てくるとはのぅ」

「っ……」

魔法少女の背後、我々に対して声を掛ける人物がいた。

ツカツカと歩み寄ってくる姿には覚えがある。

まず目についたのは、深い紅紫色の生地で作られた着物。腰下まで伸びた艶やかな黒髪を揺らしながら、カランカランと下駄（げた）を鳴らして歩みを進める。その堂々とした立ち振る舞いは、郊外のボウリング場で出会ったときと変わりない。

和服の少女だ。

そう言えば彼女は、なんという名前なのだろう。

未だに知らないその名を疑問に思っていると、星崎さんが吠えた。

「二人静（ふたりしずか）っ！」

和服の少女は、どうやら二人静という名前らしい。たぶん。

力者である。触れた相手のエナジー的な何かを吸い取って、自分のモノにする力があると説明を受けた。小学生ほどと思しき外見の割に、人間離れした身体能力を備えている。

「彼女は二人静というのですか？」

「ええ、そうよ」

「それはまた妙な名前ですね……」

「本名ではないわ」

「そうなのですか？」

「そういう色の着物を好んで着ていることから、そう呼ばれているのよ」

「なるほど」

どうやら衣服の趣味から付けられた名前らしい。

もしも萩色の着物を好んで着ていたのなら、ハギーちゃんなどと呼ばれていたのだろうか。本名ではなく俗称が現場で横行しているあたりに、異能力業界っぽさを感じる。なんだかちょっとワクワクしてしまった。

自分もお仕事を頑張ったら、二つ名とかもらえるのだろうか。

その時に備えて、響きのいいカラーで衣服を上下揃えたくなる。

「事情があるのじゃろう？　儂が助けてやってもいいぞ」

二人静さんから声を掛けられた。

星崎さんではなく、こちらを見つめていらっしゃる。

ニヤニヤといやらしい笑みを浮かべながら問うてくる。

その言葉の先には、いつぞや披露した雷撃魔法が関係しているのだろう。異能力者は本来、一つしか能力を使えない。そして、傍らには局の人間である星崎さんの目がある。こうした自身の立ち位置に対する当て付けなのは間違いない。

恐らく二人静と呼ばれた彼女は、こちらが星崎さんを筆頭とした局の面々に、後ろめたいものを隠していると把握している。だからこその笑みであり、こうして与えられた提案なのではないかと思われる。

しかし、そうだとしても何故に助力なのか。

「……貴方は異能力者？」

一方で顕著な反応を見せたのが魔法少女ホームレスだ。

我々から踵を返すと共に、和服の彼女へ手にした杖を構えてみせる。

「そうじゃと言ったら、どうする?」

「殺す」

間髪を容れずに魔法少女が動いた。

掲げられた杖の正面から、マジカルビームが放たれる。

なんら躊躇(ためら)いのない一撃だ。

我々の見つめる正面で、光の煌(きらめ)きが和服の少女を飲み込んだ。

ビリビリと大気を震わせるようなマジカルビームの発射風景。

航空機の墜落を受けて、その影響範囲に人の姿は見られない。遠巻きにこちらを眺めるばかり。そのため居合わせた通行人が、巻き添えを食らうようなことはなかった。しかし、その只中に飲まれていった和服の少女は例外である。

ドキドキと胸を高鳴らせながら様子を窺う。

マジカルビームが唸(うな)っていたのは時間にして数秒ほど。

すぐに輝きは収まりを見せた。

「…………」

魔法少女の見つめる先、路上には誰の姿もない。

延々とアスファルトが続くばかり。

交通規制が行われているのか、自動車がやってくる気配も見られない。

直後に自身のすぐ近くから声が聞こえてきた。

「ふんぐぉっ……」

「っ!?」

とっさに意識を向けると、そこには和服の少女の姿があった。

どうやら障壁魔法によって生まれた、目に見えない壁に身体をぶつけたようだ。顔面を両手で押さえて地面に転がっている。その圧倒的な身体能力でマジカルビームを回避すると共に、我々の下に向かい回り込んでいたようだ。

ただし、完全に避(よ)けたとは言えないようで、服の裾が一部焦げている。

「……なんじゃ、これは。なんかあるぞぇ」

「くっ……」

予期せぬ接近を受けて星崎さんが動いた。

二人静氏の下に向かい駆け足で迫る。その手元にはメガネ少年たちを失神させるのに利用した水が、鋭い氷柱となっていくつも浮かんでいるぞ。彼女にとっては魔法少女ホームレスも、和服姿の彼女も、等しく敵対的存在のようである。

そして、障壁魔法は外から内への侵入が規制される一方、内から外に向けては素通りが可能だ。星崎さんはこちらが制止の声を上げる間もなく、和服姿の彼女に向かい、障壁の外側で対象と接近していた。

「わざわざそちらからやってくるとは好都合じゃ」

「っ……」

星崎さんから撃ち出された氷柱が、二人静氏の腹を撃ち抜く。

しかし、相手は止まることなく彼女に迫った。

驚異的な再生能力を保有しているからこその選択だろう。

「このっ……」

これに対して星崎さんは唾ペッペ。

唾液を飛ばしてみせた。

それは瞬く間に氷結して、目と鼻の先に迫った少女の眼球を貫く。

「ぐぬっ……」

「佐々木、貴方はさっさと逃げなさっ……」

類まれなる母性を発揮した星崎パイセンが、後輩に撤退を指示する。

直後に二人静氏の指先が彼女の額に触れた。

エナジードレインというやつだろう。こちらの名前を口にしたのも束の間、星崎さんはその場に崩れ落ちてしまう。以前に目撃した光景と同様だ。あまりにも呆気ない反応から、見ていてとても不安になる。

「星崎さん！」

「安心せい、意識を失っただけじゃ」

アスファルトの上にグッタリと倒れた女子高生。その顔をチラリと一瞥して、和服の彼女は飄々と語ってみせる。注意深く観察してみると、たしかに呼吸につれて肉体の伸縮する様子が窺えた。

「そうでなければ、貴様も困るじゃろうて」

「……なるほど」

どうやらこちらの立場を気遣っての行いであったようだ。

もちろん、局の人間の目という意味で。

ここまでお膳立てしてもらえるとは思わなかった。

「どうしてこのようなことを？」

「お主には頼みたいことがあってのぅ」

「頼みたいこと、ですか？」

「うむ」

「……まさか、我々を見張っていたのですか？」

「そういうことじゃ」

「…………」

これまたビックリだ。全然気づかなかったもの。

魔法少女にも感じたけれど、こちらの彼女もアサシン属性の色が濃い。一体いつから見張られていたのだろう。万が一にも自宅内の光景を確認されていた場合、ピーちゃんの存在すら把握されている可能性がある。

一方で二人静氏と自分のやり取りを目の当たりにして、マジカルホームレスにも反応があった。魔法のステッキを構えた姿勢のまま、ぐるりとこちらに向き直る。その表情は心なしか先程よりも強張って思える。

「……お巡りさん、その能力者の知り合い？」

我々を見つめる眼差しは厳しいものだ。

どうやら敵認定されてしまったようである。

こうなってくると、二人静氏と言い合っている余裕もない。彼女が言う頼みとやらは気になるけれど、それもこれも命あっての物種である。自らの生命を明日につなげる為、星崎さんやメガネ少年を助ける為、取れる選択肢は一つだ。

「承知しました。この場は協力して事に当たりましょう」

「うむ、承知した」

こちらが素直に応じると、二人静氏の顔には笑みが浮かんだ。

直後に放たれたのがマジカルビーム。

どういった理屈なのか、先程よりも細く絞られたそれが、我々を目掛けて撃ち放たれた。太さは変幻自在のようである。もしや周囲に被害を与えない為の措置だったりするのだろうか。それも彼女の背景を知れば、多少は見えてくるかも知れない。

総合スーパーの廃棄物置き場で山芋を漁る理由と共に。

「こちらで囮と援護を務めます。隙を突いて接触してください」

「うむ、任された」

あまり嬉しいフォーメーションではないけれど、各々の備えた能力に鑑みれば、適切な役割分担ではなかろうか。通じるか否か定かではない雷撃魔法に頼るよりも、ただ触れるだけで一撃必殺の彼女に任せたほうが、確実に対処することができる。

それにこちらの攻撃手段はグロい。

幼い少女の肉体が抉れた姿は、できれば拝みたくない。

何度か言葉を交わしただけとはいえ、相手が知り合いともなれば殊更に。

「ただ、できれば殺傷するようなことは控えて欲しいんですけれど」

「まさかおぬし、あの魔法少女と知り合いかぇ？」

二人静氏も魔法少女なる単語を普通に使用している。どうやら異能力者界隈においては、割と常識的な知識のようである。きっと天敵的なポジションにあるのだろう。ネズミにとっての猫やイタチに相当するのではなかろうか。

「似たようなものです」

「……ふむ、まあ構わないか」

短く頷くと共に、彼女は地を蹴って駆け出していった。

これを確認して、自身も作戦開始である。

飛行魔法を利用してふわりと身体を浮かせる。ただし、周囲には人目も多いので、浮かせるとは言っても数センチほどだ。そして、あたかも地面を走っていますよと言わんばかりに、全身を動かしながら相手に向かう。

傍から見たら滑稽に映るかも。

「っ……」

想定外の接近を受けてだろう、魔法少女の目が見開かれた。

手にした杖の先端から、マジカルビームが放たれる。

対して魔法中年は障壁魔法を発動だ。

一度は防いだ実績を意識しつつ、それでも身体は回避するように動く。怖いものは怖い。すると問題のビームは障壁魔法の一端に当たって、そのままジワッと消失した。どうやら問題なく対抗することができそうだ。

逆に考えると、飛行魔法や障壁魔法がなかったら瞬殺だった。

なんて恐ろしいのだろう。

これら二つの魔法を優先して覚えていたおかげで救われた。

ピーちゃん、ありがとう。

お土産に美味しいお肉を沢山買って帰ろうと思う。

「お巡りさん、異能力者だったんだね」

「いいや、違うんだよ」

「それじゃあ、今のは何？」

「これは魔法なんだ」

「……魔法？」

「僕は君たちと同じ魔法しょう……魔法中年なんだよ」

争いたくないという意志は本物だ。

字面的に美しくないが、それは胸の内に秘めた真心で相殺である。

そういうことにしておこう。

「…………」

ただ、ここで相手に黙られると辛い。

なんと言うかこう、心にくる。

スーツを着ていて良かった。ネクタイを締めていて幸いであった。革靴を履いていて助けられた。これでジーンズに襟なしのシャツ、スニーカーなど履いていようものなら、きっと目も当てられない光景になっていた。

スーツを着ているからこそ、中年は辛うじてマジカルミドルを名乗ることができる。

いいや、やっぱり無理か。

すると先方は、こちらが考えていた以上の反応を示した。次の瞬間にでもマジカルビームを撃たれるかと備えていたところ、マジカルホームレスは驚いた面持ちで、今まさに伝えた美しくない単語を繰り返す。

「魔法……中年？」

「異能力者は一つの力しか使えない。空を飛ぶなら空を飛ぶだけ。目に見えない壁を出すなら、目に見えない壁を出すだけ。だけど、魔法中年は違うんだ。魔法少女と同じなんだよ。同じように色々と不思議な現象を起こせる」

「…………」

酷い話もあったものだ。

現在進行形で児童誘拐を企んでいるかのような気分である。

けれど、決して嘘は言っていない。ピーちゃんから与えられたのは魔力。伝えられたのは魔法。色々と出処が気になる話ではあるけれど、こうして振るっている不思議パワーは魔法という言葉で説明されてきた。だから嘘は吐いていない。

すると、彼女からは妙な反応があった。

「もしかして、お巡りさんも妖精に協力を求められて

「……」

「取った！」

直後、魔法少女の背後を二人静さんが押さえた。

その指先が相手の肌に触れんと伸びる。

エナジードレインの予感。

これなら絶対に逃れられない、そう思えるだけの距離感だ。

「邪魔」

「ふごっ……」

しかし、決定打には至らなかった。

二人静さんの身体は魔法少女に触れる直前で、目に見えない何かに阻まれて弾かれた。恐らくは星崎さんの語っていたマジカルバリアだろう。一度ならず二度までも、和服の彼女は顔面を強打して、地面に転がる羽目となる。

ランクAの能力者だ何だと言われていたが、こうしてみると可愛らしい。対象に触れなければならないというのは、この手の障壁魔法や、それに類似した力を備えた相手に対して、非常に面倒なものである。

より詳細に表現すると、鼻血ブーだ。

可愛らしいお顔が真っ赤である。

二人静色の着物も赤く染まる。

それなら雷撃魔法の出番、ということになるのだけれど、彼女に問答無用で人体を破壊するような魔法を撃ち放つのは気が引ける。威力はボウリング場での一件から確認している。使わずに済むのであれば、それに越したことはない。

だからこそ、二人静氏には期待しているのだ。

「お巡りさん、どうして異能力者なんかと一緒にいるの？」

「さて、どうしてだろうねぇ……」

魔法少女の興味がこちらに移った。

これは良い兆候だ。

交渉で解決できるなら、それが一番である。

他方、二人静さんは魔法少女が自らを囲うように設けたマジカルバリアを正面において、パントマイムみたいなことになっている。殴ってみたり、撫でてみたり、あぁ、これは無理だな、って思える感じ。

これまでの気取った言動とは一変、残念な雰囲気が愛らしい。前評判が凄かった分だけ、ポンコツ感が強調されて感じられる。

「…………」

続く言葉を待って、こちらをジッと見つめている魔法少女。

その姿を眺めて魔法中年はふと疑問を抱いた。

気になったのは彼女の口から漏れたフレーズ。

お巡りさんも妖精に協力を求められて。

取り分け注目すべき単語は、妖精、協力、の二つ。

魔法少女なる存在に対して、理解を深めるのに役立ちそうな情報だ。少なくとも彼女の背後に何かしら、妖精と名の付くスポンサー的な生き物が存在していることは間違いないと思われる。

つい先月までの自分であれば、そんな馬鹿なと一笑に付していただろう。

「貴方に声を掛けてきた妖精さんはどちらに？」

「もういない」

「妖精の国に戻られたんですかね？」

存在しているかどうかも定かでない国を出任せに述べてみる。

すると彼女は淡々と答えてみせた。

「殺した」

「え……」

「私が殺した。これがその毛皮」

首に巻いていたファーを手に取って差し出す。

見た感じイタチかそれに類する獣のモノと思われる。

「…………」

なんてことだろう、お若いのに見事なめしっぷりだ。

あたかも魔法少女の事情に通じているかのように演出して、二人の距離感を縮めようと考えていた。しかし、戻ってきたお返事はこちらの想像していた以上にバイオレンス。星崎さんに負けず劣らず、目の前の彼女も血の気が多い。

しかも掲げられたそれは、彼女の衣服と同様に皮脂や埃（ほこり）まみれとなり、毛先がピンピンと立ってしまっている。女の子のおしゃれアイテムとしてのファーというよりは、猟師が身につけた自作の毛皮装備、みたいな感じ。

いいや、自作という観点については、決して間違ってはいないのか。

「あの、殺したというのはどういった理由が……」

「私は魔法少女なんかになりたくなかった」

「…………」

「だから、殺した」

「……なるほど」

極めてロジカルな発言である。

その点には好感が持てる。

ピーちゃんを妖精だと偽り紹介した上で、お互いに魔法少女改め、妖精さんという共通の知人を持った魔法使い同士、これから仲良くやっていきましょうよ。みたいな話題の運び方を考えていた。

だがしかし、この調子だと出会った瞬間にマジカルビームされそうである。

主にピーちゃんが。

羽を散らしながら逃げ惑う彼の姿が、自ずと脳裏に想像された。

こちらからの交渉は詰んだ感じがある。

異世界で関わり合いになった人たちとの交流が恋しい。

マルク副店長やミュラー伯爵、アドニス王子といった面々との温かなやり取りが脳裏に浮かんでは、目の前の魔法少女に飲み込まれてゆくのを感じる。フレンチさんの作ってくれる美味しい料理が愛おしい。

すぐ近くでマジカルバリアをガツガツと殴り付けている二人静さんも含めて、こっちは怖い人ばかりだ。先輩の星崎さんも、非の打ち所のない体育会系である。ホームレスな彼女も含めて、どちらさんも色々と生々しい。

「魔法少女になってから、何かあったんですか？」

「…………」

問い掛けると、彼女は黙ってしまった。

きっと不幸なことがあったのだろう。

たとえば非正規の異能力者と判定されて、局の人たちに攻撃されたとか、その手の出来事は容易に思い浮かぶ。そして、彼女が見た目通りの年齢であるのなら、組織立って攻めてくる大人たちに対して、満足に対処することは至難の業である。

うちの課長など、中途採用者の自宅に隠しカメラを仕掛けるような鬼畜仕様だ。星崎さんのご自宅は大丈夫なのでしょうかと、未だに怖くて話題に挙げることができないでいる。ピーちゃんがいなければ、自分もヤバかった。

結果的に妖精さんは毛皮になって、魔法少女は異能力者絶対に殺すマン。

「他の魔法少女とは連絡を取り合っているのですか？」

時間を稼ぐ為にも、なんちゃって魔法中年は会話の継続を選択。

するとと相手からは顕著な反応があった。

「前に声を掛けられた」

「お返事はされたんですか？」

「今は忙しいから断った」

どうやら魔法少女同士のコミュニティーも存在しているようだ。

何に忙しいとは決して尋ねまい。

単独でランクＡの異能力者相当となれば、僅か七名の魔法少女業界ではあっても、それなりに価値のあるネットワークなのではなかろうか。それぞれが与する組織や団体の存在もあるだろうし、決して馬鹿にはできないと思う。

残念ながら日本の魔法少女は、完全孤独なホームレスっ娘だけれど。

「助けを求めたりはしなかったのかな？」

「信じられるのは自分だけ」

「……そうですか」

他者との縁に恵まれなかったアラフォーのような物言いである。

少しだけ同意できてしまう自分が切ない。

こうなると星崎さんの言葉通り、異能力者と魔法少女は別物だと考えた方がよさそうだ。異能力者が異能力者として存在しているように、魔法少女は魔法少女として存在しているのだろう。異なる世界観をその背後に感じる。

だからこそ気になるのが、妖精なるフレーズ。

それは自分にとっての、ピーちゃんのような存在なのではなかろうか。

彼女も現代とは異なる世界を経由することで、魔法の力を手に入れたのかも。

そのような想定がふと浮かんだ。

そして、これを確認することは簡単だ。

「ところで話は変わるけれど、君は色々な魔法を無詠唱で使えるんだね」

「……無詠唱？」

「違ったかな？」

「お巡りさん、それはどういうこと？」

「お巡りさんは魔法を使うのに、呪文を唱える必要があるんだ」

「そうなの？」

こちらの語り掛けに対して、彼女はキョトンと首を傾げた。

嘘を言っているようには見えない。

ピーちゃんと同じ世界から訪れた魔法使いであれば、魔法を行使するには呪文を唱える必要がある。もし仮に無詠唱での行使が可能であったとしても、その過程で呪文を唱えてきただろう経緯は確実に存在する。

これが否定されたということは、異世界と妖精界は別物の可能性が高い。

結果的に今の会話から、自身の手の内を少しばかり彼女や二人静氏に知られてしまった。けれど、得られた情報の対価としては致し方なし。異世界と異能力と魔法少女、三者はそれぞれ独立した背景の下で、別々の概念として存在している。

ピーちゃんや異世界の存在も含めて、星崎さんの説明の裏付けが取れた。

「お巡りさんが魔法中年なのは、わかった」

一連の説明を受けて、マジカルホームレスはコクリと小さく頷いた。関係性に乏しい複数の力を利用して見せた点も、説得力に繋がっていることだろう。しかし、それでもこちらを見つめる表情は険しい。

「ありがとうね、とても嬉しいよ」

「でもどうして、魔法中年は異能力者と一緒にいるの？」

少女の視線がマジカルバリアの破壊を諦めた和服の彼女、二人静氏に向かう。どうやら打つ手がなくなったらしく、仁王立ちとなりジッとこちらを見つめていらっしゃる。偉そうに腕を組んで、ふーん？　儂べつに負けてないし？　みたいな表情をしている。

どうにかして体裁を整えようという魂胆が透けて見え、なんとも愛らしい姿だ。

「彼女とは偶然ここで出会っただけだよ」

「なら殺してもいいよね？」

魔法少女の発言を受けて、二人静氏の肩がビクリと震えた。

マジカルバリアの性能を実際に確認したことで、眼前の相手が決して油断できない存在であると理解したようだ。対象に触れなければならないという彼女の異能力の制限は、魔法少女に対して不利なものだった。

「……君はどうして、異能力者を憎んでいるんだい？」

「異能力者は私の家族を殺した。大切な友達を殺した」

時間を稼ぐ意味でも、疑問に感じていた点を尋ねてみた。

すると、これまた重いお話が返ってきた。

そういうの面倒臭いから、なるべく聞きたくなかった。でも、確認しない訳にはいかなくて、ご覧の有様だ。もしもこの場にピーちゃんがいたら、一体どういった反応をみせたことだろうか。あぁ、まるで想像できないな。

「……っ」

そうこうしていると、不意に彼女の視線が他に逸れた。

釣られてこちらも意識を向けると、そこには十数メートルを隔てて、我々を見つめる第三者の姿があった。小学生ほどと思しき男の子である。顔にはベッタリと血液が付着しており、垂れたそれが顎からポタリポタリと落ちる様子が見て取れた。

手には自転車のハンドルが握られている。

ただし、グリップより先は数十センチほどを残して消えていた。

そんな子が通りの角から、呆然と声もなく我々を見つめていた。

すぐにでも119番をコールしたくなる、とても危うい光景である。

「……今日は帰る」

「え……」

直後、魔法少女の口から呟きが漏れた。

咄嗟に振り返ると、その肉体がふわりと空中に浮かび上がるのが目に入った。ジジジという音を立てて、彼女のすぐ脇に、真っ暗な空間に通じる裂け目が浮かび上がる。過去にも幾度か目撃した覚えのある光景だ。

恐らくはこれがマジカルフィールドなのだろう。

「どこへ行くのかな？」

「…………」

こちらからの問い掛けに、彼女が言葉を返すことはなかった。

幼い身体は、そう大きくない裂け目の先に消えていく。

返事があったらあったで困る。しかし、消えていく姿を眺めるしかない、というのも切ないものだ。一連のやり取りを通して、魔法少女には魔法少女なりに切羽詰まった背景があるのだと理解した。だからこそ、色々と考えてしまう。

彼女が自ら身を引いた理由は、怪我をした少年の存在か、それとも貫くことができなかった魔法中年の障壁か、あるいはその両方か。自分には分からない。そして、いずれにせよ彼女はマジカルフィールドと思しき亜空間に消えていった。

もし自身に理解できることがあるとすれば、それはマジカルバリアを必死になって殴っていた二人静氏の存在が、彼女の撤退に何ら影響していない、ということだ。少なくとも魔法少女は、ランクB以下の異能力者を圧倒する力を保有している。

星崎さんが語っていた、魔法少女を撃退するには複数名のランクB能力者、もしくはランクA能力者の協力が必要、とのお話にも説得力を感じた。能力の相性次第では、二人静氏のように、数を揃えても苦労しそうな存在である。

「その娘を回収してずらかるぞぇ」

「そうですね」

二人静氏から声が掛かった。

彼女が視線で指し示す先には星崎さんの姿が。

このまま同所に居残っていては、きっと碌なことにならないだろう。

優先すべきは異能力者の回収と、上司への報告である。あの課長ならきっと、こういう状況でこそ報告を優先しろと指示するに違いない。場合によっては、既に航空機が墜落した知らせを聞いている可能性すらある。

＊

墜落現場を逃れた我々は、局が押さえたホテルの一室に向かった。

星崎さんとメガネ少年の回収については、何故なのか二人静氏が手伝ってくれた。気を失ってグッタリとした二人のうち、女性である前者を彼女が、男性である後者を自身が、それぞれ担いでの撤退となった。

改めてホテルを取らなかったのは、星崎さんの存在が大きい。彼女が目を覚ました時、近隣に局の押さえた拠点があるにもかかわらず、他所でチェックインしていては、あれやこれやと疑われるのが目に見えている。

「ここも経費かぇ？　税金を使っている組織は待遇がい

いのぅ」

ホテルの一室を見渡して、二人静氏は語ってみせる。

そうは言っても、これといって特色のないビジネスホテルだ。繁盛期でもない昨今、一泊一万円と掛からないだろう。個人的な意見を述べさせて頂くと、こうした施設のバスとトイレが一緒になった水回り、凄く嫌いなんだけれど。

「そちらの組織は金回りがよくないんですかね？」

「いんや？　営業トークじゃ。もっと良いところに泊まっておる」

「……そうですか」

めちゃくちゃ敗北感。それなら最後まで騙し通して欲しかった。

悲しいものを感じつつ、足を動かす。

何はともあれ、メガネの少年と星崎さんをベッドに並べて寝かせた。間取りの都合から、セミダブルの寝台に二人を並べることになる。同衾と言えなくもない状況だ。パッと見た感じ、死体が二つ並んでいるようにも思える。

何故ならば二人は、依然として気を失っているから。

我々の会話は、その傍らでのやり取りとなる。

「ところでそろそろ、こっちの話を聞いてもらってもいいかのぅ？」

「話を聞く分には構いませんが、それ以上のことは難しいですね」

「そうなのかぇ？」

「色々と協力して頂いておきながら、こういったことを言うのは申し訳ないとは思います。ですが敢えて伝えさせて頂くと、私には決裁権がありません。組織に所属してから日が浅い立場にあります。できることは極めて限られています」

転職しても平社員、いや、この場合は平公務員とでも言うのだろうか。

まっ平らな身の上は依然として変わらない。当然、管理職としての権限は持ち合わせていない。つまり、自身の判断で利用できる税金は一円もない。支出を伴う活動を行うのであれば、課長や部長の判断を仰ぐ必要がある。

その事実にこれといって不満はないけれど、こうした交渉の席では面倒だ。

部課長を伴わずに訪れた客先での営業、そこでの予期せぬ商談を彷彿とさせる。

相手に決裁権者が同席していたりすると、いきなり契約の話に進んだりするから大変だ。とりわけ外資系の企業では、現場の人間であっても結構な額で裁量を持っていたりする。そのため権限を持たない万年平は、あの手この手で時間を稼ぐわけだ。

こういった場面では、むしろ星崎さんの方が裁量は大きいのではなかろうか。こちらへ赴くに当たり参加した会議では、課長も現場の判断は彼女に任せるとか、口にしていたような気がしないでもない。

「なんじゃ、随分と堅苦しいのぅ」

これに応じる二人静氏は、勿体ぶった態度で相槌を一つ。

果たして彼女が何を望んでいるのか、自分にはまるで見当がつかない。そもそもどうして、彼女は我々の争いに首を突っ込んだのか。それも異能力者にとって天敵とも言える魔法少女に敵対してまで、こちらの立場を助けるような真似を。

「その上でお尋ねしますが、こちらに何を求めているのですか？」

「なぁに、そちらに鞍替えさせてはもらえないかと考えてな」

「…………」

おっと、これまた唐突なお願いごとである。

〈採用活動　二〉

つい先週にも己が生死を賭けて争った相手から、予期せぬ転職のご相談。

おかげで驚いた。

一瞬、言葉に詰まってしまったほどだ。

「鞍替えというのは、私どもの局に興味がある、ということですか？」

「うむ、そういうことじゃ。前にどこぞで争ったとき、お主が口にしていた言葉を思い出してのぅ。儂も久方ぶりに長いものに巻かれてみたくなった。語源はたしか、中国のおとぎ話であったかの」

「…………」

当然、承諾などできる筈もなく、返答を躊躇する。

罠だとか、詐欺だとか、美人局だとか、その手の単語がぐるぐると脳裏を巡り始めた。もしも承諾したのなら、次の瞬間にでも部屋のドアが勢いよく開いて、怖い顔をしたヤクザっぽい男性が、おうおう、なんてことしてくれたんだ、みたいな。

せっかくこれまでの人生、平穏に過ごしてきたのに。

不倫の慰謝料って普通に百万とか求められるらしいじゃない。

「すみませんが、私にはその提案を判断する権限がありません」

「ならば上に話を繋いではもらえんかのぅ？」

「…………」

さて、どうしたものか。

これまでの関係を思えば、メリットよりもデメリットの方が大きい。

何よりも彼女がこちらの軍門に降る、という状況が想像できない。

「先の件で人員を減らしている局の立場を思えば、有力な異能力者は喉から手が出るほどに欲しいのではないかのぅ？　そして、権限がないとは言っても、こうして相談を受けて、それを繋いだという実績は評価されるのではないかぇ？」

「どれだけ優れた能力者であっても、信用できなければ意味がありません」

「儂は強いぞ？」

「だからこそ、その手にかかって命を落とした局員も多いことでしょう」

「そう言われると、たしかに厳しいかもしれんのぅ……」

以前の勤め先では、社員の採用面接の手伝いをした経験も何度かある。いわゆる現場の担当者からの一次面接というやつだ。課長以上の役職担当者が人柄や人格を確認する一方で、実務能力をチェックする為に駆り出されていた。

しかし、ここまで攻撃力の高い応募者は初めてだ。

長所をお尋ねしたら、かなりエグい自己アピールが返ってきそう。

下手をしたら次の瞬間にでも殺されかねない。正直に言って、こうして話しているだけでも緊張する。ただ触れただけで、相手の生体エネルギー的な何かを吸い取ってしまう異能力だ。言い方を変えれば、即死能力と称しても過言ではない代物である。

あなたの強みはなんですか？

エナジードレインです。

個人的には即採用して、課長に押し付けたい逸材である。

彼のイケにイケているナイスでミドルなフェイスの引き攣る様子が見てみたい。

「決してお主に損はさせん。どうか頼めないか？」

「そうですね……」

面接希望者の意志は頑なである。是が非でも雇ってくれと言わんばかり。

彼女の所属する組織の待遇は、意外と悪かったりするのだろうか。いやしかし、現場での宿泊施設のチョイスについては、局よりも贅沢であると耳にしたばかりである。過去には逆に誘われた覚えもある。どうなんだろう。

「理由を伺ってもよろしいですか？」

「お主に興味が湧いた」

おっと、これまた変化球。

採用担当者の気を引こうという作戦か。

なかなか面接慣れしていらっしゃる。

実年齢が三桁超えという話も、決して伊達ではないのだろう。その堂々としたやり取りを思えば、雇ってしまってもいいんじゃなかろうか？　なんて思わないでもない。まず間違いなく即戦力となって下さることだろう。

ただし、長期的に見ると不安しかない。

「私のような人間の何に興味が？　どこにでもいる中年

男ですよ」

「よく言う。ああまでも圧倒されたのは、久方ぶりのことじゃった」

「そうですか」

それがボウリング場での一件を指していることは間違いない。

どうやら同所での出来事は彼女にとって、こちらが考えていた以上に刺激的なものであったようである。異能力者としてのランクも上の方にあるとのことで、これでなかなか、負け越したことを根に持っているのかもしれない。

そう考えると、個人的にはなるべく距離を置きたい。寝首を掻かれそうで怖いもの。

「もしやお主、その力を局の人間に隠しているのではないかぇ？」

「…………」

どうしよう、痛いところを突かれてしまった。

ご指摘の通りである。

もしや、などとは語っているけれど、確信を得ているに違いない。

だからこそ、こうして交渉の場は訪れてしまった。

「何故そう考えたのですか？」

「そうでなければ、他の能力者のサポートに回るようなこともあるまい」

行きの車内で星崎さんから伺った二人静氏の身の上を思い起こす。保有する異能力と合わせて、他者より長らく生きてきた経験や知識、背景が評価された結果、異能力者としてランクAの評価を受けているのだそうな。

いざこうして面と向かってみると、それも納得である。

「氷柱を生み出す能力に加えて、雷撃を放つ能力、更には空に浮かび上がる能力。果たしてどういった異能力が根幹に存在しているのか、まるで想像ができぬ。魔法少女のマジカルビームを防いでみせた力も、お主によるものではないか？」

「さて、どうでしょうか」

こういうちょっと真面目なやり取りの途中で、唐突にマジカルビームとかファンシーな響きを耳にすると、会話のテンポが崩れるのを感じる。色々な意味で彼のマジカル家なき子の存在は、イレギュラーな立場に感じられる。

それもこれも実はドッキリなんじゃ、なんて考えてしまうよ。

「上に紹介してくれたのなら、お主のことは黙っていよう」

「もしかして、こちらを脅していたりしますか？」

「こうしてお主の身内まで助けておいて、そんなことをすると思うかのぅ？」

「…………」

なんて露骨な恐喝だろうか。

ただ、そう言われると弱い。

彼女が乱入してこなかったら、今まさに指摘されたあれやこれやが、星崎さんにもバレていたことだろう。彼女からは既に十分なモノを受け取っている。そのお礼が課長への口利きで済むのであれば、かなり上等な取引だ。

多分、そうした辺りも含めての乱入だったのだろう。

ピーちゃんとの交流を極力屋内に留めていてよかった。異世界用の端末の買い出しやら何やら、自分一人で済ませていた事実に、今更ながら安堵を覚えた。ここ数日、自宅を見張られていたのは間違いない。

「上司に話を通す前に一つ、改めて確認させて下さい」

「なんじゃ？」

「どうして今の勤め先から転職しようと考えたのですか？」

「気になるかぇ？」

「当然じゃないですか」

「……職場の雰囲気が良くなくてのぅ」

「はい？」

「それにほれ、軽く苛めを受けておったし」

「……そうですか」

「まあ、お主との一件を受けて、一気に顕在化した訳じゃが」

「…………」

どうやら先の騒動から、組織内での立場が危うくなったようだ。

改めて当時の光景を思い起こしてみると、大活躍を見せたハリケーンの人に対して、彼女はそこまで活躍していない。一方で被害の度合いを見ると、下半身を失った前者に対して、後者はこうしてピンピンとしている。

「以前、現場で出会った念動力の彼ですが……」

「お主のおかげで当面は車椅子生活じゃ。組織の者たちは、あやつを現場に復帰させる為に、高ランクの回復能力者から協力を得ようと、今も四苦八苦しておる。その一方でこうして、勝手気ままにしている儂が気に入らないのじゃろうなぁ」

「なるほど」

「まあ、そうなる以前からも度々、意見は食い違っていたのじゃが」

二人静氏から語られたのは、想像したとおりの背景だった。

どうやらグループ内で立場が悪くなっての離職らしい。転職あるあるだ。

「だから、のぅ？　迎え入れてくれると嬉しいなぁ」

「繰り返しますが、私にはその権限がありませんので」

「もしも儂でよければ、いくらでもいい目を見させてやれる。幼い身体は嫌いかのぅ？　小さいだけあって締まりは抜群じゃ。どれだけ貧相な肉棒であっても、キツキツに締め上げてやろう。キツキツ、キツキツじゃ」

「…………」

これまた刺激的なご提案である。

しかし、賢い素人童貞はその程度の誘惑ではぐらついたりしないのだ。

童貞とは違うのだよ、童貞とは。

それに二人静氏の場合、ヤバそうな病気とか持ってそうだし。

「繰り返しますが、私にはその権限がありませんので」

「上に繋いでくれるだけでも構わんと言ったじゃろう？」

相手は押しが強い。

こちらの弱みを押さえているのだから、当然と言えば当然か。

こうした状況で、自身はどういった対応を取るべきだろうか。

社会人的に考えて。

検討を始めると、結論はすぐに出た。

「承知しました。それでは上司に相談してみましょう」

「本当か？」

ほうれんそう、である。

報告、連絡、相談。責任のある立場に、何もかも丸投げする平社員の必殺技だ。人によっては即座に現場へ投げ返してくるような場合もあるけれど、果たして阿久津課長はどうだろう。上司の人となりを見定めるには、これ以上ない状況である。

彼から与えられた端末を開いてコールを掛ける。

アドレス帳に登録されている連絡先は少ない。他には局の窓口と星崎さんくらいなものだ。リストに記載された彼女の名前を眺めていると、現役女子高生と連絡先を交換しているのだという事実に、なんとも非現実的な感慨を覚えてしまう。

こちらのボタンを押せば、なんと無料でＪＫと会話ができてしまうのだ。

異世界や異能力と同じくらいインパクトがある。

などと下らないことを考えていると、通話回線はすぐに繋がった。

『なんだね？　佐々木君』

「課長、少しお時間をよろしいでしょうか？」

『ああ、構わないよ』

普段どおり淡々とした物言いが心地よい。

こちらもあまりお喋りが得意な方ではないので、彼の事務的な性格は割と肯定的に感じている。ただ、たまにはそんな課長の人間っぽいところも、見てみたいなと考えてしまったりして。

「件の少年とは別に、非正規の異能力者から転職の希望を頂戴したのですが」

『おぉ、それはめでたい。どういった能力者なんだね？』

「二人静さんという方なのですが、ご存知ですか？」

『なるほ……え？』

「ご存知ありませんか？」

『…………』

直後、先方の慄く様子が回線越しに伝わってきた。

続く言葉も飲み込まれる。

普段からデキる男を演出している課長だから、驚いた反応が新鮮だ。スーツや靴から時計、タイピンに至るまで、ブランド品で固めていた姿が思い起こされた。そんな彼が絶句する様子は、電話越しであっても滅多にないエンターテインメントである。

申し訳ないけれど、素の反応が快感だ。

「いかがしましょうか？」

『あぁ、そうだな……』

返答に窮する気配が可愛らしい。

つい先程、自身が味わったものと同じ驚きを感じているのだろう。

やっぱりビックリしますよね、とか親近感が芽生えてしまう。

『二人静というのは、エナジードレインを利用する異能力者で間違いないかね？　以前にも君を派遣した現場に姿を現したと聞いている。見た目は小学生ほどだろうか、パッと見た限りでは幼い童女なのだがね』

時間を稼ごうという魂胆が有り有りと見て取れるご確認だ。

現場の苦労を管理職にフィードバックしてやったぞう。

「ええ、そうなります」

『彼女は反政府組織の一員だった筈なのだが……』

「単刀直入に伺いますが、本人を局にお連れして構いませんか？」

『…………』

「課長？」

『志望動機が気になるところだ。何か話を聞いているかね？』

「なんでも、長いものに巻かれてみたくなった、とのことですが」

『…………』

まさか課長も、すぐ隣に本人がいるとは思うまい。

段々と楽しくなってきた。

「課長もご存知だとは思いますが、私にどうこうできるような相手ではありません。そうした背景もありますので、なるべく彼女の意志を尊重したいと考えています。せめて面接の場だけでも用意してもらえないでしょうか？」

裏で通じ合っていると思われても面倒なので、併せてそれっぽい台詞も吐いておく。あくまでも自身はメッセンジャーに過ぎないというアピールだ。か弱い立場にある部下を貴方はどうするつもりかと、相手に非があるかのようにプッシュである。

すると早々に彼は黙ってしまった。

いつぞやボウリング場での一件、拉致された経験が効いているのだろう。

『…………』

「……課長？」

阿久津課長は先の作戦で失敗しているから、葛藤は大きなものと思われる。

普通の人なら、当面は大人しくして地道に貢献を重ねたい、などと考える筈だ。いかに課長職とはいえ、無傷であったとは思わない。公にならないところで、何かしら責任を取らされているのではなかろうか。

『先方とは友好的な関係にあるのかね？』

「そうですね……」

その点については、こちらも未だに判断がつかない。

星崎さん曰く、戦前から生きている人物とのこと。人生経験は自身の数倍以上。こうして声を掛けてきた経緯については、それなりに理解できるものだと確認しているけれど、腹の中では何を考えているか分かったものではない。

今の状況も彼女から手玉に取られた上での流れである。

「確約はできませんが、彼女が我々に興味を抱いているのは確かです。そして、局の人員に不足が見られるのも事実です。もしも協力を取り付けることができたのなら、我々もできることの幅が大きく広がるのではないでしょうか」

『…………』

あまり遊んでばかりだと、査定の評価を下げられてしまう。ボーナスが減るのは困る。

ここいらで少しは使えるところもアピールしておこう。

「その上で提案させて頂きますが、面接はビデオチャットなどを利用してはどうでしょうか？　直接顔を合わせてとなると、課長が危惧されるのも当然です。しかし、十分に距離をおいてであれば、彼女の能力を考慮しても、不安は取り除かれるのではないかと」

『それで先方が納得するのかね？』

「課長に迷惑は掛けられませんので、こちらで交渉してみます」

問題の転職希望者にチラリと視線を向けつつ語る。

すると、二人静氏は小さく頷いてみせた。

どうやらビデオチャットでも問題なさそうである。というか、上に繋いで欲しいという本人の言葉を信じるのであれば、むしろここで異論が上がったのなら、色々と疑念が湧いてくる。当然と言えば当然の反応だ。だからこその提案でもある。

『……そうか』

「いかがですか？」

『星崎君の意見も聞きたいのだが、彼女はそこにいるかね？』

「彼女は魔法少女との遭遇を受けて負傷、今は意識を失っています」

『っ……』

電話回線の向こう側から息を呑む気配が伝わってきた。そう言えば伝えていなかったよ、魔法少女とのエンカウント。

結果的に先程から驚いてばかりの阿久津さん。

「二人静さんには、その際に助けてもらった経緯がありますます」

『……なるほど、そういうことかい』

「いかがですか？」

『わかった。日時については、こちらから改めて伝えさせて欲しい』

「承知しました」

よかった、無事に面接の約束を取り付けることができた。

航空機の墜落については、これといって言及を受けることはなかった。未だ彼の下にまで情報が回っていないのだろう。墜落から一時間も経っていないし、どこかで連絡が止まっているに違いない。そのため有利に会話を進めることができた。

『ところで、星崎君の容態はどうなんだね？』

「目立った外傷はありません。しばらくしたら目を覚ますかと」

『それならいい。後で報告書にまとめて送ってほしい』

「承知しました。本日中には提出します」

『ああ、頼むよ』

「それではすみませんが、私は現場での対応がありますので」

『うむ』

先方が頷いたのを確認して、端末を耳元から離すと共に通話を終える。

多分、近い内に折り返しの連絡があることだろう。航空機を一台、決して安い買い物ではない。恐ろしい話もあったものだ。

だからこそ、星崎さんには早く目覚めて欲しい。そうすれば課長に対する報告は、自ずと彼女の役割になるだろう。視線をベッドに向けると、そこにはメガネ少年と並んで横になった彼女の姿がある。

依然として気を失っており、しばらく眺めても反応は見られない。

セミダブルの寝台に二人仲良く横になっている様子は、まるで姉弟のようだ。

その姿を尻目に会話は進む。

「これでよろしかったでしょうか？」

「うむ、世話になるのぅ」

課長との通話を終えて、端末を懐に仕舞いつつ伝える。

すると二人静氏は満足そうに頷いてみせた。

ニコリと浮かべられた笑みが愛らしい。こうして眺めている分には、ただの童女に見えるから困ったものだ。その小さな手が幾十、幾百という人間を殺してきたとは、とてもではないが思えない。ランドセルとか、とても似合いそうだもの。

「まだ採用されると決まった訳ではありませんよ？」

「いいや、今のは場を繋いでくれたお主に対する礼じゃ」

「そうですか」

そういうことなら、こちらも少しだけ彼女を頼ってみよう。

取り分け魔法少女なる存在について、自身は知識が足りていない。

「ところで一つ、確認したいことがあるのですが」

「なんじゃ？　やっぱりヤりたくなったかぇ？」

「魔法少女について、何か知っていることがあれば教えてもらえないかなと。貴方は私よりも遥かに長い時間を生きてきたと伺っています。過去に魔法少女を巡って得た知見などあれば、ぜひ教えてもらえませんか？」

「つれないのぅ」

「駄目でしょうか？」

部屋に備え付けのデスク、その椅子に座ったまま、しなを作ってみせる二人静氏。これに対する自身はといえば、星崎さんとメガネ少年が横たわったベッドの縁に、浅く腰掛けている。万が一に備えての配置だ。

「魔法中年だなんだと言っていたお主が、それを儂に聞くのか？」

「あれは彼女を退けるための言葉の綾といいますか……」

また、このタイミングで彼女に魔法少女云々を尋ねることには、他にも意味がある。恐らく目の前の人物は、こちらを能力不明の異能力者として捉えている。一方で魔法少女改め、魔法中年としての可能性も疑っていることだろう。

そこで今後、ピーちゃんの存在が彼女に露見、異能力者としてのスタンスが取れなくなった場合に備えて、魔法中年という立場を得るための下地を作っておきたい。そのためにあらかじめ、魔法少女なんて知らないよ、と敢えてアピール。

相手が二人静氏なら、いい感じに深読みしてくれるのではなかろうか。

「お主は局員なのじゃ、上から色々と聞いているじゃろう?」

「以前にも伝えましたが、私は新人研修を終えたばかりのルーキーでして、ほとんど情報を与えられていないのですよ。聞けば教えてもらえるのかもしれませんが、なるべく早いうちに情報を得ておきたく考えています」

「粘ってみせるのぅ……」

「いかがでしょうか?」

「まあ、儂が知っている程度のことであれば構わんよ」

「本当ですか? ありがとうございます」

思ったよりも簡単に承諾を得ることができた。

それからしばらく、ホテルの一室で魔法少女について、二人静氏から講義を受けた。こちらは結論から言うと、航空機の墜落現場で得た以上のものであった。なんでも彼女は、他国で活動している他の魔法少女と話をしたことがあるという。

そうした背景も手伝い、かなり濃い情報をお持ちだった。

なんでも、妖精界と呼ばれる世界が、我々の世界とは別に存在しているそうだ。そちらからやって来た使者、妖精と呼ばれる存在の力により、こちらの世界の人間が変化した姿が、魔法少女なのだという。

世界中で確認されている魔法少女は全部で七名。

これは星崎さんから聞いた通り。ただし、身を隠している魔法少女も考えられるとのこと。ちなみに各々の魔法少女の活動圏は、日本の他にアメリカ、中国、ロシア、ドイツ、フランスで確認されているらしい。残る一名は不定とのこと。

妖精界については、あまり詳しくは分かっていないらしい。断片的に与えられた情報によると、魔法少女たちは妖精に協力して、この世界で何かしら特定の作業に従事しているのだとか。それ以上は二人静氏も知らないと言っていた。

　また、大半の魔法少女は各国の公的機関から接触を受けて、身を寄せているそうだ。マジカルホームレスと対峙した後なら、世のお偉いさんたちの判断は当然だと思える。その数少ない例外が日本の魔法少女らしい。理由は本人が語っていたとおりだった。

「なるほど、そのようなことになっていたのですね」

「この国の魔法少女は異能力者に厳しくて困るのぅ」

「他の国はどうなんですか？」

「少なくとも異能力者を殺して回っているとは聞かん」

　当初考えていたよりも、魔法少女について色々と知ることができた。二人静氏から得た情報があれば、今後再び彼女と遭遇した時、魔法中年としてコミュニケーションに臨むに当たり、事前に準備をすることができる。

　目の前の女児との出会いは、決して悪いことばかりではなかった。

「頭のイカレた子供には近づかないことじゃな」

「決して悪い子だとは思いませんが……」

「出会い頭に問答無用で、致死性の魔法を放ってくるような相手じゃぞ？」

「そう言われると、たしかに否定することは難しいかもですけれど」

　そうこうしていると、懐で端末がプルプルと震え始めた。

　取り出して画面を確認すると、課長の名前が浮かんでいる。

　二人静氏に断りを入れて電話を受けた。

「はい、もしもし。佐々木です」

『阿久津だが、君たちは一体何をやっているんだね？』

　先程と比較して、そこはかとなく怒気の感じられる物言いだった。

　当然と言えば当然だ。

　彼の下まで航空機墜落の情報が届けられたのだろう。我々の姿まで確認されているか否かは定かでない。しかし、出張先と墜落現場が被っていれば、いずれにせよ疑念は湧くことだろう。メガネ少年の放った火球もかなり目立っていた。

　こうなると上司にはどうして報告したものか。

　素直に説明したら、まず間違いなく我々はお叱りを受ける。野良の異能力者の暴走を止められず、目の前で時価数十億円の機体を墜落させてしまったのだ。減給や降格は避けられないだろう。クビになってもおかしくない。お賃金命の星崎さんなど、発狂するのではなかろうか。そして今後、メガネ少年は局内で大変な扱いを受けることだろう。

そのように考えると、自身の取り得る選択肢は一つしかなかった。

「先程にも伝えたとおり、現地で魔法少女と交戦しました」

『入間基地の貨物機が墜落したのは……』

「貨物機は魔法少女の放ったマジカルビームを受けて消失しました。我々は現場に居合わせた一般人の存在から、同所での交戦を忌諱した魔法少女の気まぐれにより、どうにか逃げ出すことができました」

決して嘘は言っていない。

墜落の直接的な原因はメガネ少年だけれど、魔法少女が貨物機を撃ったのも事実だ。

火球の存在を隠すことはできないだろう。

当然、出処がメガネ少年であるとも、すぐに割れると思われる。

しかし、その根幹に魔法少女との遭遇があるとすれば、多少は当たりが弱くなるのではなかろうか。彼女が異能力者を狩って回っているのは周知の事実であり、その原因は他所にある。

これで責任の所在は、我々個人から幾分か遠退く。

要は自然災害のようなものだ。

『墜落当時には火球が目撃されているそうだが？』

「魔法少女との戦闘において、異能力の使用は認められませんか？」

二人静氏から色々と話を聞いたおかげで、魔法少女が異能力業界に与える影響を正しく把握できた。彼女をスケープゴートにするのは胸が痛むが、既に局へ喧嘩を売っているようだし、航空機一台分くらいなら誤差だろう。

ということにしておく。

局としても身内のミスには違いないが、相手が魔法少女なら仕方がない、という妥協を周囲から引き出すことができる。素直にメガネ少年がやりました、と言ってしまうと、外部からの局に対する風当たりも強いものになるだろう。

『……分かった。たしかにその方が我々も収まりがいい』

「ご理解ありがとうございます」

どうやら課長もそのように考えてくれたようだ。

重苦しい溜息と共に、渋々了解してみせた。

「ところで課長、一つ質問が」

『なんだね？』

「異能力に関係した事件や事故に対する補償は、どうなっているのでしょうか？　保険会社の規約にその手の内容が盛り込まれているとは思えません。今回は国の施設ですが、これが民間の航空会社であれば倒産の危機では？」

ここ最近は航空機もリースの比率が増えた。

一機落ちただけでも、洒落にならない損失だろう。

そして、これは空運業界に限った話ではない。

『異能力者を原因とする事件及び事故の補償には、我々の局が所轄とする特別予算が設けられている。表立っては公表されていないがな。今回の騒動に対する補償も、そちらの予算を利用することになるだろう』

「なるほど」

どうやら我が国にも裏帳簿があるらしい。

自分から尋ねておいて何だけれど、課長の話を聞いていてドキドキしてきた。一体どうやって予算を利用するのだろう。出処の知れない大金がどこからともなく登場とか、現場の担当者からしたら、背筋が寒くなると思う。

『話は以上かね？』

「ええ、ご連絡ありがとうございました」

『では、これで失礼する』

そう大して話し込むこともなく、上司との通話は切られた。

課長は終始しょっぱい雰囲気を出していた。

彼は声を上げて怒ったりするタイプではなく、淡々と取捨選択を行うタイプだから、どうしても不安が残る。けれど、こればかりは仕方がない。駄目だったら当初の予定どおり、異世界に逃げ込んでゆっくりとしよう。

「上司とは上手くいっていないのかのぅ？」

「いいえ、そんなことはありませんよ？」

「もしも鞍替えが叶ったのなら、儂にとっても上司になるのじゃろう？　面接に先立って人柄を把握するくらいは、事前に行っておいた方がいいかもしれないのぅ。どうじゃろう？　魔法少女の情報の対価として、教えてはもらえんかぇ？」

「ええ、構いませんよ」

面接の対策は重要だ。

事前に業界のニュースやソーシャルメディアで人柄を判断できればいいけれど、こと我々の局に限ってはそれも難しい。自宅で阿久津さんの名前を検索してみるも、一ページも彼に関する情報は出てこなかった。

中央省庁の課長職の癖に、名前の記述が一つも出てこないの逆に凄い。

もしやと思って自分の名前を検索してみたところ、以前は確認できたページがいつの間にやら削除されていた。キャッシュこそ残っていたけれど、多分、それも近い内になくなってしまうのだと思う。

「ただし、私も彼とは付き合い始めて一ヶ月と経っていませんその上での情報として扱って欲しいのですが……」

自身が知っている範囲で、課長の人柄を二人静氏に伝える。

役職の割に若いこと。

イケメンであること。

身なりに気を遣う人であること。

冷淡な性格であること。

こうして改めて口にしてみると、やはりというか、自身は彼の表面的な部分しか知らない。星崎さんであれば、もう少し色々と知っていたりするのだろうか。後で確認してみてもいいかも知れない。

「ああ、それと一つ、重要な情報があります」

「なんじゃ？」

「これは局に採用された後の話ですが、課長の手によって、貴方が申請した自宅や拠点に監視カメラが配置されると思います。気持ちが悪いとは思いますが、適当なタイミングで発見して、廃棄してください」

「局の職員であっても、そういったことは行われているんじゃな」

「過去に幾度か間諜が入り込んだとのことで、神経質になっているのでしょう。こうして伝えることはルール違反なのですが、二人静さんの場合は、いずれにせよ当面は間諜として扱われると思うので、今のうちに伝えさせて頂きました」

「その手の行いには慣れておるから、これと言って伝えられずとも問題はなかったと思う。というより、どこの組織も似たようなことをやっているじゃろ。しかし、こうして事前に伝えてくれたことには、素直に礼を言っておこう。感謝する」

目の前の人物が暴れ始めたら、中級魔法を覚えつつある自身であっても危うい。まさか四六時中、障壁魔法を張っている訳にもいかない。二人静氏に対する局の警戒は間違いないので、不必要に相手を刺激するような真似は控えるべきだ。

「ところで何か、質問はありませんか？」

粗方伝え終えたので、質疑応答のお時間。

自身から提案した、その直後の出来事だった。

「……佐々木、今の話は本当なの？」

「え？」

質問の声はすぐ背後から上がった。

驚きから咄嗟に振り返ると、そこにはパチリと目を開けて、こちらを見つめる星崎さんの姿があった。ベッドに仰向けに寝転がった姿勢のまま、目玉だけをギョロリと向けて、こちらに注目している。

どうやら狸寝入りをしていたようだ。

いつから起きていたのだろう。

「……おはようございます、星崎さん」

「佐々木、今の話は本当なのかしら？」

「今の話というのは、一体どの話でしょうか？」

メガネ少年を気遣ってだろうか、彼女はゆっくりと身を起こした。

制服姿にもかかわらず、シーツの上で胡座をかく。

その面持ちは普段の彼女と変わらず、感情の窺えない淡々としたものだ。ただし、今はいつもの厚化粧をしていない。そのため普段よりも表情の変化が読みやすい。

後輩は先輩の頬がうっすらと紅潮しているのに気付いた。

「課長が局員の自宅に監視カメラを設置しているという話よ」

「…………」

続けられた言葉を耳にして確信する。

つまりこれはあれだよ、ほら。

課長の自宅には、現役ＪＫのエロ動画が山積みってことだ。

「佐々木、今すぐに答えなさい。課長が局員の自宅に監視カメラを設置しているというのは、本当のことなの？　それは貴方だけが特別であったという訳ではなく、他の局員も対象にしているものなの？」

「本人は分け隔てなく仕掛けていると言っていましたが……」

「っ……」

　こちらの回答を受けて、星崎さんの表情が変化を見せた。

　目を見開いて絶句である。

　この反応から察するに、星崎さんはまず間違いなく、今まで気付いていなかったのだろう。以前に聞いた話だと、彼女は普通に実家で生活をしており、局や学校にも自宅から通っているとのこと。

　当然、そこでは着替えをしたり、勉強をしたり、友達と遊んだり、場合によっては彼氏を招いて性的な充足を図ったりと、一般的な女子高生が行う活動を、ごく自然に行っていたものと思われる。

　その全てが課長の手の内だ。

　もしも自身と同様の扱いを受けているとすれば、複数台からなるカメラで多角的に撮影されている。音声を録音する機器も繋がっていた。更に彼女は入局から間もない社畜とは異なり、それなりの期間を局員として過ごしている。

　一体どれほどの大長編となっていることだろうか。

　完全にシリーズ物である。

「星崎さん、課長は決して疚(やま)しい気持ちで仕掛けている訳ではないかと」

「ターゲットの回収は確認したわ。すぐにでも局に戻りましょう」

「あの、できれば局や知り合いに、お土産を購入したいのですが……」

「お土産？」

「……承知しました」

　ジロリと睨(にら)むように見つめられた。

　航空機墜落の対応で忙しくしているだろう課長だけれど、これは更に大変なことになりそうである。自身にできることは、距離をおいて遠目に眺めるくらいだ。ちょっとワクワクしている事実は、絶対に彼女に知られてはいけない。

　ごめんよ、ピーちゃん。入間のお土産は持ち帰れそうにない。

　サイボクというブランドのお肉が美味(おい)しいと聞いて、

楽しみにしていたのだけれど。

＊

メガネ少年を回収した我々は、その日のうちに局に戻ることになった。

二人静氏とは現地で解散だ。まさか連れて行く訳にはいかない。

代わりに連絡先を交換しておいた。

往路は局の車を利用したが、復路はタクシーだ。

経費は後で請求できると星崎さんが言っていた。おかげで長距離でも遠慮なく乗り込むことができた。所定のルートを外れると、外回りの電車代ですら精算を拒否されていた以前の勤め先とは雲泥の差である。内閣府超常現象対策局様々だ。

ただし、車内は終始とても気まずい雰囲気だった。

それでも幸いであった点があるとすれば、魔法中年云々の問答を彼女が聞いていなかったということ。本人に確認したところ、目覚めた直後に上司の盗撮疑惑が耳に飛び込んできたのだという。

そういった意味では、狸寝入りの被害が課長に限定されたことは喜ばしい。

ちなみに各々の配置は、後部座席に気を失ったメガネ少年と自身が座り、助手席に星崎さん、といった塩梅である。少年は最後まで眠ったままだったので、動き回るのに際しては自分が背負う羽目となった。

そうして首都高速を移動することしばらく。我々は都内に設けられた局の拠点まで戻ってきた。先んじて車を降りた星崎パイセンは、地面に降り立つと共に駆け足だ。鬼気迫る表情で、担当部署が収まるフロアに向かっていった。

メガネ少年については、一人で運ぶ自信がなかったので、そのままタクシーの運転手に待機をお願いした。というのも、ホテルの居室からタクシーまで動かすのにも、思いっきり腰をやっていた。回復魔法がなかったら完全にアウトだった。

こちらの対応は局のフロアに戻り次第、異能力者の受け入れを担当している部署に声を掛けて完了である。我々が採用活動の為に動いていることは先方も承知しており、すんなりと連携することができた。

そんなこんなで慌ただしくすることしばらく。

出張の後始末を終えて自身のデスクに戻り、人心地ついたのも束の間のこと。鬼のような形相の星崎さんに呼び出しを受けた。彼女に連れられるがまま、フロアに設けられた会議室で課長と向かい合う羽目になる。

既に日も暮れており、定時はとうに過ぎた時分。それでも当然のように、上司はデスクで仕事をしていた。こういうところ、とても国家公務員っぽいなぁと思う。今日くらい帰宅してくれていたらよかったのに。

「いきなり話とはなんだね？　星崎君」

「課長に確認したいことがあるわ」

「それは構わない。私からも確認したいことがある」

星崎さんが鼻息も荒く息巻いている一方、課長も課長で我々に用事があるそうだ。こちらについては何となく想像がつく。きっと二人静氏の身柄を巡るあれこれだろう。近いうちに打ち合わせの場を設けると約束していたから。

「ところで、佐々木君も一緒で構わないのかね？」

「佐々木から聞いたわ」

苛立ちを隠そうともせずに星崎さんは伝えてみせる。

担当内の諍いに後輩を巻き込まないで欲しいのだけれど。

「局員の自宅に監視カメラをバラ撒いているそうね」

「それがどうしたのだね？」

「っ……」

星崎さんからの追及に対して、課長はまるで動じた様子もなく答えた。さも当然だと言わんばかり。個人的には、こういう反応をするだろうなぁ、と考えていたので、やっぱり、といった思いが強い。

しかし、隣に座ったＪＫはそうでもなかったようだ。

「ま、まさか、そんなことが許されると思っているの!?」

「ああ、許されるとも。その権限が私にはある」

「なっ……」

普段と変わらない淡々とした物言いだった。

その事実は星崎さんがどれだけ声を上げたところで、きっと変わらないだろう。二人静氏も似たようなことは、そこかしこで行われていると言っていた。扱っているモノを思えば仕方がない気がしないでもない。

自身はピーちゃんのおかげで被害を免れたので、完全に他人事だ。

「安心したまえ、他所に流すような真似はしない」

「そういう問題じゃないわ！」

「では、どういった問題なのだね？」

「課長はその手の趣味の持ち主なのかしらっ!?」

「あぁ、そういうことかい」

「決まっているでしょう！」

バンと会議卓を叩いて、星崎さんは椅子から腰を浮かせた。

異能力を繰り出しそうな雰囲気すら感じる。

一方で動じないのが課長だ。繰り返し追及を受けても眉一つ動かさない。こうした質疑は事前に想定しているのだろう。もしくは過去にも、同じような問答を交わした経験があるのかも知れない。

相手が異能力者、それも攻撃性の能力を備えた星崎さんともなれば、状況的には眉間に拳銃を突きつけられているようなものだ。それなのに表情には僅かな崩れも見られない。

だからこそ本日、二人静氏を話題に上げたときの反応は、電話越しとはいえ、今思い出しても痛快である。面接に際してはどのような振る舞いを見せてくれるのだろうか。叶うことなら自身も、オブザーバーとして立ち会ってみたいものだ。

「こんなのセクハラだわ！」

荒ぶる星崎さん。

これに対して課長は極めて事務的に応じた。

「それなら安心するといい。私は同性愛者だ、女に興味はない」

「え……」

課長、よりによってこのタイミングでカミングアウトですか。

星崎さんも鳩が豆鉄砲を食ったような表情となる。

「制服姿の女子学生よりも、スーツを着用した同世代の男性に興奮する」

「…………」

今まで浮かんでいた憤怒が、一瞬にして彼女の顔から消え失せていた。同時にチラリと、こちらに視線が向けられる。疑念の入り混じった眼差しは、そこに要らぬ誤解が生じているようにも思えた。

っていうか、誤解じゃなかったらどうしよう。

対岸の火事が水面を渡ってやってきた感、あるよ。

賑やかだった会議室が一瞬にして静まり返った。星崎さんからの追及が止んだからである。同時に三者の間でお互いに視線が行き来する。なんて居心地の悪い雰囲気だろう。すぐにでも逃げ出したい。

いやしかし、誤解は誤解として正さねば。

「課長、その言い方だと他の方に誤解を生みますよ？」

「何故だね？」

「彼女に事実を伝えたのは僕ですから」

未成年の私生活を監視していながら、なんて淡泊極まる反応だ。大した問題ではないと考えているのだろう。厳しい出世競争を勝ち抜いてきた人は、やはり常人とはどこか感覚が違うのかもしれない。

後々になって同僚との関係が拗れても面倒だ。この点については、星崎さんの目がある場で伝えておきたい。ゲイだとか何だとか、そういった関係はございませんと、全方位に釈明する形で話を進めさせて頂く。

「そうなのかね？」

「ええ、そうなのです」

「だとしたら、君の思いは杞憂だろう」

「本当でしょうか？」

「ああ、そのとおりだ」

「なるほど、それは何よりです」

「君は私の好みではないからな」

「…………」

部下が必死になってあれこれと考えているのに、なんだこの上司。

告白していないのに、一方的にフラれた感じ。

これがマウンティングというやつか。いや、分かっている。自身の外見を思えば、目の前のナイスミドルは高嶺の花であると。だからこそ、少しくらい気を遣ってくださいよ。傍目にも哀れに映る問答じゃないですか。

「どうしたかね？」

「いえ、なんでもありません」

別にそういう気とか全然ないのだけれど、咄嗟に整形だとか筋トレだとか、脳裏に浮かんでしまった自分は、きっと根っからの恋愛弱者なのだろう。人は誰かに求められることで、段々とメンタルを鍛えてゆくのだ。

好みではないと伝えた相手に、どうしたかね？　などと面と向かって尋ねる胆力が、課長の精神の強さを伝えているように思える。ちなみに部下、傷付いているよ。あまりにも複雑な心境だから、素直に訴えることはしないけれど。

「このとおり、局内で関係を持つほど私は馬鹿ではないよ、星崎君」

「けれど、だからって監視カメラを仕掛けるなんて……」

「私が仕掛けた監視カメラによって、決して少なくない間諜が発見されている。その点を考慮した上での意見かね？　この局は他所の省庁とは毛色が異なる。どちらかと言えば公安に近い立場にある」

「…………」

課長の告白を受けて、星崎さんの勢いは大きく削がれていた。

また、彼から併せて伝えられた事実は、その肩書に対して尤もなものだ。ただし、前後のやり取りに鑑みると、公安の二文字がこれ以上なく胡散臭いものとして聞こえる。Ｂ級コメディー映画に登場するＦＢＩみたいな感じ。

「何か質問はあるかね？　星崎君」

普段どおり大上段からつらつらと語る課長。

面持ちはこれまでと何ら変わりはない。

その姿をジッと見つめて、星崎さんは答えた。

「私の身の上については、局も既に十分な情報を得ていることと思います。課長が女性の盗撮に性的興奮を催す性癖の持ち主でないと言うのであれば、本日中に監視カメラを撤去してもらえませんか？」

「分かった。早急に手配しておこう」

星崎さんからの要求に対して、課長は素直に頷いた。

それとなく先輩の姿を窺うと、机の下で拳を握っていらっしゃる。とてもではないけれど、怒りが冷めたとは言えなそうだ。向こうしばらく、星崎さんのメンタルには気をつけたほうがいいかもしれない。

「それと佐々木君。例の面談の日程なのだが……」

「あ、はい」

なんてブラックな職場だろう。今すぐにでも自宅に戻り、ピーちゃんとお話ししたい気分である。疲弊した心が愛鳥とのコミュニケーションを求める。一緒に仲良くネットサーフィンを楽しみたい。

同時に、それでも必死になって我慢している星崎さんを思うと、転職先はボーナスに期待できそうである。その一点において、期待してしまっている自分が悲しい。

それもこれも貧乏がよくない。

＊

同日は上司との打ち合わせを終え次第、解散となった。

次の登庁は翌日である。

なお、フロアに顔を出すよりも前に朝一で、二人静氏との面接のセッティングを求められた。こちらは先方に電話連絡を入れたところ、二つ返事で承諾を頂いた。勤め先を既に脱している手前、当面はこれといって予定もなく暇にしているのだと言う。

そんなこんなで公僕は帰宅した。

いいや、帰宅しようとした。

「遅かったのぅ。残業かぇ？」

「…………」

自宅アパート前の道路に、和服姿の少女が立っていた。日も暮れて真っ暗となった夜道、その脇で建物の陰に隠れるように立つ姿は、古めかしい出で立ちと相まって、まるで幽霊のようである。際立って可愛らしく映る外見も、これに一役かっている。

手には何やら旅行カバンのようなものを下げているぞ。

「どうした？　そのように疲れた顔をして」

「いえ、まさかこんな場所で出会うとは思いませんでして」

職場で荒んだメンタルをピーちゃんとのトークで癒そう。そう考えての帰宅も直前、我が家をすぐ目前に臨む地点での出来事である。手には出張先で購入できなかったお土産に代わり、近所の精肉屋で購入したお肉を下げている。

出張手当が出るというので、少し奮発して百グラム千五百円。

「言ったであろう？　お主を張っていたと」

「ええまあ、聞いてはいましたが……」

ただ、このタイミングでやって来るとは思わなかった。つい先刻も、課長との面接のスケジュールを巡り、明日にも顔を合わせる予定で連絡を入れたばかりだ。こちらに逃げる意志がないのは理解しているはず。それなのにどうして、わざわざ我々の機嫌を損ねる可能性を押してまでやって来たのか。

「僕に何か用事ですか？」

「いやなに、そう大した話ではない」

「どういった話でしょうか？　ぜひお聞かせ願いたいのですが」

「お主を張っていたところ、部屋の窓から妙なものが見えてのぅ」

「…………」

そんなまさか、ちゃんとカーテンを閉めてから出掛けている。

何故ならば平日の日中、自室ではピーちゃんがインターネットを楽しんでいる。ノートパソコンの正面にちょこんと座り、ゴーレムなる魔法生命体を駆使することで、我々人間と変わりなくネットサーフィン。

当然、人目については大変だ。毎日ガスの元栓を確認するのと併せて、カーテンのチェックは欠かせない。ピーちゃんにもその旨は伝えてあるし、理解も得ている。自分などより遥かに賢い彼だから、閉め忘れの可能性も低い。

「もしや不審者でも忍び込んでおりましたか？」

咄嗟にアパートの自室に視線が向かいそうになる。

それを堪えて淡々と応じた。

すると彼女は和服の懐から、聴診器と小型のオーディオアンプが一緒になったようなものを取り出した。金属で作られた長方形の筐体には摘みがいくつか設けられており、そこから伸びたケーブルが聴診器のような器具に接続されている。

たぶん、コンクリートマイクだ。

「これが何だか分かるかぇ？」

「……さて、なんでしょうか？」

興信所の人たちが不倫の調査などで利用する道具である。

分厚い鉄扉や鉄筋コンクリート造の壁を挟んでも、その先の音源を確認できる代物だ。条件によっては使えないケースもあるそうだが、自宅アパートがどうであるか、素人である自身が判定することは不可能である。

当然、ハッタリだと決めてかかろう。

ピーちゃんの声を捕捉されていたとしても、友達が遊びに来ていたとでも答えればいい。魔法だ何だと話題に上がっていたところで、アニメやゲームの話だと割り切ってしまえば、相手に真偽を確かめる術はない。

「簡単に説明すると盗聴器じゃよ」

「それで私の家を盗聴したとして、何か得られるものが?」

「いんや、これだけでは駄目じゃ」

次いで彼女は、手に下げていた旅行カバンを開けると、その内から何やら取り出した。パッと見た感じ、ビデオカメラのように思われる。しかし、そのボディーに記載されたメーカー名は、一般的なカメラを扱う企業とは異なる。

彼女が取り出したのは、ビデオカメラではない。サーモカメラである。

赤外線を感知することで、空間の温度差をヒートマップにより映像化する機械だ。本体記載のメーカー名は、そうした装置を製造している企業のもの。世界的に有名な一社である。過去に仕事で扱った経験があるから知っていた。

ビデオカメラとは比較にならないほど高価で、彼女が手にしているような業務用のモデルになると、三百万から四百万はするのではなかろうか。それでも解像度がVGAくらいしかなかったりする。HDになると一千万円近いお値段。

「ビデオカメラですか? 随分と大きいですね」

とりあえず惚(とぼ)けておく。

こんなものを持ち出して何だというのだ。

「サーモカメラという単語くらいは知っているじゃろう? テレビなどでもよく話題にあがるからのぅ。これが意外と使い勝手のいいもので、感度次第では下手に監視カメラを仕掛けるより、遠くから安全に状況を確認できる」

「それがどうかしましたか?」

「マイクと併せて確認したのじゃ」

「……というと?」

「何やら鳥のようなものが賑やかに喋っておってのぅ」

「聞き間違いではありませんか?」

「ほぅ?」

「声は隣の部屋のものかも知れません。マイクを通じた集音は、水道管などの影響を受けて、他所の部屋の音声が入り込むことも多いと聞きます。集合住宅では隣室と自宅の音を聞き間違えることも、多々あるそうではないですか」

「真っ昼間に確認したんで、上下左右は共に留守じゃったよ。ところでお主、自室で鳥を飼育していることは否定せんのじゃな？　勝手にケージから外に出て、デスクの上で好き勝手にしておったぞ。部屋の中が糞だらけになりやせんか？」

　いいや、それはおかしい。

　彼女が手にしたサーモカメラがどれだけ高価なものであっても、窓ガラス越しに室内の様子を観測することは不可能だ。ノートパソコンの熱やピーちゃんの体温は、彼女が掲げてみせたレンズまで届かないのだから。

「対象が生き物の場合、ガラス越しに赤外線を計測できないのでは？」

　一般的な窓ガラスは、人体が発する程度の赤外線を通過させない。

　それでもどうにかして温度変化を捉えようと考えたのなら、かなり短い波長をターゲットにする必要がある。こうなると当然、撮影対象の温度も上がる。ピーちゃんの体温が摂氏四百度くらいであったとすれば、可能性は無きにしもあらずだ。

　完全に焼き鳥である。

「……なんじゃ、つまらないのぅ」

　もしかして我々は、彼女から鎌をかけられたのだろうか。

　しかし、それにしては的確にピーちゃんの行動を把握している。

　彼はネットサーフィンに際してデスクの上に乗るから。

「気を遣ったつもりが、逆に警戒させてしまったのぅ」

「…………」

　いずれにせよ二人静氏は、ピーちゃんの存在を確信しているようだ。彼女は何を望んでこちらを訪れたのだろう。もしも害意を持っているようであれば、明日の面接を待たずして対応することになりそうである。

　この距離であれば、自身の魔法で牽制しつつ、星の賢者様と合流することも不可能ではない。そのまま相手を拘束の上、異世界に放逐することで、我々の秘密を絶対のものとすることが可能である。

「悪いが先日、お主の部屋に入らせてもらった」

「……それが何か？」

「仕掛けたカメラにしっかりと映っていたものでのぅ」

「…………」

　なんてこった、こうなると自分も星崎さんのことを笑えないぞ。

現役中年の隠し撮り、見事に撮影されてしまっていた。

たしかに二人静氏とボウリング場で出会ってから、数日という期間が過ぎている。その間にピーちゃんと二人で自宅を留守にした時間は、日本での外出以外に異世界における活動も含めて、それなりのものとなる。

隙を突いて彼女が侵入していた可能性は、決して否定できない。

というか、こうして来訪している時点で、確実なものと思われる。

映像にエッチなシーンが映っていないことを切に望む。

「二人静さんは、こちらに何を望んでいるのですか？」

「悪いが今晩、お主のところに泊めてはくれんかのぅ？」

「…………」

しかもこれまた、反応に困るご提案ではなかろうか。

どことなく恥じらったような素振り、それ絶対に演技でしょう。

二人静氏は触れた相手を即死させることができる能力者だ。

自身は当然として、ピーちゃんであっても油断はならない相手である。彼の身に万が一があったのなら、きっと自分は冷静ではいられないだろう。その為にも彼女を自宅に上げることは憚られた。

愛鳥を守るのは飼い主の責務である。

「本日の昼にも聞いた話では、普段から我々局員が宿泊している宿などより、よほど贅沢な施設で過ごされているとのことではありませんか。わざわざこんな狭くて古いアパートに泊まらずともいいのでは？　面接の際には必ずお声掛けしますので」

「パソコンを眺めて独り言を呟いている鳥、とても気になるのぅ」

「…………」

お引き取り願おうと考えて返答すると、先方はニヤニヤと厭らしい笑みを浮かべながら語ってみせた。どうやら是が非でも、我が家に入り込まんと考えているようだ。目的はピーちゃんだろうか、それとも他に何かあるのか。

とてもではないが承諾できない。

「先程から何のことですか？」

「もしも無下にされたら、お主の上司に喋ってしまうかもしれないのぅ」

「そういうことなら、面接の機会はしばらく先送りとし

ましょう」

「というのは冗談として、お主、身の回りの守りが甘いのではないか？」

そんなことをわざわざ伝えに来たのだろうか。

過去の出来事も手伝って、いまいち目の前の人物が分からない。正直に言ってお手上げだ。自分などより遥かに長いこと生きているという。ただでさえ人を見る目が乏しいというのに、そんな相手の思惑を判断できる筈がない。

だからこそ、課長に丸投げしようと考えているのに。

「ランクAの能力者から、直々に狙われる機会は滅多にありませんから」

「この程度のことであれば、能力者であるか否かは関係ないじゃろう。むしろこういった行いは、お主ら局の人間の方が得意とするのではないか？　異能力に頼らない支援層の厚さこそ、局の強みじゃろうて」

二人静氏の言わんとすることは、自分も理解できる。

現に一度は上司にも監視カメラを仕込まれている。

しかし、先立つものがなければ、引っ越しも儘ならない。もっとセキュリティのしっかりした家に住みたいとは、ピーちゃんと出会ってから今まで、度々考えている。広々としたリビングで大型犬と戯れたい。

ただ、局の備えた権限を思うと、生半可な物件では意味がない気がする。

国の権力を笠に着て、部下の家に白昼堂々と侵入するような人物が上司だ。常日頃から門番を立てておくくらいはしないと意味がない。一方でそこまですると、逆にコイツは何だと、悪目立ちしてしまうから困ったものだ。

結果的に現状に甘んじている。

それでも局外の能力者の存在を思うと、彼女の言葉は強く響いた。現にこうして非正規の能力者に脅迫を受けている。敷地内に監視の入った、いわゆる高級物件に住んでいれば、回避できたかもしれない展開だ。

「お主が魔法少女であることは、局の人間にもバレたら不味いのではないか？　妖精界からの使者は、畜生の肉体に憑依してこちらの世界を訪れる。自宅で儂が確認した喋る鳥はつまるところ、お主の相棒となる妖精界からの使者なのじゃろう？」

ここで予期せず魔法少女なる単語が登場。

これは嬉しい誤算である。

どうやら彼女は、魔法中年なる不思議ワードを信じたようだ。

いいや、正確には妖精界への協力者、魔法少女なる存在に追加一名のオーダーか。当初想定したとおり、ピーちゃんの立場を誤魔化(ごまか)すには、なかなか便利な肩書である。事前に備えておいてよかった。

てっきり異世界について知ってしまったものだとばかり考えていた。

同時に彼女が隠しカメラの存在を明かしてまで、こうして顔を見せた点にも納得がいった。仮に入局の意志が本物だとすれば、今回の一件を弱みとして、当面のイニシアチブを握ろうという判断なのだろう。

妖精界や魔法少女の力についても、興味を持っているのは間違いあるまい。

このグイグイとくる感じ、非常に彼女らしい。

「儂も足を運んでみたいものだのぅ、妖精界とやらへ」

「…………」

自宅におけるピーちゃんとの会話から逆算すると、二人静氏がカメラを仕掛けたのは異世界で爵位やら何やらをゲットしていた間と思われる。そうでなければ妖精界なる界隈(かいわい)の他に、ピーちゃんが元いた世界の存在を捕捉されていてもおかしくはない。

そして、自宅に戻ってきたのが昨日。

本日は日本での時間経過が加速したことに慌てて、すぐさま登庁していた。その間にやったことは、一人で外出して異世界用の端末を購入したくらい。夜はそのセットアップに苦労したので、ピーちゃんとの会話も最低限であった。

その際は世界間の時間がどうのと話題に上がったけれど、先方からしたらそれは妖精界の存在を確信させる材料として映ったことだろう。流石(さすが)の二人静氏も、異世界なる単語が現代や妖精界に連なる、第三の世界を指しているとは思い至らなかったようだ。

もう少し長い期間にわたり映像を確認されていたら危なかったかもだけれど。

「どうしたんじゃ？　せめて何かしら反応が欲しいのぅ」

そういうことなら我々のスタンスも決まった。

当面、彼女の前ではマジカルミドルとして気張らせて頂こう。

「この国の能力者は魔法少女に対して良い感情を持って

いない。局員という立場に収まって安心しているのかもしれんが、せめてもう少し、身の回りの守りを固めた方がいいのではないかと、儂は思うのだけれどのぅ」

「まさかそれを伝える為に訪れたとでも？」

「今晩の宿を貸して欲しいというのは本当じゃ」

「理由を教えて下さい」

思い切って尋ねてみた。

するとと返事は想像したより素直に戻ってきた。

「元いた組織から狙われておる。お主を戦力として当てにしたい」

「なるほど」

鳴かぬなら、殺してしまえ、ホトトギス。これまで彼女が所属していた組織の気風は、きっとそんな感じなのだろう。手厚い福利厚生に対して、思ったよりも殺伐としたカルチャーだ。それならまだ局の方がマシだと思う。

こうした背景も手伝っての転職願い、なのかもしれない。

「局員の下にいれば、あの者たちもそう容易に手は出さぬじゃろう」

「そちらの言い分は理解できました。しかし、貴方を受け入れることで、こちらは要らぬリスクを背負うことになります。どうして承諾が得られると考えたのですか？断られるとは思わなかったのですか？」

「そこはほれ、男の甲斐性（かいしょう）というやつに期待してじゃな」

「脅しているんですか？」

「なんじゃ、冗談の分からない男じゃのぅ」

パッと見た感じ外見は童女そのものの二人静氏だが、くつくつと笑ってみせる表情は妙に達観していて、なんともアンバランスな雰囲気を感じる。いいように使われてしまった過去の経緯も手伝っての感慨だろう。

「こう見えて儂は資産家でな。長生きしている分だけ溜（た）め込んでおる。そのいくらばかりかで手を打ってはもらえんか？　局員がどれだけ高給取りでも、まとまった銭を得る機会は少ないじゃろう。もちろん、すぐに使える綺麗（きれい）な銭じゃぞ？」

「…………」

二人静氏からの提案はとても魅力的だった。

異世界との取り引きを受けて、我が家のお台所事情は決して良いとは言えない。入局に際して頂戴した準備金も、ここ最近の仕入れで減ってきている。初任給もしばらく先なので、割とカツカツなのだ。

　金額によってはピーちゃんに相談してもいいかも。

　インターネットを手にしたことで、メキメキと現代知識を得ている昨今の彼なら、こちらの世界における物価についても、それなりに理解が進んでいることだろう。額面を引き合いに出して交渉することには意義がある。

「……金額によっては応じることも吝（やぶさ）かではありません」

「本当かや？」

「しかし、私の一存では決められません。相談の時間を下さい」

「それは尤もな話じゃな」

　また、彼女を迎え入れるか否かはさておいて、一方的にピーちゃんの姿を捕捉されているというのはよろしくない。彼にも二人静氏を紹介しておくべきだろう。今後何かの拍子で敵対した場合、相手との面識の有無は非常に重要なものだ。

「私の相棒に紹介します。一緒に来て下さいますか？」

「うむ、望むところじゃ」

「それと部屋に仕掛けたカメラについては、すぐに撤去して下さいね」

「なんじゃ、恥ずかしがり屋じゃのぅ」

　二人で自宅アパートに向かう運びとなった。

＊

　二人静氏を迎えるに当たっては、事前にピーちゃんとの口裏合わせこそ重要だ。彼を妖精界からの使者と説明した以上、万が一にも異世界なる摩訶不思議（まかふしぎ）な世界の存在が露見しては、今回の顔合わせもどう転ぶか分かったものではない。

　そこで一度、我々は彼女を玄関先に残して自宅から異世界に飛んだ。

　直前にはマジカルフィールドなる単語を口にして、どこに仕掛けられたとも知れない監視カメラに魔法中年をアピールすることも忘れない。賢いピーちゃんはこちらの妙ちくりんな物言いに応じて、素直に魔法を行使して下さった。

　本家本元と些（いささ）か異なるエフェクトは、まあ、この際なので致し方なし。

　飛んだ先はこれまでと同様、世界間移動の為に押さえている安宿である。

時間経過の違いを利用して、二人静氏の存在をピーちゃんに報告した。

ここ数日でその流れが変化したとは言え、それでも異世界における数分は、元の世界において一瞬の出来事。ゆっくりと腰を据えて話し合いを行うことができる。監視カメラで盗撮される恐れもない。

二人静氏が備えた異能力や身の上、更には魔法少女の存在と併せて、妖精界や妖精の存在をピーちゃんに共有である。本日は出入りする情報が多かったので、その説明には結構な時間を要した。

『なるほど、そのようなことになっていたのか』

「上手くいけば、月イチのシャトーブリアンを週イチにできるかも」

『……本当か？』

ピーちゃんの声色が変化を見せた。

文鳥、マジ顔である。

どんだけお肉が好きなんだよって。

「その為にも、なるべく良い条件を引き出さないとだけど」

『ならば我も頑張るとしよう』

「そうだね」

やる気に満ち溢れたピーちゃんの姿に頼もしさを感じる。

いつもより首がニュッと上に伸びており、姿勢が正されているような気がした。

そうして議論を重ねることしばらく、相棒から極めて前向きな承諾を得たことで、我々は再び自宅の安アパートに戻った。部屋の置き時計を確認すると、事前に想定していた通り、数分と経過していない。

この短い時間では彼女も碌に行動することはできまい。監視カメラを利用して、我々の消失と出現を確認していたとしても、マジカルフィールドを引き合いに出せば納得を得ることは容易だろう。

「ピーちゃん、大丈夫だとは思うけど、相手には絶対に触らないようにね」

『その手の魔法を行使する手合いには覚えがある。問題ない』

「え、本当？」

『うむ、あちらのせか……あぁ、これ以上は語らない約束であったな』

「ごめんね、割と普通に盗撮とかしてくる人だから」

『国勤めである貴様の立場を思えば、先方の思いも分からないではない』

「そうかい？」

『逆に局とやらに売られる可能性もある。保身の意味が大きいのではないか？』

「なるほど」

二人静氏の盗撮にも、これといって動じた様子がないピーちゃん。

なんて懐の広い文鳥だろう。

そうした打算計算の下、二人揃って玄関に向かう。

ピーちゃんのポジションは、いつもと変わらずこちらの肩の上である。出会ってからこの方、衣服越しに受けるツメの感触に安心する。とてもしっくり来る。異世界での経過を含めても、僅か数週間の付き合いなのに何故なのか。

これがペットを飼うということなのだろうか。

居室から玄関まで移動して、大して厚みのない金属製のドアを押し開く。アパートの外廊下には二人静氏の姿があった。旅行カバンを片手にジッとこちらを見上げる姿は、別れた際と変わらない出で立ちである。

「これまた随分と早かったのぅ」

「そう大して話すことがあった訳でもありませんので」

「そちらの者が、お主と共にある妖精界からの使者かえ？」

彼女の視線が肩の上のピーちゃんに向かう。

どこからどう見ても文鳥。

まさか人語を発するとは、普通なら考えられない。

『うむ、そのとおりだ。我が名はピエルカルロ』

「儂は二人静と呼ばれておる」

二人の間で挨拶が交わされた。

眺めていてヒヤヒヤする。

ただ、彼女が我々をどうこうするつもりなら、昨日の時点で既に動いていると思う。二人静氏の能力は奇襲でこそ真価を発揮する。わざわざ真正面から足を運ぶような真似は決してしないだろう。

『なんでもしばらく宿を借りたいと聞いたが？』

「うむ、そのとおりじゃ」

『その対価は如何ほどのものだろうか？』

ピーちゃんから率先してのお問い合わせ。

お肉が懸かっているからだろう。

事前に確認した限り、こちらの世界の物価について、少なくとも日本円の貨幣価値に対しては、既に理解が及んでいた。せっかくの機会であるし、この場は彼に任せてしまってもいいかもしれない。

異世界でのあれこれを、彼がこちらに任せてくれたように。

「ぶっちゃけ、いくらくらい欲しいのじゃ？」

『無いものは強請れない。そちらの支払能力次第だ』

「どうやら前向きに検討してくれているようじゃのぅ」

ただし、自宅の玄関先でああだこうだとやるのはよろしくない。

ピーちゃんが喋っているところを他人に見られたら大変だ。

交渉を行うと決めたのなら場所を移そう。寝起きを共にするにしても、六畳一間の我が家で夜を明かす訳にはいくまい。いくらなんでも狭すぎる。適当なところでホテルなど借りて、当面の生活の場とするべきだ。

彼女が欲しているのは宿泊先ではなく、共に居る局員の肩書なのだから。

「立ち話もなんですから、顔合わせを終えたのであれば場所を移しましょう。まさか自宅に迎え入れる訳にもいきません。見ての通り窮屈な住まいで、ベッドは一つ、来客用の支度もありません」

「儂のことは床に転がしておいてくれて構わんがのぅ」

「こちらが構うんですよ」

「まあいい、そういうことであれば、近場に宿を押さえるかぇ」

「ですがその前に、カメラを撤去していって下さいね」

「もう少しくらい、仕掛けておいてもいいんじゃないかのぅ？」

「そんなの嫌に決まってるじゃないですか。もしも撤去してもらえないのなら、あるいは一部を撤去せず現場に残したりしたのなら、我々は本日出会った魔法少女と同様に、二人静さんの敵になると考えて下さい」

「それはまた世知辛い話じゃのぅ」

いやいや、当然じゃないですか。

近いうちに業者を入れて確実にチェックをしなければ。

＊

自宅を発った我々がやって来たのは、都内に所在する高級ホテルだ。

客室には寝室の他にリビングや応接室などが用意されており、専属のバトラーが付くという贅沢っぷり。局が出張先に用意したビジネスホテルとは雲泥の差である。お値段は怖くて聞けなかった。

当日予約など到底不可能のような気がするのだけれど、二人静氏はこれを電話一本でサクッと用立ててみせた。ちなみに費用は我々の分も含めて彼女持ち。

もう少しセキュリティのしっかりしたところに泊まったらどうだと主張していた手前、その手本を示してみせた、という意味合いもあるのだろう。地上数十メートルの高層階、たしかにこちらであれば並の泥棒は入ってこられない。

そうして訪れたリビングスペースでのこと。

我々はソファーに腰を落ち着けて、ローテーブル越しに向き合っている。自身の肩の上にはピーちゃん。それとなく様子を窺ってみると、ジッと二人静氏を見つめている。文鳥の凛々しい横顔、思わず写真を撮りたくなる。

「それではさっそくじゃが、見返りについて話をしたい」

『その前に一つ確認したいことがある』

「なんじゃ？」

『対価は金銭でなければ不味いのだろうか？』

何やら思いついたように、ピーちゃんが語った。

これは事前の相談になかったやり取りである。

思わず彼を振り返ってしまう。

「ピーちゃん？」

『資産を築いているということは、何かしら大きなモノを売買する伝手を持っているということだろう。今の我々にはそうした世の中との繋がりが不足している。今回の見返りとして、その一端を分けてはもらえないか？』

「…………」

『せっかくこうして得た機会、一度きりの関係というのは勿体無い』

信用できるかどうかも分からない相手に、土壇場で取り引きを持ちかける胆力、流石は星の賢者様である。こういうところ素直に格好いいと思う。海千山千の宮中貴族たちと、長らく対等にやり合って来た彼の過去を意識させられる。

「儂はそれでもいいが、そちらの男はどうなのじゃ？」

『構わないか？』

不安がないと言えば嘘になる。

課長は二人静氏のことを、反政府組織に所属している能力者と称していた。そんな人物が備えた伝手ともなれば、まさか合法的な代物とは思えない。程度の上下で言えば、ヤクザなどより遥かに恐ろしい相手だ。

こうして関係を持っているのも、事前に課長から承諾を得てこその行いである。そうでなければ共に過ごすなど到底受け入れられるものではない。下手をすれば翌日にでも検挙されかねない行為である。

けれど、ピーちゃんが望むのであれば応えたい。

異世界で彼が自分に、取捨選択の自由を与えてくれたように。

「今のピーちゃんの提案には、自分も凄く興味があるよ」

『本当か？』

「ただ、できれば勤め先から怒られるようなことは避けたいけれど……」

『その点も含めて、この場で相談したいと考えている』

「なるほどのぅ」

ピーちゃんの言葉を受けて二人静氏は納得を見せた。

どうやら興味があるようだ。

顎に手を当てて考える素振りを見せる。

「それはつまり、何かしら売り物を持っている、ということかぇ？」

『うむ、そういうことだ』

「まさか妖精界から持ち込んだ品かのぅ？」

『他所の世界の金銀財宝に興味があるのか？』

言葉を濁しての返答となるが、それは我々を本日まで悩ませている事柄、どうやって異世界の金銀財宝を日本円に換えようか問題だ。これが二人静氏の伝手を頼ることで解決するなら、自分も期待してしまう。

蛇の道は蛇とはよく言ったものだ。

可能なら自身の魔法少女設定を活かす意味でも、妖精界の品と偽って持ち込みたい。しかし、我々が持ち込もうとしている品々が妖精界に存在している確証はない。

当面は出処をボカして扱うのが無難だと思う。

「試しに尋ねるが、何を持ち込むつもりじゃ？」

『当面は貴金属を想定している』

「それはこちらの世界に存在している物質なのかぇ？」

『存在していない方が好ましいのか？』

「下手なものを持ち込まれて、何かあった日には目も当てられん」

『そうか』

ピーちゃんもそのあたりは心得ているようだ。

淡々と二人静氏と会話を進めてみせる。

「しかし、それはそれで興味をそそられるのぅ……」

「二人静さん、我々との取り引きは結構なことですが、私はこの国の規則から逸脱して活動するつもりはありません。その点についてはご理解下さい。最悪の場合、貴方を切り捨てることも考えています」

効果の程は定かでないけれど、釘を刺しておく。

阿久津さんの性格を思うと、彼女との関係で何か問題が起こったのなら、共に捨てられる未来が容易に想像される。だからこそ、こうして事前に強く意見しておくことには意味があると信じている。

当面はなんちゃって国家公務員として、のらりくらりと生きていきたい。

毎日定時に出社しなくていい身分が、これほど素敵なものとは思わなかった。瞬間移動の魔法の習得を待たずして得た脱満員電車。ただそれだけで、現代日本においては特権階級と称しても過言ではないように感じる。

同時にこれは、ピーちゃんのシャトブリ生活にも直結する大切な事柄だ。

「何も怪しい薬を売り捌こうという訳ではないぞ？　扱う品次第じゃが、やりようはいくつかある。あまり大きな額を動かすことは難しいが、生活の拠点をこのホテルに移す程度であれば、問題はないじゃろう」

「……なるほど」

「しかし、お主もなかなか素直な人間じゃのぅ」

「他に脅し文句が浮かばなかっただけですよ」

彼女の言葉を受けて驚いた。

こちらが想定していたよりもずっと大きな金額である。局から支給を受けた準備金ほどを頂戴できれば御の字と考えていた。それより桁が二つ三つと異なる提案を受けて、ドクンと胸が脈打つのを感じる。

どう考えてもこちらのホテルは一泊二桁万円。

目の前の人物は、自身が想像していた以上にお金持ちみたいだ。

どれだけ貯(た)め込んでいるのだろう。

見た目完全に女児だから、違和感も甚だしい会話の流れである。

「いずれにせよ現物を確認せんことには、なんとも言えんがのぅ」

『近い内に用意するとしよう』

「それは楽しみなことじゃ。年甲斐(としがい)もなくワクワクしてしまう」

ピーちゃんと二人静氏の間で、取り引きは決定された。

不安でないと言えば嘘になる。

途中で裏切られて、課長にチクられる可能性も然(しか)り。

けれど、既に魔法中年なる立場を知られてしまっている現状、彼女との取り引きに躊躇することには意味がない。更にそれが愛鳥の判断となれば、素直に受け入れるのが飼い主として、度量の見せ所ではなかろうか。

生き生きと言葉を交わすピーちゃんの姿を眺めて、そんなふうに思った。

*

翌日、自分と二人静氏はホテルの居室でノートパソコンに向かっている。

場所はリビングスペースだ。

ソファーに腰を落ち着けて、正面のローテーブルに設けた端末を見つめている。ただし、画面に映っているのは二人静氏のみ。自身は対面のソファーに座って様子を窺っている。肩にはピーちゃん。

テーブル上には端末の他にディスプレイが運び込まれており、外部出力によって繋がれた映像が、ノートパソコンの画面とは反対側で待機する自身にも確認できるようになっている。このあたりは全てホテルのサービスだ。

画面には阿久津課長の顔が映し出されている。

相変わらずなイケメン。ナイスミドル。

身につけているスーツや時計もお高そうである。

背景は恐らく局のフロアに設けられた会議室だろう。

そこで椅子に腰掛けて、端末のカメラを見つめている。

他に局員が映り込んでいたりはしない。ただ、もしかしたら死角に誰かいるかもとは思う。

「本日は忙しいところ、こうして時間を設けてくれたことに感謝する」

『単刀直入に尋ねるが、局に移籍したいという意志は本物かね？』

畏まり挨拶を口にした二人静氏に対して、課長は淡々と問いかけた。

ジッと油断のならない眼差しで彼女を見つめている。

「うむ、本物じゃ」

『君は我々と敵対する組織で幹部を務めていただろう？　それが局に移籍だなどと、私には到底信じられない。こちらが納得するだけの根拠はあるのかね？　その提示がなければ、とてもではないが承諾いたしかねる』

「たしかにそちらの言い分は尤もじゃ」

圧迫面接みたいになっているのは、相手が二人静氏だからだろう。

彼女は他者を害することに長けた能力者だ。局内で裏切りが発生した場合、被害は甚大である。いくら人材不足とは言え、リターンに対してリスクが大き過ぎるとは、自身であっても強く思う。

『だが、そうは言っても優秀な能力者には違いない』

「前向きに検討してもらえるかのぅ？」

『現時点で正式に局員として迎えることは不可能だ。しかし、嘱託として仕事を任せることは検討してもいい。その働き次第では、将来的に局員として採用することも、検討して構わないと考えている』

「なるほどのぅ」

想定していた通りの流れである。

ここで囲い込まなければ、他所が彼女を得ることになる。行き着く先が局と仲のいい組織なら問題はない。しかし、もしも敵対的な組織が彼女を迎え入れたのなら、そして、二人静氏の転職の意志が本物であったのなら、それはそれで面倒なことになる。

だからこそ、断るという選択肢は当初から存在しない。

『局として、これ以上の譲歩はできない』

「そういうことであれば、ぜひ仕事を手伝わせてもらいたいのぅ」

彼女もそのあたりは考慮した上で、面接を希望したのだろう。返答にはそう時間を要することもなかった。

ニコニコと笑みを浮かべながら受け答えする姿は、外見年齢相応の童女として映る。ボウリング場で出会っていなかったら、きっと自分は彼女の笑顔に騙されて、いいように扱われていたことだろう。

思い起こせば出会った当初のお隣さんも、これくらいの背格好だった。

『……分かった』

彼女からの承諾を受けて、課長は淡々と頷いて応じた。

当面はアルバイトだとか、派遣社員だとか、その手の立場で働くことになりそうである。お金持ちの二人静氏であれば、金銭的な問題はないだろう。あとはどの程度、世間に対して自身の傍ら(かたわ)に局の看板を示せるかどうか。

こればかりは実際に現場に立ってみないと分からないけれど。

「しかし、そうなると儂の身の上はどうなるのじゃろう？　嘱託でもバイトでも、局の名前で仕事ができるのであれば、これと言ってこだわりはない。じゃが周りからそのように見えないようでは困ってしまうのぅ」

『あぁ、その点についてだが、君の面倒は佐々木君に任せようと思う』

はぁん、課長が妙なことを言い出したぞ。

いくら何でもそれはないでしょ。

「課長、ちょっと待ってください」

気づけば二人の会話に割り込んでいた。

カメラこそ向いていないので、映像に映ってはいない。しかし、こうして上げた声はマイクを通じて、間違いなく彼の耳にも届いているはずだ。とてもではないけれど、看過できるやり取りではない。

『話は聞いていたかね？　そういう訳で頼まれてくれたまえ』

「私が入局から間もない新人であることを覚えていないのですか？」

『覚えているとも。上司の覚えもいい非常に優秀な局員だ』

「それなら今の判断には疑問が残ります」

『優秀な局員は採用年数に関わらず、率先して取り立てるのが私の方針だ』

二人静氏を課長に丸投げして、その反応を楽しもうと考えていた。それがまさか、こちらに転がってくるとは思わなかった。経験した現場も僅か二つ、そんなペーペーにランクA能力者を任せるなど、そもそも周りが納得するのか。

「私には何の権限もありません。万が一の際には対応に遅延が生じます」

『君の言葉は尤もだ。たしかにこれと言って権限を与えていなかった』

「ですから……」

『そういうことであれば、佐々木君にも星崎君と同じ権限を与えるとしよう』

「はい？」

『後ほど職務権限表を送る。確認しておいてくれたまえ』

「課長、権限とは役職や報酬に紐付いて与えられるものではありませんか？」

『君も承知だとは思うが、局の人事は他所の中央省庁とは異なる。そして、すべてが私に一任されている。よかったな、佐々木君。入局から僅か数週間で二度も昇進とは、これまでにも例のない出来事だ』

「しかし、そうは言っても私には……」

『君が勧誘してきた相手だろう？　最後まで責任を持ちたまえ。君がその調子では、彼女も困ってしまうではないか。我らが局のため、私は佐々木君の働きに期待している。どうか最善を尽くして欲しい』

そう言われると弱い、弱いが、しかし、困ってしまう。ただ、あれこれと悩んでいる猶予はなかった。


『面接はこれまでとする。後は頼んだぞ、佐々木君』

「いえ、ですからそういう話ではなくてですね」

『今後の予定は追って連絡を入れる。本日は部下と親睦を深めるといい。それとこれは後ほど送る職務権限表にも記載があるのだが、接待費は百万まで経費で落ちる。うちの場合は設備投資として扱われるからな。領収書はちゃんと持ち帰るように』

「課長、せ、設備投資というのは……」

こちらから何を言うまでもなく、電話会議は一方的に終えられた。

映像が途切れて画面はフェードアウト、何も映らなくなる。

ツッコミどころ満載のやり取りだった。

おかげで居室は気不味い雰囲気である。会話が失われたことで静かになったリビング。ノートパソコンのファンの回る音が妙に大きく響いて聞こえる。どれだけ待っても画面に再び課長のイケメンが浮かび上がることはなかった。

自ずと訪れたしばしの沈黙。

ややあって、こちらに向き直った二人静氏が呟いた。

「そんなに儂の面倒を見るのが嫌かのぅ？」

「…………」

自身を見つめる上目遣いが、可愛らしくも恐ろしい。戦前から生きている女傑とは到底思えない。まず間違いなく装ってのことだろう。

「……同じ新人同士、仲良くやっていけたらと思います」

「うむ。迷惑を掛けるかもしれんが、どうかよろしく頼むのじゃ」

これで課長とは一勝一敗。

次は絶対に慌てる姿を拝んでやるのだと、新人は心に決めた。

＊

脱サラして就いた公職の就業事情は、極めてフリーダムだった。

未だ日中であるにもかかわらず、上司から一方的に休みを与えられた上、課長命令で昼ビール。しかもお会計の全額が経費で落ちるという。上限は事実上青天井で、少なくとも一般的な居酒屋でボーダーに触れることはない。

「お天道様の高いうちから税金で呑む酒は最高じゃのぅ」

「そうですね」

ビールが美味い。

泡まで美味い。

この謳い文句、初めて考えた人マジ天才だと思う。

「このまま女でも、呼びたくなるのではないかぇ？」

「いえいえ、そんなそんな」

「儂なら口裏を合わせよう。それもこれも経費じゃ」

「二人静さんのような美しい方の前で、そんなことはできませんよ」

「ほぉう？　これはまた期待させられる物言いじゃのぅ」

嬉しくないと言えば嘘になる。

めっちゃ嬉しい。

他人の財布で昼ビール最高。

場所は宿泊先のホテルからほど近い繁華街の居酒屋だ。その個室に腰を落ち着けて、二人静氏と一杯やらせて頂いている。ちょい呑みだなんだと、最近は昼からお酒を出している店も増えたものだ。

ところで入店当初、彼女は幼い外見からお酒の注文を断られた。

　これに対して二人静氏は、自動車の運転免許を示してみせた。更新が来年に迫っていたのが印象的だった。店員さんはそれでも偽造を疑っていたが、パスポートも併せて提示したところ、無事に注文を取ってもらえた。

　これは後で聞いた話だけれど、いずれとも偽装だという。本物のパスポートは既に失われており、現存していないのだとか。きっと今は存在していない国々のスタンプが沢山押されていることだろう。

「鶏(とり)カラとポテサラを注文してもいいかのぅ？」

「二人静さんは意外と庶民的な料理が好きなんですね」

「空(す)きっ腹(ぱら)に酒が染みるでなぁ、少し食べておきたい」

「そういうことなら、こちらにある刺身の盛り合わせを頼みませんか？」

「お、いいのぅ、いいのぅ」

「せっかく経費で落ちるんですから、沢山頼んで下さい」

「太っ腹じゃのぅ？　それなら……」

　せいぜい好き放題に飲み食いしてやろう。

　一つ気になる点があるとすれば、ピーちゃんが同席していないということか。まさか居酒屋へ文鳥のケージを持ち込んだ上、店で出される食事をつっつかせる訳にはいかなかった。昨今ではこの手の店にも、随所に監視カメラが設置されている。

　そこで外出に際しては、なるべく早めに切り上げてホテル呑みに切り替えるからと、言い訳を並べることになった。神戸和牛のシャトーブリアンをお土産にすることを対価として、星の賢者様は頷いて下さった。

　せっかくなので二人静氏への接待費として、こちらも経費にしようと思う。

　普段は持って行かれるばかりの税金を、居酒屋の会計やスーパーの買い物で取り戻せると思うと、胃がもたれるまで飲み食いしたい衝動に駆られる。お土産のシャトーブリアンも、キロ単位でお買い求めしてしまおうか。

「ところでお主、随分と上司から信用されているのぅ」

「いえ、決してそんなことはありませんよ」

「そうなのかぇ？」

「課長は成果主義の人なので、貴方の存在が響いたのでしょう」

「なるほどのぅ、つまり儂とお主は一蓮托生(いちれんたくしょう)じゃな」

「二人静さんが躓(つまず)いても、僕はどうにか上手くやるつもりですよ」

「なんじゃ？　本人の前でイキってみせるのぅ」

「こうでも言っておかないと不安なんです。苛めないでやって下さい」

「そんなことを言うヤツほど、裏で色々と企(たくら)んでいるものじゃ」

　接待モードで少し軽い感じを意識してトーク。

　これで本音を欠片(かけら)でも頂戴できれば御の字。

　そうしてお酒を楽しみつつ、毒にも薬にもならない雑談を続けることしばらく。お互いに三杯目のジョッキを空けたところで、不意に個室のドアが勢いよく開かれた。これと言って注文も入れていなかったはずだ。自ずと我々の意識は通路に向かう。

　するとそこには星崎さんの姿があった。

「佐々木、探したわよ」

「星崎さん、こんなところで会うとは奇遇ですね」

　先日、局で別れて以来だ。

　いつもどおりスーツと厚化粧で武装している。

　濃いめのルージュ、素敵ですね。

「佐々木の端末の位置情報を確認して来たわ」

「あぁ、なるほど」

　そう言えばそんなものを携帯していた。

　ズボンのポケットに意識が向かう。

　しかし、そうだとしてもどうして彼女はわざわざ足を運んだのか。用事があったとしても、電話を入れればいい。局からはそう離れていないけれど、それでもタクシーを使わなければならない距離だ。電車を利用すると乗り換えが面倒臭い感じ。

「我々に何かご用件ですか？」

「課長から聞いたのだけれど、佐々木は二人静の担当になったそうね」

　星崎さんの視線が対面に座った和服姿の女児に向かう。

　その面持ちは緊張に強張(こわば)って見える。

　普段から仏頂面の先輩だけれど、本日はより一層ピリピリとしている。

「貴方は彼女の恐ろしさを理解しているのかしら？」

「星崎さんから一通り説明を受けたとは思いますが」

「それなのによく平然と酒を酌み交わしていられるわね……」

　もしかして、心配して来てくれたのだろうか。

そういうことなら星崎さんも一緒にどうだろう。高校生だからお酒は無理だけれど、ご飯を食べるくらいなら問題ないように思われる。下調べもせずに勢いで入ったお店にしては、意外と美味しくて満足している。

取り分け、お刺身のアジが最高だった。

アジの刺身が美味しいお店は信用できる。

「星崎さんも一緒にどうですか？」

「なに馬鹿なことを言っているの？」

「そうは言っても課長命令ですので」

「馬鹿正直に二人で飲んでいるとは、いくら課長だって思わないわよ。貴方の位置情報を確認すると、居酒屋で止まったまま一向に動かないのだもの。だからこうして、わざわざ私が確認に来たのだと、どうして分からないのかしら？」

え、うそ、あれって冗談だったの。

先ほど送られてきた職務権限表には、交際費として事前に伝えられた額が示されていた。なので素直に昼ビールを満喫してしまっていた。こうしてお話をしている感じ、誘われた二人静氏も満更ではなさそうだったし。

「……なるほど」

課長ってば、冗談が分かり難いの凄く困る。

刺身の舟盛りに載っていた水ダコがめちゃくちゃ美味しい。

わさび醤油が捗る。

大葉添えって、正義だと思うんだ。

「オジサン世代って、本当にお酒の席で仕事をするのね」

「別にそういった意図があった訳ではありませんが……」

星崎さんを迎えて、ああだこうだと言葉を交わす。

そうした我々を見かねたのか、二人静氏から彼女に声が掛かった。

「お主には儂も見覚えがある。局の水を扱う能力者じゃろう？」

「だったら何だと言うのかしら？」

「まずは駆けつけ一杯じゃ、注文を入れるといい」

ニィと笑みを浮かべて、オーダー用のリモコンを差し出してみせる二人静氏。

その口からプハァと吐き出された酒臭い息を受けて、星崎さんは顔をしかめた。これ以上は話しかけるなと言わんばかり。実態は酔っ払いに絡まれる女子高生の図なのだが、前者の外見が女児なので違和感も甚だしい。

せっかくなので自分もこの流れに乗っておこう。

「星崎さん、食事はもう摂りましたか？　もしもまだ食べていないなら、我々と一緒にどうでしょう？　課長から連絡を頂きまして、この場の食事は経費として落としても構わないと指示を受けております」

併せて同僚へ接待費の存在アピールも忘れない。

やっぱり落とせないよ、とか社畜的には一番困るタイプの展開。

過去、精算の機会を失った領収書の数々は、一枚残らず覚えている。

「まさかお酒に酔っているのかしら？」

「その可能性は否定できませんね」

「…………」

ジョッキ三杯で酔うとは思わないけれど、健全な女子高生の面前、適当に語るのも申し訳ないので素直に伝えておく。目の前の相手が危険人物であることは重々承知している。大切な取引先との接待くらいには、気を遣って呑んでいるつもりだ。

恐らく二人静氏も同じではなかろうか。

だからこそ鶏カラやポテサラなど、つまみを注文しようとしていた。

「分かったわ」

すると何を考えたのか、星崎さんがこちらの隣に腰を落ち着けた。

四人がけの片割れ、空いていたスペースに並んだ形だ。

「星崎さん？」

「誘ったのは貴方たちでしょう？　ここで食事を摂るわ」

「なるほど、ありがとうございます」

「なんじゃお主、なかなか話が分かるではないか」

普段から突っ慳貪な物言いが目立つ現役ＪＫだけれど、これで意外と面倒見がいい人格の持ち主なのかもしれない。もしくは不甲斐ない後輩を心配して下さっているのか。いずれにせよ、この場はありがたくご厚意に与っておこう。

＊

それは居酒屋でトイレに立った際の出来事である。

通路を歩いていると、後ろから名を呼ばれた。

「佐々木、ちょっと話があるわ」

「なんでしょうか?」

　星崎さんがこちらを追いかけるように、駆け足でやってきた。

　二人静氏と個室で二人きりは、やはり抵抗があっただろうか。その気持ちは分からないでもない。自分もなるべく彼女とは距離を設けたいもの。ピーちゃんが不在のタイミングなど、否応なしに気張ってしまう。

「昨日はドタバタしていて、お礼を言えていなかったから……」

「お礼?」

「私は二人静のエナジードレインを受けて、途中で意識を失ってしまったわ。けれど、貴方は最後まで現場に残って、私とターゲットを回収してくれたでしょう。そのお礼をしていなかったわ」

　思い起こせばボウリング場での一件も、仕事終わりにお礼をしたいとのことで、食事に誘われた覚えがある。大雑把なように思えて、意外と律儀な性格をしていらっしゃる。現場で見せる特攻精神とのギャップが凄い。

「いえ、二人一組で臨んでいたのですから、当然の仕事ですよ」

「そうだとしても助かったわ。あの状況で二人静に協力を要請の上、魔法少女を撃退するなんて思わなかったもの。航空機の墜落も対象を止められなかった私の責任よ。佐々木が上手く取りなしてくれたおかげで、私はこうして仕事を続けていられるわ」

「課長から何か言われましたか?」

「佐々木に感謝するといい、と言われたわ」

「そうですか」

　あれは星崎さんの為というより、自分の為であった。ただ、それで救われた人が他にいるというのであれば、素直に喜んでおくとしよう。相手が仕事でチームを組んでいる相棒ともなれば尚のこと。

「ただ、あれは偶然の産物ですから、そう改まる必要はないかと」

「そうなの?」

「ええ、そうなんです」

「けれど、仮に偶然であったとしても、私が助かったのは事実だわ」

　お礼は嬉しいけれど、これ以上は話しているとボロが出そうで怖い。

一方的に申し訳ないけれど、早急に話題を変えさせてもらおう。

「ところで私も星崎さんに伺いたいことが」

「なにかしら？」

「星崎さんの能力は液体の操作と聞いていますが、その対象として、生きた人間の体内に存在する体液は含まれないのでしょうか？　たとえば相手の肌に触れて血液を操ることができれば、二人静さんの能力に匹敵するのではないかと思いまして」

「血液を体内から取り出した上で触れれば、操ることは可能だわ」

「やっぱり肌の下にあると無理なのでしょうか？」

もし可能なら、二人静氏に対しても十分な牽制になる。彼女も相手の身体に触れなければ力を発揮できない都合上、最悪でも相打ちに持っていける。まさかそこまでして星崎さんをどうこうするとは思えないので、少なくとも彼女の安全は保証される、などと考えたのだけれど。

「佐々木が語ってみせたようなことは、過去に何度か挑戦しているけれど、上手くいったためしはないわね。同じようなケースで、地面に染みてしまったり、蒸発してしまっていたりすると、やっぱり操ることができないわ」

「なるほど」

どうやら無理らしい。

できたらできたで怖いけれど。

「ただ、いつかは操れるようになりたいものね」

「なれるんですか？」

「さぁ？　けれど、能力は使っているうちに伸びることがあるわ」

「思い起こせば局の研修で、そのような内容を学んだ覚えがあります」

異能力者は新しい能力に目覚めることがない一方で、既存の能力を開発することができるそうだ。ただし、その為には類まれなる努力が必要だとか、自身の能力に対する深い理解を要するだとか、色々と面倒臭そうな説明を受けた。

戦闘狂の星崎さんのことだ、きっと日頃から鍛錬しているのだろう。

「ところですみません、トイレに行かせて頂いても……」

「え？　あ、あぁ、呼び止めてしまってごめんなさい」

「いえ、それでは失礼しまして」

　適当なところで話を切り上げて、嘘つき野郎はトイレに駆け込んだ。

＊

　その日、昼飲みを終えた我々は星崎さんと別れてホテルに戻った。

　二人静氏が押さえてくれた一室だ。

　星崎さんはこちらの状況を確認したことで、居酒屋ランチを終えると局に戻っていった。ホテルではピーちゃんが一緒なので、こちらとしては幸いだ。彼女の面前、彼に文鳥のふりを強いるのは、飼い主として心苦しい行いである。

　残すところ問題は異世界へのショートステイ。

　課長との面談はほぼ想定通りに終えられたので、ピーちゃんと合流したのなら、すぐにでも自宅に直帰としたい。これで二人静氏も局の看板を背負えるだろうし、元同僚に襲われる可能性も低下することだろう。

「さて、それでは我々もこれで失礼しますね」

　ピーちゃんの収まったケージを片手に伝える。

　すると返ってきたのは待ったの声だ。

「もう帰ってしまうのかぇ？」

「嘱託とはいえ採用は採用です。大手を振って古巣に移籍を訴えて下さい」

「個人的には局の人間と恋仲だとか、より濃密な噂を流したいのぅ」

　それだと自分にまで被害が及んでしまうじゃないの。

　まさか許容などできない。

　しかし今後、異世界の金銀財宝を売り捌いてもらうことを考えると、彼女の信用を得る上で何かしら、能動的な手助けは必要だろう。こちらの都合ばかりを押し付けても、良好な関係は決して築けない。

　我々と長期的に付き合うことが、利益になることを示さなければ。

　そして、この手の駆け引きに関しては、相手に圧倒的な分がある。亀の甲より年の功というやつだ。下手に策を巡らせるよりも、この辺りは真摯に向き合うべきだろう。物欲しそうな笑みを浮かべる女児の姿を眺めて、そんなふうに思った。

「魔法少女のマジカルフィールドはご存知ですか？」

「うむ、あのどこへでも移動できる不思議な魔法じゃろう?」

「何かあったらすぐに、こちらのホテルまで駆けつけましょう」

「本当かぇ?」

「ええ、お約束いたします」

ピーちゃんに視線を向けると、彼は小さくコクリと頷いてみせた。

彼も彼で目の前にぶら下げられた世界間貿易のゴールに、シャトーブリアンの幻影を見ているのだろう。居酒屋からの帰り道、お土産に購入して帰った肉の塊が効いている。計二キログラムの希少部位だ。

自分の決裁権で好き勝手に飲み食いできるって最高。しかも財源は税金ときたものだ。昨年納めた住民税と所得税を、まとめて取り返した感がある。世の中から汚職がなくならない理由を実感した。

「お主は局の人間にしては、存外のこと面倒見がいいのぅ」

「そうですか? まあ、今日のところはこれにて失礼しますね」

「うむ、今後ともよろしく頼むぞぇ」

ニコリと微笑(ほほえ)む彼女に会釈を返して、我々はホテルを後にした。

＊

【お隣さん視点】

その日の昼休み、私は図書室で本を読んでいた。

本日は給食の主食がご飯であった為、食料の調達に時間を割くこともない。せいぜい不人気から余りの出ていた長ネギの味噌和(みそあ)えを、時間中に三回ほどおかわりしたくらいだ。あれは味が濃くてお腹(なか)によく溜まる。しかも必ず大量に余るので素晴らしい。

「…………」

賑やかな教室とは打って変わって、同所はとても静かだ。司書の先生の目もあり、声を上げて騒ぐ生徒は見られない。騒々しいのが苦手なので、よくお世話になっている。

また、自宅でテレビや新聞、雑誌を見ることも儘ならない自身にとって、学校の図書室は世俗の情報を仕入れる貴重な場所でもある。なにかと雑誌の類いが充実している同所は、教室で行われる授業以上に貴重なものだった。

本日も入荷から間もない情報誌を卓上に積んでいる。

ページを捲(めく)るのに際しては、記事の内容にあれこれと考えたりはしない。そういう情報もあるのだと、これといって精査せず頭の中に流し込んでいく。どういった知識が、どのようなタイミングで役に立つとも知れない。

なによりも、隣のおじさんとのお話で役に立つ可能性がある。

そうして黙々と時間を過ごすことしばらく。

少し離れたテーブルから聞こえてくる声があった。

「この間、学校の近くであった殺人事件、知ってる？」

「それってもしかして、二丁目の交差点の近くであったやつ？」

「うん、それそれ」

上履きの色から判断するに、ひとつ上の学年、二年生と思(おぼ)しき女子生徒。

それが二名、テーブルに横並びとなり言葉を交わしていた。

大きな声で話をしている訳ではない。この程度のお喋りであれば、よほど長く続けないかぎり、司書の人からもとやかく言われることはない。ただ、他に賑やかにしている生徒もいないため、少し離れて座る私の耳にまで響いた。

「なんか同じようなことが、全国で起こってるらしいんだよね」

「え、そうなの？」

「私のパパ、警察なんだけど、今朝そんなこと言ってたんだ」

話題に上がっているのは、つい先日にも私が遭遇した出来事だった。

自ずと手元の雑誌に向けられていた意識が、彼女たちの会話に移る。

「だけど、それにしてはニュースとかになってないよね？」

「なんでも、こうかんれい？　ってのが敷かれてるらしいよ」

「こうかんれい？　それって箝口令(かんこうれい)じゃなくて？」

「あ、それそれ！　それだと思う」

「えぇ、本当なの？　そんなドラマみたいなことってあるの？」

何故ならばそれは、自身も気になっていることだった。人が一人亡くなった。それもかなり事件性の高い亡くなり方をしていた。ニュースで話題に上がっていないのは不自然である。本日、こうして図書室で手にとった雑誌でも、一片たりとも取り上げられていない。

しかも犯人は未だに捕まっていない。

少なくともその報道が一切なされていない。

近隣に潜伏している可能性すら考えられる。

「本当だもん。そのせいでパパも不機嫌なんだから」

「きっとお仕事が大変なんだろうね」

「ううん、違うの。なんか国の偉い人たちが来てて嫌なんだって」

「なにそれ、意味が分からないんだけど」

何かしら対策会議が設けられた、ということだろうか。

そうして考えると、彼女たちが口にしていた箝口令とやらについても、信憑性を感じないでもない。所轄の警察署に勤めている警察官が、上からやってきた役人の存在に、家庭内で愚痴を吐いていた、みたいな感じではなかろうか。

手元の雑誌を眺めつつ、あれこれと想像を膨らませる。

たしかにドラマのような話だ。

ドラマを見たことのない私でも、なんとなく察せられる。

ドラマとはそういうものらしい。

そして、彼女たちの会話に聞き耳を立てていたのも束の間のこと。

昼休みの終了五分前を知らせるチャイムが鳴った。

言葉を交わしていた女子生徒たちが、席を立って図書室を出る。それを視界の隅に確認して、私も椅子から腰を上げた。手元に積んでいた雑誌を元あった場所に片付けて、足早に図書室を後にする。

所詮は学生の噂、あまり気にすることはないだろう。

それよりも私には、おじさんと会話の機会を得ることの方が遥かに重要だ。

〈異世界と異能力〉

自宅に戻った自分とピーちゃんは、すぐに異世界に向かうことを決めた。

昨晩は二人静氏に付き合ってホテルに宿泊した為、世界を移ることができなかったからだ。前回の移動から時間差が緩くなっているとは言え、それでもあちらでは一ヶ月前後が経過していることだろう。

そうした背景も手伝い、緊張を伴っての移動である。

訪れた先は以前と変わらず、移動用に押さえた町の安宿。

そこからピーちゃんの瞬間移動の魔法にお世話になり、ミュラー伯爵のお城に向かう。こちらの世界の情報を得るのであれば、彼ほど頼りになる人物はいない。隣国との一件もあるので、その確認は急務である。

お城の出入り口に立った門番とは、ここ数度の出入りで既に顔なじみだ。

彼は我々の姿を認めると、厳かにも敬礼と共に声を掛けてきた。

「これはササキ様、よ、ようこそおいで下さいましたっ！」

「え、あの、私とは以前もお会いしていますよね？」

前に話をしたときは、もう少しフレンドリーだったような気がする。おう、また来たか、ちょっとそこで待ってろよな、みたいな感じでミュラー伯爵に取り次いでもらっていたことを覚えている。

「か、過去のご無礼、誠に申し訳ありませんでした！」

「いや、それはどういった……」

「ササキ様は貴族様であらせられます！」

そう言えばそんなことになっていた気がしないでもない。

たしか騎士なる位をゲットしていた。

現代での出来事がショッキング過ぎて、こちらの世界でのあれこれを忘れていた。しかし、貴族とは言っても最低ランクの位だと、伯爵様からは聞いている。それでこうまでも畏まらなければならないとは、げに恐ろしきはヘルツ王国の身分社会だ。

以降、門番の人は何をどう伝えても畏まったままだった。

そんなこんなで訪れたるは、ミュラー伯爵宅の応接室である。

「よく来てくれた、ササキ殿。星の賢者様もご足労下さり恐縮です」

「お忙しいところ、いきなり押しかけてしまいすみません」

『事前の連絡もなしに悪いな、ユリウスよ』

「滅相もありません。こちらもお話ししたいことが溜まっておりましたので」

「そういうことであれば、ぜひお聞かせ頂けたらと思います」

　部屋には彼とピーちゃんと自分、二人と一羽の姿のみ。ミュラー伯爵と自身はソファーに腰を落ち着けての会話となる。ソファーテーブルの上には、今し方メイドさんが出してくれたお茶とお茶菓子が並んでいる。

　お茶菓子の傍らには立派な止まり木が用意されており、その正面にはピーちゃんでも啄みやすいように、浅いお皿に載せられて細かく刻まれたお茶菓子と、彼の口の形に深さを合わせた小さなティーカップが設けられていた。

　まず間違いなく特注品と思しき一式だ。目の前の人物の星の賢者様に向ける尊敬が随所に感じられる。それとなく肩の上の彼に視線を向けると、ふわりと飛び立ったピーちゃんは、テーブルの上の止まり木に場所を移した。

　ミュラー伯爵の表情が、心なしか嬉しそうなものとなる。

　なんというか、こう、見ていて微笑ましい気持ちになる二人だ。こちらの世界を訪れている間はしばらく、ピーちゃんのことをお任せしたりした方がいいのではないかとか、そんなことを考えてしまう。

「ササキ殿、私から先に話させてもらって構わないだろうか？」

「ええ、是非お願いします」

「急かしてしまってすまない。どうしても伝えたいことがあったのだ」

　ミュラー伯爵から、改まってそのようなことを言われると怖い。

　自ずと身構えてしまう。

「どういったお話でしょうか？」

「マーゲン帝国がヘルツ王国に攻め入った一件を受けて、国内では過去にない大きな動きが生まれることになった。それも王族や貴族といった特権階級を中心としたものだ。

ササキ殿にも是非伝えておきたい」

「それは願ったり叶ったりです。我々も世の中の情勢を知りたいと思っておりまして」

ピーちゃんと並んでミュラー伯爵の話に耳を傾ける。

するとまあ、彼から語られた話はヘルツ王国らしからぬ内容であった。騒動の発端は同国の王様である。過去には自身も謁見の機会を頂戴した彼が、国内の貴族一同に対して、非常に刺激的な意志を公布したのだという。

曰く、我が国は過去の栄光を取り戻すために様々な施策を行う、云々。そうした口上の一端で述べられた文句が、ミュラー伯爵に言わせると、国内の貴族たちを上から下まで大きく動かしたのだという。

どのような文句かと言うと、要約すれば事の次第はシンプルだ。

現王には何人かお子さんがいる。それらに対して、一様に国政への関与を認めると共に、五年後、より顕著な成果を挙げた人物に、無条件でヘルツ王国の王位を譲ると明言したのだそうな。

どうやら陛下は、本気で国の行く先を憂えているようだった。

絶体絶命の侵略と、その棚ぼた的な挽回を受けて、メンタルが革命を迎えたのだろう。貴族層はどうだか知らないが、敗戦国の王族は他国からの占領を受けた時点で、絶命必至と思われる。元の世界でもそうして戦争は繰り返されてきた。

「なるほど、そのようなことになっていたのですか……」

「陛下も色々と思うところが出てきたのだろう」

「そういえばヘルツ王国とマーゲン帝国の衝突ですが、名目の上ではどういった形で決着したのでしょうか？　既にご存知だとは思いますが、敵兵力の一方的な消失については、ヘルツ王国としても扱いに困るものではなかったかと」

「そちらは大戦犯同士の諍いに巻き込まれた、との見解で両国ともに決着を見せた。現場では大魔法や、あるいはそれ以上の魔法の痕跡が確認されている。マーゲン帝国もヘルツ王国が行ったとは考えていないだろう」

ミュラー伯爵の視線が、チラリとピーちゃんに向かった。

バレバレの文鳥である。

自然と思い起こされたのは、彼と長らく空中戦を行っていた全身紫色の人だ。血の魔女だとか、物騒な二つ名で呼ばれていた。当時のミュラー伯爵の言葉によれば、七人いる大戦犯の一人、とのこと。

　大戦犯というキーワードが、どういった人たちを指すのかは知らない。けれど、こうして話を聞く限り、ピーちゃんと同様に突出した才能を備えた、我々凡人からすれば天災のような存在なのだろう。

「面倒なことに巻き込んでしまって申し訳ない。ササキ殿の授爵は第二王子の母君の意向を受けてのことだ。そして、今回の一件については誰もが、第一王子と第二王子の争いになると考えている」

「いえ、ミュラー伯爵が謝罪するようなことではありません」

「貴殿らを巻き込んでしまったのは私の責任だ」

　恐らく国内の貴族模様は当面、荒れに荒れることだろう。

　第二王子と蜜月関係にあるミュラー伯爵も無関係ではいられないと思う。伯爵昇進から間もない立場も手伝って苦労していそうだ。過去に聞いた話では、頭角を現した第一王子が次期国王として噂されている一方、それ以前は断然、第二王子が担がれていたという。

　第二王子を囲いたい勢力は、未だ大きいに違いない。

「ミュラー伯爵、アドニス王子の愛国心には私も敬服致します」

「このようなことを口にしては、王子に怒られてしまうかも知れないが、我々に気を遣ってくれることはない。私もササキ殿の立場には理解があるつもりだ。だからこそ、なるべく早いうちに伝えておくべきだと考えていた」

「ありがとうございます。しかし、まさかそのようなことになっていたとは……」

　戦場でアドニス王子の命を救い伯爵に昇進、第二王子のマブダチと化した彼は、その腹心として渦中も渦中、今まさにメラメラと燃え上がり始めた宮中における権力闘争の、真っ只中に位置しているのではなかろうか。

　昇進から間もない新米課長が、他所の部署から色々と仕事を押し付けられる光景は、過去に幾度となく見てきた。そして、課長に押し付けられた仕事は、その部下に分配されるのだ。会社って何だろう。マネージメントって何だろう。

　そのように考えると、自身の立場も割と危ういかも。

「そこでササキ殿に相談がある」

「なんでしょうか？」

「貴殿は今すぐにでもこの国を出て、ルンゲ共和国に向かうべきだ」

「ミュラー伯爵、それは……」

「貴殿であれば、きっと彼の国でも大成することができる」

そんなことを言ってくれた課長、過去に一人もいなかったよ。

むしろ真逆の勧誘ばかりであった。

だからこそ、ミュラー伯爵からの提案が胸に響く。

年甲斐もなくグッときてしまった。

「ルンゲ共和国は物流と商取引で有名な国だ。そして、私にも少しばかり伝手がある。貴殿を送るように手を回すことができる。この機会にこちらの大陸を巡り、様々な都市の文化に触れて、知見を広めてみてはどうだろうか？」

「…………」

そんなことを言われたら、どうして素直に頷けるだろうか。

こういう上司の下で社畜プレイしたかった。

自然と意識は自身が腰掛けたソファーの傍ら、床に寝かせたカバンに向かう。次いで視線を移すこと、正面のローテーブルに設けられた止まり木に佇むピーちゃん。

我らが星の賢者様にお伺いを立てる。

お返事はすぐにあった。

コクリと小さく頷いてみせる文鳥、ダンディー可愛い。

「ミュラー伯爵からのご提案は理解できますが、それでも我々は当面、こちらの町で商売を続けたく考えております。もしよろしければ、持ち込んだ商品をご確認願えませんでしょうか？　トランシーバーも追加で仕入れてまいりました」

「サ、ササキ殿、それは……」

「お買い求め頂けませんか？」

イケにイケている伯爵のお顔をジッと見つめてのお問い合わせ。

すると彼はくしゃりと顔を歪ませて、はにかむような笑みと共に頷いた。これといって表情を作らずとも、普段から威厳に満ち溢れているミュラー伯爵。そんな彼の見せる人間味のある面持ちは、とても朗らかなものだった。

「……すまない。その心遣い、とても嬉しく思う」

ピーちゃんが彼を気に掛けていた理由、少しだけ分かった気がする。

＊

異世界の情勢を確認した我々は、持ち込んだ商品の確認を終えて一段落。

今回の品目はこれまでにも扱った物ばかりであったので、やり取りで問題が発生することもなかった。二人静氏を巡る騒動も手伝い、新たに商品を吟味している暇がなかったのが理由である。

取引額も以前に比べると控えめで、金貨が数百枚。

そうして一通り話が終えられた頃おいのこと。

話題に上がったのはハーマン商会の副店長、マルクさんについて。

「そういえばササキ殿に一つ確認したいことがある」

「なんでしょうか？」

「ここ最近、ハーマン商会のマルク氏に会っているだろうか？」

「いえ、以前にお会いしてからそれなりに経っております」

「……そうか」

「どうかされましたか？」

「氏とも色々と話しておきたいことがあるので、次に屋敷を訪れた機会にでもと考えていたのだ。それが先々週から姿を見ていなくてな。これまでであれば、週に一度は屋敷に足を運んでいたので、少しばかり気になっている」

副店長さんとは前回のショートステイでお別れして以降会っていない。

ミュラー伯爵の力になることは難しそうだ。

「すみません、そういった意味だと私は先月からお会いしておりません」

「いや、気にしないで欲しい。明日にでも店まで使いを送るとしよう」

これは勝手な想像だけれど、先程ミュラー伯爵が伝えてくれた件で、彼も忙しくしているのではなかろうか。第二王子の救出を受けては、こちらからも情報をお伝えしていたし、商いに奮闘しているものと思われる。

それからあれやこれやと言葉を交わすことしばらく。

小一時間ほどが経過した時分のこと、不意に部屋のドアがノックされた。

姿を現したのは普段から伯爵様の身辺を守っている騎士っぽい人だ。

屋敷内外で護衛を務める騎士は、これまでにも何名か見かけている。そのうちの一名、常日頃から応接室の前で待機している方と思われる。そして、彼は入室を許可されて部屋に入るや否や、我々に対して声も大きく語ってみせた。

「ミュラー伯爵、ハーマン商会から緊急の連絡が来ております！」

「緊急の連絡？」

「お伝えしてもよろしいでしょうか？」

ちらりと騎士殿の視線がこちらに向けられた。

それなりに重要な情報なのだろう。これに対してミュラー伯爵は、躊躇（ちゅうちょ）することなく頷いた。我々のことは既に、商会の関係者として見ているのだろう。情報に飢えている異邦人としてはありがたい限りだ。

「ああ、構わない。この場で伝えてくれ」

「同商会の副店長を務めるマルク氏が、貴族への不敬罪により捕縛されました」

これまた刺激的なニュースではなかろうか。騎士の人の表情が強張（こわば）っていたので、もしかしたら悪い知らせかもとは考えていた。けれど、まさか知人の逮捕を知らせるものとは思わなかった。

しかし、副店長さんが不敬罪とは、これまた似合わない罪状で捕まったものだ。そう長い付き合いではないけれど、あの人が貴族に楯突（たてつ）く姿なんて、まるで想像できない。普段からとても腰の低い方である。

「それは本当か？」

ミュラー伯爵も目を見開き驚いている。

そんな馬鹿なと言わんばかりだ。

自分もまったく同じ感慨を抱いております。

「店からの使者をお通ししてもよろしいでしょうか？」

「ああ、頼む」

「承知しました」

これまた大変なことになりそうな予感である。

*

ミュラー伯爵宅の応接室で、ハーマン商会からやってきた使者の方より話を伺った。そこで明らかになったのは、商会内でのいざこざである。問題はこちらが考えていた以上に込み入ったものであった。

なんでも副店長さんは、店長さんに陥れられたのだとか。

本社機能を首都に移すべく、新規店舗の立ち上げに奮闘する店長さん。これに対して副店長さんはミュラー伯爵のお膝元、本店で活動していた。両者の間に齟齬が生まれるのは仕方がない。しかし、いくら何でも急な話ではなかろうか。

そのように尋ねると、原因は副店長さんの活躍にあるという。

マーゲン帝国がヘルツ王国に攻めてきた騒動について、いち早く終戦の情報を手にした彼は、取引先を巻き込んでかなり派手に儲けたらしい。その額はハーマン商会の一年分の売上を優に超えるほどであったという。

そうした彼の活躍を危惧した店長さんが、下剋上を恐れて先手を打ったに違いない、との話であった。どうしてそこまで断言できるのかと確認したところ、商会からの使者を務める彼は、不敬罪が叫ばれた現場に居合わせていたのだという。

色々と説明を受けたけれど、要は当たり屋だ。

馬車にぶつかったとか何とかで、副店長さんはしょっ引かれてしまったらしい。

現代日本とは被害者のベクトルが真逆なの、異世界って感じがするよ。

更に詳しく話を伺うと、副店長さんの罪を訴えた貴族は、ミュラー伯爵と長らく不仲の続く貴族であった。商会の本社機能を首都に移さんとする店長さんの意志を思うと、副店長さんを陥れようと考えた時、これほど組みやすい相手はいない。

恐らくはそうした店長さんの意識と、ミュラー伯爵に対して対抗心を燃やすどこかの貴族様の意志が合致した結果と思われる。そうして副店長さんは、でっち上げの不敬罪から牢屋にインされてしまったのだろう。

「ササキ殿、度々すまない。こちらの騒動も私に責任がある」

「滅相もない、ミュラー伯爵には何の責もございません」

使者の人を応接室から送り出した直後、伯爵様は頭を下げてみせた。

王位継承の条件を知らしめた王様の勅命も、決して無関係ではあるまい。問題の当たり屋貴族様は、第一王子の派閥だという。第二王子と仲がいいミュラー伯爵は、ハーマン商会の問題を抜きにしても、攻めるだけの理由となる。

なんておどろおどろしいのだろう、ヘルツ王国の貴族社会。

「私はすぐにでも問題の貴族を訪ねようと思う」

「それでは自分は、マルクさんの下に向かおうと思います」

「ありがたい。そう言ってもらえて助かる」

まさかこの状況で、安閑と異世界ライフを享受してはいられない。兎にも角にも副店長さんの無事を確認しないことには、食事も喉を通りそうにない。ピーちゃんも納得してくれると信じている。

「ササキ殿、これを持っていって欲しい」

ローテーブル越し、ミュラー伯爵が何やら差し出してみせた。

鞘に収められた短剣だ。

綺麗な装飾の為されたそれは、実用性以上に美術品としての価値を感じさせる。

「こちらは？」

「この短剣と共に私の名を告げてもらえれば、ササキ殿の言葉は私の言葉に等しく扱われる。これでどうかマルク氏の身柄を保証して欲しい。貴族でもない限り、牢内での扱いは苛烈なものだ。不敬罪ともなれば、刑の執行を待たずに亡くなる者も多い」

「承知しました」

なんということだ、こうなると責任重大である。

恐らく自分だけでは、こうまでも重用されることはなかったと思う。まず間違いなくピーちゃんの存在を考慮しての判断だろう。だからこそ、彼の顔に泥を塗ることがないように、気を引き締めて臨まねばならない。

いいや、違うな。

何よりも優先するべきは副店長さんの心身である。

彼はいい人だ。

是が非でも無事に助け出さねば。

＊

副店長さんが囚われた牢までは、馬車での移動となった。

それもこれもミュラー伯爵の手配である。そのため道に迷うこともなく、無事に目的地まで到着することができた。如何にピーちゃんが博識であっても、一地方都市の牢屋の所在までは把握していなかったことだろう。

現地では伯爵様から借り受けた短剣が威力を発揮した。牢屋番っぽい人に見せたところ、高待遇で案内を受けた。

ただし、施設こそミュラー伯爵の治める町に所在しているものの、副店長さんは彼と同格かそれ以上の貴族に対する不敬罪で捕まった。なので我々の好き勝手に、被疑者の身柄を扱うことはできないそうだ。

牢屋ではディートリッヒ伯爵なる貴族の名の下に、見張りと思しき騎士の姿が見受けられた。この辺りはヘルツ王国が貴族制を取っていることもあって、元の世界で言うところの裁判権やその管轄権が領主に紐付いていないものと思われる。

ピーちゃんから教えてもらった魔法を利用すれば、見張りの騎士を押し退けて副店長さんを救出することは可能だ。しかし、それを行うとミュラー伯爵にとんでもない迷惑が掛かってしまう。なのでこれは最後の手段だ。

ミュラー伯爵の配下となる牢屋番の人と、ディートリッヒ伯爵が残していったと思しき見張りの騎士の人。二人とともに三人で牢屋を進む。そうして歩くことしばらく、訪れたるは地下に設けられた施設の一角だ。

牢の格子越しに我々は副店長さんの姿を確認した。両手には鎖、足には足枷が嵌められている。

「サ、ササキさん、どうしてここに……」

「駆けつけるのが遅れました。申し訳ありません」

光源も乏しい薄暗い地下牢、照明の魔法を浮かべることで、マルクさんの収まった牢内を照らす。するとその頬には大きな青痣が確認できた。恐らくは逮捕される前後で、騎士や憲兵と揉めたのだろう。

大慌てで回復魔法を行使させて頂く。

魔法の発動に際しては、居合わせた騎士の人が身構えてみせた。けれど、目的が怪我の治癒であることを確認するると、剣に伸びかけた手は収まった。副店長さんの青痣は、数秒と要さずに完治した。

「わざわざ私などの為にありがとうございます、ササキさん」

「事情は商会の方から伺いました。今回の一件を受けては、ミュラー伯爵も色々と動いて下さっております。そう時間を掛けることなく、必ずやマルクさんの身の潔白を示してみせましょう」

「ですが、そ、それでは伯爵やササキさんにご迷惑が……」

マルクさんの視線が、こちらの傍らに立った騎士の人に向かう。

その様子を眺めていて、ふと思い出した。ディートリッヒ伯爵という名前には、自身も覚えがある。以前、ミュラー伯爵の執事であるセバスチャンと組んで、ミュラー家を陥れんとしていた一派の元締めである。名前だけの登場だったけれど。

なんでもミュラー伯爵とは因縁の仲なのだとか。

「安心して待っていて下さい。マルクさんは必ず外に出られます」

「ササキさん……」

ミュラー伯爵がやると言ったのだ、きっと大丈夫のはず。

それでもいよいよという場合には、あまり考えたくないけれど、牢屋を吹き飛ばしてマルクさんと一緒にどこかへ逃げ出そう。伯爵様からの提案ではないけれど、二人でルンゲ共和国に向かってもいい。

彼を助ける為なら、きっとピーちゃんも協力してくれる筈だ。

「ところでそちらの騎士の方にお話が」

「……なんだ？」

「ディートリッヒ伯爵にお伝え願いたいことがあります」

「言ってみろ」

「ハーマン商会の店長さんと組んで動いているようではありますが、こと商売の才覚においては、こちらのマルクさんに並ぶ者はいません。どちらを取るのが得策か、長い目で見て判断するべきだと具申いたします」

「腰に下げた短剣、その方はミュラー家の者ではないのか？」

「今回のマーゲン帝国との小競り合いを受けて、彼がどれほどの利益を上げたか、調べてみることを進言します。本当に囲い込むべき人物は誰なのか、きっと見えてくるものがあると思います」

「なにを世迷言を」

「それを判断するのは、ディートリッヒ伯爵ではありませんか？」

「ぬっ……」

今はマルクさんの身の安全を優先したい。そして、何がどう転んでも彼はミュラー伯爵に付いてくれると信じている。だからこそ、この場は多少の浮気心をチラつかせてでも、猶予を設けるのが正しいと考えた。

そうでもしなければ、牢内での副店長さんの待遇は変えられないと思う。

「……いいだろう。伝えてやる」

「ありがとうございます」

「しかし、第二王子に取り入って貴族となった異国の商人が、第一王子に与する我々にしっぽを振るとは、余人に知られたらどうなるものか。その平たい顔と黄色い肌、宮中でも噂になっている。その方がササキとやらだろう？」

こちらを眺めて、ニヤリと笑みを浮かべてみせる騎士の人。

どうやらマウンティングされているようだ。マルクさんの身を思えば、素直に組み伏せられる訳にはいかない。この場は多少イキってでも、自身の存在感を先方に知らしめるのが正しいと見た。

「私にとっては第二王子よりも、こちらの彼の方が大切なのです」

「なんだと？　貴様、正気かっ!?」

「サ、ササキ殿っ……」

「ですからディートリッヒ伯爵には、くれぐれもお伝え願えたらと存じます」

「貴様、不敬ではないか！　崇めるべき君主をそのようにっ！」

「不服だと言うのであれば、アドニス様ご本人にお伝え下さっても結構です」

「なっ……」

「必要であれば自ら出向いて、この口からお伝えしましょう」

こうしたあたりは事前に通じ合っているとやり易い。

本人に伝わったとしても、事情を話せば理解を得ることは容易だ。ミュラー伯爵も併せて納得してくれることだろう。それもこれも星の賢者様のご威光あっての賜物ではあるけれど。

「あ、後で後悔しても知らぬぞっ!?」

「どうぞなんなりと。ですが決して、ディートリッヒ伯爵に損はさせませません」

「くっ……」

これには騎士の人も驚いた顔だ。

なにはともあれ、しばらく時間を稼げたのではなかろうか。

＊

ハーマン商会の副店長さんの身柄を巡る牢屋での問答。これを終えた我々は、次いでその足をルンゲ共和国に向けた。移動はピーちゃんご提供の空間魔法。徒歩で向かっては非常に時間がかかるので、申し訳ないけれどご協力を願った。

これにより移動は一瞬だ。いつぞやミュラー伯爵ご依頼の仕入れでお世話になった、活気のある町並みと再会である。

我々のホームであるエイトリアムの町は当然として、ヘルツ王国の首都アレストと比較しても、尚のこと賑わいが窺える。

『しかし、この町にあの者の助けになる何かがあるとは思えんが』

「やってやれないことはないと思うんだよ、ピーちゃん」

『本当か？』

「ただ、目当てはどちらかと言うと、その少し先にあるんだけれど……」

多くの人々が行き交う大通りを眺めて、愛鳥と言葉を交わす。

今回はマルクさんの社会生命が懸かっている、やれることはやっておきたい。幸い手元には十万枚以上の金貨がある。ワンチャン狙うには十分な元金だ。ピーちゃんと二人のお財布だということは理解しているけれど、どうか機会が欲しい。

「一方的に申し訳ないけれど、チャレンジさせてもらえないかな？」

『まあ、あの者には我も度々世話になっているからな……』

フレンチさんのお店で味わった、素敵な肉料理の数々を思い起こしてのことだろう。ピーちゃんから反論が出ることはなかった。なんだかんだで、人間味に溢れた文鳥殿である。そういうところ凄く愛らしい。

「ありがとう、ピーちゃん。とても嬉しいよ」

『しかし、やるからには必ず勝つのだぞ？』

「なんたってマルクさんの進退が懸かっているからね」

『亡くすには惜しい人材だ』

それ、ミュラー伯爵が耳にしたら嫉妬してしまいそう。

同じように褒めて欲しくて、きっと張り合い始める。

そんなモテモテ文鳥を肩の上に伴い、町の通りを歩くことしばらく。我々が訪れたのは、以前にも取り引きを願ったケプラー商会さんである。そこで食品担当のヨーゼフさんに取り次ぎをお願いした。前にも対応して下さった方だ。

するとと先方は、こちらが想定していたよりも容易に面会に応じてくれた。

あれよあれよという間に応接室に通される。

同所には覚えのある顔が、既にソファーに腰掛けて待っていた。

「お久しぶりですね、ササキさん」

「お久しぶりです、ヨーゼフさん」

どうぞ、お掛け下さい、との案内に促されるがまま、対面のソファーに腰を落ち着ける。ピーちゃんは肩に止まったままだ。使い魔のフリをして、つぶらな瞳でヨーゼフさんのことを見つめている。

「ご多忙のところ、お時間を下さり恐れ入ります」

「いえ、私としても貴方には色々と思うところがございまして」

「……と言いますと？」

ヨーゼフさんはニコニコと笑みを浮かべながら呟いた。

その気さくな語り口は以前となんら変わらない。

「私もこの店を任されて久しいのですが、ああまで見事に騙されたのは久方ぶりのことになりまして、貴方という存在に興味を覚えております。まさかマーゲン帝国ではなく、ヘルツ王国の方であったとは」

ただし、その目は瞬きを忘れたかのようにこちらを凝視している。

ヘルツ王国とマーゲン帝国の騒動から既に一ヶ月以上が経過している。こちらルンゲ共和国にもそれなりに情報が入ってきているはずだ。当然、自分たちが出資した商人に対しても、調査が進んでいるに違いない。

「以前は食料品の担当だと伺っておりましたが……」

「正確には食料品も担当させて頂いております」

「……なるほど」

どうやらこちらが考えている以上にお偉いさんであったようだ。

店長的なポジションにある人物と思われる。

そう考えると、以前の買い逃げみたいな行いは、少し浅はかだったかも知れない。ただし、個人的に興味を持ってもらえたことを思うと、決して悪くはない判断であったと、前向きに捉えることもできる。

「おかげさまでマーゲン帝国とは向こうしばらく、穏便な関係を続けることができそうです。そこで我々としましては、こうして生まれた猶予を利用して、より一層商売に励みたく考えてお邪魔させて頂きました」

「詳しく伺ってもよろしいですか？」

「単刀直入に申し上げますと、こちらの都市で商会の立ち上げを考えております。ケプラー商会さんにはこれに出資、サポートして頂けないかと、ご相談に参りました。なにぶん勝手の違う他国での行いとなりますので」

「まさか我々が、その話を受けると考えているのですか？」

ヘルツ王国がマーゲン帝国を退けたとはいえ、それも一時的な出来事だ。

実態は完全にピーちゃんの魔法任せ。

当然、諸外国からの扱いは変わらないだろう。腐敗も著しいお国柄、投資をするにはリスクの高いヘルツ王国である。それでもこの場はプッシュさせて頂こう。幸い我々には反則的な取引材料が揃っている。

「これはヘルツ王国からではなく、私個人からのお話とさせて下さい」

「……なるほど？」

ヨーゼフさんの表情が少しだけ変化を見せた。

個人相手の取り引き以上に忌諱感を持たれているヘルツ王国切ない。

「まず間違いなく、ヨーゼフさんはお受け下さると考えております」

「では是非、その根拠を示して頂きたいと思います」

「我々が扱っている商品は、少し特殊なものとなりまして……」

この場へ臨むに際しては、ミュラー伯爵が我々から買い求めた品をいくつか、お屋敷から借り受けてきている。具体的には電卓やら何やら、こちらの世界では開発や製造が難しい工業製品である。

これをヨーゼフさんに提示した。

「……これは？」

「軽くご説明させて頂きます」

本日、ルンゲ共和国を訪れたのには、大きく分けて二つ理由がある。

一つはマルクさんがハーマン商会の店長さんと仲違いしてしまった都合上、ヘルツ王国内では今後、何をするにも動きにくいだろうと考えたから。これからどう転ぶかは分からないけれど、我々の邪魔をする存在が現れることは想像に難くない。

もう一つは国内で出資を募ると面倒なことになりそうだったから。ヘルツ王国でお金を借りるとか、そんなの怖すぎる。ただでさえ最近は陛下の跡目争いを受けて、貴族やその下に付いた資産家たちが敏感になっているだろうし。

ということで、ヨーゼフさんに持ち込んだ商品の説明をさせてもらった。

電卓を筆頭として、トランシーバーや乾電池式の人感カメラなど。

また今回は他にも、自宅の押入れで眠っていたアルコールチェッカーやトイカメラ、無電源式の現像機も持ち込んだ。いつか使うかも、などと考えて取っておいた物々だが、こんな形で日の目を見るとは思わなかった。

すると相手の表情は一変して真剣なものに。

いつの間にやら笑みも消えているぞ。

「設立予定の商会では、これらの商品を取り扱う予定です」

「ササキさん、お話を始める前に一つよろしいでしょうか」

「なんでしょうか？」

「どうして我々なのですか？　たしかにルンゲ共和国においては、それなりのものがあると自負しております。しかし、規模の上でいえば他にいくらでも、声を掛ける先があったのではありませんか？」

ジッと真剣な面持ちで見つめられた。

冗談を言えるような場面ではなさそうだ。

「資本力も然ることながら資金力に優れており、尚且つ過去に取引実績のあるケプラー商会さんであれば、これからも末永くお付き合いできるのではないかと考えました。素直に申し上げますと、他の商会さんでも当面の目的を達する上では問題ありません」

それとなく御社ヨイショを交えての受け答え。

大企業コンプレックスのある、それでいて比較的勢いのあるベンチャー企業を褒めるときの常套句である。ケプラー商会さんの事業規模こそ理解していないけれど、他に大手商会が存在しているのであれば、別段問題はないだろう。

「それは光栄なことですね」

「予めお伝えしたいのは、これらの商品が既にヘルツ王国のハーマン商会さんで、取り扱いの実績があるということです。しかし、私としては卸し先を一つに絞り、ある種のブランド感を出していきたいなと考えておりまして」

「…………」

「ただ、それと同時にハーマン商会の従業員の皆さんとの関係も大切にしたい、といった意志もあります。しかしながら、やはり頭の固い方はどこにでもいらっしゃるものでして、友好的に物事を進めることが難しくなってまいりました」

「……なるほど、そういうことでしたか」

それに何よりも、ピーちゃんからの紹介、というのがポイント高い。

本日も彼は肩の上に止まり、碌に身じろぎすらせずにジッとしている。一連のやり取りを受けても、反応する素振りは見られない。少なくとも現時点までの提案については、セーフだと考えてよろしいのではなかろうか。

「いかがでしょうか？」

「ササキさんの仰ることは理解できました」

「ありがとうございます」

「しかし、今回のお取り引きについては、我々も相応のリスクを背負うことになります。こう言っては失礼ですが、ササキさんはヘルツ王国の方です。マーゲン帝国との関係如何によっては、何がどう転ぶか分かりません」

「ヨーゼフさんの仰ることは当然だと思います」

「過去に取り引きがあったとは言え、それもたった一回のこと。そこでササキさん、貴方という存在について、我々が信用するに足る人物であることを証明してはもらえませんか？　扱っている商品が魅力的だからこそ、二の足を踏んでしまいますね」

彼らからすれば至極真っ当な反応だ。

傍（はた）から眺めれば、敗戦国の商人が泣きついてきたようにしか見えない。戦場におけるマーゲン帝国の敗退とヘルッツ王国の延命も、世間的には大戦犯なるおっかない人たちの喧嘩（けんか）に巻き込まれた形で、棚ぼた的に手にしたことになっている。

近い将来、両国が再び衝突するとは、誰もが考えていることだろう。

いいや、それよりも先にマーゲン帝国以外の国から攻められてしまうかも。今回の戦争でヘルッツ王国は決して少なくない兵力を動員している。このタイミングで漁夫の利を狙う国々が現れても、決して不思議ではない。

だからこそヘルッツ王国の陛下も焦って色々と施策を打っていた。

門外漢の自分であっても、容易に想像できてしまうよ。

「そういうことでしたら、一つ提案があります」

「是非お聞かせ願いたいですね」

「次にこちらへお邪魔した際には、ケプラー商会さんに我々の商品を卸させて頂きます。ただし、商品に対する支払いは、商会の設立後に分割でとしましょう。これを以（もっ）て担保とさせては頂けませんか？」

「なるほど……」

残念ながら我々からは、商品の他に差し出せるものがない。

これで駄目だと言われたら、大人しく他の商会を訪ねて回ることになる。そう言えば、こちらの世界って自国の商人が他所の国で利益を上げた場合、税金の扱いはどうなるんだろう。後でピーちゃんに確認しないと。

「卸して頂く品は個別に、数も含めてご相談できますか？」

「ええ、もちろんです」

「そういうことであれば、ええ、我々もご協力させて頂けたらと」

「ありがとうございます」

ヨーゼフさんの顔にニコリと笑みが浮かんだ。

どうやら前向きに検討してもらえたようである。今から他に商会を訪ねて回るのも面倒だったので、こうしてケプラー商会さんで決めることができて幸いだ。一から同じ説明を繰り返すのは、なかなか面倒なものである。

また自分たちの存在についても、なるべく局所に留(とど)めておきたい。あちらこちらに声を掛けて回ったら、瞬く間に噂となってしまう。それは担保として預けた商品を持ってとんずらされるのと同じくらい面倒なことだ。

「ところでそちらの事情についてですが、新しい商会の代表には貴方が?」

「いえ、他に適当な者がおります」

「そうですか、でしたら早めにお会いしておきたいですね」

「承知しました」

「出資額に対する経営権、もしくは利益率の交渉に進ませて下さい」

「ありがとうございます。それでは細かな話になりますが……」

この話が上手(うま)くまとまれば、マルクさんの商人としての居場所がなくなる、といった未来は回避できると思う。ヨーゼフさんの反応に鑑みれば、恐らく現場の人間関係をそのまま引き継ぐことも不可能ではなさそうだ。

それから半日ほど、我々は同所で彼と話し込む運びとなった。

かなり具体的なところまで、商会の設立について相談することができた。

「ところで、立ち上げる商会の名前なのですが、マルク商会でお願いします」

「その方が代表となる方なのでしょうか?」

「ええ、そうなります」

「承知しました。お会いできる日を楽しみにしています」

そして、最後に希望の商会名を伝えたところで、我々は応接室を後にした。

*

ケプラー商会さんとは円満に交渉を終えることができた。以降、お店を発(た)った我々は、ルンゲ共和国が誇る首都ニューモニアで、通りに立ち並んだ数々の商会や、町の随所に見受けられる露天商を眺めて回っている。

どのような意図があっての活動かといえば、現代で二人静氏との取り引きに利用する、異世界の金銀財宝を物色する為だ。なるべく安価に仕入れられて、高く売れそうなものを探そう、という魂胆である。

「ケプラー商会さんのお店があったあたりは割とスッキリしていたけど、下町に移るとかなり混沌としているんだねぇ。ごちゃごちゃしているっていうか、正直に言って何がなんだか分からない」

『我はこうした雑多な店の並びに風情を感じるぞ』

「あぁ、その感覚は分かるかもしれない」

感覚的には秋葉原の電気街や新宿のゴールデン街など、小さい店舗の込み入って連なる光景を思い起こす。そのファンタジー版と称したのなら、ある種のメディア作品に憧れて育った経緯を持つ現代人としては興味も一入である。

「こうして眺めて歩いているだけで、満足してしまいそうだよ」

『ほう、分かるか？　貴様にもこの良さが』

「ピーちゃんが感じているものと同じ印象かどうかは分からないけれど、なんていうんだろうね。僕らの世界の人間にとっては、どれだけ拝もうと思っても拝めない、それでいて幼い頃から慣れ親しんだ、そんな感じの情景として映るよ」

『なんだその妙な感想は』

「ピーちゃんがもう少し僕らの世界に慣れたら分かるかも」

『ふむ、それはまた好奇心を刺激される話だ』

彼のインターネットに懸ける情熱が、ネット辞書や学術系のサイトばかりではなく、漫画やアニメなどに向かったのなら、同意を得る日が訪れるかも知れない。いや、流石にそこまでは求め過ぎだろうか。

「ところで、仕入れについて相談してもいいかな？」

『なんだ？　言ってみるがいい』

「自分としては、やっぱり金がいいと思うんだけれど」

『根拠はあるのか？』

「僕らの世界だと戦争とか恐慌とか、何かしら世の中で問題が起こった時に値上がりするのが金なんだよ。人工的な合成が現実的ではなくて、埋蔵量が一定っていうのが大きいんだと思う」

『あれだけ発達した社会であっても、人間は金に価値を求めるのか？』

「他に代わりがないからじゃないかな……」

証券だとかビットコインだとか、価値を保有するためのモノや仕組みは次々と新しく生まれている。しかし、何かあった時に強いのは今も昔も金だ。プラチナやパラジウムなども比較的お高いけれど、換金性の高さは金の方が遥かに上である。

『オリハルコンやミスリルといった、より価値のある金属では駄目なのか？』

「ピーちゃん、こっちにはそういうのないんだよ」

『存在しないのか？　インターネットではチラホラと見かけたが』

「ピーちゃんが見たのは創作の話だと思う」

『むっ、そうだったのか……』

こういう微妙に世界観がズレているところ、異世界の人って感じがする。もしかしたら誤った情報を取り込んでいる可能性もありそうだ。たまにこうして世間話のついでに会話の裾野を広げて、すり合わせとか行った方がいいかもしれない。

何気ないところで致命的なミスに繋がりそうで、ちょっと怖いから。

「駄目かな？」

『そういうことであれば、まずは金から試してみよう。インターネットで調べた限りだが、貴様の世界における金の流通量は、我が把握している限り、こちらの世界よりも遥かに少ない。そういった意味ではなかなか悪くない判断だ』

「そうなの？」

『うむ、我も候補の一つとして考えていた』

現代における金の総量は埋蔵されているものも含めて、二十万トンほどとネットの記事で目にした覚えがある。この値は採掘技術の進歩によっても前後するそうだけれど、当面はこの値が一つの区切りになるのだとか書いてあった。

真珠やダイヤモンドがそうであるように、人工的に合成できるようになったり、あるいは革新的な採掘技術が確立された結果、将来値崩れする可能性はゼロではない。しかし、現時点においては非常に手堅い投資対象とのこと。

『硬貨のまま貴様の世界に持ち込むと、後々になって足がつく可能性がある。潰してインゴットにするとしよう。あぁ、純度も引き上げる必要があるな。そちらの世界はかなり高純度の金が流通していると、インターネットに書いてあった』

「それじゃあ一度、ミュラー伯爵の町に戻ろうか」

『うむ』

　こうなると大した仕入れも発生しない。手持ちの金貨がそのまま流用できる。貨幣を潰すことには抵抗を覚えるけれど、なんら気にした素振りもないピーちゃんの姿を眺めるに、少しくらいなら問題はないのだろう。

　他に必要なものとなると、あとはインゴットを収める箱くらいだろうか。

＊

　ルンゲ共和国での観光を終えた我々は、ホームタウンに戻った。

　ミュラー伯爵の治める町だ。

　そこから先はピーちゃんと別れて、それぞれで作業を分担となる。彼は金貨をインゴットにするのだと言って、硬貨の収まった箱と共に空間魔法でどこともなく消えていった。一方で自身は、今後の仕入れで利用する大きめの木箱を調達である。

　異世界にせよ現代にせよ、まさかむき出しの金をそのまま持ち運ぶ訳にはいかない。同時にそうして二人静氏の下まで持ち込んだ金に代わり、現代で仕入れた品々を異世界に運び込む為の容器も必要になる。

　そこで運搬用の木箱を用意することにした。

　サイズは軽トラの荷台に載せて丁度いいくらい。現代日本では個人で仕入れるようなものではない。まず間違いなく目立つ。そうした経緯もあり、こちらの世界での売買となった。

　空間魔法的には問題ないと、ピーちゃんからも了承済みである。

　そうして目当ての品を押さえてしばらく、先んじて仕事を終えた自分は、セレブお宿でピーちゃんの帰りを待っていた。買い込んだ荷物はお宿のご厚意から、建物の裏手にある倉庫に置かせていただいている。

　するとややあって、部屋付きのメイドさんがやってきた。

「お客様がいらしております。いかがされますか？」

「どなたでしょうか？」

「ミュラー家のお嬢様にございます」

ミュラー家のお嬢様となると、該当者は一人しかいない。

盛りに盛った髪型が印象的な彼女である。

たしか名前をエルザ様。

しかし、どうしてわざわざ我々の滞在先を訪れたのか。

「お通ししてもよろしいでしょうか？」

「ミュラー伯爵もご一緒ですか？」

「いいえ、お嬢様お一人でございますが」

パパと一緒なら、まだ分からないでもない。

けれど、一人での来訪とはまた珍しい。

「面会を希望されておりますが、お通ししてもよろしいですか？」

「ええ、すみませんがお願いします」

まさか断るわけにはいかない。相手はミュラー伯爵の愛娘（まなむすめ）である。彼女との関係は彼との円満な関係を築く上で、非常に重要なものだ。下手に断って悪い感情でも持たれたら、それこそ目も当てられない。

「承知いたしました」

メイドさんは恭しく頭を下げて、部屋を出ていった。

それから待つことしばらく、宿屋の主人の案内を受けて、ミュラー伯爵の娘さんがやってきた。場所は我々が宿泊しているお宿のリビングスペース。姿を見せた彼女は本当にお一人だった。傍らにパパの姿は見られなかった。

共連れは護衛を務める騎士の方々のみ。

こちらについては廊下で待機をお願いした。

当然ながら先方は難色を示した。伯爵様の愛娘の身柄を預かっていることを踏まえれば、自然な反応だろう。けれど、盛り姫様が自ら出ていって頂戴と伝えたことで、同所では二人きりと相成った。

「ハーマン商会の副店長が投獄されたというのは本当なの？」

「ええ、本当ですよ」

「っ……」

どうやら彼女はマルクさんのことを心配に思い、こうして駆けつけてくれたようだ。率直に事実を伝えると、その表情が悔しそうに歪む様子が見て取れた。とても素直な性格の持ち主である。

「そ、それじゃあ貴方はっ……」

「我々もエルザ様のお父様と共に、彼の救出に向けて動いております」

「……そうなの？」

「当然ではありませんか。彼はこの町になくてはならない人材です」

「………」

　これは勝手な想像だけれど、ミュラー伯爵の戦死の報告を受けた際、マルクさんに身柄を匿ってもらっていたことが影響しての行動と思われる。まさか放ってはおけないと、我々を焚き付けに訪れたに違いない。

　そうした内心を反映してか、本日は髪の盛りっぷりもマシマシ。

　攻撃力の高そうなアクセントが随所に見受けられる。

「黒幕であるディートリッヒ伯爵の家臣とは、私も現場レベルで交渉を行っております。少なくとも彼が牢獄で不当に扱われるようなことはないでしょう。そして、エルザ様のお父様は伯爵の下へ、今まさに交渉に赴いていらっしゃいます」

「……マルクは無事に戻って来られるの？」

「安心して下さい。マルクさんもハーマン商会も、必ずや無事に取り戻してみせます。ですからエルザお嬢様は、何も心配することはありません。どうか我々を信じて下さい。すぐに元あったとおりです」

「けれど、ディートリッヒ伯爵はお父様より格上の貴族だわ」

「そうだとしても、決して方法がないわけではありません」

「でも……」

　不安そうな眼差しで、盛り姫様は正面のローテーブルを見つめる。

　もしかして、これはあれか。

　マルクさんに恋愛感情とか、抱いてしまっているのではなかろうか。年齢差は大きいけれど、彼もなかなか渋みのあるイケメンだし、盛り姫様くらいの娘さんは、年上の異性に興味を持ち出すお年頃である。

　彼女から告白されて、慌てる副店長さんの姿が脳裏に浮かんだ。

「……どうしたのかしら？　私の顔をジッと見つめて」

「いえ、エルザ様はお優しい方だと、改めて感銘を受けた次第です」

「わ、私のことを馬鹿にしているのかしら!?」

「そんな滅相もない。素直に心を震わせておりました」

「……ふん」

ぷいとそっぽを向いてしまった盛り姫様。

これに時を合わせて、室内に魔法陣が浮かび上がった。その輝きは自身も、過去に幾度となく目の当たりにしている。まずいとは思っても、止められるものではない。ピーちゃんのご帰還である。お客様の意識も急に生まれた魔法陣の存在に引き寄せられる。

間髪を容れず、その中央に可愛らしい文鳥が像を結んだ。

『遅くなってすまない。今帰っ……』

その位置関係は丁度、自身と彼女とが言葉を交わすソファーの間、ローテーブルの上である。さらに言えば、上座に盛り姫様をご案内した為、ピーちゃんの正面には彼女が面と向かうことになった。

しかも彼の傍らには山積みとなった金のインゴット。

「えっ……」

それまでの不安げな眼差しから一変して、盛り姫様は驚きの表情だ。

これに対して我らが星の賢者様は、声も大きく囀ってみせる。

『ピッ、ピーッ！　ピーッ！　ピーッ！』

「…………」

なんてタイミングの悪い文鳥だろう。

その聡明な頭脳は何を考えてピーピーしているのか。

最近、こういうシーンが増えたよね、ピーちゃん。

「今、たしかに喋ったわよね？」

『ピー！　ピー！　ピー！』

「私は誤魔化されないわよ!?　絶対に喋ったわっ！」

『ピー！　ピー！　ピ、ピィィーッ！』

星の賢者様VS盛り姫様。

ミュラー伯爵が目撃したら、顔色を青くしそうな光景だ。やけくそ気味なピーちゃんが可愛い。多分だけれど半分くらいは、彼女を居室に通した自分への非難だろう。だってチラリチラリと、こちらに視線をくれている。

他に部屋を押さえて、面会の場を設けるべきであったとは、たしかにそのとおりだ。でもまさか、その用意をお宿の従業員さんに頼んでいる間に、こうしてピーちゃんが帰宅するとは思わなかった。

こうなると彼の発言をなかったコトにはできない。しかし、それでも説明次第では、被害を最小限に留めることはできると思う。幸いこちらの世界における魔法とは、かなり自由度の高い代物だ。

喋る使い魔というのは例外的のようだけれど、相手はこれといって魔法に秀でているわけでもない貴族の娘さん。彼女のパパから魔法使い兼商人として紹介されている自らの立場を思えば、納得を得ることは不可能ではない気がする。

「エルザ様、少々よろしいでしょうか？」

「な、なによ？」

「私の使い魔は少々特別なものでして、人語や高等な魔法を解することができます。おかげでその希少性から、他者に狙われることも度々。そこでお願いなのですが、どうかこの度の出来事は、ご内密に扱って頂けませんか？」

「……本当？」

「ええ、本当です」

決して嘘は言っていない。

彼は国一番の賢者様だ。

「でも今の、急に姿を現したわよね？」

「そういった魔法を備えているのです」

「…………」

こういった時に肌の色や顔の造形が異なっていると便利だ。彼女にも自身が異国の出ということは伝わっている。そして、我々がパパと懇意にしている点もまた、盛り姫様は理解していることだろう。

パパ大好きっ子の彼女としては、追及に躊躇するに違いない。

「この事実が世間に明らかとなったのなら、我々はこちらの町を去らねばなりません。ミュラー伯爵に尋ねて下さっても結構です。事情は伯爵もご存知です。その上で我々の立場を知りたいと考えるのであれば、どうぞ好きに聞いて下さい」

「っ……」

脅すような形になってしまい申し訳ないけれど、ラブリー文鳥の秘密はどうか口外しないで頂きたい。万が一にも星の賢者様の存命が世間に知られては、とても面倒なことになる。彼が望むスローライフなど夢のまた夢だ。

「わ、わかったわよ。このことは誰にも言わないわ！」

「ありがとうございます」

こちらの思いが通じたのか、エルザお嬢様は小さく頷いてみせた。

盛り姫様が素直な性格の持ち主でよかった。

これに応じてピーちゃんは、彼女に一歩を踏み出しての自己紹介。

『我が名は星……ピーちゃんだ。ピーちゃんと呼ぶといい』

「可愛らしい名前なのね。私はエルザよ」

ローテーブルにちょんと立った文鳥。

パッと見た感じ完全に鳥類しているから、誰だってまさか喋るとは思わない。自分も初めて彼から自己紹介を受けたときは驚いたもの。言葉を発するのに応じて、口元が小さくピクピクするのめっちゃ可愛い。

その姿をジッと見つめて、盛り姫様は言葉を続けた。

「この前は痛くしちゃってごめんなさいね？」

『大丈夫だ、気にすることはない』

それは過去に二人が、フレンチさんのお店で食事を共にした折のこと。ピーちゃんを撫（な）でる彼女の指先が、文鳥のつぶらな瞳に触れてしまった一件だ。その当時も予期せぬ刺激から声を上げていた。

いつか彼が人前で、ピエルカルロの名を口にする日は訪れるのだろうか。

不意にポロリしそうになった愛鳥を眺めて、ふとそんなことを思った。

＊

我々の拠点となるセレブお宿を訪れたミュラー伯爵の娘さん。彼女の予期せぬ来訪に対しては、こちらも他に仕事があって忙しい旨を伝えると、大人しく居室から去っていった。威力的な言動が目立つ一方で、そういうところは素直な人物である。

これにより我々はすぐに作業に移ることができた。

どのような作業かといえば、異世界の金を現代に運搬するための作業だ。

『さて、こんなものか』

「そうだね」

お宿の中庭を借りて、我々は積み荷の支度を行った。

人払いをお願いした同所には、自分とピーちゃんの姿しか窺えない。値の張るお部屋に連泊する我々は、どうやら上客と見られているらしく、従業員の方にお願いしたところ、二つ返事で作業スペースを提供して下さった。

お庭の一角には、自身が仕入れた大きな木製の箱が鎮座している。

内部には万が一に備えて、箱と併せて仕入れた乾草が敷き詰められており、ピーちゃんが用意した金のインゴットは、その只中に隠す形で入れ込んだ。一見しては飼料か何かにしか見えない。

異世界から乾草の持ち込みとか、個人的には色々な意味で恐ろしい。現代であっても豚コレラとか、口蹄疫とか、怖い病気が沢山ある。なのでインゴットの受け渡しを終え次第、こちらについては早急に焼却処分しようと思う。

仕入れに当たっては、寝具としても利用できるように、事前に燻して虫などは殺してあると説明を受けた。けれど、それでも注意するに越したことはない。万が一にも日本で異世界の昆虫が繁殖とか、割と退っ引きならない展開ではなかろうか。

『それではあちらの世界にゆくとするか』

「あ、ちょっと待って。まだ釘で封をしていないから」

『随分と厳重にするのだな？』

「万が一があったら大変だからね」

運搬途中に横転して中身が散乱、とまではいかずとも、不用意に中身を視認されるような可能性は減らせるだろう。そのために必要な釘とトンカチも、木箱と併せて事前に用意している。

そうこうしていると、不意に余所から名前を呼ばれた。

「ササキ様、お取り込み中のところ申し訳ありません」

「あ、はい」

中庭に面した外廊下にメイドさんの姿があった。

先程もエルザ様の来訪を受けて連絡を下さった方だ。こちらの時間で考えると、彼女ともかれこれ数ヶ月の付き合いとなる。お仕事の上での会話以外、交流はないけれど、多少は親しみのようなものを覚えている。

「お客様がお見えなのですが、いかがしましょうか？」

「どなたでしょうか？」

「フレンチ様という方でございます」

おっと、コックの人だ。

恐らく彼も盛り姫様と同じように、マルクさんの投獄を耳にしたことで、こうして我々の下まで足を運んでくれたのだろう。そうなると事情を説明しない訳にはいかない。彼とマルクさんは飲食店の運営でも多分に絡みがあった。

本来ならこちらから連絡を入れるべきであった。

「案内して頂いてもよろしいですか？」

「承知いたしました」

恭しく頷いてみせるメイドさん。

その背中に連れられて、我々は中庭を後にした。

＊

フレンチさんからの用事は、こちらが想定したとおり、マルクさんの身柄についてであった。なんでもお店の常連さんから、彼が投獄されたことを聞いて、居ても立ってもいられずに来てしまったとのこと。

これに対して我々は、盛り姫様にしたのと同様のお話をさせて頂いた。

彼は自分にも何かできることはないかと、繰り返し訴えていた。しかし、これといって手伝えることはない。むしろ下手に動き回られては、かえって面倒なことになりかねない。そこで必ず無事に助け出す旨を伝えて、お店に戻って頂いた。

申し訳ない気がしないでもないけれど、こればかりは仕方がない。

ただ、おかげで彼とマルクさんの円満な関係を確認することができた。今後とも飲食店については、彼らに任せておけば間違いはないだろう。そのように考えると、決して悪いことばかりではない、とかなんとか前向きに考えておくことにする。

フレンチさんと別れた後は、再びお宿の中庭に戻った。

急いで木箱の蓋に釘打ちを終える。

そして、以降は当初の予定通り、ピーちゃんの空間魔法で世界を移った。

荷物の運び込み先は、都内に数多（あまた）ある沿岸部の埠頭（ふとう）の一つ。

同所にずらりと並んだ巨大な倉庫の一棟に、我々は荷を運び入れた。

　作業に先立って二人静氏に連絡を入れたところ、彼女は二つ返事で即日での受け入れを承諾してくれた。以前の勤め先を辞めたことも手伝って、こちらが考えている以上に暇にしているのかも知れない。

　運搬は我々の移動と併せて、ピーちゃんの魔法により行われた。二人静氏が人目につかない運搬先を用意してくれたおかげで、当初想定していたよりも、遥か容易に運び込みを行うことができた。

　空間魔法の存在をマジカルフィールドとして紹介している以上、二人静氏の面前であっても、これを行使することに躊躇はない。むしろ下手にレンタルトラックなどを用立てていては、課長の目に留まる可能性が急上昇。

「これが妖精界からの土産かぇ？」

「そんなまさか？　身の回りで持て余していた品ですよ」

「それにしては随分と大量に持ってきたのぅ」

　倉庫の一角、運び込まれた木箱を眺めて彼女が言った。

　人気も皆無の倉庫は静かだ。

　声がよく響いて聞こえる。

　悪いことをするには絶好のロケーションではなかろうか。まるでヤクザ映画の登場人物にでもなったような錯覚に陥る。使うと気持ちよくなれるお薬や、所持が禁止されている凶器の取り引きでもしているような気分だ。

　高窓から差し込む陽光が、薄暗い内部を照らす唯一の光源となる。

「大半は緩衝材ですよ」

「緩衝材？」

「途中で人目に触れたら面倒だと思いまして」

「なるほどのぅ」

　場合によっては、警察に見咎められることも考えられた。都内はそこかしこで白バイの目が光っている。こちらには警察手帳があるし、もし仮に声を掛けられても大丈夫だとは思うけれど、念には念を入れて事前に準備を行っていた。

　何よりも怖いのが局の上司という、割と笑えない状況である。

「蓋を取ってもらえますか？」

「うむ」

　我々の見つめる先で、二人静氏が木箱に向かう。

　彼女は釘で封のされた蓋を、両手で掴み強引に引っ剥がした。幼い肉体に対して、人智を超えた身体能力を有する彼女である。大人の自分であっても扱いに苦労したそれを、ひょいと軽々持ち上げてみせた。

バキッという破壊音が倉庫内に響き渡る。

すると直後、我々の視界に映ったのは人の姿だ。

木箱の中に丸まり、乾草に囲まれて人一人が収まっていた。

「まさかナマモノとは、儂も想定外じゃのぅ」

その姿を眺めて二人静氏が言った。

敷き詰められた乾草の上、身体を丸めて横たわる彼女と目が合う。

肩からはピクリと、ピーちゃんの身じろぎする感覚が伝わってきた。

「……エルザ様、どうしてこのようなところに」

「あ、貴方たちが何をしているのか、気になったのよっ……」

なんてこったい。

木箱に盛り姫様が忍び込んでいるとは想定外。素直にお屋敷まで戻られたものだとばかり考えていた。盛りに盛られた頭髪が、内部に敷き詰められた枯れ草に絡んで、それはもう大変なことになっている。

自ずと我々の意識が向かったのは、予期せぬ混入物を見つめる二人静氏。枯草まみれの娘さんを、彼女はどのように認識しただろうか。妖精の国から遠路はるばるやってきた、可愛らしい使者の女の子、などと見てくれただろうか。

いいや、流石にそれは都合が良すぎる。

「すみませんが、外して頂いてもよろしいですか？」

「その娘の話、儂も聞いていたいのぅ」

「少し込み入った話になりそうなのですよ」

「妖精界に人間が住んでいるとは、儂も初耳じゃのぅ」

どうやら妖精界に人間は住んでいないらしい。

また一つ魔法少女の界隈に詳しくなった。

我々としては二人静氏に売却を依頼する商品の産地について、妖精界を騙るつもりは毛頭ない。なんたって妖精たちの住まう世界にどのような産出品があるのか、まるで知見が及ばないのだから。

「この娘さんは私の知り合いのお子さんでして……」

「どうして知り合いの娘が荷に入り込んでおるのじゃ？木箱には丁寧に釘まで打ち込まれていたが、まさかお主

は幼い子どもを閉所に閉じ込めて喜ぶような、尖った性癖の持ち主であったのかぇ？」

「荷造りの途中で、偶然から入り込んでしまったのでしょう」

恐らく彼女が木箱に潜り込んだのは、フレンチさんと話をしている間だろう。荷造りを終えて後は釘を打つだけの状態で、現場を留守にしていた。その間にこちらの目を盗んで潜り込んだ可能性が高い。

「それにしても変わった格好をしておるのぅ？　その手のプレイだと称するにしても、随分と念が入っておる。そこかしこに飾り付けた貴金属など、もしや本物なのではないかぇ？　妙に色艶の良い光沢をしておるのじゃよ」

「…………」

絶対に退くまいという意志が感じられる脅しっぷりだった。

ニヤニヤとした笑みがいやらしい。

こうなると誤魔化すことは困難に思われる。相手がどこまでを把握して、その先に何を考えているのか、推測することも難しい。下手に勘ぐって判断を行うと、後で痛い目を見そうな気がする。なんたって相手は海千山千のご老体。

どうやら作戦を変更する必要がありそうだ。

そのように考えて、肩の上の彼にチラリと視線を送る。

するとピーちゃんは、小さくコクリと頷いてみせた。

マルクさんの命運が懸かっていることも手伝い、万が一にも失敗できない状況。多少のパワープレイは致し方なし。普段はイエスマンで通っている事なかれ主義の社畜も、リスクを取るべき状況くらいは判断できる。

二人静氏を異世界に連れて行って、共犯者とするのだ。

裏切られた場合のデメリットが大きい一方で、今後の彼女との取り引きを思えば、メリットも相当のもの。世界を渡る術をもたない先方だから、あちらの世界に放置して知らんぷり、といった対応も可能である。

案外、異世界での生活を気に入ってくれる可能性も考えられる。

こうした対応は以前から、一連の取り引きをネタにして、彼女が我々を脅してきた場合への対処として考えていた。出どころの知れない金銀財宝の存在は、課長にバレたら面倒な代物だ。それなら彼女も我々の利益に巻き込んでしまおう、と。

「エルザ様、ご説明を願えますか？」

「……わかった、わよ」

　ニヤニヤ顔の二人静氏から、伏し目がちな盛り姫様に視線を移す。木箱から脱した彼女の立ち位置は、ちょうど我々の正面。居合わせた面々に見つめられて、エルザ様は観念した面持ちでポツリポツリと語り始めた。

　語られた内容は、そう複雑なものではなかった。

　その言葉を信じるのであれば、当初はちゃんと自宅に戻ろうとしたらしい。しかし、やはり自分にも何かできることがあるのでは、などと考えを改めたとのこと。そして、お供の護衛の目を盗み、再び我々のもとに取って返したところ、中庭にその姿を見つけたという。

　自然と興味が向かったのは、同所に設けられた大きな木製の箱。そこに金のインゴットを詰め込む我々の姿を確認した彼女は、マルクさんが投獄される原因として、自分やピーちゃんを疑ったのだという。

　たしかに直前の会話を思えば、傍目にも怪しい行いだったろう。

　彼を助けるだ何だと訴えながら、夜逃げさながらの作業風景。

　早い話が盛り姫様の推理的には、マルクさんをディートリッヒ伯爵に売り払った見返りとして、金という対価を得た我々が、これを手にミュラー伯爵の下から逃げ出そうとしているように見えた、とのことであった。

　しかしその場合、我々が日本に戻って二人静氏と交渉をしていた間、彼女はずっとパレットに収まっていたことになる。決して短くない時間だ。目元が赤く腫れているのは、きっと人知れず泣いていたからだろう。

　我々にバレてはまずいと息を殺して、だからこそ助けてと声を上げることもできずに、一人寂しくシクシクされていたに違いない。そして、最終的には見事に我々の行いを暴いてみせた。今更ではあるけれど、彼女のパパに対する情熱を理解したかもしれない。

「たしかにそう見えても、仕方がないかもしれませんね」

「……違うのかしら？」

「ええ、違いますね」

「だけど、それじゃあここは……」

　薄暗い倉庫を見渡して彼女は訴えてみせる。

　周りを囲うのは鋼鉄で作られた大量のコンテナだ。同じデザインのそれがズラリと並ぶ光景は、その圧倒的なサイズ感も手伝い、どことなく恐ろしく映る。きっと盛り姫様も気圧(けお)されていることだろう。

「これも彼を助ける為に必要な行いなのです」

「な、なんでそうなるのよっ！」

「こちらの木箱に梱包(こんぽう)した金は、我々がエルザ様のお父様の町で商売をして稼いだ資金です。そして、これを元手にこちらの彼女と商売を行い、そうして得た利益を元手に、マルクさんの立場を買い戻そうと考えています」

「……本当なのかしら？」

　これといって証拠のない話、彼女の訴えは当然だ。ならばこちらも真正面から応じるしかない。

「しかし、それもエルザ様の登場を受けて、破談が目前に迫っております。マルクさんのことを少しでも大切に思っているのであれば、大人しくして頂けませんか？　そうでなければ近い将来、エルザ様は大きな後悔に苛(さいな)まれることになると思います」

「っ……」

　いくらか威力的に語ると、彼女の表情に変化があった。

　その可愛らしいお顔に躊躇の色が浮かぶ。どうやら今の説教が効いたようだ。こういう純粋な子供ほど、悪い大人にコロッと騙されてしまうのだよな。二人静氏もこれくらい素直だったら取り扱いも容易だったろうに。

「エルザ様、どうかご安心下さい。私はエルザ様のお父様、ミュラー伯爵の味方です。何があったとしても、彼を裏切るようなことは決してしません。そして、マルクさんは伯爵の大切なご友人、見捨てることなどありません」

「ササキ、私はその言葉を信じても、い、いいのかしら？」

「私はミュラー伯爵家と末永くお付き合いできたらと考えております」

「……そう」

　誠心誠意、エルザ様に受け答えしてみせる。

　それはもう全力だ。

　真心を込めてお伝えさせて頂いた。

　するとこちらの熱意が通じたのか、彼女は渋々といった面持ちながら、承諾の姿勢を見せた。少なくとも攻撃性の魔法を撃たれるような状況は、完全に脱したと考えてよろしいのではないだろうか。

　ただ、彼女の態度が改まったのも束(つか)の間(ま)のこと。

　二人静氏が予期せぬ動きを見せた。

地を蹴って飛び出したかと思いきや、盛り姫様にその手が伸びる。

　これは不味い。

『尻尾を出したな、小娘よ』

　間髪を容れず、ピーちゃんから魔法が放たれた。

　もれなく無詠唱。

「っ……」

　目に見えない何かが宙を舞い、二人静氏の両手両足を切断する。

　吹き出した血液が散って、周囲を真っ赤に汚した。

　その飛沫を受けて、エルザ様の顔が恐怖に引きつる。支えを失った身体がどさりと倉庫の床に落ちた。いつぞやボウリング場で眺めた姿を彷彿とさせる光景だった。いいや、あのときにも増して凄惨だ。ピーちゃんには二人静氏の能力を伝えていた為か、一撃はかなり強烈なものであった。

『この者に手を出して、どうするつもりだったのだ？』

「ぐっ……なんじゃ今のは。なんにも見えなんだ……」

　悠然と語ってみせるピーちゃん、マジ貫禄のある文鳥。

　お腹の部分のフカフカが、普段より三割増しでふっくらして感じられる。倉庫の床に転がった二人静氏を見下ろす視線は、まるで大空を舞い獲物を捕捉した鷲のようではなかろうか。いいや、そんなことはないか。つぶらな瞳が愛らしいラブリー文鳥。

「サ、ササキ！　この者は何をっ……」

「それは私も気になるところです」

　エルザ様から促されて、二人静氏に声を掛ける。

　今の彼女、間違いなくエナドレしようとしてたでしょ。

　二人静氏ってば、これもう絶対にエンガチョなんだけど。

「今のは何の真似でしょうか？　二人静さん」

「肩に虫が這っていたものでな。どれ、ババァが取ってやろうかと……」

『このまま処分してしまっても構わないのだぞ？』

「っ……」

　ピーちゃんが言うと、彼女はビクリと肩を震わせた。

　四肢は既にシュウシュウと音を立てて治癒が始まっている。けれど、再生にはそれなりに時間がかかるようで、即座に完治とはいかないみたいだ。満足に動き回るには、もうしばらくを要することだろう。

『これから貴様に呪いをかける』

「呪い？　なんじゃ、それは……」

『これを受ければ貴様も、我々に対して素直になることだろう。とても非人道的な呪いだ。この世界で言うところの、人権というものを徹底的に否定するような、そんなどうしようもなく屈辱的で致命的なものである。心して受け入れるといい』

「そ、それは怖いのう。できれば勘弁して欲しいのじゃが？」

目に見えて狼狽える二人静氏が新鮮だ。

ただ、自身も呪いとか初耳だから、彼女と同じように慌ててしまう。どんな酷いことになるのかと、思わず肩の上の彼に視線が向かった。先に裏切ったのは二人静氏であるけれど、やはり自身の目の前であれこれというのは抵抗がある。

ところでピーちゃん、人権というフレーズはきっと、我が家でインターネットを利用して学んだものだよね。学習した単語をすぐに使ってみせる文鳥、なんて応用力が高いのだろう。色々な単語を教えたくなる。

「ピーちゃん、ちょっと待っ……」

可愛らしいくちばしから、何やらもにょもにょと呪文が呟かれる。

これに応じて倉庫の床に転がった二人静氏の下に、魔法陣が浮かび上がった。薄暗い倉庫内とあって、妙に明るく感じられるそれは、煌々と真っ赤な輝きを放ち、その中央に位置する彼女を妖しく照らす。

「ま、待つのじゃ！　今のはちょっとした冗談じ……」

ピーちゃんに見つめられて、彼女は声も大きく訴える。

しかし、彼はこれに取り合わない。

ややあって、輝きが一際力強く倉庫内を照らし上げた。

傍目に眺めていて、思わず目を閉じてしまったほど。

「っ……」

これといって炎が吹き荒れたり、突風が吹いたりはしなかった。輝きの向こう側から、二人静氏のうめき声が小さく聞こえてきただけである。過去にヘルツ王国とマーゲン帝国の戦場で目の当たりにした大魔法と比較すると地味な感じ。

やがて輝きが晴れた後には、四肢を取り戻した彼女のへたり込んだ姿が。

「……儂に何をした？」

『右手の甲を見てみるといい』

「…………」

促されるがまま、二人静氏は自らの手元に視線を下ろした。

そこには何やら入れ墨でも入れたかのように、紋章のようなものが見受けられる。

「なんじゃ、これは」

『その紋章は貴様が我々に対して敵意や害意を抱くのに応じて、段々と肉体を蝕んでいく。今は手の甲で済んでいるが、これが段々と侵食を続け、やがて全身に行き渡った時、貴様の肉体は醜い肉の塊と成り果てることだろう』

「なっ……」

『どれだけ優れた再生能力を手にしていようとも、この呪いによる肉体の崩壊から逃れることはできん。未来永劫にわたり続く思考以外のすべてが失われた人生を恐れるならば、せいぜい我々に良くない感情を抱くことがないよう、意識して生活するといい』

これまたエグい魔法もあったものである。

だからこそ、常日頃から何を考えているか分からない二人静氏に対しては、かなり理想的な牽制になったとも感じる。ピーちゃんのこういう現実的且つ、決断力に溢れているところ、とても頼もしく思うよ。

「っ……！」

すると彼の発言を耳にするや否や、二人静氏に動きがあった。

我々に向かい駆け出してきたのである。

一瞬にして目と鼻の先まで、二人静氏の小さな拳が肉薄する。しかし、それはピーちゃんによって放たれた障壁魔法に遮られて、我々の下まで届くことはなかった。目に見えない何かに遮られて、手前数十センチで静止。無詠唱様々である。

いつか自分も実現してみたいものだ。

固く握られた先方の拳では、甲に描かれた模様が変化を見せ始める。まるで生き物のようにグズグズと動いて、在り方を複雑なものに変えていく。入れ墨さながらのそれが有機的に動く光景は、見ていてちょっとキモい感じ。

全体的に少し大きくなったようだ。

手の甲に留まっていたそれが、手首に巻き付くように変化している。

デザイン的には割と格好良くて、傍目にはお洒落なタトゥーのような雰囲気。公衆浴場への入場は断られるかも知れないけれど、他人の目に触れたところで、これといって咎められることはないだろう。

「……どうやら本当のようじゃのぅ」

『貴様はまた随分と、思い切りがいい性格をしているな』

ピーちゃんから感心の声が上がった。

文鳥的にはポイントの高い行いであったようだ。

「嘘だったら縊り殺してやったものを」

『もしも殺していたのなら、手の甲に浮かんだ紋章は瞬く間に全身を巡り、貴様も肉の塊に成り果てていたことだろう。長生きをしたかったら、向こうしばらくは大人しく我々に協力するといい』

「なるほどのぅ……」

「ところでどうして、二人静さんは彼女に手を出そうとしたのですか？」

「言ったじゃろう？　その娘の肩に虫が這って……」

『正直に答えぬと、紋章が大きくなるぞ？』

「ぐっ……」

ピーちゃんの言葉を受けて、二人静氏は渋々と口を開いた。

その言葉を素直に信じるのであれば、どうやら彼女はこちらの弱みを探していたようだ。当初は家族や恋人など、近しい相手を探していたとも。しかし、ソロ人生を貫く孤独な中年に隙は皆無。どれだけ探しても、それらしい相手は見つからなかったとのこと。

我が家にカメラを仕掛けていたのも、その一環であったのだとか。

理由はマジカルミドルを自らの支配下に置くためとのこと。

そうして迎えた本日、何やら我々が大切そうに扱っているエルザ様の存在を確認して、この人物が相手ならと、確保を決意したようである。ピーちゃんの言葉ではないけれど、なかなか思い切りのいい性格の持ち主である。

事実、ピーちゃんが一緒でなければ、してやられるところだった。

彼女の敗因は、星の賢者様の最強っぷりを考慮できていなかった点に他ならない。この可愛らしい文鳥が、長きにわたり幾万、幾十万という人民を率いてきた歴然たる施政者にして、それ以上の人々を屠ってきた大魔法使いとは思うまい。

自分もたまに忘れそうになる。

「ササキ、わ、私にも説明を……」

「ええ、そうですね」

居合わせた盛り姫様が怯えてしまっている。

ピーちゃんによる魔法の行使や、これに反撃を見せた二人静氏の対応を受けて、驚いた表情で我々を見つめていた。その引き金を引いたのが、自分自身であるという認識も伴ってのことだろう。

結果的に二人静氏の一手先を取れたので、エルザ様には感謝したい。

ただし、取り急ぎ彼女には、異世界にお戻り願うべきだと思う。

「ピーちゃん、お願いしたいことがあるんだけれど」

『うむ、それは我も考えていた』

分かり合えている感じが嬉しい。

お互いに小さく頷き合い、改めて盛り姫様に向き直る。

「エルザ様、ご自宅までお送りさせて頂きます」

「待ちなさい、ササキ」

「なんでしょうか？」

「わ、私は貴方に色々と尋ねたいことがあるわ！」

「でしたらご自宅に戻ってから、改めてお伺いいたしますので」

「……今、知りたいのよ」

彼女はジッと我々を見つめて呟いた。

お顔は真剣そのもの。

「こんな大きな建物、町やその近くにはなかった筈だもの」

貨物船の荷物を扱う倉庫だけあって、同所は非常に広々としている。建坪だけなら、恐らくミュラー伯爵のお屋敷に匹敵する。圧倒的に高い天井もまた、見慣れていない人には印象強く映ることだろう。

「ここはどこなのかしら？」

「…………」

さて、どうして答えたものか。

ピーちゃんの攻撃的な魔法もまた、盛り姫様に危機感を抱かせるのに一役買ったことだろう。こちらを訪れるのに際しても、色々と疑念を持っていた彼女である。それが二人静氏とのやり取りを受けて、膨れ上がった可能性は否めない。

彼女との関係は、ミュラー伯爵との関係にも大きく影響を与える。将を射んと欲すれば先ず馬を射よ、とはよくいったものだけれど、今回の場合、今まさに射つべき馬から後ろ蹴りを入れられた形の我々である。

家人との不仲から、当事者との関係が悪化とか、世の中にはありふれたお話だ。

だからこそ真摯に臨むべきだとは思う。

「どうすれば我々を信じて下さいますか？」

「…………」

脅威の失われた二人静氏から、今度はエルザ様に向き直る。

すると彼女は堂々と訴えてみせた。

「ここはどこなの？　貴方たちは何者なの？　私に説明して欲しいわ」

「そうですね……」

星の賢者様の存命だけは絶対に伝えられない。これは本人の意向でもあるから、たとえ相手がミュラー伯爵の娘さんであっても、きっちり守るべきだと思う。個人情報の取り扱いは厳重に行うべきだ。

一方で我々の立場、異世界に対する現代日本の存在はどうだろう。

仮に彼女に伝えたところで、世界を渡る術を持たない異世界の人たちは、これを確認することができない。我々が持ち込んだ商品を眺めて、その存在に確信を得たとしても、手を出すことは不可能だ。

ヘルツ王国が所在する大陸の外から来た、という自身の立場を語る上での建前と、そう変わりがあるものではない。できれば秘密にしておきたかったけれど、公になったところで、その影響は星の賢者様の存命と比較しては雲泥の差。

「わかりました。私の生まれ故郷をエルザ様にご紹介します」

「……本当？」

「ええ、本当ですとも」

都心部を数分ばかり見て回れば、彼女の暮らす世界との違いは十分に理解してもらえることだろう。職質されたりしたら厄介だが、そこは懐に納めた警察手帳と、警察庁の名刺で余裕を持って対処可能である。

問題があるとすれば、阿久津課長に彼女の存在を知られた場合だ。

彼が国内に備えた強権的に考えて、知り合いだなんだと嘘を吐いても、あっという間に調査、見破られてしまうことだろう。そう考えると言い訳の出処は、彼の手が及ばないところに求める必要がある。

こちらについては二人静氏の知り合い、として扱うとで対処しよう。先程の一件を思えば、口裏合わせを断られることはないだろう。とはいえ現在は心証も最悪だろうから、異世界の存在を共有することで、その感情には配慮したいと思う。

個人的には彼女とも友好な関係を築いていきたい。

「まずこちらの世界についてですが……」

二人静氏の面前、エルザ様に事情を説明する。

ここが彼女たちが暮らす世界とは、どれだけ歩いても、海を渡っても、決してたどり着けない別の世界であること。自分はそこから彼らの世界を訪れた来訪者であること。そうして訪れた先でミュラー伯爵と出会い、商売を始めたこと。

星の賢者様の存在を隠してのご説明は、なかなか面倒なものだった。彼には申し訳ないけれど、二つの世界を行き来する魔法の出処は、二人静氏の目もあったので、こちらの魔法中年ということにしておいた。

「その話は本当なのかしら？　まるで信じられないわ」

「ええ、そう仰ると思いました」

「だったら……」

「この後で少し、こちらの世界を観光しましょう」

「観光？」

「ご自身の目で確認すれば、理解して頂けると思います」

「…………」

建物の構造から人々の生活スタイルまで、各々の世界の文化文明はまるっきり別物である。だからこそ彼女の理解を得ることは、とても容易だと考えている。どちらかというと、問題は観光を終えた後だ。

「のぅ、お主に一つ確認したいことがある」

「なんでしょうか？」

盛り姫様への説明が一段落したところで、今度は二人静氏が声を上げた。

まだ何か文句があるのだろうか。

あまりうちのピーちゃんを荒ぶらせないで欲しい。

「お主はどうやって、その者と意思疎通をしておるのじゃ？」

「はい？」

ピーちゃんからの手痛いプレゼントを受けて尚も、平然とした態度で語ってみせる。その堂々とした振る舞いには、伊達に長いこと生きていないと強く意識させられた。しかし、そうして与えられた問い掛けは、まるで意図が読めない。

「それはどういった意味合いでの質問ですか？」

「その娘との間で話が通じているとは、到底思えないんじゃが」

真面目な表情で首を傾げる彼女は、嘘を吐いているようには思えない。心底から意味が分からないと訴えんばかりの態度である。おかげでこちらもまた、相手が何を言っているのかサッパリだ。

ただ、答えはすぐに肩の上から与えられた。

『その者は我々の世界の言語を解していないのだ』

「ピーちゃん？」

『貴様は我とパスを繋いだことにより、我の魔法の恩恵を受けている。これにより世界を渡っても会話に困ることはなかった。しかし、その者は別だ。だからこうして、その娘の言語を理解できないでいる』

「だけど、僕のお喋りは聞き取れてたみたいだよ？」

そうでなければ彼女だって、エルザ様に飛びかかったりはしなかっただろう。

自分の口から気遣いの言葉が繰り返し漏れたからこその強襲であった。

『貴様の発する声は本来の言葉として周囲に響くと同時に、我の魔法を介して我の属する世界の者たちに通じている。一方でその娘の言葉は異世界の言葉として、こちらの世界の者たちの耳には届けられる。当然ながら理解は得られない』

「あぁ、そういうことかい」

魔法中年の言葉こそ、日本語として二人静氏には届いている一方、盛り姫様の言葉は異世界の言語として、彼女の耳に聞こえていたようだ。会話の両者で話し言葉が異なれば、疑問を感じるのも当然のこと。

これはありがたい誤算ではなかろうか。そうなるとエルザ様の発言から、二人静氏に異世界の情報が漏れる可能性は、ほぼゼロになる。あちらの世界における人間関係や自身の立場など、諸々を含めて秘密にしておける。

ただし、自身の過去の発言から、かなり伝わってしまったとは思うけれど。

「ふぅむ、そういうことかぇ」

「僕やピーちゃんの発言は理解しているとのことで、お話を続けさせてもらいますと、これから我々は彼女を都内に案内したいと考えています。二人静さんはこちらの品の受け取りと、今後の対応をお願いできたらと」

「そういうことなら、儂も一緒しようかのぅ」

「……どうしてですか？」

「どうしてもなにも、この身柄はお主の肩に止まった文鳥に押さえられてしまったからのぅ。おぉ、なんておっかない文鳥じゃろう。こうなれば誠心誠意、主人に仕えねばなるまいて。荷物持ちでも何でも好きに使ってくれるといい」

「我々が運び込んだ品はどうするのですか？」

「人を手配する。それで問題ないじゃろう？」

「……まあ、構いませんけれど」

　致死性の呪いを掛けられたというのに、まるで応えた様子がない。内面はどうだかしらないけれど、飄々（ひょうひょう）と語る姿はこれまでと何ら変わりがなかった。備えた異能力もさることながら、その圧倒的なメンタルには空恐ろしいものを感じる。

　しかも見た目は幼い女児だから、違和感も甚だしい。

「そういうことじゃから、ほれ、その娘に儂を紹介してくれい」

「承知しました」

　そんなこんなで彼女たちと共に、都内へ繰り出す運びとなった。

＊

　沿岸部の倉庫を発った我々は、汐留（しおどめ）までやってきた。タクシーで移動可能な近場のうち、自身がこれまで眺めてきた異世界の風景に対して、対極的な雰囲気の光景、という条件で検討した結果である。汐留シオサイト界隈など、盛り姫様の心に響くのではないかと考えた。

　同所は平成中頃の再開発以降、背の高いビルが沢山立ち並んでいる。建造から少し経ってしまってはいるけれど、どれも見栄えのする建物ばかりだ。東京の都会っぽさを見せつけるのであれば、なかなか悪くないチョイスではなかろうか。

六本木(ろっぽんぎ)や渋谷(しぶや)、新宿などと違って、比較的人気が少ない点も都合がいい。

　思い起こせば自身もまた、上京間もない頃に圧倒されたものだ。

　そうしたこちらの思惑通り、近隣の光景はエルザ様の心に見事ハマった。

「たしかにササキが説明してみせたとおり、ヘルツ王国はおろか近隣の国々にも、きっとこのような場所は存在しないわ。それに通りを行き交う人々も、貴方のように黄色い肌と、彫りの浅い顔をしている」

「ご理解して頂けましたか？」

「……本当に、ここが貴方の故郷なのね」

　平日ということも手伝い、行き交う人々の多くはスーツ姿だ。足早に通りを歩んでいく。ただ、なかには我々と同じように、観光目当てで訪れているだろうラフな格好の人もチラホラと見受けられた。

　このあたりには外資企業の駐在員などを対象とした、高級賃貸マンションも点在している。近隣のスーパーでは肌の白いご家族を見かけることも多い。更に海外からの観光客も増えた昨今、エルザ様の金髪碧眼(へきがん)もそこまで目立ってはいないと思う。

　もちろん衣服はこちらの世界のものを調達。

　髪型もロンストに変えて頂いた。

　更にパーカーのフードを被(かぶ)せて、極力目立たないようにしている。

　ちなみに我々と二人静氏との関係は、出発の真際で簡単に説明させて頂いた。当面のビジネスパートナーという建前だ。本日以降、彼女たちが顔を合わせる機会はないだろうし、こちらについては適当で構わないだろう。

「自動車というのにも驚いたけれど、町並みはそれ以上だわ」

「これで私の話を信じて頂けますか？」

　ビル群を結ぶ道路上空に設けられた歩行者用の通路、ペデストリアンデッキの一角から周囲の景色を眺める。通路を囲う透明な壁越しには、眼下に道路を行き交う車の流れが窺える。そして、上を見上げれば随所に立ち並んだ数多の高層建造物が。

　このあたりに足を運ぶのって何年ぶりだろう。

「し、信じたわよ。だって、こんなの信じざるを得ないもの……」

「ご理解下さり、ありがとうございます」

ちなみにピーちゃんはお出かけ用のケージの中である。

空間魔法で自宅まで取りに戻った次第。

「けれど、ササキはどうして私たちの世界を訪れたのかしら？」

「……と言いますと？」

「これだけ栄えている国の民が、私たちの世界に何を求めているの？」

「そうですね……」

盛り姫様の意識の高さを受けて、続く言葉に躊躇する。副業気分でお取り引きに足を運ばせて頂きました、とは言えない雰囲気を感じる。彼女と我々では、胸のうちに抱いている動機というか何というか、その手のスケールがまるで別物だ。

組織への奉公に疲弊した社畜と文鳥のペアは、目先の安穏と美味（おい）しいごはんを求めている。対して目の前の彼女は、祖国の行く先を憂えていらっしゃる。もしもこの国から攻められたら、なんて考えているに違いない。

「両世界間の円満な関係でしょうか」

「本当かしら？」

「ええ、本当です」

嘘は言っていない。

ただ、あまり続けたい話題ではない。

「ところでエルザ様、我々からも一つ質問をよろしいでしょうか？」

「なにかしら？」

「こうしてお伝えした事実は、エルザ様しか知りません。そして、エルザ様以外にお伝えすることもありません。もしも我々以外、あちらの世界の方々がこの事実を知っていたら、そのときは我々とミュラー伯爵家の関係が終わるものと考えて下さい」

「そこの黒髪の少女は違うのですか？」

盛り姫様の視線が二人静氏に向けられる。

ご指摘の通り、会話の場に居合わせたのは事実だ。

「彼女は世界を渡る術を持ちません。そして、我々が彼女をそちらの世界に連れて行くことも絶対にありません。ですからこうしてお話しした内容が、もしも世界の垣根を越えたとすれば、それはエルザ様によってのことと判断させて頂きます」

「っ……わ、わかったわ」

盛り姫様はゴクリと喉を鳴らして頷いた。

脅すような物言いになってしまった点については申し訳ないと思う。ただ、これだけ強くお願いしておけば、当面は誰に伝わることもないだろう。最悪、漏れたとしてもミュラー伯爵が精々ではなかろうか。

そして、彼なら星の賢者様の事情にも通じているし、たぶん大丈夫。

「のぅのぅ、儂も会話に入れて欲しいのじゃが……」

エルザ様の言葉を解さない二人静氏から翻訳の願いが入った。

並んで歩む我々から、数歩遅れて背後に続く彼女である。

「彼女は二人静さんの着ている着物が素晴らしいと言っていますよ」

「なぬ、本当かぇ？」

「とても素敵な色合いだと、お褒め下さっています」

「なんじゃぁ、それは嬉しいのぅ」

適当にヨイショすると、二人静氏はキャッキャと喜んだ。

盛り姫様からは怪訝な眼差しを頂戴したが、これといって突っ込みをもらうことはなかった。二人の間でお互いの言葉が通じない一方、自身の言葉だけが両者に伝わっていることは、彼女にも説明済みである。そのあたりを汲んで下さったのだろう。

貴族のお嬢様らしい空気の読みっぷりである。

「そういうことなら、その娘にも儂が着物を見繕ってやろうかのぅ？」

「いえいえ、流石にそういった行いは……」

調子に乗った二人静氏が、また面倒なことを口走り始めた。

そうした時分の出来事である。

曲がり角を一つ過ぎて迎えた、ゆりかもめの汐留駅の正面。コンビニエンスストアに面した一角で、何やら賑やかにしている一団と遭遇した。内数名は業務用の大型カメラやアーム付きの集音マイクを掲げている。

どうやら何某か撮影の最中にあるようだ。

カメラが向けられている先には、綺麗に着飾った女性の姿がある。

「東京臨海新交通臨海線、通称ゆりかもめ。こちらの路線ではそれぞれの駅でのアナウンスが、声優さんによって担当されていることを皆さんは知っていますか？　そしてこの度、こちら汐留の駅では私たちグループメンバーによる……」

歩みを止めて聞き耳を立てる。

どうやら同所で番組の収録をしているようであった。

新しく生まれたアイドルグループの一人が、ゆりかもめの汐留駅でアナウンスを担当するのだとか。その関係で取材が行われているようであった。

「ササキ、なにやら賑やかにしているわ」

「ええ、そうですね」

これは迂回したほうが良さそうだ。

そう考えたのもつかの間の出来事である。賑やかにしていた一団の一人がこちらに気付いたようで、なにやら身振り手振り。するとこれに応じて、カメラを向けられていた女性が、我々に向かい歩み寄ってきた。

「可愛らしいお客さんですね！　今日はどこにお出かけですか？」

逃げ出す暇もない出来事であった。

次の瞬間にはカメラがこちらを捉えていた。

なんてタイミングが悪いのだろう。渋谷や池袋ならまだしも、汐留界隈でこの手のロケに出会すとは。

「ササキ、この者は何と言っているのかしら？」

「これってもしかして、生放送だったりしますか？」

盛り姫様からのご質問はさておいて、一番大切な点をご確認させて頂く。その如何によって以降の対応は大きく異なってくる。ただの収録であれば、局の権限を利用してでも、問答無用でデータを押収させて頂こう。

そのように考えてのお問い合わせ。

しかし、こちらの淡い期待は早々に砕かれた。

「はーい！　生放送です！」

元気いっぱいのお返事だった。

思わず胃がキュンとした。

咄嗟に一歩を踏み出して、エルザ様の顔を隠すように位置取る。同時に二人静氏に目配せを行い、上手いこと対応してくれと意思疎通。ケージの中の彼は、まあ、大丈夫だろう。インターネットでレベルアップしたピーちゃんなら、お行儀よくできるはず。

「すみませんが、カメラを外して頂けませんか？」

淡々とお伝えさせて頂く。

大切なのは事を荒立てないこと。相手はアイドルのようだし、そういった人たちには多かれ少なかれ熱心なファンが付いている。万が一にも反感を買った日には目も当てられない。炎上などしたら大変だ。公務員の不祥事はただでさえ目立つもの。

それでも落ち着いて対処すれば、きっと大丈夫。

耳にしたアイドルグループの名前は耳に覚えのないものだ。そこまでメジャーではないだろう。そうなると地上波である可能性は低い。ネット配信であれば、リアルタイムでの視聴者はそこまで多くない。

後日、局から根回しを行い掲載サイトを押さえてしまえば、そこまで情報が広がることはないだろう。二人静氏が一緒でよかった。ランクA異能力者の存在を理由にして、映像の取り下げを申請すれば、恐らく許可を得ることは不可能ではない。

お出かけに当たり、彼女からの同行願いを無下にしなくて本当によかった。

「お願いできませんか?」

「そ、そうですね! 急に声を掛けてごめんなさい!」

相手も人気商売だ。カメラはすぐに横に逸らされた。

レンズが向かった先は、改札を越えて駅のホームに通じる通路である。反対側はコンビニの軒先なので、見栄え的に前者を選択したのだろう。レポーターを担当している彼女も、すぐにカメラの正面に身を移した。

自ずと我々の意識もそちらに向かい移る。

するとどうしたことか、皆々の見つめる先でアクシデントが発生。

そこには母と子の二人組。

今まさに階段を下らんとしていた親子連れ。

「ママ! テレビ! テレビの人がいる!」

幼い少年が撮影のカメラを目の当たりにして叫んだ。そうかと思いきや勢いよく駆け出した。そして、ものの見事に階段を踏み外して落下のお知らせ。かなり高いところから、勢いよく階下に向かい落ちていく。

バランスを崩した身体は、前のめりに下方へ向かった。段差は十段以上ある。打ちどころによっては大変なことになるだろう。

「っ……」

誰にも先んじて動いたのは盛り姫様だった。

一歩を踏み出すと共に、叫び声を上げてみせる。

「レビテーション!」

めっちゃ浮かびそうな掛け声だった。

事実、少年の身体が浮かび上がる。

その響きは自身もまた、異世界を訪れて間もない頃にピーちゃんから学んだ覚えがある。対象を一時的に浮かび上がらせる魔法だ。習得難易度は低くて、無詠唱で使える人もそれなりにいるのだとか。

ただし、効果時間は非常に短い。

家具の移動や建設業など、生活の端々で利用されているらしい。

対象が魔法を行使可能であれば、阻害することも容易だとか。

それが今まさに落下せんとした少年の肉体を優しく受け止めた。

空中に浮かび上がった小さな身体は、ふわふわと宙を漂うように移動して、階下のフロアに着地。時間にして数秒ほど。ほんの僅かな間の出来事である。しかし、その一部始終はカメラのレンズの向けられた先で行われていた。

「まったく危なっかしいわね」

ふぅと溜息(ためいき)を一つ、いい仕事をしたと言わんばかりの盛り姫様。

一方で驚愕(きょうがく)に顔を強張らせているのが撮影班の方々。

これまた面倒なことになった。

「お主、やってしもうたのぅ？」

背後から二人静氏の意地悪い声が聞こえてきた。

ご指摘の通り、あぁ、やってしまった。

これはもう、どうしようもない。

エルザ様の魔法が、全世界に向けて生中継されてしまった。本人の姿こそ映っていなくとも、レビテーションなる気合の入ったお声も含めて、空に浮かぶ少年の姿がお届けされたことは間違いない。

ああでも、彼女の喋る言葉は異世界言語だから、その点は大丈夫か。

大丈夫なんだろうか？

「どうしたのよ？　そんなに驚いた顔をして」

「いえ、エルザ様、今のは……」

「なによ？　私の魔法になにか文句があるのかしら？」

「…………」

そうすることが当然だとばかりに語ってみせる盛り姫様イケメン。

今回ばかりは、性根の真っ直ぐ(ます)な彼女の人格が辛(つら)い。咄嗟に人助けしてみせる清い心が、我々の社会生命に大ダメージ。

いいや、それもこれも自身のミスである。彼女に非はない。現代社会における魔法の扱いを正しく伝えていなかったのが原因だ。彼女たちにとって魔法とは、身の回りで当たり前のように存在している事象なのだから。

他に気に掛けることが多すぎて、そんな単純なことを失念していた。あるいは自身もまた、異世界の魔法文化に感化されてきているのかもしれない。こちらの世界では魔法を使わないで下さい、そんな一言が伝えられていなかった。

というより、彼女が魔法を使える人だと考えていなかった点も大きい。本人から魔法の才能がないと伝えられていたせいか、失念していた。才能がないとはいえ、それすなわち魔法がまったく使えないとは限らない。

同時に思うのは、仮にそうした諸々を伝えていたとしても、きっと彼女は魔法を使っていたのではなかろうか、ということ。四の五の考えている余裕もない僅かな間の出来事、それでも少年を救った盛り姫様の心意気を思うと、そんな気がする。

条件反射とでも言うのだろうか。

そして、今はああだこうだと考えている余裕もない。

何はともあれ証拠の隠蔽を行わなくては。

異能力者とは違うけれど、事情を知らなければ、世間に与える影響は似たようなものだろう。局員としての務めを果たすべく、大慌てでカメラを構えた男性の背後に回り込む。幸い相手は階段下で戸惑う少年に夢中である。

「二人静さん」

「人使いの荒い上司じゃのぅ……」

こういった場合の対応方法は研修で学んだ。

マニュアル曰く、有無を言わさずに鎮圧せよ、とのこと。あとは局が面倒を見てくれるから云々。

その尻拭い力は自身もつい先日、入間(いるま)での一件で目の当たりにしたばかりだ。最新のウォシュレットも斯(か)くやあらんといった具合である。おかげで現場の人間も安心して判断を下すことができる。

「人のことを勝手に撮るのは感心せんぞ？」

二人静氏の腕がカメラマンの背中に触れた。

直後、その肉体は急に力を失い、その場に崩れ落ちた。

呻き声を上げる暇もない、あっという間の出来事であった。生き物を安全に無力化するなら、彼女のエナジードレインなる異能力ほど便利に使えるものはないと思う。

　これに応じて、彼が肩に担いでいたカメラも床に落ちた。コンクリートで舗装された床に当たり、ガシャンと大きな音が辺りに響く。プラスチック製の外装が欠けて、小さな破片があたりに散らばる。

　追い打ちを掛けるように、二人静氏はこれを下駄で踏みつけた。

　人間離れした身体能力も手伝い、カメラは一撃で見事にひしゃげた。

「ちょっ……」

　予期せぬ出来事を受けて、レポーターを担当していた女性から悲鳴じみた声が上がった。その視線は床に倒れたカメラマンと、撮影用の機材を踏み潰した女児の間で行ったり来たり。何がどうしたと言わんばかりの表情だ。

　間髪を容れずに二人静氏は動く。

　地を蹴って接近、瞬く間に距離を詰める。

　そして、カメラマンの男性に行ったのと同様、アイドル衣装に身を包んだ彼女を筆頭として、居合わせた撮影グループの面々に触れていく。これを受けて、彼ら彼女らは次々と意識を失い倒れていった。

　一方で自分は懐から端末を手に取る。局支給のものではなく、自身のプライベートな一台だ。前者については位置情報が監視されているので、ピーちゃんと行動を共にする際には、なるべく持ち歩かないようにしている。

　研修で学んだ内容に従うと、専用の窓口に連絡を入れると、都心部なら遅くとも数十分ほどで局の関係者がやって来るとの話であった。今回は野良の異能力者との遭遇ということにしておこう。

「ちょっとササキ！　これはどういうこと!?」

「エルザ様、よく聞いて下さい」

　声を潜めてお伝えさせて頂く。

　どこにあるとも知れない監視カメラのマイクを意識してのことだ。

「な、なによ？」

「こちらの世界には魔法は存在しないのです」

「何を言っているの!?　貴方だって使っているじゃないの！」

「私の魔法はそちらの世界と接点を持ってから習得した

ものです。細かい話は省いてざっくりお伝えすると、エルザ様の先程の行いは、そちらの世界で文鳥が人の言葉を喋るのと同じくらい、とても大変なことなのです」

「……そ、そうなの？」

「そこの彼女の行いは、これに対処する為のものです」

「………………」

駅構内という場所柄、現場には監視カメラも多数設置されていることだろう。局の人間がこれを確認することは間違いない。というより、十中八九押収することだろう。エルザ様の存在をなかったことにするのは難しい。

課長から要らぬ疑念を抱かれないように考慮しつつ、エルザ様の機嫌を損ねることなく異世界にお返しする。目の前に現れたミッションがこの上なく困難な気がしてならない。一方を立てれば、もう一方が立たないタイプのクエストだ。

「念動力の異能力者は高ランクになると凶悪じゃぞぅ？」

「その点は身をもって理解していますよ」

ボウリング場でハリケーンの人にフルボッコされた出来事は、自身も未だ鮮明な記憶として覚えている。つまるところ、ああなる可能性を秘めた能力者が、生放送で中継されてしまったわけである。

バリエーションを増やすことこそ不可能であるものの、使っているうちに練度が上昇して、威力が強化されたり、行えることの幅が広がったりするのが、こちらの世界における異能力の恐ろしい点だ。

「そこの娘が局に目をつけられるのは間違いあるまい」

「そうならないように協力して下さい」

「この呪いとやらを打ち込んでから、途端に遠慮がなくなったのぅ？」

「貴方と我々は一蓮托生ですよ。代わりに身の安全は保障します」

「ほぅ？　そういうことであれば、まあ、協力してやろうかぇ」

こうなってしまっては仕方がない。当面は二人静氏と協力して上手いことやっていく必要がありそうだ。半年後に自分がどうなっているのか、まるで想像できない身の回りの騒々しさである。

＊

都内の観光は一変、異能力者を巡る騒動に発展した。

厳密には異世界からやってきた魔法使いの仕業なのだけれど、対外的には異能力者として通すことにした。そうでなければ自分やピーちゃんの秘密まで、局から追及されかねない状況である。

二人静氏によって気絶させられたアイドルと撮影班については、駆けつけてきた局の関係者が回収していった。黒塗りのバンで現れて、倒れ伏した面々を手早く車内に運び込む様子は、眺めていて危機感を抱くのに十分なものだった。

生放送であったという映像についても、早々に配信元サイトが特定されて、映像の放送停止が行われた。

リアルタイムで見ていた視聴者は二、三千人ほどと、決して少なくはないが、その手の番組としては控えめであった。対応も比較的容易に運ぶだろう、とは局に戻ってから担当部署の人から聞いた話である。

そんなこんなで場所を移すこと、局のフロアに設けられた会議室。

同所で我々は、阿久津課長と打ち合わせと相成った。

「まさか昨日の今日で、君と顔を合わせることになるとは思わなかった」

「こう見えて労働意欲に溢れていてのぅ。早速仕事をさせてもらった」

課長の注目は二人静氏に向いている。

彼女の備えた異能力を恐れてのことだろう。表立っては平然を装っているけれど、視線の向けられる頻度から、内心は容易に察せられた。自分と彼女とが横並びとなり、テーブルを挟んで正面に彼を迎えている配置からも、その動きはバレバレだ。

また、自身を挟んで反対側には盛り姫様の姿がある。

映像にはエルザ様の姿がしっかりと映っていた。

現場に居合わせたのは彼女の他に、自分と二人静氏のみ。レビテーションなる掛け声こそ謎言語として響いたと思われる一方、少年の肉体が予期せず浮かび上がった点について、その原因を局が、エルザ様に求めるのは当然だろう。

そこで二人静氏の協力の下、他所の国の異能力者として紹介することにした。

異世界にお送りして知らぬふりをするという案も当初は検討していた。しかし、既に決定的な瞬間を押さえられてしまっている以上、下手に隠し立てすることは、自身の局内での立場を悪化させかねない。

場合によっては課長から目をつけられて、追われる羽目になりそうである。

そうした検討を経て、皆々とも相談の上、上司に紹介する運びとなった。

ちなみにピーちゃんは、ひと足お先に二人静氏が押さえたホテルまで戻って頂いた。まさか文鳥の収まったキャリーボックスを抱えて登庁する訳にはいかない。彼には空間魔法があるので、鍵がなくても部屋に出入りすることは可能である。

「我々の局としては、仕事は少ないに越したことはないのだがね」

課長の視線が二人静氏からエルザ様に移った。

艶やかなブロンドが印象的な彼女は、肌の色が真っ白で瞳も青々としている。身につけた衣服こそ現代のそれに着替えて頂いたものの、まさか日本人とは思えない。一体どこのどちら様なのだと、課長からは訴えんばかりの眼差しだ。

「こちらは二人静さんの知り合いの能力者です」

「君の仕事の成果かね？」

課長の言う君の仕事とは、当面の業務として指示された採用活動。

異能力者のスカウトを指してだろう。

「いえ、偶然から居合わせまして、少し話をしておりました」

「異能力者の扱いは他所の国でもそう変わらないと思うのだがね」

公衆の面前で異能力を使ったことを非難しての物言いだろう。

つい昨日には、入間で自衛隊を巻き込んで騒動を起こしたばかりだ。周りからの風当たりも強いと思われる。我々の目が届かないところで、他組織から槍玉（やりだま）に挙げられているだろうことは想像に難くない。

「他にやりようがあったのではないかね？」

「彼女はとても心優しい女性なのですよ、課長。駅構内の階段は結構な高さでした。もしも異能力が行使されなかった場合、少年はまず間違いなく怪我をしていたことでしょう。打ちどころが悪ければ、障害を負っていたかもしれません」

　こんなことを言って課長の理解を得られるとは思わない。どこの誰とも知れない少年の未来より、異能力の秘匿を優先することは目に見えている。それでも隣に座った彼女に対するフォローは大切だ。

「二人静氏の知り合いということは、非正規の能力者なのだろうか？」

「いいえ、詳しくは私も存じませんが、他国の方との話です。二人静さんが公の組織に鞍替え（くらがえ）したことで、久方ぶりに連絡を取り合っていたと聞きました。私が知っているのはその程度です。これ以上の詮索については、課長の責任でお願いします」

「……そうか」

　課長の視線が二人静氏と盛り姫様の間を行き来する。

　このように伝えておけば、踏み込んだ質問が投げ掛けられることはないだろう。その上でランクA能力者の知り合いともなれば、普段はグイグイと来る彼も慎重だ。続く言葉にも躊躇が見られる。

　この辺りのやり取りは、事前に彼女たちとの間で共有したものだ。エルザ様の身柄を局に抱え込まれたら大変である。ミュラー伯爵との関係も、かなり険悪なものになってしまうのではなかろうか。それだけは何があっても避けたい。

「差し支えなければ、少し話をしたいのだが」

「…………」

　課長が盛り姫様を見つめて言う。

　しかし、返事は戻らない。

　だって彼女は、こちらの世界の言葉を話せないから。

　自身が異世界でも普通に会話ができているのは、ピーちゃんと魔法的なパスが繋がっているからだという。それがないエルザ様は、我々の世界の言語を理解できない。会話など夢のまた夢だ。

「機嫌を損ねているのだろうか？」

「ササキ、この者は何と言っているのかしら？」

　短く述べられたエルザ様の言葉は、恐らく摩訶不思議（まかふしぎ）な響きとなって、課長の耳に届けられたことだろう。そして、これは後者から前者に対しても同様だ。自ずとその意識はお互いから離れて、我が身に向けられた。

「今のはなんと言ったのだね？　どこの国の言語だろう」

「ササキ、彼は私に話しかけているのではないかしら？」

　この場で自身がエルザ様と会話をすることは憚（はばか）られる。

日本語だろうと異世界の言語だろうと、一様に響いて理解を得られる自らの言葉。もしも課長に知られたのなら、どういうことだと問い詰められるのは目に見えている。この辺りは彼女とも事前に共有しているのだけれど。

「あぁ、そう言えば私が喋っては不味いのだったわね」

そういうことである。

思い出してくれてよかった。

すぐさま課長からも確認の声が上がった。

「佐々木君、これは？」

「少数言語を母国語にしているとは伺っております」

「……なるほど」

こちらも事前に用意したお返事である。

他に上手い言い訳も浮かばなかった。

「二人静君とは知り合いなのだろう？　通訳を頼めないだろうか」

「すみませんが、それは課長からお願いできませんか？　私も二人静さんに付き合っているに過ぎませんので、何かをお願いできる立場にはないのですよ。こうしてご同行を願った経緯も、彼女の好意によるものです」

「…………」

阿久津課長と二人静氏との間で視線が交わる。

社会的な立場としては、圧倒的に優位な前者ではあるが、生物的には後者に分がある。そして、非合法な組織で長らく活躍していた後者の存在は、きっと前者にとって無視できないリスクなのだろう。

どれだけ大した役職に就いていても、彼女による暗殺からは逃れられない。

「なんじゃ？　嘱託の能力者に何か仕事かのぅ？」

「……そちらの能力者については把握した」

「そうかぇ？」

二人静氏が正社員として雇ってもらいたそうな顔をしている。

きっと課長のことだから、彼女の予期せぬ鞍替えと併せて、色々と深読みしまくっていることだろう。局の人から聞いた話によれば、なんでも彼は某最高学府の出だという。超高学歴だ。頭の巡りも自分なんかとは比較にならないほど早いに違いない。

「君のご友人については承知した。これ以上は触れないでおこう」

「色々と迷惑を掛けてしまって、本当にすまないのぅ」

二人静氏の古巣の存在も手伝い、エルザ様に対する追及は矛先が収められた。

課長がどの程度の権限を有しているのかは定かでない。だが、問題が国外にまで及ぶのは、やはり手に余るのだろう。どのような国や組織がスポンサーとして付いているか、分かったものではないからな。

それと二人静氏、今の台詞って絶対にこちらへのあてつけでしょ。

「ところで早速だが、二人静君に局の嘱託として頼みたいことがある」

語調を改めて、阿久津さんが言った。

これに彼女は飄々と答えてみせる。

「なんでも言うて欲しい。見事にこなしてみせようぞ？」

「これまで君が所属していた組織には、広範囲に対してテレキネシスを扱うことが可能なランクBの異能力者がいたと思う。つい先週には我々の作戦行動を、君と共に妨害してみせた人物なのだが」

「あの者がどうかしたのかぇ？」

「彼の無力化を依頼したいと考えている」

課長から二人静氏に仕事の発注が掛かった。

内容は元同僚の暗殺。

なんて物騒なお話だろうか。

「それはつまるところ、儂の採用試験だと考えてもいいのかのぅ？」

「そのように受け取ってくれて構わない」

「本当かのぅ？」

「私個人としては、君の採用に前向きなのだよ」

「ふむ」

やはり、この手のイベントの発生は不可避のようだ。

相手が相手なので、身内として迎え入れるには、それ相応の経緯が必要なのだろう。なんとなく予想はしていたけれど、自身の目の前で伝えられると、やっぱり緊張してしまうよ。

「やってくれるかね？」

「そうじゃのぅ。局としては当然の対応であろう」

「こちらからは佐々木君をサポートとして付ける」

「え……」

自分にまで飛び火した予感。

思わず声を上げてしまった。

「異能力者としての戦力は今ひとつかも知れないが、局員として必要とされる権限は一通り備えている。今回の依頼に当たり、我々に対して求めるものがある場合は、彼を窓口にして欲しい」

「それは心強いのぅ」

「課長、ちょっと待ってください」

「君がスカウトした人物だ。面倒を見るのは当然だろう？」

「ですが……」

「星崎君もちゃんと君の面倒をみているではないかね」

「…………」

星崎さんのあれはどちらかというと、現場での水の補給源として、水筒扱いを受けていただけのような気がしないでもない。いやしかし、それでも何かと気にかけてくれていたのは事実か。決して放置されたことはない。

だからだろう、そのように言われると弱い。

「期日は設けないが、なるべく早めに済ませて欲しい」

「うむ、承知した。さくっと首を取ってこようぞ」

なんら躊躇した素振りもなく、二人静氏は頷いた。

＊

どうにか課長との打ち合わせを終えた我々は局を後にした。

向かった先は二人静氏が押さえたホテルである。

同所でピーちゃんと合流の上、エルザ様を元の世界にお送りしようという算段だ。今回は上手いこと誤魔化すことができたけれど、次はどうなるか分からない。彼女には申し訳ないけれど、早急にお戻り願いたい。

しかし、そうした我々の思惑とは対照的に、盛り姫様は訴えてみせた。

「ササキ、私はもっとこの世界のことを知りたいのだけれど」

「それはまたどうしてでしょうか？」

場所は過去にも訪れた居室のリビングスペース。

同じソファーのすぐ隣、クッションから腰を上げての主張だった。我々の対面にはローテーブルを挟んで、二人静氏が掛けている。また、テーブルの上にはどこから調達してきたのか、止まり木が用意されており、これに止まる形でピーちゃんの姿がある。

「お父様から貴方が持ち込んだ商品を見せてもらったこ

とがあるわ」

「なるほど」

　自ずと続く言葉が想像された。

　そして、推測は正しかった。

「あれらはきっと、こちらの世界で作られたものなのよね？」

「もし仮にそうだとして、エルザ様はどうされたいのですか？」

「この世界について学びたいわ！　そして、学んだことを私たちの世界に持ち帰って、皆に伝えたいの。そうすれば私もお父様の役に立てる。他所の家に嫁ぐ以外にも、家に貢献することができるわ！」

　領主の娘として、日々意識高く生きている彼女だから、そのように考えたとしても不思議ではない。しかし、ればかりは許容できない。ピーちゃんや異世界の存在が課長にバレたら、色々と面倒なことになる。

　きっと理不尽な仕事や指示があれこれと降ってくることだろう。上司がどれだけ偉くても、それ以上に偉い人たちは沢山いる。そうした人たちの間で、上手く立ち回る自信なんて皆無である。異世界に引きこもる未来しか見えてこない。

　杖の一振りで万病を治してしまう異世界の魔法は、現代人には過ぎた代物だ。

「申し訳ありませんが、それはできません」

「ど、どうしてっ⁉　もちろん貴方やこの世界のことは伏せるわ！」

「私がエルザ様の世界とこちらの世界を行き来できることは、身の回りの人たちには秘密にしています。エルザ様が私の傍らで動き回っては、そうした努力がすべてなかったことになってしまいます」

「小娘を一人囲うくらい、大した手間ではないでしょう？」

「いいえ、それが結構な手間なのです」

「納得がいかないわ」

「エルザ様も理解されている通り、こちらの世界はいくつかの点でエルザ様の世界より進んでいます。その一つが人間の管理です。我々個人には国から番号が振られており、一人の欠けもなく厳密に管理されています」

「そんなこと、本当にできるのかしら？　人間なんてそこかしこでポンポンと生まれているのに、それを一人一人管理するだなんて、とても大変なことじゃないの。どれだけお金が掛かるか想像もできないわ」

「子供が生まれた時点で届け出を行います。死亡しても届け出が行われます。これは義務として定められており、行わないと罪に問われます。他国への出入りも厳密に管理されていて、密入国は厳罰に処されます」

「……本当に、管理しているの？」

「こうした番号を持たない、それも見るからに異邦人である貴方の存在は、何かの拍子に憲兵に声を掛けられた時、言い訳を述べるまでもなく身柄を拘束、まず間違いなく牢屋に入れられてしまうことでしょう」

「…………」

「更に先ほど我々と話をしていた男性は、そういった人間を取り締まる役柄にある国の役人です。エルザ様の世界で言えば、大臣の下で実務に当たる人間の中でも、上から数えて何番目、といった人物です。立場的には伯爵相当の貴族と考えて下さい」

「そ、そんなに偉い人だったの!?」

「そんな相手から、既にエルザ様は目をつけられていますす」

「えっ……」

「この場でエルザ様を元の世界にお送りすることは、エルザ様の身の安全を確保する上でとても大切なことなのです。このままこちらの世界に残り、その身に何かあった場合、私はミュラー伯爵に顔向けできなくなってしまいます」

「…………」

ミュラー伯爵を引き合いに出すと、彼女も続く言葉を失った。

相変わらずのパパっ子である。父親があれだけ人格者だと、パパ大好きになるのも頷ける。しかも背が高くてイケメンで細マッチョ、更には領民からの信頼も厚いお貴族様ときたものだ。むしろ懐かずにいろという方が土台無理な話だろう。

しかし、そうして黙ったのも束の間のことである。

彼女は我々に対して食い下がってみせた。

「けれど、わ、私は思うのよ！　今もしこの世界が私たちの世界を攻めてきたら、恐らく一方的に滅ぼされてしまうのではないかと。その事実を理解した私は、私の世界のためにも、この場で一歩を踏み出すべきだわ！」

「その可能性はありませんよ」

「何故そう言い切れるの？　現に貴方は訪れているじゃないの」

「……そうですね」

いつになく真剣な面持ちで語る。

たしかに、そう言われると弱い。

頑なに食い下がってみせる姿勢には、多分に危機感が感じられた。

「エルザ様が考えるほど、そちらの世界はひ弱ではないと思います」

「どうしてそう言えるの？」

「こちらの世界には魔法がありません。ドラゴンのような巨大な魔物も存在しません。文化文明では勝っていようとも、純粋な戦力を競い合うような状況となったとき、一方的に敗北するのは我々の世界かもしれませんよ」

『その点については我も同意する』

おや、ピーちゃんからもご意見を頂戴である。

星の賢者様のお言葉、自分も気になるぞ。

『こちらの世界に存在する兵器類は、熱や衝撃によるものが大半を占める。事前に障壁で守りを固めることが可能であれば、一方的に敗退することはないだろう。また、それら兵器の運用に時間とコストが掛かる点も、我々の有利に働く』

インターネットで色々と学んだ成果と思われる。

果たしてどこまで調べているのか。

『物理的な衝撃や熱での対処が難しいレイスなどの魔物を使役すれば、一方的に蹂躙することも不可能ではないだろう。力の強い精霊と組織的な交渉を行えば、こちらの世界のすべてを我々の世界の隷属とすることも不可能ではない』

「そ、そうなのかしら？」

『うむ、我々の世界は物事が多様性に富んでいるのだ』

もしかして、地球がピンチの兆し。

ピーちゃんから伝えられたのは、思ったよりも危機的な祖国の立ち位置だった。そういうことを言われると、逆にこちらが色々と考えてしまうんだけれど。盛り姫様の懸念が丸っと我が身に降ってきた感じ。

彼がそういった事を行うとは思わない。それはもう信じておりますから。けれど、結果的にそのような未来が訪れる可能性を、完全に否定することはできなかった。

様々な妄想が脳裏を過ぎては、思考の彼方(かなた)に流れていく。

「あら、ササキもそんな顔をするのね」

「自身の生まれ故郷ですから」

　孤独死一直線の人生ではあったけれど、それでも誘えば飲みに応じてくれる友人の一人や二人はいる。仕事の上でお世話になった知り合いもそれなりだ。これら一切合財が一方的に蹂躙されかねないというのは、なかなか重苦しいお話である。

「今の貴方の姿を見ていたら、背筋がゾクゾクとしてしまったわ」

「またまたお戯れを」

「ササキにはこれまでも説教をされてばかりだから」

「その点については、こちらも申し訳なく感じておりますが……」

「私にああも説教をしてみせたのは、お父様以外、貴方が初めてよ?」

　エルザ様は嬉々(きき)として語った。

　その瞳に怪しい輝きを感じたのは、気のせいだと考えておこう。ニヤニヤと笑みを浮かべる姿に、なんとも不安を感じる。前々から思っていたのだけれど、もしかしてエルザ様、サドの気があったりするのだろうか。

『安心するといい。我はそのようなことはしない』

「それはもう、ピーちゃんのことは信じているから」

『……そうか』

　そうこうしていると、どこからかブブブという音が聞こえてきた。

　端末の震えるバイブ音だ。

　音源を探すように意識を巡らせると、辿り着いた先は二人静氏。その懐でどうやら端末が着信を受けているようであった。彼女はこれを取り出すと、画面に映し出された内容を確認して、我々の前でコールを受けた。

　皆々、口を閉ざして様子を窺う。

　通話はほんの数言ばかり。

　彼女が何度か頷いたところで、早々に終えられた。

　直後、端末を懐に仕舞(しま)いつつ二人静氏が言った。

「お主らの持ち込んだ品の確認が取れた」

　どうやらインゴットの査定が終えられたようだ。

　出処の知れない金塊であるから、取り引きに当たって真偽や純度を確認させて欲しいと、事前に彼女から申し出を受けていた。エックス線や超音波による検査を行い

自身の名義で大きな買い物を繰り返していては、まず間違いなく足がつく。課長あたりから咎められることは容易に想像された。そこで二人静氏にご協力を願いたい。金銀財宝の売却と併せて、とても力強いサポートである。

この調子であれば、マルク氏の身柄を取り戻す日も近そうだ。


たいとのことであった。

それらの完了を知らせる通知であったらしい。

どうやら異世界の金も、こちらの世界の金として通用するみたいだ。

「額面は当初伝えられたとおりで構わぬ」

「ありがとうございます、是非お願いできたらと」

「ところで、支払いはどうするのじゃ？」

「それなのですが、実はご相談したいことがありまして」

「……言うてみぃ」

「もしも可能であれば、支払いの一部をこちらの指定する品で受け取ることはできませんか？　そう面倒なものを頼むつもりはありません。どちらかというと、表立って大きな買い物をしたくないという思いがありまして」

「ふむ……」

「いかがでしょうか？」

「手間賃はもらえるのかのぅ？」

「ええ、それはもちろん」

「そういうことであれば、多少は融通してやれんこともない」

「とても助かります。どうかお願いできたらと」

〈異世界の商談　一〉

二人静氏との取り引きはその日のうちに終えられた。

こちらの求めたものが、現代日本であれば、どこにでもありふれた品々であったことも手伝い、そう苦労することなく調達することができた。分量的には異世界から持ち込んだ木箱を満たす程度、近代社会の物流事情ならあっという間である。

そうして目当てのものを手に入れた我々は、異世界に向けて日本を発った。色々と知られてしまった経緯もあって、二人静氏が押さえた倉庫内、彼女の面前での出発である。同所に持ち込んだ木箱と共に、盛り姫様を伴っての移動となった。

ただし、そこから先は別行動だ。

彼女を自宅に送り届けた我々は、すぐにルンゲ共和国に向かった。

以前に約束していたとおり、現代日本から持ち帰った品々を、ケプラー商会さんに持ち込む為である。店先でヨーゼフさんの名前を伝えると、あれよあれよという間に倉庫スペースまで案内された。

「本当にこちらをすべて卸して頂けるのですか？」

「もしや数に不足がございますか？」

「そういう訳ではありませんが、担保というお話でしたので……」

「次からはもう少し多めに持ち込めるかと思います」

「……左様ですか」

ルンゲ共和国にあるケプラー商会さんの本社、その倉庫の一角には我々が持ち込んだ品々が並ぶ。木箱に無造作に詰め込まれていたそれらを、値の張りそうなシートの上、一目で見られるように綺麗に整えてのことだ。

このあたりの細々とした作業は、商会の人たちが行ってくれた。

警察による証拠品の押収風景を思わせる光景である。

品目は過去にハーマン商会さんに卸していた品々だ。電卓や双眼鏡などの、電源が不要な工業製品の他に、砂糖やチョコレートといった、こちらの世界で比較的価値の高い嗜好品を併せて持ち込ませて頂いた。嵩張っているのは主に後者となる。

木箱の九割を占めている。

ミュラー伯爵の言葉に従えば、我々の持ち込んだ上白糖にはアッパー階級から需要があるとのこと。真っ白な砂糖の大量精製については、地球文明でも産業革命以降の出来事となる。なので量を扱える商人は重宝されているのだとか。

事実、売値の半分はこれらが占める。

しかし、そう数も多くない前者にこそ、先方の意識は奪われていた。一番多い電卓であっても、合計で二ダース。一つ千九百八十円の量販品である。これにヨーゼフさんの意識は向けられてやまない。

「今回の取り引きですが、お受けさせて頂きたく思います」

「ありがとうございます、ヨーゼフさん」

どうやら無事に受け入れてもらえたようだ。

これで同国におけるマルク商会の設立は確実なものとなった。最大の功績者は二人静氏である。彼女の協力がなければ、こうまでも派手にあれこれと、こちらの世界に商品を持ち込むことは難しかった。

とりわけ食料品は、過去に運び込んだ分をすべて合わせても、今回の仕入れの半分にも満たない。これまでと比較して、かなり大規模なお取り引きである。近所のスーパーでお買い求めできる量ではないから。

「ササキ殿の意志は、我々も十分に理解しました」

「そう言って頂けて幸いです」

今回の仕入れでは、金銭の受け渡しが一切発生していない。大きく余ったインゴットの売却金については、二人静氏に管理をお任せした。最悪、持ち逃げされる可能性も考慮して、それでも自身の保全を優先した形である。

これなら課長が相手であっても、我々の行いがバレることはないだろう。

「すぐにでもヘルツ王国の担当者に便りを送りたいと思います」

「お手数をお掛けしますが、よろしくお願い致します」

「明確な期日はお約束できませんが、なるべく早めに進めますので」

ヨーゼフさんから承諾を得たことで、ルンゲ共和国での仕事は一段落である。国を隔てての行いとなるので、多少なりとも時間は掛かるだろう。けれど、それでも次にこちらを訪れた際には、何かしら状況が動いているのではなかろうか。

「ところで一つ、ササキさんにお伺いしたいことが」

「なんでしょうか？」

「貴方はどうして、ヘルツ王国に肩入れするのですか？」

「……と言いますと？」

「失礼ですが、他所の大陸の方とお見受け致します」

それは黄色い肌や平たい顔を指しての話だろう。

ピーちゃんの存在が関係しているので、あまりお話ししたい話題ではない。ただ、こちらの彼とは当面、商売仲間としてやっていく予定である。下手に嘘をついて心証を悪くすることも憚られる。こちらには前科もあることだし。

「人の付き合いがありまして、その関係で肩入れしております」

「それはもしや、ご同郷の方々となりますでしょうか？」

「いえ、こちらを訪れてから良くして下さっている方々となります」

「なるほど、そのような事情でしたか」

「何か気になる点がありましたか？」

「もしもこちらの大陸のどこかに、ササキさんの同郷の方々によるコミュニティなどあれば、どうかご紹介して頂けないかなと考えていたのですが」

「そういった意味ですと、私がこちらの大陸を訪れるに至った事由は、とても偶発的なものでして、大陸外との付き合いは疎遠になってしまいました」

「それはまた、突っ込んだご質問を申し訳ありませんでした」

ミュラー伯爵には以前に、船が難破して流れ着いただと説明した覚えがある。ピーちゃんの存在を知られたからには、既にそうしたやり取りも怪しいものだが、これら過去の経緯から外れたことは語らないほうがいいだろう。

これ以上は尋ねられると面倒だし、話題を変えさせてもらおうかな。

「ところで次の仕入れについてご相談なのですが」

「砂糖やチョコレートであれば、ぜひお取り引きさせて下さい。取り分け真っ白に精製された砂糖は引き合いが強いのですよ。上流階級の方々が食べられるお菓子は、やはり色合いが鮮明なモノが好まれる傾向にありますから」

「それでもルンゲ共和国の商会ともなれば、他に当てはあるのではないかと」

「ここまで真っ白な砂糖となると、仕入先は限られてきます。どこも精製方法を秘匿としておりますから、なかなか世の中には広がりません。流通量を抑えているのか、それとも数を出すことができないのか、いずれにせよ価格も高止まりです」

「なるほど、そうだったのですね」

「どれほど卸して頂けるのでしょうか？」

「向こうしばらくは同程度で継続したいと考えているのですが」

　二人静氏曰く、ある程度まとまった量で発注したほうが、彼女たちとしては都合がいいとのこと。いわゆるMOQ、最低発注数量というやつ。今後とも継続して仕入れるのであれば、そのあたりを意識して欲しいと別れ際に言われた。

　こちらについても追々、ヨーゼフさんと検討する必要がありそうだ。

「……それは本当ですか？　ササキさん」

「本当です。お任せ下さい」

　また、昨今では幾分か変化が見られるけれど、依然として現代での一日が異世界では十日以上。一日でも現代で機会を逃すと、異世界では結構な時間が過ぎてしまう。最低でも二日から三日に一度は、商品を持ち込まなければならない。

　とかなんとか考えると、なんだか社畜に戻ったようで切ない気分になる。

「いつ頃のお取り引きを想定しておられますでしょうか？」

「一ヶ月以内には、またこうして訪問させて頂けたらと」

　気になる砂糖の仕入れ値は、我々が現代日本に持ち帰った金のインゴット一つで、手間賃も含めて、輸送に利用したコンテナ数個分。一方でケプラー商会さんに同量の砂糖を卸して得られる利益は、インゴット数十個分となる。

　こちらはつい数日前、ピーちゃんが金貨からインゴットを生成する際に利用したコインの枚数から弾き出された値だ。上手くことが進めば、次からは異世界と現代の一往復で、日本円にして数千万から数億の利益が、我々の懐に転がり込んでくることになる。

　個人的な意見を述べさせて頂くと、あまりにも現実味のない金額を確認したことで、なんだかフワフワとした気分である。本当にこのまま進めてしまって大丈夫なのかと、今の時点で既に不安だ。いつの間にやら脇の下がグッショリと湿っている。

「正直、こちらについてはそこまで期待しておりませんでした」

「必要であれば、他にも色々と取り揃えさせて頂きたく思います」

「それは心強い、その際には改めてお願いいたします。ところで砂糖についてなのですが、今以上にお取り引きの量を増やせそうでしたら、ご連絡を頂けると幸いです。加工品と同様に、それだけで新設する商会の強みにすることができるかと思います」

「承知しました。前向きに検討させて頂きます」

日新しさから希少性を評価してもらった工業製品とは違って、食料品は恒久的に消費が見込まれる。こちらの分野で市場に食い込んでいくことができたら、マルク商会の経営も安定することだろう。

他所の商会との対立が怖いけれど、今回はケプラー商会さんが後ろ盾となってくれているので、多分大丈夫だと信じている。それでも困窮するようなことになったら、最後は星の賢者様に泣きつく算段だ。

神戸牛のシャトーブリアンの為なら、彼も協力してくれることだろう。

＊

ケプラー商会さんを後にした我々は、ピーちゃんの空間魔法によってルンゲ共和国を出発。ヘルツ王国に所在するミュラー伯爵の町、エイトリアムまで戻ってきた。その足でまず最初に向かったのは伯爵様のご自宅である。日本に戻っていた間の進展をご確認させて頂こうと考えた。

併せて盛り姫様の件についても説明は必要だろう。

二つの世界の時間差から、彼女はこちらの世界において、数日を留守にしていたことになる。どれだけミュラー伯爵が忙しくても、それだけの期間にわたって娘と顔を合わさないでいたのなら、不安を覚えるはずだ。

事前に彼女をお屋敷にお送りしているので、親子の間では多少なりとも、今回の件について話がされていることだろう。エルザ様には素直に事情を説明しているので、多少は我々のことをフォローして下さっていると思いたい。

きっかけはどうあれ、娘さんを一方的に攫ってしまったのは事実だ。

そうした背景も手伝い、気を引き締めての来訪となった。

しかし、屋敷で出会った彼は開口一番、深々と頭を下げて語ってみせた。

「ササキ殿、この度は娘が大変申し訳ないことをしてしまった」

「ミュラー伯爵？」

傍らにはエルザ様の姿も見受けられる。

場所はいつもの応接室だ。マーゲン帝国による侵攻以来、調度品を減らして少し寂しくなってしまった風景が切なさを感じさせる。あまり高価なものは無理だけれど、近所の総合スーパーで売っている調度品とか、今度差し入れてみようと思う。

「話は娘から聞いた。本当にすまないことをした」

「それでしたら、こちらこそご迷惑をおかけしてすみませんでした」

危うく娘さんが拉致られるところだった。

二人静氏がいなかったら危なかった。

「私がササキ殿について、あれこれと語って聞かせたのが悪かったのだ。おかげでエルザも色々と気になってしまったのだと思う。ただ、どうか娘だけは許してはもらえないだろうか？　私でよければ好きにしてくれて構わない」

これでもかというほど畏まった態度は、眺めていてちょっと引く。

すぐ隣では盛り姫様も目を白黒させているし。

「あの、お気になさらないでください」

「だが……」

こういう時は星の賢者様のお言葉が効きそうだ。

ちらりと肩の上の文鳥殿にお頼み申し上げる。

すると彼はすぐさま声を上げて、ミュラー伯爵に語ってみせた。

『ユリウスよ、気にすることはない。今回は我々の落ち度だ』

「いいえ、娘に話を聞きました。間違いなく私の失態です」

『子供の行いだ。これを笑って許すのが大人の度量というものだろう』

「数えの上では子供かも知れませんが、それでも私は娘を育てるに当たり、十分な教えを与えてきたと考えております。しかし、そうした行いが正しく伝えられていなかった。これは他の誰でもない私の失態です」

あくまでも自分が悪いのだと語ってみせるミュラー伯爵イケメン。

娘さんへの愛が伝わってくるよ。

こういう姿を眺めていると、結婚して世帯を持つのもいいなぁ、なんて思わないでもない。ただ、現実問題として自分のような枯れた人間には、如何せんハードルの高い話である。当面はピーちゃんと二人で仲良くやっていきたい。

そう言えば彼って、生前は結婚とかしていたのだろうか。

『いずれにせよ過ぎてしまったことだ。そう気にするな』

「ですがっ……」

『この者も戸惑っている』

文鳥殿の視線がチラリとこちらに向けられる。

鳥類には白目がほとんどないので、首がピクリと動いて指し示す感じ。どの角度から見ても見つめられているように感じるんだよね、などと数日前に伝えたところ、以降はこうして首の角度を変えてくれるようになったピーちゃん優しい。

いつかその可愛らしいお顔をナデナデしたいものである。

「ササキ殿、星の賢者様は……」

「私と彼は同意見ですので、どうかお気になさらないで下さい」

そうこうしていると、応接室のドアが外からノックされた。

コンコンコンと乾いた音が響く。

ここで我々のやり取りは一時中断である。自ずと皆々の意識が部屋の外に向かう。殊更に申し訳なさそうな面持ちとなったミュラー伯爵が印象的だった。彼はこれまでのやり取りとは一変、声色を強くしてドアの向こう側に向かい語りかける。

「今は取り込み中なのだが、急ぎの用件だろうか？」

すると、返ってきたのは刺激的なお返事だった。

「ハ、ハーマン商会の代表がやってまいりました！」

「……なんだと？」

伯爵様の表情が強ばる。

それもその筈だ。

なんたって相手は、マルクさんを牢獄に突っ込んだ人物である。ミュラー伯爵と副店長のマルクさんが仲良くされていたことは、店長さんも知っているだろうに、それがどうしてわざわざ足を運んできたのか。

店長さんも店長さんで付き合いがあったとしても、こちらの伯爵様がマルクさんの為に動いていることを知らない訳があるまい。わざわざ敵の本丸を訪れるとは大した胆力ではなかろうか。

「わかった、こちらへ通してくれ」

「承知しました」

「ミュラー伯爵、私は……」

「ササキ殿も無関係ではない。もしよければ同席して欲しい」

「お気遣いありがとうございます」

きっとピーちゃんにも同席して欲しいのだろう。

思い起こせばハーマン商会の店長さんとは、初めての顔合わせとなる。長らく首都で活動をしていたとかで、これまで一度もお会いする機会がなかった。一体どういった人物がやってくるのか、胸がドキドキとしてしまうよ。

＊

ミュラー伯爵宅の応接室で待つことしばらく。問題の人物は物々しい格好をした憲兵を数名、護衛に引き連れて訪れた。一介の商人が領主と顔合わせするには過ぎた警護だ。自ずと以降のやり取りも、ピリピリとした雰囲気になった。

「それで、本日はどういった用件だ？　ハーマンよ」

「これは噂に聞いた話なのですが、我々ハーマン商会の問題に、ミュラー伯爵が気をかけて下さっていると小耳に挟みまして、ご挨拶に参りました。なんでも私どもの店の人間に、温情をかけて下さっているのだとか」

「それがどうした？」

応接室における各々の立ち位置は一変、ミュラー伯爵とハーマン商会の店長さんが、お互いに向かい合いソファーに掛けている。自分は前者の脇に設けられた少し小さめのソファーに場所を移した。ピーちゃんはこちらの肩の上である。

ハーマン商会の店長さんは、四十代も中頃ほどと思(おぼ)しき中年男性であった。

体格は中肉中背。おでこから頭頂部に向かい禿(は)げ上がった頭部には、これを囲うように僅かばかり茶色い頭髪と、同じ色の瞳。身なりはかなり上等なもので、貴族だと言われても信じてしまいそう。

細マッチョで大柄なミュラー伯爵と並ぶと、パッと見た感じ少し頼りなく映る。ただ、それは自身も同じだろう。来月からジムに通っちゃおっかな、などと過去に何度挫折したか分からない思いが、ふと脳裏を駆け巡った。

「それもこれも身内の問題となりますので、わざわざ伯爵にご苦労を掛けることは申し訳ないと、ご挨拶に参った次第にございます。なんでも伯爵におかれましては、宮中に新しくお役目を賜ったとのこと、身の回りもお忙しうございましょう」

「それを判断するのは私自身だ」

「…………」

諂(へつら)った物言いの店長さんに対して、ミュラー伯爵はぴしゃりと言ってみせた。出会った当初の彼を彷彿(ほうふつ)とさせる言動は、眺めていて懐かしい気分になる。初めての謁見から実時間で数週間という間柄ながら、随分と以前のことのように感じるから不思議だ。

ただし、店長さんも負けてはいない。

「それでは率直にお伝えさせて頂きます」

「なんだ？　言ってみよ」

「この度の問題はディートリッヒ伯爵に対する不敬罪となります。罪を罰する権利もディートリッヒ伯爵のものです。たしかにこちらの町はミュラー伯爵の領地にございますが、この点は重々ご承知を願いたく申し上げます」

「なるほど、そのようなことか」

「はい、そういったお話となります」

ジッと真正面から見つめ合う二人。

おっかない雰囲気だ。

「万が一こちらの町の都合から、罪人の身柄に何かしら問題が起こった場合、その時はハーマン商会としてではなく、ディートリッヒ伯爵とのお話し合いとなります。彼(か)の者の身の上は既に、商会からディートリッヒ伯爵の下に移っていることをご理解下さい」

　立場上、平民である店長さんは相手を敬うように語ってはいる。けれど、発言の内容は完全に喧嘩腰である。ディートリッヒ伯爵の名前を借りて、ミュラー伯爵を脅しているようなものだ。

　平民と貴族の棲み分けが絶対の世の中、自身の生殺与奪の権を握っていると称しても過言ではない相手に、こうまでも語ってみせるとは凄い。商会のトップに立っている人物だけあって、とても度胸がある人物だ。

　ただ、ミュラー伯爵は何ら動じた様子もない。淡々と相手の言葉に耳を傾けている。

　この手のやり取りは慣れたものなのだろう。

　しかし、そうした伯爵の面持ちも、続く言葉に変化を見せた。

「ですが、そうは言っても決して長引く話ではありません。月内には処刑が行われる運びとなっております。それまでの間、ご面倒をお掛けしますが、どうか場所をお貸し頂けたらと思います」

「………………」

　形の良い眉がピクリと動いていた。


　これには自身も驚いた。思わず声を上げてしまいそうになった。まさか既に副店長さんの処刑がスケジュールされているとは思わなかった。もう少しこう、形だけであったとしても、裁判的なモノがあるのだとばかり考えていた。

　というか、ミュラー伯爵からは存在すると聞いていた。

「罪人に対しては、まだ罪を裁く場を設けていない」

「ディートリッヒ伯爵は自領への帰還を急いでいらっしゃいます。そこで今回に限っては、それも省かれる運びとなりました。隣国との一件もありますので、平民との諍いに時間を割いている余裕はないとのことです」

　ニヤリと笑みを浮かべて、店長さんは語る。

　今伝えた話題こそ、こちらを訪れた理由だろう。

「……そうか」

「これにて本日は失礼させて頂きます」

　ハーマン商会さんが、ミュラー伯爵からディートリッヒ伯爵に鞍替えしたのは確実である。恐らく本店機能を首都に移すに当たり、こちらの町とさようならすることを決めたものと思われる。

　隣国との紛争に鑑みれば、マーゲン帝国に近い地理的な状況も手伝っての判断ではなかろうか。店を構えることが在庫を抱えることに等しいこちらの世界では、有事を思うと分からないでもない決断だ。

ハーマン商会の店長さんは、意気揚々と応接室を出ていった。

満面の笑みを浮かべての退場である。

後に残された我々としては、さて、どうしたものだろうか。

「ササキ殿、どうやら急ぐ必要がありそうだ」

「ええ、そのようですね」

ルンゲ共和国でああだこうだとやっている場合ではない。

ケプラー商会さんとの取り引きは、今回の騒動を受けて拠り所を失ったマルクさんの社会的な立場を救うためのものだ。しかし、このままでは社会生命の心配をする前に、人としての生命が終わってしまいそうである。

＊

ハーマン商会の店長さんを見送った我々は、早々にも行動に移った。

ミュラー伯爵はディートリッヒ伯爵の下に向かうそうだ。これに対して自身はいつぞやと同様、牢に入れられたマルク氏を訪ねることに。なにはともあれ、彼の身の安全を確認しなければ。

伯爵様との顔合わせが終わり次第、すぐにでも向かうつもりだったので、当初の予定通りと言えばその通り。ただし、心構えは一変して緊迫したものだ。どうか無事でいて欲しいと願いつつ、馬車に揺られての移動となった。

ややあって辿り着いた獄内、牢屋番の案内に従い目的の牢に到着。

そこには以前と変わらずマルクさんの姿があった。

しかし、過去に顔を合わせた際と比較して、明らかにげっそりとしている。無精髭が生えたことも影響しているのだろうけれど、目に見えて頬がコケている。身につけている衣服も汗や土埃にまみれて、ところどころ汚れが目立つ。

「会いに来るのが遅れてしまい申し訳ありません、マルクさん」

「あぁ、ササキさん。また来てくれたのですか……」

こちらの姿を確認して、副店長さんは小さく笑みを浮かべた。

お世辞にも元気とは言えない。

それでもこうして我々を気遣ってみせる。

「具合が悪そうに見えるのですが、大丈夫でしょうか？」

「おかげさまで拷問を受けるようなこともありません。ササキさんやミュラー伯爵が根回しをして下さっているのでしょうか？　こうして無事に五体満足で、生きながらえさせて頂いております」

「食事はちゃんと摂れているのでしょうか？」

「ええまあ……」

「それにしては少し痩せられたように見受けられますが」

「……過去に何度か、食事に下剤が混ぜられておりまして」

語る副店長さんの面持ちには陰りが感じられた。

かなり追い詰められている。

「それは酷いですね。でしたら今後は、フレンチさんのところから食事を届けてもらうようにしましょう。彼もマルクさんの為に何かできることはないかと、悔しげにされておりました。きっと協力して下さることでしょう」

「いえ、彼にまで迷惑を掛ける訳には……」

「決して諦めないで下さい。マルクさんをお助けする為に、皆さん頑張られております。もう少しの辛抱ですよ。必ずやここから外に出て自由の身となり、商人として活躍する日々が戻ってくることと思います」

「私のような者の為に、色々とすみません」

「お気になさらないで下さい。私も過去にはよくして頂きました」

「ササキさん……」

「もしよろしければ、こちらを召し上がって下さい」

行きがけに購入した差し入れの包みを格子越しに渡す。

牢屋番とディートリッヒ伯爵が付けた騎士による確認は、事前に一通り終えているので、これといって声が上がることはなかった。彼らは傍らに立って、我々のやり取りに聞き耳を立てているばかり。

中身は食べ物や飲料水、着替えなどだ。

「ありがとうございます、ササキさん。とても嬉しいです」

「また近いうちに伺わせて頂きます」

もう少しお話をしていたいところだけれど、今はその余裕もない。

マルクさんの下を発った我々は、大急ぎで牢屋を後にした。

＊

牢屋を出発した我々は、その足でフレンチさんのお店を訪れた。

そこでマルクさんの置かれた状況を説明の上、食事を届けてもらえないかとご相談。すると彼はこれに二つ返事で応じてくれた。下剤の混ぜられた食事に憤ってみせると共に、最高の料理をお届けしますと、声高に語って下さった。

これで当面、食事の問題は解決したと考えていいだろう。ヤンキー顔の彼が荒ぶる姿は、なかなかおっかないものだった。

しかし、それでも副店長さんの置かれた状況が好転したとは言い難い。

やはり問題はディートリッヒ伯爵の意向だ。


その言葉一つでマルクさんの生命は容易に刈り取られてしまう。そして、ミュラー伯爵に食って掛かったハーマン商会の店長さん。彼の自信満々な態度を思い起こせば、二人の関係はかなり強固なものなのだろう。

彼らの間で一体どういったやり取りがあったのか。

『四の五の言っていられん。今回は我がなんとかしよう』

フレンチさんのお店を出た直後、ピーちゃんが呟いた。

彼がこうして語った場合、過去の経験から察するに、ディートリッヒ伯爵が何とかされる、と考えて差し支えないだろう。ただ、それを行ってしまうと、ミュラー伯爵を筆頭とした関係各者の立場が悪くなる。

なるべく取りたくない最後の手段だ。

「最終的にはピーちゃんにお願いすることになるかも知れないけれど、今はもうちょっとだけ待ってもらってもいいかな？　自分でもできることが、まだ多少なりとも残っていると思うんだよ」

『何か策があるのか？』

「とりあえず、ディートリッヒ伯爵に会いにいこう」

『貴様がそう言うのであれば、うむ、承知した』

ミュラー伯爵の執事を務めていた男性、セバスチャンが裏切りを働いていた時分のこと、その背後にいたのがディートリッヒ伯爵だと聞いた。その際に前者の口から、あれやこれやと現代の商品を所望された覚えがある。

だからこそ、僅かながら期待を抱いた。

手持ちの品々を利用すれば、先方との交渉も可能なのではなかろうか。

そのように考えて我々は、ディートリッヒ伯爵の滞在先に足を急がせた。

＊

目当ての人物が滞在しているお宿は、とても立派なものだった。

他所の貴族が他領へお出かけしたのなら、そこを治める貴族の屋敷に泊まりそうなものである。しかし、ミュラー伯爵とは派閥を別にするという背景もあり、自前で宿を確保しているとの話であった。

このあたりは事前にミュラー伯爵から確認した内容だ。

そうして訪れた先、面会を申し出ること半刻ばかり。

トランシーバーの存在をだしにご挨拶を願うと、応接室に通された。今日この瞬間ほど、貴族の位をゲットしていてよかったと思ったことはない。かなり長いこと待たされたけれど、それでも会ってもらえた点が大きい。

平民の立場であったら、断られていたかも知れない。あるいは面会などといった形は取られずに、一方的に商品だけ徴収されていたかも。そうして考えると、今更ながら第二王子のお母さんに感謝である。

「その方が、あの不思議な道具を扱っている者で間違いないか？」

「はい、その通りでございます。ディートリッヒ伯爵」

ローテーブル越し、対面のソファーに問題の人物が腰掛けている。

ディートリッヒ伯爵だ。

見た感じ四十代も中頃と思われる。オールバックに撫で付けられた銀髪に彫りの深い顔立ち、青い色の瞳が印象的なナイスミドルだ。顔立ちはもれなくイケメン。立派なおヒゲも手伝い、なんとも恐ろしい印象を受ける。

また、同所にはミュラー伯爵の姿もあった。

あれからこちらを訪れて、伯爵同士で話をしていたのだろう。

「ササキ殿、どうしてこちらへ……」

「出過ぎた真似(まね)をしてすみません」

位置的には後者の隣に座らせて頂いている。

二人で並んでディートリッヒ伯爵に臨む形だ。

ピーちゃんはいつもどおり、自身の肩にちょこんと止まっている。使い魔だと告げたところ、これといって咎(とが)められることもなく応接室まで通された。ただし、護衛の騎士の方々からは、ジロジロと疑うような眼差(まなざ)しを向けられたけれど。

「私も是非、ディートリッヒ伯爵とお話をしたく存じまして」

「……そうか。私が不甲斐(ふがい)ないばかりに申し訳ない」

「いえ、決してそのようなことはありません」

ミュラー伯爵の顔を潰すような真似をしてしまい、本当に申し訳ないと思う。けれど、マルクさんの生命が懸かっているので、この場はどうかご容赦を願いたい。自分が知らないところですべてが終わっていたとか、最悪のパターンである。

「私を放ってそちらは二人で何を話しているのだ？」

「申し訳ありません、事前に連絡をしていなかったものでして」

「まあよい。それよりも話はその方が扱っている品についてだ」

ミュラー伯爵とのやり取りが、どういった経過を見せているのかは定かでない。それでも相手の興味は、こちらが扱っている品々に向けられており、依然として会話の場を持とうという意志が窺(うかが)えた。

どうやら彼の好奇心は本物のようだ。

「何か入り用となりますでしょうか？」

「遠く離れた場所と会話をする道具があると聞いた」

「はい、そのようなモノも扱っております」

「他にも魔法を使わずに遠くの様子を確認する道具や、異国の文字を利用して計算を素早く行う道具など、色々と扱っているそうではないか。また、そうした道具を利用するには、得体の知れない金属を消費するとも聞いている」

「どれも私からハーマン商会さんに卸させて頂いている品になります」

「単刀直入に言おう。それらを今後はすべて私に売るのだ」

「と、申しますと？」

「それであの商人の命は助けてやろう」

「……なるほど」

　想定していた通りのお返事が戻ってきた。

　それでマルクさんの生命が助かるのであれば、これに応じることは吝かでない。副店長さんの安全が保障された時点で、約束を放棄してしまえばいいだけの話だ。難癖をつけられても、ピーちゃんの協力があれば突っぱねることは可能である。

　しかし、今となってはそれもできない。

　ケプラー商会さんと専売の約束をしてしまった手前、これを破って他所と取引する訳にはいかない。万が一にもヨーゼフさんの耳に入ったのなら、信用関係の破綻は免れまい。これまでのやり取りも破談の危機だ。

「すみませんが、少々検討するお時間を頂戴したく思います」

「その方の他に、上に立つ人物がいるのか？　第二王子の派閥としてミュラー伯爵の下にいるとは聞いている。検討をするというのであれば、今この場で話し合ってくれても一向に構わないのだぞ？」

「いえ、ミュラー伯爵とはまた別のお相手となりまして……」

「ところで、その方は他所の大陸の出だと聞いたが、それは本当か？」

　矢継ぎ早に質問を投げかけてくるディートリッヒ伯爵。

　こちらに考える時間を与えない作戦だろうか。

　単純に好奇心旺盛な人物としても感じられるけれど。

「ディートリッヒ伯爵のご指摘の通り、他所の大陸から参りました」

「他に他所の大陸から訪れた仲間がいるのか？」

「いいえ、こちらの大陸の方です。良くして頂いている方がおりまして」

「ふむ、そうか……」

「ディートリッヒ伯爵はお急ぎの身の上にあるとお聞きしました。ですが我々も検討には時間を要するものでして、このようなことを申し上げるのは恐縮でございますが、少しだけ猶予を頂戴することはできませんか？」

「いいだろう。そういうことであれば、滞在期間を一ヶ月ほど延ばそう」

「ありがとうございます。とても嬉しく思います」

「その方が賢い選択をすることを私は望んでいるぞ」

「お心遣い恐れ入ります」

思ったよりもすんなりと承諾を得ることができた。ハーマン商会さんとのパワーバランスは、やはりディートリッヒ伯爵の方が上にあるようだ。そうでなければ、この場で即決することは困難であっただろう。

おかげで我々は一ヶ月という猶予をゲット。

一日くらいなら日本に戻ることも可能である。

交渉に成功したとは言えないけれど、少なくとも月内に予定されていたマルクさんの処刑は回避された。ハーマン商会の店長さんも、ディートリッヒ伯爵に無理を通してまで、彼をどうこうすることはないだろう。

＊

ディートリッヒ伯爵とのやり取りは、自身が向こうしばらくの猶予を得たところで終えられた。ミュラー伯爵との間で行われていた交渉については、我々が訪れた時点で既にある程度、終わりが見えていたようであった。

「私の力が足りないばかりに、ササキ殿にまで負担をかけてしまい申し訳ない」

「こちらこそ話し合いの場に首を突っ込んでしまい申し訳ありません」

お宿を発った我々は現在、ミュラー伯爵のお屋敷に向かう馬車の中だ。

ガタゴトという音を背景に、ディートリッヒ伯爵の攻略に向けて話をしている。

「だが、本当によかったのだろうか？　このような状況で商談を進めても、足元を見られるばかりだ。せっかく優れた商品を扱っているのに、このままではディートリッヒ伯爵に飼い殺しにされかねない」

「それでもマルクさんの生命には代えられません」

「本当にすまない。私が不甲斐ないばかりに……」

「それにまだ決まった訳ではありません。私としても色々と考えていることがありますので、マルクさんの救出に向けて最後まで諦めずに、検討を重ねていきたく思います。可能性は決してゼロではありません」

「私でよければ、どうか好きに使って欲しい。是非とも協力したい」

「お気遣いありがとうございます」

『やはり、我が対処した方がよいのではないか？』

「ピーちゃん、それは最後の手段ということで」

ここぞと言う場面では躊躇しない文鳥さん、ちょっと怖い。そして、こんな彼であっても暗殺されてしまったのだから、ヘルツ王国の宮中とは恐ろしい場所である。第二王子の彼は元気でやっているだろうか。

『以前から感じてはいたが、貴様は存外のこと諦めが悪いな』

「そういう性分なんだよ、僕は」

ただでさえ昨今のヘルツ王国は、王子たちの王位継承を巡って、随所で泥沼の政治闘争が繰り広げられている。ミュラー伯爵や我々の立場を思えば、対立派閥の貴族をどうこうすることは極力避けたい。より面倒な問題に発展しかねない。

っていうか、あれだ。

こういうときこそ上司の出番ではなかろうか。

「ミュラー伯爵、早速で申し訳ありませんが、一つ提案があります」

「ああ、どうか聞かせて欲しい」

「アドニス王子にご助力を願ってはいかがでしょうか？」

「……というと、具体的にどういった話になるのだろうか？」

泣きつく先があるって素晴らしい。

以前の貸しを返してもらうには、これ以上ない状況である。対立派閥のトップではあるけれど、王位継承権を備えた王族には違いない。面と向かって声を掛けられたのなら、ディートリッヒ伯爵も多少は動じるのではなかろうか。

「私はアドニス王子からお財布を預かっております。その投資先を我々の扱う商品としましょう。実務にあたっていたのはマルクさんです。これにディートリッヒ伯爵が横槍を入れたという体で、王子からお言葉を頂戴できないかなと」

「たしかにその流れであれば、伯爵であろうとも無下にはできない」

「問題はアドニス王子が応じてくれるかどうかですが……」

「そこは私に任せて欲しい。この足ですぐに交渉へ向かおう」

「よろしいのですか？」

「ああ、本日にでも首都に向けて発とうと思う。ササキ殿が引き出してくれた期間が、さっそく役に立ちそうだ。向こう一ヶ月もあれば、王子に書状をしたためてもらった上、往復して戻ってくることができる」

『そういうことであれば、往路は我が面倒をみよう』

「よろしいのですか？」

『なんだかんだで貴様には世話になっているからな』

「厚かましいお願いで恐れ入りますが、何卒、よろしくお願い致します」

『うむ、頼まれた』

そうと決まれば、すぐにでもヘルツ王国の首都アレストに向かおう。

猶予は一ヶ月として定められているけれど、ディートリッヒ伯爵が心変わりしないとも限らない。ハーマン商会の店長さんから、あることないこと吹き込まれて前言撤回とか、どうしても想像してしまう。

＊

ミュラー伯爵のお屋敷に戻った我々は、その足で首都に赴いた。

移動はピーちゃんの空間魔法で一発だ。

やはり便利な魔法である。自分もいつかとは切に願って止まない。ここ最近は身の回りが忙しくて、碌に魔法の練習もできていない。今回の騒動が一段落したら、まとまった時間を用意したいと強く思う。

そんなこんなで伯爵を宮中に送り出すことしばらく。

一ヶ月後の再会を約束して、彼とは以降を別行動。

エイトリアムに戻った我々は、一晩休んで日本に戻ることにした。

異世界は異世界で大変だけれど、現代もまた面倒なことになっている。課長から支給された端末もあちらの世界に放置してしまっているし、一度ホームに戻って状況を確認しようと考えた次第である。

ミュラー伯爵の町に用意した移動用の拠点から、日本の自宅に移る。

一日ぶりに戻った自宅は、これといって変わりもなかった。

窓から外を眺めると、夜の暗がりが窺える。

時計を確認したところ二、三時間が経過していた。やはり以前と比べて、世界間の時間経過の差が変化を見せている。以前までなら、異世界での丸一日が、我々の世界での一時間ほどであった。

『これからどうするのだ？』

「二人静さんに連絡を取って、この後の進め方を確認しておこうと思う」

『ふむ、そうか』

「あとはエルザ様の件をそれとなく局内で確認して……」

ピーちゃんと話をしていると、ブブブという音が聞こえてきた。

音源はデスクの上に放置した局支給の端末である。

どうやら着信のようだ。

こんな夜中に誰からだろう。

もしも局からだったら、睡眠中を装って無視しようかな。

あれこれ考えていると、こちらの肩から飛び立ったピーちゃんが、ふわりと宙を舞ってデスクに着地。震えている端末のディスプレイを覗き込んだ。そういう何気ない鳥っぽさが、飼い主的にグッとくる。

『……あの女からのようだ』

「ありがとう、ピーちゃん」

彼があの女と言うことは、相手は二人静氏だろう。こうなると無視はできない。場合によってはヘルプコールの可能性も考えられる。というか、連絡を入れてきた時間帯的に考えて、不測の事態と見るほうが適当だ。

端末を手に取り、手早く通話を受ける。

「はい、佐々木ですが」

『すまぬ、力を貸して欲しい』

「以前のホテルでしょうか？」

『ああ、そうじゃ。悪いがお主と合わせてあの鳥も……』

回線が繋がっていたのは、ほんの僅かな間であった。

ほとんど言葉を交わすこともなく、次の瞬間にはぶつりと切れてしまう。以降、何度繰り返しコールしても、二人静氏の端末と回線が開かれることはなかった。おかけになった番号は、現在電源が入っていないか、電波が届かないところに云々。

「ピーちゃん、昨日のホテルまでお願いできるかな？」

『火急の用件か？』

「そうみたい」

『ならば急ぐとしよう』

異世界で睡眠を取ってから現代に戻ってよかった。そうでなければ、丸一日を過ぎて活動しっぱなしになるところだった。ただそれでも、生活が不規則になっているのは否めない。短時間での世界間の移動を受けて、昼夜の感覚が完全に消失している。

この調子で動き回っていたら、いつか身体を壊しそうで怖い。

*

【お隣さん視点】

その日の夜、私は人の声と思しき物音で目を覚ました。

自宅は手狭な1K、自身の寝床は隣のおじさんの居室と壁を接している隅の方。そこで毛布に包まり横になっている。身体が小さいころはそれなりに暖を取れたが、最近は身体が成長してきた為、手足が外に出てかなり寒い。

母親はちゃぶ台を挟んで、部屋の反対側で布団を利用している。

スースーと寝息を立てる様子から、完全に寝入っていることが窺えた。

「…………」

彼女が寝ているということは、声は部屋の外からだろう。

ふと思い立って、私は目の前にあった壁に耳をギュッと押し付けた。

すると聞こえてきたのは、想像したとおり人の声だった。

夜も静かな時間帯、壁の薄さも手伝って会話の内容まで確認できる。

『これからどうするのだ？』

「二人静さんに連絡を取って、この後の進め方を確認しておこうと思う」

『ふむ、そうか』

人が二人、真面目な声色で話をしている。

うち一方は家主であるおじさん。

もう一方は誰だろう。

少なくとも私は初めて耳にする声だ。

職場の同僚だろうか。終電を逃して自宅に一泊、みたいなことは考えられないでもない。ただ、自身が記憶している限り、隣室の彼が友人を自宅に連れてきたことは、これまで一度もなかった。

相手はかなり若々しい声だ。

しかしも聞いた感じ、男性とも女性ともとれる中性的な響き。

おじさんが自宅に異性を連れ込むなんて、そんなの想定外である。

「ピーちゃん、昨日のホテルまでお願いできるかな？」

『火急の用件か？』

「そうみたい」

『ならば急ぐとしよう』

おじさん、ピーちゃん呼ばわり。

かなり仲がいい間柄のようだ。

こうなると黙って聞いている訳にはいかない。私は母親を起こさないように注意を払いつつ、忍び足で自宅の玄関に向かった。屋外に通じるドアを少しだけ開いて、隣室の様子を盗み見るように窺う。

おじさんと仲よさげにしている声の主。

その正体を確認しようと考えての行いだった。

しかし、どれだけ待っても人が出てくる気配は見られない。

すぐにでも自宅を発つようなやり取りをしていたのに何故（なぜ）だろう。

「…………」

数分ほど待ったところで、改めて隣室の様子を窺うことにした。

居室の寝床まで戻り、壁に耳を押し付ける。

するとどうしたことか、先程まで聞こえていた会話は、完全に失われていた。グリグリと耳が痛むほどに、頭部を壁に押し付けて息を殺す。けれど、会話は一向に聞こえてこない。それどころか人の動き回る気配さえも皆無だ。

疑問に思った私は、思い切って屋外から確認することにした。

玄関から外に出て、アパートの反対側に回り込む。

外に面した窓ガラスから、屋内の様子を窺おうと考えたのだ。

「えっ……」

一瞥（いちべつ）して驚いた。思わず声が漏れた。

おじさんの部屋は明かりが落とされていた。

日も落ちて久しい時分、室内で照明が付けられていれば、カーテン越しであったとしても判断できる。それが真っ暗であった。どれだけ目を凝らしても、ほんの僅かな光の差し込みさえ見えてこない。

「…………」

ガラスに耳を押し付けてみる。

やはり、何の音も感じられない。

エアコンの室外機も停止している。

「どうして……」

何故だろう。いつの間に屋外に出ていったのだ。

玄関ドアを開け閉めする気配さえなかった。

隣室で人が出入りすれば、壁に耳を押し付けたりせずとも、まず間違いなく気付くことができる。ましてや本日は、玄関を押さえていたのだ。それがいつの間にやら、おじさんは自宅から消えていた。

もしや今まさに私が触れている居室の窓から出ていったのだろうか。

「…………」

ガラス越しにロックを確認すると、しっかり施錠されている。

こちらから屋外に出たとあらば、締め金具が開いていないとおかしい。細長い糸を利用すれば、屋外から錠を閉めることも不可能ではないと思う。けれど、それにしたって多少は音が響きそうなものである。

そもそも何故にそのようなことをする必要があるのだろう。

まさか私が監視していることに気付いていたとでも言うのか。

分からない。

あぁ、分からない。

おじさん、私はおじさんとお話がしたいだけなのに。

どうして私のことは部屋に連れ込んでくれないの。

ピーちゃんという人は連れ込んでいるのに。

この身だったらいつだって、何度だって、連れ込んでくれても構わない。

おじさん、おじさん、どうしておじさんは、こんなにも素直じゃないのですか。

〈異能力と魔法少女〉

　ピーちゃんの空間魔法のお世話になり、自宅から場所を移した。

　足を運んだ先は、二人静氏が宿泊する高級ホテルの一室。

　同所を訪れた直後、我々の視界に飛び込んできたのは、以前とは打って変わって荒れ果てた部屋の光景である。ソファーはひっくり返り、ローテーブルは窓ガラスを割って窓枠に引っかかっている。壁紙もそこかしこが破れていたり焦げていたり。

　そして、室内の随所には血液が飛び散っていた。

　一見して危機感を煽られる光景である。

　大急ぎで障壁の魔法を行使しようとしたところ、間髪を容れずにピーちゃんがこれを行ってくれた。一瞬にして薄い膜のようなものが、我々の周りをスッと覆う感覚。流石の早業に思わず憧れてしまったよ。

　ミュラー伯爵が惚れ込むのもよく分かる。

　その直後、ズガガガと喧しい音が室内に響き渡った。

　周囲の様子を確認すると、廊下の角から機関銃が口を覗かせていた。

　なんておっかない光景だ。

　本当にここは日本なのかと確認したくなる。

　弾丸はすべてピーちゃんの障壁に阻まれて地に落ちた。

「ありがとう、ピーちゃん。下手をしたら死んでたよ」

『こちらこそすまない。事前に備えておくべきであった』

「いやいや、いきなり撃たれるとか誰だって想像できないよ」

　こうなると気になるのが二人静氏の身柄である。

　拳銃で撃たれた程度では死なないと理解しつつも、機関銃で蜂の巣にされたら、やはり彼女でも危ういのではなかろうか。そのように考えて、急いで部屋の様子を確認する。するとダイニングを越えてキッチンの物陰に、その姿を発見した。

　建物の壁に背中を預けて、座り込んでいらっしゃる。

　絶えず放たれる機関銃に背を向けて、我々はその下に急いだ。

「二人静さん、大丈夫ですか？」

「おぉ、本当に助けに来よった」

「そういう約束でしたから」

　彼女は驚いた表情でこちらを見つめていた。

　その容態は酷いものだ。

　自慢の着物は血まみれで、べったりと赤いものに染まっている。よくよく見てみると随所に穴が空いており、そこから溢れ出した血液は床に血溜まりを作っていた。かなり派手に撃たれてしまったようだ。

　それでも生き永らえている点は、彼女の備えた能力の賜物か。

「じっとしていて下さい。今すぐに治しますので」

「……治す？」

　彼女には既に異世界の存在も含めて、我々の秘密を知られてしまっている。更に呪いで言動を束縛されているとあらば、この期に及んで勿体ぶる必要もないだろう。ピーちゃんに教わった回復魔法を行使させて頂く。

　呪文を詠唱して、えいやっと一発、景気よく放つ。

　床に魔法陣が浮かび上がる。

　その輝きに照らされて、彼女の肌に血の気が戻っていく。

「これはまた、局の人間が欲しがりそうな力じゃのぅ」

「告げ口をしたら怒りますよ？」

「おぉ怖い、そんなこと言われずとも承知しておるわい」

「貴方には前科がありますから」

　このような状況でも、飄々と軽口を叩いてみせる姿はちょっと憧れる。

　場慣れしているんだなぁ、なんて思ってしまった。いつの日か自分も、これくらい落ち着いて何事にも臨めるようになりたいものだ。彼女や彼女と同じく、何ら動じた素振りを見せない肩の上の彼を思っては、ふとそんなことを考えた。

「未然に防いだのだから許してくれると嬉しいのぅ？」

「こちらが防がねば漏らしていたでしょうに」

「そう言われると、今の儂からは何とも言えんなぁ……」

　自らの足で立ち上がると共に、二人静氏は着物の袖をめくって手の甲を見せてきた。そこには以前、ピーちゃんが刻んだ呪いのマークが見受けられる。刻まれてすぐに一度大きくなって以来、これといって変化は見られない。

　悪いことを企んでいないというのは本当のようだ。

「ほれ、これを見てみぃ。あれから変化のない儂の誠実な忠義心を」

「それなら結構ですけれど」

「夜分遅くに呼び出して、すまなかったのぅ」

「ちょうど目が覚めていたので、これといって不都合はありません。だからこそこうして、すぐに駆け付けることができました。しかし、これが毎日となると、我々としても困ってしまいますが」

「流石にそれは、儂も勘弁して欲しいのぅ」

彼女と話をしている間にも、機関銃から発せられる音は絶え間ない。更には炎の塊やら何やら、異能力と思しき代物が飛んできたりするから、障壁魔法があったとしても肝の冷える現場である。パリンと割れたらどうしよう、なんて考えてしまう。

「身内からの粛清というやつでしょうか？」

「まあ、そんなところじゃろうなぁ」

一対一では絶大な威力を誇る彼女の能力も、こうして入り組んだ屋内、数で畳み込まれると、やはり上手くないようだ。困った顔で呟いてみせる姿を眺めていると、幼い外見と相まって庇護欲をそそられるの悔しい。だって、中身はお婆ちゃん。

ただ、同時に彼女の離反は本物だと確認ができた。

その一点については、我々としても決してマイナスばかりではない。

「ランクA能力者でも厳しい状況なのでしょうか？」

「相手には儂と相性の悪いランクB能力者が何名かおってのぅ」

「なるほど」

先方もそれなりに腰を据えて攻めて来ているようだ。ランクB能力者が複数名いる時点で、かなりの戦力であると局の研修では学んだ。目の前の童女が曲がりなりにもランクA能力者として、世間から恐れられていることを再認識した。

『それで貴様は、これからどうするのだ？』

「実はあちらに儂らのターゲットもおるのじゃよ」

「前にボウリング場に居合わせた念動力者の方ですか？」

「うむ、そうじゃ」

「まさかこの状況で狙っているのですか？」

「死中に活を求めるというやつじゃのぅ」

二人静氏の判断は分からないでもない。

腐っても鯛というか、なんだかんだでランクA能力者認定を受けている彼女だ。これを恐れたターゲットが逃げに転じる、といった可能性を考慮してだろう。この広い世界、姿をくらました相手を探すのは大変なことだ。

「今回の機会を逃すと、追い掛けるのも面倒になりそうですね」

「高ランクの異能力者は、どこの国でも引く手数多だからのぅ」

『そういうことであれば、我々も素直に逃げ出す訳にはいかんな』

意外と好戦的な文鳥殿から、とても頼もしいお言葉を頂戴した。

個人的な見解としても、異世界側がごたついている都合上、二人静氏の身の上を巡る問題は、早めに終えてしまいたいという思いがある。こちらの世界で時間を取られると、あちらの世界ではあっという間に月日が流れてしまうから。

万が一にも、局に身柄を拘束されたら目も当てられない。

そうして何だかんだ言葉を交わしていると、弾丸に混じり家具が飛んできた。

大型のテレビとソファーが、急なカーブを描いてキッチンカウンターの向こう側から、アイランド型のキッチン台の陰に隠れた我々に向かって直撃コース。これってもしかしなくてもハリケーンの人の異能力。

咄嗟に頭を抱えるも、その直前で障壁魔法に阻まれて対象は砕け散る。

二人静氏の言葉通り、たしかに我々の目当てとする人物も紛れているようだ。

立て続けに飛んできた家具や家電の存在から、敵陣にハリケーンの人の存在を確認である。家財道具に紛れて異能力者と思しき人体も飛んできたが、こちらは二人静氏が軽くタッチすることで、呆気なく倒れ伏した。

まさか先方も、局から殺害命令が下っているとは思うまい。

『さっさと片付けてしまおう』

「相手は数が多いが、大丈夫なのかのぅ？」

『こちらの世界の魔法使い、いいや、異能力者と言っただろうか？　その存在には我も興味がある。場合によっては、今後の我々の活動についても、行動の指針を見直さねばならなくなるだろう』

「そう言えば、お主らの目的を聞いておらんかった」

『それは教えられないな』

「なんじゃ、けちじゃのぅ……」

朝から晩までネットサーフィンを楽しみながら、三度の食事に高級和牛のシャトーブリアンを食したいと所望する文鳥。そんな彼は二人静氏に対して、これ見よがしにドヤってみせる。意味深に語ってみせる。

目的だけを切り出してみると、完全にダメ人間だ。

「ピーちゃん、どうするつもり？」

『この場は我に任せよ』

「え、いいの？」

いつになく強気である。

現代日本というアウェイな現場で初めて遭遇した荒事に、気分が高揚しているのかもしれない。普段から何かと達観している彼だけれど、こういった一面も持ち合わせていると思うと、なんだか無性に愛おしさがこみ上げてくる。

今のシーンとか、是非とも写真を撮りたかった。

思い起こせば未だに彼の姿を撮影した覚えがない。

ちょっと切ない。飼い主的に考えて。

「相手は認識阻害の異能力者と組んでおる可能性が高い。こうして眺めている限りでは、視認も不可能じゃろう。宙を飛び交うあれこれに意識を奪われておると、予期せぬ場所から襲われるやもしれんぞ」

『なるほど、そのような力を使う異能力者もいるのか』

「あれは味方におると頼もしいが、敵に回すとなかなか厄介な代物じゃ」

『ならばそれを無効化してから挑むとしよう』

認識阻害の異能力者というのは、以前、ボウリング場の跡地で遭遇した彼女だろう。ハリケーンの人の傍らに寄り添っていた、中学生ほどの女の子である。こてこてなゴスロリ衣装が印象的であった。

二人静氏の口ぶりからして、二人はペアで活動するケースが多そうだ。

自分と星崎さんのようなものだろう。

「どうするのじゃ？」

「できれば魔法的なあれこれは、相手に見せたくないんだけど」

『むぅ、それはなかなか難しい注文だな』

どこに課長の目があるとも知れない。あの人のことだから、先方に内通者を設けるくらいは、行っていても不思議ではないもの。下手にピーちゃんの格好いいところを披露する訳にはいかない。

そうこうしていると、同所に人の声が響いた。

「あれ、まだやってるの？　ちょっと時間かかり過ぎじゃない？」

銃弾や異能力が飛び交う、殺伐としたホテルの客間に似つかわしくない、やたらと安穏な声だ。低難易度のゲームをクリアできない友人に、どうしてそれくらいのことができないのだと、問い掛けるような雰囲気である。

これと時を同じくして、敵方からの攻勢がピタリと止んだ。

「こっち？　こっちにいるの？　シズカちゃん」

ダイニング越しにキッチンを眺める地点、リビングに人が現れた。

パッと見た感じ、二十歳ほどと思しき男性である。

たぶん、日本人。

肩に触れるほどまで伸ばされたロン毛に黒縁のメガネ。体型はヒョロリとしており、背丈は自分と同じくらい。着古して色あせたジーンズを穿いており、上はオーバーサイズなチェック柄のシャツと、その下にアニメ柄のTシャツが垣間見える。

いわゆるアキバ系。

その手のステレオタイプを絵に描いたような人物だった。

「なっ……」

相手の姿を目の当たりにして、二人静氏の表情が強張る。

彼女が何に驚いているのかは、視線が指し示す先からも明らかだ。今まさに現れたアキバ系な彼を目撃して、クワッと目を見開いていた。飄々とした姿勢が常である二人静氏だから、これまた新鮮な反応ではなかろうか。

「知り合いですか？」

「儂らのグループのトップに立っている人物じゃ」

「なるほど」

それはまた大物がやってきたものだ。

聞いた話ではランクA。

それも二人静氏のような、能力外のあれこれを考慮されてのランクAではなく、正真正銘、その存在を危惧されてA判定を受けた人物とのこと。

「状況が変わった。この場は一旦引くべきじゃ」

『あの者はそこまで厄介な相手なのか？』

「まともにやりあっては、まるで勝てる気がせん」

『どういった異能力を使うのだ？』

「本人の言葉に従えば、妄想を具現化する能力だそうじゃ。正直、できることの幅が広すぎて、どういったことなら可能で、どういったことが不可能なのか、身内である儂らであっても、ほとんど把握できておらん」

局で受けた講習でも、同じような説明を受けた覚えがある。

ランクB以上の能力者については、名前こそ売れていても、扱う異能力の詳細が不明な人物が多いのだそうな。なので出会った際には十分注意するようにと講釈を受けたのだけれど、いざそのときが訪れてみると、どうして注意をしたものか。

『ふむ……』

なにやら考える素振りを見せるピーちゃん。

そうこうしている間にも先方に反応があった。

「おうふ、本当にいたよ。っていうか、隣のオッサンはどちら様？」

キッチンカウンター越しにこちらを覗き込んで見せる。

何気ない態度でカウンターに手を突いて、まるで動物園の檻越しに珍獣でも眺めるかのように、キッチン中央の作業台に隠れた我々を見つめている。十分に接近した彼の位置からでは、床に座り込んだ姿勢であっても我々を視認できるみたいだ。

まるで躊躇した素振りがないのは、きっと自信の表れだろう。

「シズカちゃん、もしかしてパパ活しちゃった？」

「如何せん身内からのあたりが強くてのぅ。パパ活してしもうた」

「マジかぁ……」

これまた軽快なやり取りである。

つい数日前までは、同じグループに所属する仲間であったというのも、決して嘘ではなさそうだ。ただし、そうして交わされるやり取りについては、いささか表現に難があるのではないかと、事実無根のパパは訴えたい。

「俺、マジ悲しいよ。シズカちゃんのこと頼りにしてたんだけど」

「そうは言われても、お主の仲間は違うようじゃし？」

「きっと嫉妬してるんだよ。シズカちゃん皆よりも強いから」

「そうかのぅ？」

「そうに決まってるじゃん」

ところで先方、かなりグイグイと来る。

まるで歌舞伎町(かぶきちょう)のキャッチのようだ。このようなことを考えては失礼かとも思うけれど、外見とのギャップが大きいから違和感も甚だしい。既成概念とは恐ろしいものだ。

「だとしたら、面倒な話もあったものじゃ」

「これからの話だけど、ぶっちゃけ戻るつもりはないの？」

「できれば戻りたくないのぅ」

「ふぅん」

答える二人静氏の表情は覚束(おぼつか)ないものだ。

苦手意識があるのは間違いない。

色々と気になることはあるけれど、他所(よそ)の組織の問題に我々が口出しするのは違う気がする。なので自分とピーちゃんは黙ってことの成り行きを眺めるばかり。もし何かあれば、彼女の方からヘルプを求められることだろう。

などと考えていた矢先の出来事である。

「下手に敵対されても面倒だし、それなら今日でさようなら、かな」

「っ……」

何気ない呟きと共に、先方が動いた。

事前動作は皆無である。

軽やかな声色に併せて、我々の正面に二人静氏が現れた。

まるでゲームの演出でも眺めているかのようだった。ブォンと低い音を立てて、何もないところに自身の隣にしゃがみ込んでいる彼女と瓜二つ(うりふた)の人物が、ハッキリと像を結んだのである。着用している衣服のデザインまで同じだ。

「相変わらず趣味の悪い能力じゃのぅ」

「シズカちゃんが抜けた穴を補わないとならないじゃん？」

どうやらこれもアキバ系の人の能力のようだ。

妄想を具現化するとは彼女も言っていたけれど、ここまで自由度が高いとは想定外である。中身から衣類までそっくりな二人静氏のコピーは、まさか異能力を筆頭とした性能も同じだったりするのだろうか。

下手をしたら、ピーちゃんでも厳しい相手かも。

「二人静さん、あちらの彼女は貴方と同じように……」

「妄想できないものは具現化できぬが、妄想できればなんでも具現化できると聞いた覚えがある。儂の異能力が身内に周知であることを思えば、まさかこの状況で使えないということはないじゃろう」

忌々しげな表情で自身のそっくりさんを見つめる。

肩の上の彼も油断ならない眼差しで注目だ。

こうなると身バレがどうのと言っている場合ではないかも知れない。

「すまぬが手伝ってはもらえんか？　コピーとあの者を一度に相手にするのは、いくら何でも骨が折れる。それでもお主らの協力を得られたのなら、この場から逃げる程度であれば、どうにかなるじゃろう」

「逃げるだけだったら割とすぐかもしれませんが」

「じゃろう？」

『いいのか？』

「申し訳ないけれど、お願いできないかな？」

『うむ、わかった』

なんとなくだけれど、コピーの方は何度倒しても際限なく出てきそうな気がする。そうなると攻略難易度は鰻登り。それもこれも二人静氏の能力が凶悪だからよくない。触れた相手を即死だなんて、そんな能力者が数で攻めてきたら手も足も出ない。

ここで出し惜しみをしたら、きっと後悔するパターン。

そういった展開、ローグ系のゲームで幾度となく経験してきたもの。

「さっきから気になってるんだけど、オッサンの肩に止まってる鳥、めっちゃお喋りしてるよね？　もしかして使い魔的な能力？　意思を通わせて仲間にする的な。でも、そういうのって普通は可愛い女の子の能力だと思うんだけど」

彼の言わんとすることは分からないでもない。

魔法少女的な意味で。

『いくぞ』

これに構わず、ピーちゃんから掛け声が一つ。

我々の足元に魔法陣が浮かび上がる。

星の賢者様による空間魔法だ。どこへ飛ぶつもりなのかは分からないけれど、どこへ飛んだとしても、目の前の彼から逃れるには十分なものだ。どれだけ妄想を滾(たぎ)らせようと、行方知れずの人間を連れて帰ることはできまい。

そうでなければ、こうして二人静氏の住まいを襲うこともなかったはずだ。異能力を利用して自らの下まで呼び寄せればいいのである。恐らくだけれど、具現化する対象には明確なモノとして形が必要なのではなかろうか。

「さらばじゃ」

二人静氏の短い呟きとほぼ同時に視界が暗転。

周囲の光景はあっという間に在り方を変えた。

訪れた先はいつぞや、仕入れに利用した埠頭(ふとう)の倉庫である。我々三人に共通した場所というと数が限られてくるので、自然とこの場所に落ち着いたのだろう。周囲に人気がないことも非常に都合がいい。

『ここでよかったか？』

「う、うむ、とても助かった。今回ばかりは死ぬかとおもったわい」

『あの男が具現化可能な対象の条件を知りたい』

「詳しい話は儂も知らん。だが、自然現象を具現化したという話は聞かんのぅ」

『ふむ、なるほど』

二人静氏やピーちゃんも、自身と同じようなことを考えているみたいだ。答え合わせをする気には到底なれないけれど、当たらずといえども遠からずだと思う。当面は彼の存在に用心して生活する必要がありそうだ。

「しかし、こうなると局の依頼は、格段に難易度が上がるのぅ」

「まだ挑戦するつもりでいるんですか？」

「当然じゃろう？」

しれっと語ってみせる二人静氏。

これまた豪胆な性格の持ち主である。彼女にしてみれば、九死に一生を得たにも等しい出来事であったのだと思うのだけれど、まるで応えた様子が見られない。歳を取りすぎて感覚が鈍っているのだろうか。そうとしか思えない。

「まあ、なんと言いますか、安全第一で頑張ってもらえたらと」

「冷たい男じゃのぅ。ここは手を差し伸べるべきシーンじゃろう？」

「そんなまさか」

二人静氏は茶目っ気を出して語ってみせる。

飄々とした振る舞いの背後に、得も言われぬ気迫を感じるぞ。

「儂から一つ、お主たちに提案がある」

「なんでしょうか？」

「以前、この場でのやり取りは覚えているかのぅ？」

「ええまあ、それは覚えていますけれど」

「もしも局入りを手伝ってくれたのなら、今後ともお主たちの取り引きを手伝わせてもらう。多少の無理にも付き合おう。必要であれば儂の知り合いが多い国外に、お主らの拠点を設けてもいい。それくらい協力しても構わないと考えておる」

『自らの手の甲に刻まれた呪いを忘れたのか？』

「ピーちゃん、この場は僕に任せてもらえないかな？」

偉ぶった物言いこそしないけれど、こう見えて二人静氏はとんでもなくプライドが高い女性だと思う。こうした状況でこそ、言葉の端々にエッジが見え隠れする点から、そのように考えた。彼女が焦っているのは間違いない。

だからこそ、この場で交わされた約束には大きな意味があると思うのだ。

『貴様はいつも妙なところでこだわりを見せる』

「そういう性分なんだよ」

ピーちゃんの呪いを盾にして、言うことを聞かせることは可能かも知れない。けれど、その事実を目の前の相手は絶対に忘れないだろう。先の一件は彼女に非があったが、今後の取り引きについてはお互いにイーブンな関係だ。

そのように考えると、これからの円満なお付き合いには、対等な交渉こそ大切だと思う。

過去の付き合いから思うに、きっと自分とピーちゃんはお互いに、まるで正反対なやり口を好む人間なんだと思う。宮中で暗殺されたというのも、割とグイグイいくタイプの彼だからこそ、周囲から反感を買ってしまったのではないか、みたいな。

付き合わせてしまって申し訳ないけれど、本日は自分に任せて欲しい。

「なんじゃ？　儂の提案に乗ってくれるのかのぅ？」

「検討する価値はあると思います。ですが、我々も命は惜しいのですよ」

「それはそうじゃろう」

「何か策があるというのであれば、内容次第では協力します」

「……ふむ」

我々がピンチになるような作戦だったら、申し訳ないけれど逃げよう。彼女との取り引きは魅力だけれど、他に代わりを探すこともできる。また、これは本当に最悪の場合だけれど、局に泣きつくという選択も残されている。

「わかった、そういうことであれば……」

しばらくして、神妙な面持ちで二人静氏が口を開いた。

だが、続けられた言葉は最後まで声にならなかった。

その直前で我々の視界の隅、倉庫の一角に変化があった。

高所に設けられた窓ガラスを割って、屋外から人が入り込んできたのである。ガシャンという喧しい音を受けて、皆々の意識が移ろう。そうした注目の只中、数メートルという高さを物ともせずに、先方は倉庫の床にスタッと着地した。

「な、何故ここがっ……」

二人静氏が驚いた面持ちで声を上げる。

相手は彼女の上司だった。

アキバ系の人である。

つい先程まで話をしていた人物だ。

また、彼のすぐ傍らにはハリケーンの人が並び立つ。どうやら彼のテレキネシスの異能力を利用して、我々を追いかけてきたようだ。重量級の建材も軽々と浮かしていたし、人体くらいならお手の物なのだろう。

地理的にはホテルから直線距離で十数キロ。空を飛べば数分の距離感である。

一直線にやってきたとすれば、分からないでもない登場シーンだ。

しかし、どうしてこの場所を知ったのだろう。

突如としてやってきたアキバ系の人に、我々は狼狽を隠しきれない。

こちらの倉庫は二人静氏の所有物であり、組織の人たちも知らないとは本人の言だ。事実、彼女自身とても驚いている。まさか嘘を言っているようには思えなくて、これに付き合う我々もどうしたものかと続く判断に迷う。

するとこちらの疑問に答えるように、アキバ系の人が呟いた。

「仲のいい知人が教えてくれたんだよ」

「お主にそんな都合のいい知り合いがいたとは初耳じゃ」

「そりゃそうだろう？　君には教えてなかったもの」

彼はチラリとこちらを眺めて語った。

どうしてこっちを見たのだろう。

もしかして共通の知り合いだったりするのだろうか。

いやいや、そんな相手はいないぞ。

「…………」

ちょっと待てよ、一人だけ該当しそうな人物が存在する。

消去法で可能性を一つ一つ潰していった結果、一つだけ残った選択肢。しかも自身にとっては身近な相手であったりする。それもここ最近になって知り合ったばかりの、割とプライベートが謎に包まれている人物だ。

もしも事実であったとすると、これ以上の面倒はない。

「あ、もしかして気付いた？」

こちらの表情の変化に気付いたのか、先方から問い掛けが。

一連の言動には圧倒的な余裕が見て取れる。

「まさか局と通じているとは思いませんでした」

事情を確認する意味でも、とりあえず的に呟く。

すると先方の口元に小さく笑みが浮かんだ。

これといって具体的な名前は返ってこなかったけれど、まず間違いなく黒である。こうなると二人静氏のみならず、自身もまた渦中の身の上だ。胃がキュンと痛むのを感じるぞ。空きっ腹に胃酸が染みる。

「きょ、局と通じているじゃと!?」

「シズカちゃんも選んだ転職先が悪かったねぇ」

「っ……」

二人静氏をニヤニヤと眺めて、アキバ系の人は話を続ける。

完全に彼の手の上で遊ばれていた彼女だ。

「そういう訳で、君らの動きは筒抜けだったんだよ」

「しかし、この場所まで知っておる理由にはならんじゃろ」

「そこは国家権力様々ってやつ？　こっちも詳しい話は知らないけど、監視カメラを洗いざらい調べて、君たちがこの辺りで動き回っていた軌跡を全部洗ったとか言ってたよ。付き合わされる部下にとってはいい迷惑だよね」

「…………」

たしかに阿久津課長ならやりかねない。そして、決して不可能ではない。個人宅や飲食店の軒先にさえカメラが設置されている昨今、エルザ様に都内を案内した日の行動を、汐留駅界隈から逆方向に探っていったのだろう。

ただし、不可能ではないことと、実際に行うこととは別物だ。

果たしてどれほどの人員を投入したのだろうか。

この僅かな時間で、こちらの倉庫まで探り当てるとは恐ろしい。

二人静氏を紹介した時点では、課長も素で驚いていたように見えた。あれも演技だったのだろうか。それともアキバ系の人から連絡が入ったのは、それより以降であったのか。可能性としてはいずれとも考えられる。

ただ、課長の自尊心の高さを思うと、後者のような気がする。

あのときの間の抜けた反応は、自身にとってここ数日で一番の仕事。

同時に気になるのは、両者の協力関係がどの程度なのかということ。一時的な利害関係の一致によるものなのか、それとも旧来からの付き合いがあるのか。入局以前からツーカーの関係とか言われたら、部下は泣いてしまうよ。

『すまない、我がもう少し考えるべきだった』

「いやいや、こればかりは仕方がないよ」

肩の上で申し訳なさそうにするピーちゃん可愛い。

むしろ今回は自分の責任である。

現代に疎い彼には、到底考えが及ぶはずもない。

「ピーちゃん、すぐに別の場所まで……」

「ああっと、それは勘弁なんだよ」

愛鳥に空間魔法のおかわりを要求。

足元に魔法陣が浮かび上がる。

しかし、魔法の発動を待たずしてアキバ系の人が動いた。こちらが消えるよりも早く、その足元に妄想の産物を具現化した。

現れたのは手榴弾。

もれなくピンは抜かれている。

それが我々の足元にコロコロといくつも転がった。

『むっ、これは……』

どうやら彼もその形状には覚えがあったようだ。

直後に炸裂。

立て続けにズドンズドンと、大きな音が耳に届けられた。

足元に数多転がったその一つを蹴り飛ばしている暇さえない。

これは死んだと思った。

しかし、衝撃が身体を襲うことはなかった。爆発に視界が閉ざされることもない。炸裂は極々限られた場所で、それこそおもちゃの爆竹が爆ぜたかの如く。見えない何かに閉ざされた小さな空間が、我々と爆発物とを隔てていた。

どうやら手榴弾は障壁魔法で覆われたようであった。

まず間違いなくピーちゃんのお仕事である。

とんでもない早業だ。

「ありがとう、ピーちゃん。またも死んだかと思ったよ」

『うむ、我も少しばかり肝を冷やした』

自分には絶対に不可能な芸当だ。

なにも高ランクの魔法を使うことばかりが、魔法使いとして優れている訳ではないと、教えられた気分である。

今後とも好き嫌いはせずに、頑張って学んでいこうという気分にさせられる。師匠が優れていると、弟子のやる気も鰻登りだ。

「ふぅん？　やるじゃん」

いつの間に移動したのか、倉庫の積荷の上から先方の声が降ってきた。

手榴弾の炸裂から逃れる為だろう。

ハリケーンの人の能力によって、我々から距離をとったと思われる。

「ピーちゃん、今のコロコロしたのが爆発物だって、知ってた？」

『インターネットは素晴らしい。この国では非合法な品なのだろう？』

あっけらかんと語ってみせる文鳥殿に頼もしさを覚える。

今後ともペット用のネット回線だけは死守しようと心に決めた。

「もしよければ、近いうちにスマホを買いに行かない？」

『新調するのか？　つい数日前にもノートパソコンを購入したばかりだろう』

「ううん、そうじゃなくてピーちゃん用に」

『……我に買ってくれるのか？』

「プレゼントさせてもらえないかな？」

『っ……』

ピーちゃんの尾羽がピクリと震えた。

これは過去にない反応である。

「もちろん、決して無理にとは言わないけど……」

『その時は是非とも一緒に連れて行って欲しい。スマホというのはあれだろう？　普段貴様が外で利用している、携帯性に優れた端末だ。どこでもインターネットが使えると聞いた。実は我も気になっている機種があってだな』

「そうだね。一緒にお店まで買いに行こうか」

ピーちゃん、めっちゃ食い付きがいい。

パクパクと動く口元が可愛いぞ。

きっと気になる商品があって、欲しいけれど言い出せずに悶々（もんもん）としていたのだろう。その姿を想像したところで、思わずグッと来てしまう。こんなことなら、もっと早く提案していればよかった。

思えば自身も、初めてケータイを持ったときは感動したものだ。

「その為にもこの場をどうにかしなきゃだけど」

『うむ、そのとおりだな』

力強く頷（うなず）いたラブリー文鳥の視線が、パレットの上の彼を見つめる。

傍らにはいつの間にやら、ハリケーンの人も並び立っている。

『あの者は処分してしまっても構わないのか？』

ピーちゃんから二人静氏に向けて、頼もしい確認が飛んだ。

どうやら文鳥、戦闘モードの予感。

「う、うむ、できるのであれば構わぬが……」

「シズカちゃん、それって酷くない？」

「一方的に襲いかかってきておいて、今更何を言う」

『貴様らはそこで見ているといい』

積み重なった荷の上、アキバ系の人は余裕綽々（よゆうしゃくしゃく）といった面持ちで語る。だが、ピーちゃんはこれに動じた様子もなく、意気揚々と手出し無用の宣言。こうなると我々の出る幕はなさそうである。

ふわりと肩の上から文鳥殿が飛び立った。

自分と離れてしまうと、彼は一部の高等な魔法が使えないという。しかし、それを承知で自ら羽ばたいたということは、少なからず自信があるということだろう。残されたお荷物二名は黙って彼の姿を見つめるばかり。

「なるほど、攻守ともに使い魔を使役するタイプの能力者か」

『…………』

空中に浮いて羽をパタパタとしながら、相手を見つめるピーちゃん。

別に翼を動かさずとも、魔法の力で飛べるはず。

こんな状況であっても文鳥を装って下さり、まことに感謝である。

斯くして二人静氏が確保した倉庫内で、両者の争いが始まった。

先んじて仕掛けたのはアキバ系の人である。

その手の平を正面に向かい掲げると共に、声も大きく叫んで見せる。

「永久に灯りし紅蓮の業火よ、我に楯突く者共を焼き尽くせ！」

『むっ……』

先方から与えられたのは、これまたファンタジーな台詞だった。

どこかで聞いた覚えがある掛け声だなと、ふと疑問に思ったところで気付いた。少し前に流行ったゲームで、主人公が特定の魔法を放つときに言う台詞だ。魔法の使用を選択するたびに叫ぶものだから、自身も耳に残っていたのだろう。

そうかと思えば、彼の足元には魔法陣。

その上に生み出されたのは、丸っこい炎の塊である。

「おぉ、なんじゃあれは。まるでお主らの魔法のようではないか」

「自然現象は起こさないのではなかったのですか？」

「いいや、それは儂が知っている範囲の話であって、必ずしもそうとは限らない。っていうか、お主はあれが自然現象に見えるのかぇ？　自然現象というには、いささかメルヘンな感じがするんじゃが」

「だったら何だと言うんですか？」

「ぶっちゃけ、儂がハマったゲームの魔法にそっくりなのじゃけれど……」

「あのゲーム、二人静さんもプレイしていたんですね」

「なんじゃ、お主もやっておったのか」

「てっきり彼は、実体を伴った妄想しか具現化できないものだと考えておりました。そのあたり貴方は、同じグループに所属していたのですから、何かしら情報をお持ちだったりしないのでしょうか？」

「儂もお主と同じように考えておったよ」

意図して味方にも隠していたのかもしれない。ピーちゃんという強力な敵との遭遇で、これが解禁された的な。もしくは異能力者としてレベルが上がったことで、最近になって具現化の範囲が広がったとか。

いいや、ちょっと待てよ。

たしかゲーム中では、あの魔法は特定の装備、より具体的に言うと、何とかの指輪というアイテムを装備しているときだけ使えた。もし仮にその設定まで、ちゃんと引き継いでいるとしたらどうだろう。

大慌てでアキバ系の人の手元を確認する。

するとそこには、特徴的なデザインのリングが確認できた。

「なるほど」

彼が具現化したのは、魔法を使う為の指輪であって、魔法そのものではなさそうだ。ただ、こうなると行えることの範囲はグッと広がる。空想の世界の事物さえも、彼は妄想として具現化することができるのだから。

「もしや二人静さん、身内から信用されていなかったのでは？」

「そ、そういうことを言うのはよくないのぅ！」

炎の塊はピーちゃん目掛けて一直線である。

派手な見た目も手伝い非常に威力的だ。

ただ、この手の現象に慣れた彼は、危なげなくこれを打ち払う。どのような魔法を用いたのか、翼の一振りで炎は霧散した。ぶわっと膨れ上がった炎が四散する光景は、まるで花火でも眺めているかのようだった。

今日のピーちゃん、めっちゃ格好いい。

「ふぅん、驚かないんだ？」

『どこに驚くべき点があったのだ？』

しかし、アキバ系の人も負けてはいない。

再び彼の正面に炎の塊が浮かび上がった。しかも先程とはサイズが段違い。先発がバレーボールほどであったのに対して、今度は倉庫に並んだコンテナ並だ。炸裂したのなら、我々も無事では済まないだろう。本人も危ういのではなかろうか。

「これはお主ら、死んだかのぅ……」

「勝手に殺さないでくださいよ」

二人静氏の表情が強張りを見せた。

ピーちゃんが出張ってくれているので、大丈夫だとは信じている。けれど、万が一がないとも限らないので、こっちはこっちで障壁魔法の出番である。航空機の墜落、その直撃さえをも防いだ代物だ。多少なりとも役に立つはず。

大急ぎで呪文を唱えて、えいやっと目に見えないバリアを張り巡らせる。

その範囲には二人静氏も入れておく。

「これで終わりだ」

時を同じくして、先方が火球をピーちゃんに向けて撃ち放った。

両者の間には大した距離もない。

瞬く間に接近した炎は、ピーちゃんに真正面から着弾。

しかし、そうして撃ち出された火球もまた、翼の一振りでフッと音もなく消え去ったからどうしたことか。激しく燃え盛っていた炎は、消火剤でも撒かれたように一瞬で消失。僅かな火の粉さえ残さずに消えた。

「ちょっとちょっと、なんだよその使い魔。おかしくない？」

これにはアキバ系の人も驚いたようだ。

ぎょっとした面持ちである。

一連の彼の口ぶりからすると、現代の異能力業界にも、使い魔なる存在は認知されているようだ。異世界のそれとは別物だろうけれど、今後ピーちゃんの存在を誤魔化すのに利用できそうなので、暇を見つけて調べようと思う。

ところで、つい先程まで彼のすぐ隣に立っていたハリケーンの人が、いつの間にやら姿を消している。やはり今回の彼はアキバ系の人の能力によって創造された、妄想の産物であったみたいだ。移動の足として利用されたようである。

「空間系の異能力の応用？　いやいや、そんなまさか……」

『次は我が攻める番だな』

「っ……」

小柄な文鳥の身体が、ふわりと高いところまで舞い上がる。

アキバ系の人はこれを受けて臨戦態勢だ。

直後、その手元に変化があった。

指に嵌められた輪っかが一つ数を増やしたのだ。

間髪を容れず、ラブリー文鳥の下から炎の塊が飛んでいく。先方が放った火球と似たようなデザインの代物である。大きさは直径一メートルほど。個人的には倉庫の中という背景も手伝い、火の気が非常に気になるよ、ピーちゃん。

ただ、これは彼にぶつかる直前、キィンという乾いた音と共に霧散した。

目に見えないバリアにでも弾かれたかのような演出だ。

『ほう、我の魔法を無効化するか』

「ほらほら、どうだよ？　今のは驚いただろう？」

原因は新たに増えた指輪で間違いない。

我々が扱う障壁魔法と同様、防御に秀でた妄想が具現化したものと思われる。本人の身体能力はどうだか知らないけれど、こうした不思議アイテムで武装されると、瞬時に出し入れできる点も手伝い、非常に厄介だ。

「あの指輪が原因かぇ。そんなところまでゲームと同じとは」

「二人静さんも気づきましたか」

「気付いておったのなら、教えてくれればよかったものを」

「いえ、てっきり既に把握しているものだとばかり」

こうなると可能性として、地球を壊せる爆弾だとか、空間を切断できる剣だとか、その手のメタな空想上の道具さえ具現化、利用してきそうな恐ろしさがある。正直、見てみたいような、見たくないような、複雑な気分だ。

「しかしなんだ、こりゃあ様子を見てる場合じゃないな」

小さく呟いて、アキバ系の人が動きを見せた。

続く変化は顕著なものだ。

今度はその手に刃物が握られた。

刀身は三、四十センチほど。大ぶりのナイフを思わせるデザインをしている。

「むっ、あれはまさか！」

「ご存知ですか？」

早々に反応を見せたのが二人静氏だ。

一瞥して声が上がった。長いこと生きているだけあって、業界の知識も豊富なのだろう。頼もしい限りではなかろうか。こと異能力については知識の浅い身の上、この手の説明役が隣にいると非常に安心する。

「これまた儂のハマっていたゲームに登場するアイテムなのじゃが……」

そんなことはなかった。

またゲームだった。

「数少ない趣味なんじゃて」

「二人静さん、かなりゲームとかやるタイプなんですね」

「それであれはどういったアイテムなんでしょうか？」

「うむ、切りつけた相手の存在を抹消するアイテムじゃ」

「抹消？　どういうことですか？」

「硬い敵を倒すときに便利なんじゃよ。ただし、経験値は入らん」

「いえ、ゲームの感想ではなくてですね……」

たまにすっとぼけた発言をするのは、こちらをからっているのか、それとも加齢から生じるボケなのか。大丈夫だとは思うけれど、もしも後者だったとしたら、今後の付き合い方を考えなければならない。

「刃を当てられただけで、存在が消えてしまうのじゃよ」

「その存在というのが分からないのですが」

「ゲームの説明ウィンドウにはそう書いてあったし、実際に切りつけて攻撃が当たると、どれだけ与えたダメージが少なくても、敵を倒したことになるのじゃよ。ただ、ボスモンスターには通用せんし、経験値も入らんかったがのぅ」

「……なるほど」

それってかなりピンチなんじゃなかろうか。

彼女のエナドレも真っ青の代物である。

回復魔法でも挽回不可能とは恐ろしい話もあったものだ。

「ピーちゃん、その刃物には絶対に当たらないで！」

『どうした？　何か知っているのか？』

「当たると存在が消えちゃうんだって！」

『存在が消える？　ふぅむ……』

自然と声も大きく、愛鳥に向かい語りかけていた。

可能なら彼と共に逃げ出したい。

しかし、先方は我々を油断なく見つめており、何かあればすぐに仕掛けてくるだろうことが予想される。攻撃の手段が多岐にわたる点を思えば、下手に身動きはできない。他に似たような、即死につながる妄想を具現化してくる可能性もある。

ピーちゃん、どうか無事に肩の上まで戻ってきて欲しい。

「シズカちゃん、ネタバレするの早すぎ。つまらないじゃん」

「リリース間もないゲームからパクってくるお主が悪いのじゃろうが」

「そう言われるとたしかに。ただ、レトロゲーは苦手なんだよなぁ」

アキバ系の人からは二人静氏に苦情が。

最近の若い人たちのなかには、ドット絵によるゲームが苦手な子とかいるらしい。潤沢な3D表現が当たり前となった昨今、ドット絵の粗っぽいデザインに違和感を感じるのだとか。個人的にはドット絵の方が眺めていて落ち着く。

『我も異能力とやらに段々と興味が湧いてきた』

「そういう上から目線、わりとムカつくんだけど？」

ピーちゃんの発言を受けて、アキバ系の人に反応があった。

彼の傍らにハリケーンの人が像を結ぶ。

そうかと思えば、彼の手から離れた刃物が宙を舞った。

テレキネシスの異能力と組み合わせて、ピーちゃんを追い詰めようという魂胆だろう。一つ一つの能力が強力な上、更に組み合わせることまで可能とかズルい。

目にも留まらぬ勢いで、切っ先がピーちゃんに向かい迫る。

しかし、刃が彼を貫くことはない。

文鳥殿の周囲に生まれた障壁魔法に阻まれて、剣は空中で静止した。

その直後、ピーちゃんの背後に人が姿を現した。

見覚えのある出で立ちは、瞬間移動の異能力を使う女性で間違いない。ハリケーンの人と同様にボウリング場で出会った人物で、二十歳そこそこと思しき年頃の、非常に色っぽい出で立ちが印象的な方だ。

タイミング的に考えて、アキバ系の人の妄想だろう。

彼女の手には障壁で止められたのと同じ剣が握られている。

これが勢いよくピーちゃんの翼を貫いた。

『むっ……』

「よーしよしよし、これは決まったでしょ」

アキバ系の人が嬉しそうに語ってみせる。

正面から打ち出された一本は、どうやら囮(おとり)であったようだ。本命は瞬間移動の能力を備えた彼女が携えて、死角から一気に距離を詰めてのアタック。その存在を知らない彼にしてみれば、完全な不意打ちである。

あまりにも衝撃的な光景から、咄嗟に声を上げてしまう。

「ピーちゃんっ！」

『慌てる必要はない。そこで大人しくしているといい』

「でもっ……」

どうしてそんなふうに落ち着いていられるのか。

こっちは気が気でないよ、ピーちゃん。

帰ったらシャトーブリアンを沢山食べさせてあげるから、スマホのＳＩＭもギガ無制限を用意するから、だからどうか消えないで欲しい。今このタイミングでペットロスしたら、明日から普通に暮らしていく自信がないもの。

彼が住まっていたケージとか、空のまま生涯捨てられなくなりそう。

まだ出会ってから半年も経(た)っていないのに。

ただ、そうして悲愴感(ひそうかん)に胸を痛めていたのも束(つか)の間(ま)のこと。

「え、なんだよそれっ……」

アキバ系の人から驚愕(きょうがく)の声が漏れた。

その眼差しが見つめているのは、ピーちゃんを刺した彼女の姿。何故かその肉体が、今まさに段々と薄れていくではないか。これには我々も驚いた。存在が消えるというフレーズに対して、これ以上ない合致を見せている。

しかし、どうしてそれが文鳥殿ではなく彼女なのか。

『どうやら我の力は、異能力とやらに対しても効果がありそうだ』

「ちょっとちょっと、どうしてこっちの妄想が消えちゃってるの？　今のって絶対に反射だよね？　どうして反射できるやつが、瞬間移動とか使っちゃってるの？　空間を操るとか関係なくない!?　そんなの反則じゃん！」

『さて、どうしてだろうな。自分の頭で考えてみるといい』

「っ……」

そういえば過去にピーちゃんから、魔法やら呪いやら、ありとあらゆる超常現象を跳ね返す鉄壁の防御魔法があると聞いた覚えがある。こうして目の当たりにした光景は、まさにそれと合致して思われた。

そして、こうなると危ういのがアキバ系の人だ。

下手に攻めては、今度は自身が消失しかねない状況である。

彼は自身が喧嘩を売った可愛らしい文鳥が、星の数ほどの魔法を多彩に操る大魔法使い殿であることを知らない。これまで浮かんでいた余裕綽々とした表情から一変、焦りに頬を強張らせ始めた。

『他にも幾つか手はあったが、これが効くなら話は早い』

空中に浮かんだピーちゃんが、お喋りをしながら少し前に出る。

アキバ系の人はコンテナの上で大きく後ずさった。

「なんだよ、オマエ。ちょっとおかしいだろ？　意味わからない」

『それは我も同じだ。世の中は分からないことばかりだろう。それを一つ一つ学んでいくのが面白いのだ。人は学ぶことを止めたとき、向上心を忘れたとき、精神的に死ぬのだ。そして、精神の死はやがて、肉体さえをも殺してしまう』

説教モードのピーちゃんも格好いい。

そうこうしているうちに、彼の小さな身体に刺さっていた刃物が霧散した。まるで唾液に溶ける綿あめのようだった。開いた傷口から血液が溢れ出すも、すぐさま回復魔法が行使されて、怪我は瞬く間に完治。

「や、止めた止めた！　そんなに欲しいなら、持ってけばいいじゃん！」

『持っていく？　何を持っていくというのだ？』

「シズカちゃんのこと、局でスカウトしたんだろ？　別にいいよもう」

これ以上は付き合っていられないとばかり、先方は争うことを放棄してみせた。ピーちゃんの正面に浮かんでいたもう一つの剣も霧散する。更には自ら踵を返して、我々に背中を見せるほどの開き直りっぷり。

未だ何かしら企んでいる可能性は考えられないでもない。

ただ、本人の損得を考えると、多少は信憑性も感じられる。

『なんだ、もう諦めるのか？』

「こんな割に合わないことないよ。命賭けとかアホくさい」

『……そうか』

ピーちゃんの反応が少し残念そうに見えた。

気のせいだと思いたい。

探究心が豊かなのは結構だけれど、飼い主的にはペットの安全が一番だ。

どうか今後は、もう少し慎重に行動して頂きたいものである。

＊

二人静氏の上司とピーちゃんの争いは、後者の勝利で終えられた。

そうなると、この機会を逃すのは惜しい。

相手は高ランクの能力者が大勢所属するグループのトップだ。しかも阿久津課長にまでコネをお持ちとあらば、この機会にお近づきを望みたい。というか、ここで彼と接近しておかないと、後々になって局との関係が危うくなりそうだ。

せっかくピーちゃんが圧倒してくれたのだし、次は自身の番である。

「一つ、我々からお話ししたいことがあります」

意を決してアキバ系の人に声を掛ける。

今後の社会生命を守るためにも頑張らねばならない。

それもこれも愛鳥と過ごす理想のスローライフに必要なものだ。

「……なんですかね？　シズカちゃんの転職以外に何かあるの？」

「彼女の今後にも、関わり合いのあることです」

先方はコンテナの上に立ち、緊張した面持ちでこちらを見つめている。

ピーちゃんと自分の関係を測りかねているのではなかろうか。

ハリケーンの人はいつの間にやら姿を消して、同所には彼一人だけ。

「身内を売れっていう話なら、それは飲めないんだけど？」

「厳密に言えば、貴方や貴方の仲間の首が欲しい訳ではないのですよ。こちらの彼女がそちらのグループを抜けたと、局に対して対外的に示す必要がありまして、何か代わりになることはないかなと」

「自分からそっちの親分に伝えろってこと？」

「まあ、そんなところです」

「それって意味あるの？」

「そちらの身内をどうにかしてこいと、我々に対して指示を出したのは、今まさに貴方が語ってみせた人物ですよ。どういった意図があってなのかは図りかねますが、身内をどうこうしてまで付き合うべき間柄なんですかね？」

「はぁ？　冗談は止めて欲しいね。ちょっと利害が一致しただけなのに」

よかった、課長とはそこまで仲良くないっぽい。

でも、二人はどういった間柄にあるのだろうか。

共に異能力者を多数抱えた組織のトップ同士、同じような立場柄から面識があると言えば、それほど不思議ではない。何かと衝突することもあっただろう。当然ながら、殴り合うばかりが争いではない。

「失礼ですが、うちの課長とは以前からお付き合いが？」

「それ、素直に言うと思う？」

「いいえ？　ですがどうしても、この場で本人に聞いてみたくてですね」

「こっちは喧嘩に負けた訳だし？　まあ、連絡くらいは入れておくよ」

二人静氏の採用試験については、これで様子を見よう。

併せてこちらから、先方に歩み寄ることも忘れてはならない。

「ところで、もう一ついいですか？」

「まだ何かあるんですかね？」

「せっかくこうして知り合う機会を得たのですから、少し話をしたいなと」

「……俺のこと脅すつもり？」

「ご存知の通り局にも色々な人間がおります。私個人としては、二人静さんの古巣ということもあり、そちらとは仲良くやっていきたいと思うのですよ。少なくとも今の局の戦力では、貴方をどうこうできるとも到底思えませんし」

「はぁ？　アンタの使い魔はどうなるんだい」

「ですから、これは私個人の意見です」

「…………」

阿久津課長が目の前の彼と手を組んで攻めてくる、という展開こそ一番困る。そうならないように、この場でアキバ系の人とは合意を取り付けておきたい。ピーちゃんが圧倒してくれた直後だからこそ、今度は自身の頑張りどころである。

何かしらの見返りのために、局員の足取りを売るくらいのことは、平然とする人だもの。

「何も一方的な関係とするつもりはありません。持ちつ持たれつ、上手いことやっていくことはできませんかね？　もちろん我々も譲れない点はありますし、そちらも相容れない部分は多いことでしょう。ですが歩み寄ることは可能だと思うんです」

「こっちにどんなメリットがあるの？　まるで見えてこないね」

「幸い今回お見せした能力は、局の人間に一切知られておりません。貴方が私の能力を口外しなければ、これがそちらに向けて振るわれることはないでしょう。私は局の一職員として、後方からサポートするのが精々です」

「……ふぅん？」

「いかがですか？」

取り急ぎ、交友を結びつつの口止め。

これ以上のやり取りについては、後日、必要に応じて二人静氏を経由して行おう。あまり多くを求めすぎると、先方から足元を見られる可能性がある。アキバ系の人、見た目に反して割とオラオラ系っぽい性格しているし。

「アンタも局が気に入らないくちなの？」

「いえ、決してそういうわけではありませんよ」

「口では何とでも言えるんだよなぁ」

「二人静さんとの関係も惜しいのではありませんか？異能力者としての彼女はさておいて、そのバックグラウンドは貴方たち組織であっても、決して無視できないものだと思います。わざわざ仲違いする必要はありませんよ」

「…………」

実際、どれほどのものをお持ちなのかは知らない。ただ、この場は彼女をヨイショしておくのが良いと見た。二人静氏を巻き込んでおけば、今後は先方との窓口としてご対応を願える。これは我々にとって大きなメリットだ。

自分やピーちゃんが彼と直接やり取りすると、色々と危うい気がするもの。

同時に彼女としても、古巣と円満な関係でいられるのなら不平はないと思う。

「どうでしょうか？」

「……まあ、別にいいよ。それでも」

渋々といった表情でアキバ系の人は頷いた。

面白くなさそうな表情をしているけれど、これはかりは仕方がない。今後の取り引きで多少なりとも旨味を提供できれば、我々に対する対応も変化してゆくことだろう。長い目で見て頂けたら幸いだ。

「賢明な判断、痛み入ります」

「よく言うよ、こっちには選択肢なんてないのに」

「近い将来、本日の出来事を幸いと思う日が訪れますよ」

「どうだかね？」

異能力者界隈の利害関係に我々もご一緒させて頂く。

それは腹の中に疚しいモノを抱えている自分たちにとって、とても大切な行いだと思う。今後身の回りで何かあったとき、課長に見捨てられそうになったとき、それでも局員としての立場にしがみついていけるように。

「そういえば、テレキネシスの方の容態はいかがですか？」

「未だ車椅子生活だけれど、それがなに？」

「話は変わりますが、私の能力を用いれば、四肢の欠損を元通りに治すことができます。先程そちらの彼が、刃物による裂傷を癒やしていたのと同様です。リハビリを必要とせずに、即日で以前と変わらずに動き回ることができます」

ピーちゃんを視線で指し示しつつ語る。

血液にこそ濡れているが、彼の翼に裂傷は見られない。

「まさか治してやるとか言うつもり？」

「歩み寄る意志が本当だと、伝える必要があるかと思いまして」

「…………」

「いかがですか？」

こちらからの提案を受けて、アキバ系の人は黙った。

何やら考えているような素振り。

しかし、そうしていたのも束の間である。

「分かったよ、近いうちにシズカちゃんから声を掛けてもらう」

「承知しました」

すぐに彼は頷いた。

この調子であれば、提携の承諾は得られたと考えて差し支えなさそうだ。二人静氏の脱退についても、了承したものと思われる。今後は宿泊先を襲撃されて、寝首を掻かれるような出来事もなくなることだろう。

後は局で阿久津課長の対応を残すばかり。

それが一番大変で面倒臭いものだったりするのだけれど。

＊

ひとしきり言葉を交わしたことで、アキバ系の人は去っていった。

残ったのは自分とピーちゃん、それに二人静氏。

場所はこれまでと変わらず、埠頭に設けられた貨物倉庫の一角。同所でお互いに顔を合わせて、今回の一件について事後の話し合いと相成った。文鳥殿も普段の定位置、こちらの肩にちょこんと止まっている。

その前には魔法によって生み出したお湯を頭から被って、身体を綺麗にしてからのこと。貴様の衣服を血で汚しては悪いからな、とは彼の気遣いだ。羽に付着した水気を払うために、身体をバサバサとさせる姿がとてもラブリーであった。

「今回は世話になった。お主らのおかげで九死に一生を得た」

「主に活躍したのは、こちらのピーちゃんですが」

『我はこの男の意志に従っただけだ。感謝される謂れはない』

ペコリと頭を下げて、二人静氏はお辞儀をしてみせた。

その粛々とした立ち振る舞いは、しっとりとした和服姿と相まって、なかなか見栄えのするものだ。頭を下げられた側としては、それもこれもピーちゃん頼りであった為、どうにも居心地がよろしくない。

『それに今回の出来事は、我にとっても良い刺激になった』

「どういうこと？」

『あの者、我の世界であってもかなりのものだろう』

「あぁ、やっぱりそうなんだ」

『対応を見誤ったのなら、痛い目を見ていたかもしれん』

「それはちょっと怖いね……」

星の賢者様からそう言われると、思わず身構えてしまうよ。

ただ、事実を事実として早いうちに確認できた点は、不幸中の幸いであったかも知れない。こちらの世界の異能力者であっても、そのランクがAともなれば、異世界のトッププロに並ぶということだ。

前に空中戦を繰り広げていた紫肌の人と比べたらどうなのだろう。最悪の場合、異世界から戦力を確保するような事態が起こりうるかもしれない。たとえばアキバ系の人が、他のランクＡの能力者と組んだ場合とか。

「今回の件の礼と言ってはなんだが、儂から提案がある」

「なんでしょうか？」

これはもしやあれか、二人静氏から我々に対するご褒美タイム。

相手がお金持ちなので、自然と期待も大きなものに。

「以前にも伝えたとおり、今後はお主らに全面的に協力しよう」

それは先刻にも交わした口約束。入局の為の試験、ハリケーンの人をどうにかするのを手伝ったのなら、国外に拠点を設けてやっても構わないとか何だとか。

どうやら先方の意思は本物であったようだ。

呪いが存在しているので、悪意ある嘘だとは当初から考えていないけれど。

「取り急ぎこの倉庫とは別に拠点を設けよう。必要なものも言ってくれれば、こちらで運び込んでおく。できる限り融通することを約束する。砂糖だの何だの、かさばるものを仕入れるというのであれば、この手の場所は明日にも必要じゃろう？」

「それは非常にありがたい申し出ですね」

『随分と殊勝な態度ではないか』

「我が身を助けてもろうたんじゃ、儂とて礼くらいはする」

『そうなのか？』

「お主らのような相手に、借りばかり作ると恐ろしいからのぅ」

クックツと笑いながら、二人静氏は語る。

昨今の我々にとっては非常に魅力的なご提案だ。何故ならば、ケプラー商会さんからの要求を満たす為には、毎日のようにトン単位で商品を持ち込む必要がある。

これを行う拠点と、その安定した仕入れは頭の痛い問題だった。

当面は二人静氏を頼ることができただろうし、実際にその腹積もりでいた。しかし、これが何週間、何ヶ月も続くとなると、先方からも不満が上がるのではないかと危惧していた。それが丸っと解決した形である。

「そういうことであれば、上白糖を三百トンほど頂戴したいのですが」

「お主ら、とんでもない甘党じゃのぅ？　現物の砂糖なぞ何に使うのじゃ」

「用意できますか？」

「今週中に用意しよう。費用も後払いで構わぬ」

冗談のつもりだったのだけれど、割と普通に頷かれてしまった。

仕入れ値も結構な額になるので、頑張って商売に努めないと、代金が払えなくなりそうである。ただ、大量生産に工業設備が必要となるこの手の食品は、持っていったら持っていっただけ買い取ってもらえる為、そこは安心している。

ケプラー商会さんに卸す量、次から一桁増やしていこう。

「とても助かります、二人静さん」

「そう言われると思って、既に五十ほど芋袋を積んでおる」

倉庫の一角、山と積まれたパレットを眺めて彼女は言う。いくら日持ちのする商品とはいえ、もしも我々が欲さなかったらどうするつもりだったのか。彼女のような無法者から砂糖を仕入れる業者などまるで想像がつかない。

「まあ、ここの倉庫は今回の件で色々とバツが付いてしまったから、明日にでも引き払うがのぅ。もしも立地や設備に注文があるようなら、今のうちに伝えておいて欲しい。後から言われても面倒じゃからな」

「そんなところまで、融通を利かせてくれるのですか？」

「だってお主らに親切にしておけば、儂も美味しい目を見れそうじゃし？」

「損にならないように努力したいとは思います」

「覚束ない返事じゃのう？　もう少し景気のいい返事はできんのかぇ」

「そのあたりは追々、成果としてお届けできたらと」

「なるほど、そういうことであれば儂は大人しく待っていようかの」

ニィと浮かべられた笑顔に自尊心が刺激されるのを感

じた。

以前の勤め先に入社して間もない新卒当時、尊敬していた上司に抱いた感情を思い起こす。自分の新人教育期間の終了と共に、どこともなく去っていってしまった人物だ。関連企業に飛ばされたとは風の噂に聞いたお話。

これと同じ感慨を目の前の小柄な少女に覚えた。

一方で彼女に対して、危惧を抱いているのがピーちゃんである。

『このお人好しを騙してくれると、呪いが進行するぞ？』

「しっけいいな。そのような思惑はないぞぇ？」

彼女はここぞとばかりに手の甲を晒してみせる。そこには以前から変化の見られない呪いの模様が確認できた。ピーちゃんの言葉によれば、我々に対して敵対的な想いを抱くと、その面積が増えるのだとか。

『うむ、どうやらそのようだ』

「だからそう言ったじゃろう？　儂はお主らの従順な奴隷よのぅ」

「そういうふうに言われると、逆に危機感を煽られるんですが」

『言い改めるといい』

「いや、流石にそれくらいの自由は残しておいて欲しいのじゃが……」

そんなこんなで今後を巡り、二人静氏との打ち合わせは行われた。

＊

埠頭に設けられた倉庫内で、当面の予定を巡り話をすることしばらく。

不意に懐から端末の震える音が聞こえてきた。

ブブブというそれは、通話の着信を知らせる響きだ。

以前から所有している私用の端末から発せられている。課長から持たされた方は自宅に放置しており、今は持ち歩いていない。たぶん、そちらが繋がらなかったから、こちらに掛けてきたのだろう。

「すみません、少々失礼します」

二人静氏に断りを入れて端末を手に取る。

するとディスプレイには、見知った相手の名前が。

星崎さんである。

念の為にと登録しておいたのだ。

決して現役ＪＫの番号を私物に登録して悦に入りたかった訳ではない。

「はい、もしもし。佐々木ですが……」

「佐々木っ、いきなりで悪いけれど、二人静と一緒かしら⁉」

聞こえてきたのは、随分と荒々しい声色だった。

声を聞いただけでも、かなり切羽詰まって思える。

「一緒にいますが、それがどうかしましたか？」

「悪いけれど、すぐに彼女と局まで来てちょうだい！」

「急用ですか？」

「魔法少女から襲撃を受けているわ！」

それはまた急なお話である。

局の研修によれば、ランクB能力者を複数名動員しなければ対応は不可能とのこと。現場に居合わせた人たちにしてみれば、命の危機に違いない。ただ、字面的に少しメルヘンな感じなのが、聞いていていて緊張感に欠ける。

だって、魔法少女。

「局にはそれなりに、ランクB能力者が勤めていたと思いますが」

「現れた魔法少女は二人、数を増やしてきたのよ！」

「なんとまあ……」

ホームレスの彼女以外、同じ魔法少女仲間が現れたらしい。

そうなると局の人たちも大変である。

「局からヘリを向かわせたから、それじゃあ頼んだわよ」

「え？」

自身が手にしているのはプライベートな端末である。

だというのに位置情報を抜き取られていた事実に驚いた。たぶん、緊急通報で使用されているのと同じシステムを利用したのだろう。通話を受けた時点で、問答無用で位置情報をすっぱ抜くアレである。今後は電話を受けるにも十分に気をつけよう。

今回は二人静氏の案件という言い訳がある。

けれど、今後はどうだか分からない。

そうこうしているうちに、星崎先輩との通話は切れてしまった。

彼女も現場の対応に駆り出されて、忙しなくしているのではなかろうか。

「どうしたのじゃ？　また妙な顔をして」

「魔法少女が仲間と共に局へ討ち入りだそうです」

「おぉ、それはまた賑やかなことじゃのぅ」

「ヘリを寄越すので、二人静さんと共に来て欲しいと」

　タクシーならまだしも、ヘリコプターを飛ばすとは贅沢な話だ。それだけ現場は切羽詰まっているということなのだろう。これまでの人生でヘリなど一度も乗ったことがないから、ドキドキしてしまうのだけれど。

「なんじゃ、入局の審査も終わっていないのに仕事かぇ」

『貴様よ、我はどうすればいい？』

「ごめん、ピーちゃん。先に家に戻っていてもらってもいい？」

『一人で大丈夫なのか？』

「今度の相手は障壁魔法が通じるから、逃げる分には問題ないと思う」

『そうか、ならば我は先に家まで戻っているとしよう』

　文鳥殿の身体が、ふわりと宙に浮かび上がる。

　直後にその足元に魔法陣が生まれた。ここ数日で見慣れた空間魔法のそれだ。次の瞬間には、姿を消しているピーちゃん。何度見ても憧れる光景だ。いつの日か自分もと望んでやまない最強出社魔法。

「共連れはお主一人か……」

「なんですか？　その目は」

「いや、ちぃとばかり心許ないのぅと」

「頼りにしていますよ、二人静さん」

　ピーちゃんを見送った我々は急ぎ足で屋外に向かう。表に出ていないと、先方もこちらを見つけられないだろう。

　倉庫の外に出ると、白み始めた空が目に入った。いつの間にやら夜が明けていたようだ。

「いっそのことお主の上司にも、この呪いを刻んではどうじゃ？」

「そんなことばかりしていたら、誰にも信用されなくなってしまいますよ」

「儂はとんだ貧乏くじを引いてしまったのぅ……」

「自業自得なんですから、そう腐らないでください」

　しばらくすると一台のヘリが、バラバラと大きな音を立ててやってきた。

　着陸に際しては激しく風が吹いて、衣服や頭髪をはためかせる。想像していた以上の迫力に胸の高鳴るのを感じた。二人静氏の言葉によれば、ヘリなら局までは数分で着くだろう、とのこと。

＊

空の散歩を楽しむことしばらく、我々は局にほど近い公園で降ろされた。

周辺には人気も皆無である。隣接する道路には自動車も見られない。どうやら警察を動員して人払いを行っているようだ。そこかしこに制服姿が並ぶ光景は見ていて非常におっかない。緊急車両も大量に投入されており、とても物々しい雰囲気である。

その只中を局に向かい駆け足で進む。

移動の途中、ヘリを運転しているパイロットの人に確認したところ、世間的には大規模な爆弾テロとして伝えられているとのこと。これは人や車両の誘導に当たっている末端の警察官であっても同様とのお話であった。

報道関係はどうなっているのかと確認すると、界隈への出入りについては、当局から完全に禁止が通達されているのだそうな。どうりで空にも我々の搭乗したヘリしか窺えなかった訳である。お国の本気を垣間見た気分だ。

今頃、阿久津課長は自身の進退を懸けて、必死になっていることだろう。

「おっ、見えてきたのじゃ」

「たしかにいますね」

局の収まる建物の正面、エントランス前に対象を発見した。

いつぞや出会ったマジカル浮浪児である。

相変わらず薄汚れた出で立ちだ。遠目にも頭髪のボサボサ具合が窺える。前に出会ったときよりも、より一層凄みのようなものが感じられる。着実にホームレスとしての経験を重ねているようだ。眺めていて不憫でならない。

また、彼女の傍らには他にもう一人、同じくらいの年頃と思しき少女の姿がある。こちらも同じように、フリルの沢山ついた可愛らしい服を着ている。ただし、決して汚れたりはしていない。髪もツヤツヤで綺麗なものだ。やはり前者の存在こそ、魔法少女としては例外のようである。

新手の魔法少女は見たところ、この国の人間ではなさそうだ。真っ白な肌と青い瞳、腰下まで伸びたブロンドが印象的な女の子である。身につけた魔法少女の衣装も、ベースカラーやデザインが若干違っている。

そんな二人がお互いに背中合わせ。

これを囲む局の能力者たちと真剣な面持ちで対峙していた。

彼女たちの背後では、三階から四階にかけて、外壁を崩した建物が窺える。大きく抉るようにして削られた鉄筋コンクリートの断面から察するに、マジカルビームによって貫かれたのではなかろうか。

「真正面から突っ込んでは、マジカルバリアに阻まれて近づくことも儘ならん。局員が攻めあぐねている姿から察するに、今も張り巡らされていることじゃろう。こうなると我々も手出しができんし、何か上手い策はないかのぅ？」

「そうですね……」

二人静氏の言葉通り、彼女たちに向けては炎だったり氷だったり、あるいは得体の知れないビームもどきだったりと、実に様々な異能力が降り注いでいる。しかし、その尽くが目に見えない何かによって遮られていた。

これは実弾も同様のようで、脇に配置された機関銃は鳴りを潜めている。


過去には二人静氏もその突破を諦めていた。

目に見えない壁をガツガツと殴りつける女児の姿は記憶に新しい。

もしもピーちゃんが一緒だったら、空間魔法を利用することで、二人静氏を彼女たちの傍らまで移動させて、あっという間に決着をつけることができただろう。いやいや、無い物ねだりをしていても始まらない。

何かいい手はないだろうか。

あれこれと考えていると、ふと閃いた。

「水攻めなんてどうでしょうか？」

「どういうことじゃ？」

「前に確認したマジカルバリアは、人体を通しておりませんでした。ですから水も通さないものと思います。そこでバリアの圏内に大量の水を生み出して、一時的にでも排水のためにこれをキャンセルさせてみたらと」

「その水とやらはお主の力でどうにかなるものなのか？」

「接近する必要はありますが、幸いエントランスからほど近い場所にいるので、建物に隠れつつ試そうと思います。問題があるとすれば、私の力が局員の目に留まってしまう点ですが、そこは氷柱を生み出す異能力がレベルアップしたとしましょう」

　ピーちゃんから学んだ水を出す魔法は、利用する魔力によって水道の蛇口のように、排水量を上下させることが可能だ。目一杯力を込めれば、それなりに大きなマジカルバリア内部も、数秒で満たすことができるだろう。

　これで彼女たちが混乱すれば、一時的にでもバリアが解かれる可能性は高い。

「マジカルバリアの内部に対する力の行使は困難だと聞いたが」

「私のそれは異能力とは別物ですから、試してみる価値はあるかなと」

「内から外に対しては違うかもしれんぞ？　水が漏れたらどうする」

「その場合は彼女たちのバリアとは別に、私の方で障壁を併用します」

　バリア内に水が生み出せたのなら、障壁魔法だって行使することができるだろう。ピーちゃんが手榴弾に対して行ったのと同じように、マジカルバリアと境界面を併せて障壁を生み出して、これに水を貯める算段だ。

　どこまで彼女たちを誤魔化せるかは分からない。けれど、数秒でもマジカルバリアが解除されたのなら、二人静氏を送り込むことができる。それでも駄目だったら、改めて対応を考えるとしよう。

　この場で大切なのは、局員の面前で二人静氏の活躍の場を作ること。

　彼女もそのあたりは理解しているようで、すぐに頷いて応じた。

「ふむ。そういうことであれば、お主の策に乗ってみようかのぅ」

「ですが絶対に彼女たちを殺さないで下さい。可能であれば、ピンク髪の魔法少女を無力化の上、もう一方の魔法少女にマジカルフィールドを用いた撤退を決めさせるような展開が望ましいですね」

「また面倒なことを言ってくれる」

「いけますか？」

「まあ、ここで点数を稼いでおくことは大切かもしれんな」

「ではすみませんが、そういう感じでお願いします」

　幸い我々の存在は先方に捕捉されていない。

　不意を突くという意味でも、一発で決めたいものである。

＊

二人静氏と別れて配置に着くことしばし、端末越しに連絡が入った。

準備はオッケーとのこと。

こちらから彼女の姿は見受けられないが、どこかでスタンバイしていることだろう。彼女にはピーちゃんが仕込んだ呪いがあるので、このタイミングでの裏切りは考えなくていい。素直にやるべきことをやろう。

ターゲットとは距離にして数メートルほど。

建物の陰から魔法少女たちに対して、水を生み出す魔法を行使する。

するとマジカルバリアの内側にコポコポと音を立てて、空中に浮かぶ水の塊が生まれた。大きさは七号のバスケットボールほど。そこから大量の水が溢れ出る。まるで巨大な水槽の底に穴でも空いたかのようだ。

「み、水が入ってくるっ……」

「なんですかこれは！」

魔法少女たちが慌て始めた。

これは居合わせた局の異能力者も同様である。予期せず出現した大量の水を受けて、何がどうしたとばかりに声が上がり始める。今まで矢継ぎ早に飛ばされていた異能力も、途端に収まりをみせた。

その間にも水はマジカルバリアの内部を満たしていく。僅か数秒で彼女たちの腰が浸かるほど。

球状に形作られたバリアが透明な液体に満たされる様子は、ボトルアクアリウムでも眺めているかのようだ。内部に収まっているのが幼い少女たち、というのが非常に背徳感を刺激する光景である。

ところで新顔の魔法少女、咄嗟のお声が日本語なの気になる。

「小夜子、マジカルバリアを！」

「でもっ……」

「このままだと溺れてしまうわ！」

更に数秒、水が彼女たちの顎ほどまで迫ると反応があった。

マジカルバリアが開放される。

バシャバシャと大きな音を立てて、大量の水が球状の空間から放出され始めた。バリアが開放されたのは極一部である。底のあたりに直径数十センチほどのサイズ感で排水がいくつか確認できた。

水漏れの心配は杞憂であった。

代わりに先方のそれは変幻自在のようである。

同じバリアっぽい魔法一つとっても、ピーちゃんに教わった障壁魔法とは運用方法が異なっている点に興味を覚えた。球体以外にも形を取れたりするのだろうか。いいや、今はそんなことを考えている場合じゃないな。

これまで以上に魔力を込めて、大量の水を放出する。

排水に勝る勢いで、だばだばとマジカルバリア内を満たしていく。

ついでに氷柱を生み出して、穴をいくつか塞ぐように配置したりして。

「駄目！　それじゃあ間に合わないわ！」

「けどこれ以上はっ……」

慌て始めた魔法少女たち。

広がるバリアの穴。

ここで登場、二人静氏。

膝下ほどの流水を物ともせずに、彼女は魔法少女たちのもとに迫る。それもこれも人間離れした身体能力の賜物だろう。目にも留まらぬ勢いで流水を越えて、底の抜けたマジカルバリアの下に駆け寄る。

この間、僅か数秒の出来事である。

「小夜子！」

「あのときの異能力者っ……」

最後はマジカルバリアの排水口から放出される水流にさえ抗い、彼女は内部に侵入を果たした。そして、こうなると話は早い。ぬっと伸ばされた指先が、慌てる魔法少女の片割れ、マジカル浮浪児の足先に触れた。

「あっ……」

バリアを生み出していたのは彼女だったのだろう。

次の瞬間、球状に囲われていた大量の水が四散した。

ドバっと吐き出されて周囲に流れ出す。

これを受けては、居合わせた局員たちも大慌てで退避だ。足を取られては堪らないとばかり、我先にと距離を取り始める。ふわりと空に浮かび上がった人もいる。自身も建物の窓枠に足をかけて、その下を過ぎていく水の流れから逃れる。

同時に魔法を操作、空中に浮かんでいた水源を消す。

バリアという容器を失った水は、ほんの数秒ほどで流れていった。

あとに残ったのは、びしょ濡れの少女たちが三名。

魔法少女はうち一名が気を失っており、これをもう一人が抱きかかえている。そうした彼女たちの正面、二、三メートルほどを隔てて立つのが二人静氏である。事前にこちらから発注したとおりの状況だ。

「まだ続けるかぇ？」

「っ……」

ところで、水に濡れた和服って妙に色っぽい。

ペッタリと肉体に張り付いた生地が、身体のラインを如実に浮かび上がらせる。胸元こそ寂しい一方で、それでも腰はくびれており、お尻や太もも周りはムッチリと肉付きがよろしい。濡れた黒い長髪と相まって、少し大人びて見える姿だ。

「この子に何をしたのかしら？」

「なに、二、三日も眠れば、すぐに回復するじゃろう」

どうやら魔法少女の片割れは、二人静氏をご存知ないようだ。

苛立（いらだ）たしげに彼女のことを睨（にら）みつけている。

「貴方、覚えてなさい？　絶対に許さないのだから」

「魔法少女に知り合いができるとは嬉しいのぅ」

「ふんっ……」

飄々と語ってみせる二人静氏。

これを睨みつつ、ブロンドの魔法少女はマジカルフィールドを展開。彼女のすぐ傍らにジジジと音を立てて、真っ黒な空間が口を開いた。以前から聞いてはいたけれど、魔法少女たちは誰もが同様のマジカルを行使可能なようだ。

彼女はマジカルフライで身体を浮かせると、その只中に消えていった。

小夜子と呼ばれていたもう一人の魔法少女も一緒である。

どうかゆっくりと休んで頂きたい。

＊

結果的に我々の作戦は、当初の想定通り進んで大成功となった。

二人静氏によるエナジードレインを受けて、魔法少女二名はマジカルフィールドに撤退。彼女たちの操る真っ黒な空間の先には、果たしてどういった世界が繋がっているのか。そんなことを考えながら、自身は二人を見送った。

すると直後、居合わせた局員たちに動きがあった。

わらわらと二人静氏の周りを囲うように位置取り始める。

誰もが油断ならない表情となり、彼女に対して身構えていた。一部ではガクガクと膝を震わせる姿もちらほらと。もれなく顔色は真っ青だ。それとなく一団の様子を窺ってみると、隅の方には入間（いるま）で星崎さんがスカウトしたメガネ少年の姿も見て取れた。

彼も自分と同じように、入局から早々実戦に投入されたようである。

「なんじゃ？　ここ一番の功労者を物騒な面持ちで眺めてくれて」

囲まれた本人は何ら動じた様子もなく応えてみせる。

これがランクA能力者の余裕か。

自信満々な彼女の姿を眺めていると、ピーちゃんにお願いしてヒーヒー言わせたくなるのは何故だろう。中身が自分より年上の老婆だと理解しているからこそ、割と遠慮なくあれこれと考えてしまうよ。

まさか放っておく訳にもいかず、その下に駆け寄る。

バイト扱いとは言え、二人静氏が局にジョインしたことが局内でどのように扱われているのかは、未だに知らされていない。阿久津課長の性格を考えると、意図して伝えていない可能性も十分に考えられた。万が一にも攻撃された日には目も当てられない。

「待って下さい、彼女に敵意はありません」

声も大きく周囲に訴える。

入局から間もない身の上ではあるが、ボウリング場の騒動では、数少ない前線からの帰還者となる。更には星崎さんの相棒という役柄も手伝い、周囲からの覚えは悪くない。そんな中年フェイスを眺めて、局員たちの間には動揺が走った。

なんでお前がそこにいるんだよ、みたいな感じだ。

「彼女は局の嘱託という立場にあります。敵ではありません」

「なんじゃ、随分と甲斐甲斐（かいがい）しく面倒を見てくれるのう？」

「課長からそのように任せられておりますので」

「水も滴るなんとやら、儂の姿を眺めて欲が出てきたかぇ？」

「そうですね、こうして濡れていたほうが魅力的だと思いますよ」

「ほぅ？」

「また水を被りたくなったら、すぐに仰って下さい」

「なんというか、お主はつまらない男じゃのぅ？　あの鳥に与えている気遣いのほんの一部でも、儂との会話に向けてくれたらいいのに、どうしてそうツンケンとしてくれるのか。もしや男色の気があるのかぇ？」

「知り合いと関係を持つと面倒そうじゃないですか」

「はぁん？　まさか気後れしとるんか？」

「そのとおりです。必要になったら風俗にでも行きますよ」

「……お主、枯れておるのぅ」

異性の体温を感じたければ夜のお店に行けばいいし、肉体的な快感を感じたくなったら一人で励めばいい。この国の文化的な仕組みに鑑みれば、これといって資産や顔立ちに優れない中年がそれ以上を求めても、コスパが悪すぎる。

そういう男女のあれこれは若いイケメンに任せたい。

なにより女性も、その方が喜ばしいことだろう。

自分は代わりにその労力を、愛鳥と囲む食卓に向けたい。

「そんなことよりも今は、ご自身の立場を気にかけて欲しいのですけれど」

「そうは言っても、この様子では何を言っても聞かんじゃろう？」

居合わせた局員を見渡して二人静氏は語る。

するとそうした我々の下に、聞き慣れた声が届けられた。

「佐々木！　今の大量の水はもしかして、貴方の能力なのかしら!?」

「佐々木君、できれば魔法少女は確保して欲しかったのだがね」

星崎さんと阿久津課長である。

立ち並ぶ局員の間から姿を現した二人は、我々の姿を確認するや否や、とてもらしい言葉を投げ掛けてくれた。

他にもう少し何かあるのではないかと思わないでもない。

お疲れ様の一言くらい、あってもいいのではなかろうか。

星崎パイセン、目がキラキラと輝いているぞ。

「遅ればせながら到着しました。ヘリまで用立てて下さり恐縮です」

他に局員の視線もあるので、素直に頭を下げておく。

後者には色々と尋ねたいことがあるのだけれど、それも後回しだ。

「二人静君もよく来てくれた。おかげで被害は最小限で済んだ。この様子であれば、メディアや世間に対する調整も、そう苦労はしないだろう。警察にも被害は出ていない。精々局の建物が削られた程度だろう」

「そうかぇ？　役に立てたようで何よりじゃ」

「ところで課長、どうして魔法少女が局を襲ったのですか？」

「以前から局員に対するアプローチはあったのだよ。詳しい動機は調査中となるが、今回は問題の彼女の他に、もう一人魔法少女の姿があっただろう？　恐らくは他所から助力を得たことで、本丸を叩けると考えたのではないかね」

「なるほど」

「まあ、その場合は新顔のスポンサーの意向も関係してくるのだろうが」

この辺りは自分と同じようなことを考えていらっしゃる。

阿久津課長がどれだけ出来る人物であったとしても、魔法少女陣営にまでコネを持っているとは思えない。そうして述べられた話は恐らく事実なのだろう。そうなると彼女たちとの関係については、自分の方が一歩リード、といったことになる。

だからどうした、と言われればそれまでだけれど。

「しかしなんじゃ、あの様子ではまた局に攻めて来るかもしれんのぅ？」

魔法少女たちが消えていった辺りを眺めて二人静氏が言った。

入局希望者のアピールタイムだ。

「可能性はゼロではないだろう」

「そうならない為にも、局の戦力を補強するべきではないかぇ？」

「あぁ、その件についてだが、君の入局を正式に認めようと思う」

「本当かのぅ？」

「辞令は後日となるが、本日のこれを以て内示としてくれて構わない」

「それは嬉しいのぅ。これで晴れて儂も胸を張って公僕を名乗れる」

「細かな説明については、佐々木君に任せよう。悪いが面倒を見てやって欲しい。基本的には佐々木君が受けたものと同じ研修を受けてもらう。端末もこの後で彼に預けるので、別途確認してほしい」

「分かったのじゃ」

どう足掻いても自身は、二人静氏のお目付け役ポジらしい。

まあ、この期に及んでは構わないのだけれど。

「そういう訳で佐々木君、少し話があるから一緒に来てくれたまえ」

「承知しました」

おぉっと、課長からの呼び出しだ。

鬼が出るか蛇が出るか、気を引き締めて臨もう。

＊

建物のエントランス前から、局の会議室に場所を移した。屋外からは今回の騒動の収拾に向けて、忙しく動き回る人々の喧騒が聞こえてくる。これを少し遠いものとして耳に感じながらのお打ち合わせ。

室内には自分と阿久津課長の姿だけがある。

会議卓を囲んでお互いに向かい合う位置関係だ。

「さて、佐々木君。まずは最初に確認したいことがある」

「なんでしょうか？」

「魔法少女のマジカルバリア内に水を生み出してみせた行いだが、あれは君の能力という理解でいいのだろうか？　私の記憶が正しければ、君の能力は氷柱を生み出すものだったと思うのだが」

「ええ、そうです。私の能力となります」

下手に言い訳をすると、かえって面倒なことになりそうだ。

事前の想定通り、能力レベルアップ説で通そう。

二人静氏にも監修を得ており、特に問題はないはず。

「局の研修でも学びましたが、異能力は繰り返し利用することで、行えることの幅が変化を見せることがあるそうですね。私も当初は戸惑いましたが、恐らくそういうことなのではないかと考えています」

「なるほど」

課長からはこれと言って疑問の声も上がらなかった。

小さく頷いてみせるばかり。

「星崎君の話によれば、我々から呼び出しを受ける直前までは妙なところにいたようだが、二人静君への対応で何か問題でも発生したのだろうか？　こちらについては改めて報告書を上げてもらいたいのだが」

「彼女が所属していた組織と争いになりました。仔細は書面でお送りします」

既に近隣の監視カメラの映像まで漁って、我々の動向を探っているというのに、この態度である。腹に一物どころか、二物、三物と抱えていらっしゃる。ただ、先方も我々に対しては、同じような感慨を抱いているのかもしれない。

また、ハリケーンの人の無力化に関わらず、二人静氏の入局を受け入れてみせた点から察するに、アキバ系の人からは既に話が入っているものと思われる。そうして考えると、もうこれって完全に腹の探り合い。胃がキュンとするのを感じる。

「ふむ、わかった。なるべく早めに提出して欲しい」

「承知しました。本日中にメールでご報告を差し上げます」

大して場数を踏んでいる訳でもないけれど、阿久津課長とのやり取りでは、不用意に声を上げないほうがいいと思う。頭がいい人なので、ほんの僅かでも矛盾や隙を見つけると、的確に突いてくる。

「二人静君の様子はどうだね？　先程も本人の前で伝えたが、今後とも佐々木君には彼女の面倒を見てもらおうと考えている。当然、星崎君とも行動を共にする機会が増えることだろう。相性のようなものも含めて、君の口から聞いておきたい」

「まだ付き合い始めて数日の間柄となりますが、少なくとも入局の意志は本物だと思います。異能力者としての能力については、課長もご存知の通り申し分ありません。メンタルも含めた適性は、局内においても随一かと」

「……そうかい」

ですが、このあたりは課長の方がお詳しいのでは？　とは喉元まで出かかった言葉である。いけしゃあしゃあと尋ねてみせる姿には疑念ばかりが募る。けれど、今この場でそれを伝えても、こちらには何のメリットもない。

むしろ要らぬ不信を招くばかりなので、今回は自重しておこう。いつか必要になったときに利用させてもらおうと思う。ただ、そのような状況に至った日には、自身の局員としての進退も危うい気がするけれど。

「佐々木君の方から、確認することはあるかね？」

「そうですね……」

以前、二人静氏からのラブコールに彼が焦っていた理由は、対象の異能力者としての危険性以外に、彼女が所属していたグループとの関係が影響しているのではなかろうか。代表であるアキバ系の人も、局とはそこまで円満な関係にないようなことを仄めかしていた。

この辺りは今後も探っておいた方がいいかもしれない。扱い方次第では、阿久津課長に対する牽制として使えるかもだ。

「今のところ確認したいことはありません」

「そうかね？　私から確認したいことは以上だが」

「この後の予定ですが、彼女と情報共有をさせてはもらえませんか？」

「ああ、今日と明日はその時間に当ててくれたまえ。君がどういった経緯で二人静君と仲良くなったのかは知らないが、その関係が局の為になるというのであれば、私はこれを尊重したいと考えている」

ついでに異世界へのショートステイに必要な時間を確保である。

マルクさんの生命が危うい昨今、意地でも定時退社する予定だった。

「お気遣い下さり、ありがとうございます」

「これからも局の為に頑張ってくれたまえ、佐々木君」

この場は無事に切り抜けたと考えて差し支えなさそうだ。結果的に自身はなんら意図していないにもかかわらず、壮大にマッチポンプ。魔法少女との関係を思えば、二重スパイどころか三重スパイの身の上。

さっさと異世界の騒動を片付けて魔法の練習をしよう。

ピーちゃんの協力を得られない局での活動、地力を上げる必要がある。

〈異世界の商談　二〉

阿久津(あくつ)課長との打ち合わせを終えてから、局のデスクで報告書の作成やら何やら、今回の騒動で生じた雑務を片付けた。するといつの間にやら時間は過ぎており、気づけば定時になっていた。

忙しそうにする局の事務員の人たちに申し訳なく思いながらも、仕事を終えた現場要員はそそくさと帰宅。帰り際には近所の総合スーパーで異世界への仕入れの他、愛鳥にお土産を調達することも忘れない。

そうして戻った自宅でのこと。

「おじさん、おかえりなさい」

玄関前でお隣さんに声を掛けられた。

こちらが近づくのに応じて、わざわざ立ち上がってのご挨拶である。

思い返してみると、彼女と顔を合わせるのは随分と久しぶり。かれこれ数日ほど、片言の挨拶すら交わしていなかったことに気づく。職場を移って以降、生活のリズムが不規則になったのが原因だろう。

当然ながら、差し入れも滞ってしまっていた。

「ここのところ、なかなか会えなくてごめんね」

左手に下げていたビニール袋を、空いた右手でガサゴソと漁(あさ)る。

まず目に入ったのはピーちゃん用の生肉、は流石(さすが)に駄目だろう。

代わりにその傍(かたわ)ら、ブロックタイプのバランス栄養食を手に取る。なにかと忙しい昨今、食事を摂(と)る暇がなかった場合に備えて、いくつか放り込んでおいたものだ。もし仮に余らせてしまっても、お隣さんに渡せばいいかなと考えていた。

これをペットボトルの清涼飲料水と共に差し出す。

「あの、もしよかったらこれ……」

「すみません、一つだけお伺いしてもいいですか？」

こちらの声を遮るようにして、お隣さんが言った。

その表情は普段にも増して真面目なものだ。

自(おの)ずと自身も身構えてしまう。

「なにかな？」

「前におじさんは、お付き合いしている女性はいないと言っていました」

「あぁ、そうだね。その手の話にはなかなかご縁がないものでさ……」

「もしかして、ここ最近になって交際を始められたのでしょうか？」

「え？」

予期せぬ突っ込みを受けて、思わず声を上げてしまった。

これまた突拍子もないご質問である。

ただ、そうした彼女からの問い掛けも、続けられた言葉を耳にして納得。

「お部屋から若い方の声が聞こえてきたもので」

「あ、あぁ……」

これはあれだ、いわゆるあれだ、騒音のクレーム。

ピーちゃんとの会話が壁越しに、お隣さんにまで響いてしまっていたようである。ここのアパートは壁が薄いから、テレビの音とか割と聞こえたりする。気をつけていたつもりだったのだけれど、どうやらアウトだったようだ。

よくないな。今後は十分に気をつけないと。

それで彼女の母親が不機嫌になって、家庭内で問題が、とか普通にあり得る。

「ごめん、賑（にぎ）やかにしちゃってたかもしれないです」

「っ……や、やっぱり交際をされているんですか？」

「ここ最近になって、友人が家にやってくるようになったんだよ」

「友人、ですか？」

決して嘘（うそ）は言っていない。

ちょっと変わった風貌のお友達ではあるけれど。

「これからは家の外で会うようにするよ。本当にごめんね？」

「失礼ですが、ご友人というのは女性の方なんでしょうか？」

「いいや、男性だね」

「……そうですか」

たしかにピーちゃんの声は中性的な響きがある。

女性と致すならホテルを使って欲しい、という先方からのお願いだろう。お隣さんも中学校に進学して、段々と色気づいて来たように思われる。隣の部屋に住んでいるオッサンの情事など、耳にしたくはないのだろう。

まあ、その手の出来事には縁遠い身の上であるけれど。

「それとこれ、よければ受け取ってもらえないかな？」

繰り返し手にした食料品を差し出す。

するとと彼女は神妙な面持ちとなり、これを受け入れた。

「ありがとうございます。あと、変なことを尋ねてしまい、すみませんでした」

「いやいや、こちらこそ早めに教えてくれてありがとうね。とても助かったよ」

「……え?」

「会話の声って、自分が考えている以上に響くものなんだねぇ」

防音の魔法とか、あったりしないだろうか。

今度暇を見てピーちゃんに確認してみよう。

あちらの世界ではどうだったか知らないが、人口密度の高いこちらの世界では、かなり有用な魔法だと思う。何気ない日常生活から、なにかと部下のことを監視したがる上司への対策に至るまで、幅広く利用できること間違いない。

「あっ……」

「どうかしたかな?」

「いえ、なんでもありません。気にしないで下さい」

しかし、今後のことを考えたのなら、引っ越しをするのが一番だ。

二人静氏の言葉ではないけれど、もう少しセキュリティのしっかりとした部屋に転居するべきなんだろう。豪邸に住まうという訳ではない、オートロックのある鉄筋コンクリート造のマンションの二階以上、くらいでも意味があると思う。

広々としたリビングが付いていたりしたら最高だ。

ピーちゃんにも別途、個室をご用意したい。

やっぱりプライベートな空間って大切だと思うんだよ。

あぁ、こうして考え始めると、前向きに検討したくなる。

少なくとも金銭的な問題は、既にクリアされているのだから。

「それじゃあ、僕はこれで失礼するね」

「はい、変なことを尋ねてしまい、すみませんでした」

「こちらこそ迷惑を掛けてごめん。また気になったら教えて下さい」

小さく会釈をして、お隣さんと別れる。

手早く玄関のカギを開けて、そのままドア越しにバイバイだ。

＊

お隣さんと別れた後は、自宅で待っていたピーちゃんと合流。そして、二人静氏から借りた拠点を経由の上、異世界入り。

ついては上白糖を筆頭とした、精製に工業設備が必要な食物を十数トンほど運び込んだ。更に彼女の協力を得たことで広がった選択肢から、事前に仕入れをお願いしていた薬剤をいくつか、手持ちのカバンに収まる程度でお持ち込み。

後者は本来なら処方箋が必要となる品々だ。

具体的には性的不能治療薬や避妊薬。

食欲や睡眠欲と同様に、性欲も生きている限り付き合い続けなければならない強力な欲求である。これをサポートするお薬とあらば、異世界であっても恒久的な需要が見込まれて、尚且つ高額でお取り引きを願えるのではないかと考えた。

こちらはピーちゃんにもお墨付きをもらっている。

相手を魅了して、一時的に性欲を解放させるような魔法が横行している一方、性機能の改善や望まない妊娠を回避するような魔法は、彼が知る限りかなり希少とのこと。薬剤についても、こちらの世界ほど優秀なものではないらしい。

オーガの睾丸を煎じて飲むと夜の具合が良くなる、みたいなレベルで止まっていると説明を受けた。ちなみに効果の程は人によりけりだそうな。つまり現代の薬剤は少量であっても、お金持ちの貴族様を相手に商機が見込める。

ただし、異世界の方々が相手となると、どれほどの効能があるか不安が残る。

予期せぬ副作用も心配だ。

場合によっては毒になるかもしれない。

ということで当面は、希望者を募って臨床試験的な行いを予定している。その辺りの交渉も含めて、ケプラー商会さんとお話を進めようと考えている。ヨーゼフさんであれば、そう無茶なことはしないと信じている。

「す、すみませんが、ヨーゼフは留守にしておりまして……」

しかし、意気揚々と訪れた先で、目当ての人物は店を留守にしていた。

代わりに彼の部下だという人と話をしている。

場所はケプラー商会さんの倉庫だ。

我々の背後には山と積まれたフレコンバッグ。ピーちゃんの空間魔法により運び込んだ品々となる。以前よりも桁を一つ増やしたので結構な迫力だ。けれど周囲には、それ以上にあれこれと大きなコンテナが積まれているので、周囲に埋もれている感が悔しい。

ケプラー商会さん、凄(すご)い。

次はもう少し頑張ってみようか。

実際に手を動かすのは二人静氏だけれど。

「なるほど、それはお忙しいところを失礼しました」

「こちらにササキ様がいらしましたら、すべての商品をお引き受けさせて頂くようにと、事前に言伝(ことづて)を受けております。ヨーゼフに代わり失礼しますが、お運び下さった商品を我々に卸しては頂けませんか？」

薬剤や工業製品については色々と込み入った話になりそうなので、この場では食品だけを卸そう。他は量的にも背負カバンに収まる程度なので、持ち歩いても問題はない。ミュラー伯爵に預かってもらうということもできる。

そもそも大きな商会のトップをアポもなく訪ねて、ノンストップで面会まで辿り着けていたこれまでが幸運であった。二つの世界間の時間差から、細かに予定を立てることが難しい都合上、こればかりは仕方がないけれど。

「そういうことであれば、是非ともお願いします」

「恐れ入ります。それでは早速ですが拝見させて頂きます」

やたらと腰の低い店員さん指示の下、居合わせた商会の方々が持ち込んだ商品を確認していく。実働部隊はマッチョな人が多い。きっと事務方と運搬方で、担当者の採用を分けているのだろう。

そうして待つことしばらく。

運搬方の人たちが真っ青な顔で事務方の彼に耳打ち。連絡を受けた腰の低い店員さんは、駆け足で荷物の下へ。あれやこれやと言葉を交わしながら、我々の運び込んだ品々を確認して回り始めた。

時間にして数分ほどだろうか。

ややあって、再び彼がこちらに向かいやってきた。

「も、申し訳ありません。こちらの品々ですが、ぜひ我々に卸して頂きたく存じます。ですが、これほどの量となりますと、私一人の裁量では額の判断ができかねまして、少々お時間を頂くことはできませんでしょうか？」

「承知しました。そのようにお願いします」

「ご迷惑をお掛けしてしまい、誠に申し訳ありません」

「いえ、こちらこそ急にやって来てすみませんでした」

「急ぎで手付金を用意いたしますので、もうしばらくお待ち下さい」

　事前の連絡なく量を増やしてしまったのが原因だろう。多い分には問題ないと考えていただけに、申し訳ないばかりである。

＊

　持ち込んだ商品はそっくりそのまま、ケプラー商会さんにお預けさせて頂いた。

　また近いうちにお邪魔することを伝えて、我々はその足でミュラー伯爵のもとに向かう。ちなみに提案のあった手付金は、ヘルツ王国の貨幣換算で大金貨三百枚。これまた結構な額になったものだ。

　持ち歩くのも大変なので、こちらはエイトリアムの銀行に預けた。以前のインゴット制作で目減りした預金額が、今回の手付金で一気に戻った気がする。次の取り引きで諸々の精算が終えられたら、どれくらいの額になるのだろうか。

　そんなこんなで足を運ぶこと、数週間ぶりとなるミュラー伯爵のお屋敷。

「よく来てくれた、ササキ殿、星の賢者様」

「訪問が遅くなり申し訳ありません」

『なにぶんあちらの世界が忙しくてな』

「いえ、お気になさらず。私もつい先日に王都から戻ったばかりです」

　場所はいつもの応接室である。

　同所にはミュラー伯爵の他に、見知った相手の姿があった。

　ヘルツ王国の第二王子、アドニス様だ。

「殿下、お久しぶりでございます」

「久しいな、ササキよ。星の賢者殿も息災のようでなによりだ」

「わざわざ王都からご足労下さり、誠に恐れ入ります」

『本人が足を運ぶとは、どういう風の吹き回しだ？』

「貴殿らの頼みとあらば、居ても立ってもいられなくてな」

当初の予定通り、ミュラー伯爵は殿下にお声掛け下さったようだ。

けれど、本人が足を運んで下さるとは思わなかった。

しかも想定していたより、かなり早いご到着である。

「ササキ殿の到着を待って、ディートリッヒ伯爵を訪ねようと考えていたのだ。向こう数日はかかるかと考えていたのだが、ちょうどいいタイミングで来てくれた。おかげで早々に動き出せる」

「なるほど、そうだったのですね」

そういうことならと、我々はすぐにでも出発する運びとなった。

メンバーはミュラー伯爵とアドニス第二王子、それに自分とピーちゃんの三人と一羽である。伯爵が用意して下さった馬車に乗り込んで、ディートリッヒ伯爵の滞在するお宿を訪問した。またもアポなしでの突撃である。

すると通された先は、以前にも顔を合わせた応接室。

同所には既に先方の姿があった。

「これはまさか、第二王子にお目にかかる機会を得ようとは光栄です」

「その方は第一王子の派閥だろう？　そう畏（かしこ）まることもあるまい」

「派閥については事実ですが、王宮に対する敬意は本物でございます」

「だといいのだがな」

いの一番、王子とディートリッヒ伯爵の間で会話が発生した。

ちなみに我々の位置関係は、三人がけのソファーに伯爵、殿下、自分の並びで座っている。当初は後ろに立っていたほうがいいかとも悩んだが、殿下が自らの横をポンポンと叩いてくれたので、素直に座ることにした。

ピーちゃんは例によって肩に止まっている。

そうした我々の正面にローテーブルを挟んで、ディートリッヒ伯爵が座している。彼は我々が掛けたものと同じソファーに一人でドン。中央にドッシリと。そのため絵面的には、パッと見た感じ彼のほうが偉そうに映る。

「さて、さっそくだが本題に入りたい」

挨拶も早々にアドニス殿下が言った。

その眼差しはジッと、ディートリッヒ伯爵を見つめている。

　ミュラー伯爵と比べると若輩であることも手伝い、以前の戦争騒動では頼りなさを感じた。しかし、本日に限ってはなかなか頼もしく映る。キリッとした真剣な表情に第二王子の肩書が相まって、これならきっと、と思わせるだけの貫禄を感じた。

「その方に無礼を働いた商人を即座に解放して欲しい」

「これはまたいきなりのご相談でございますね」

「回りくどい話は不要だ。もしもその方が無礼に際して、不法に不利益を被ったというのであれば、この者たちに補償させよう。それくらいの甲斐性は持ち合わせているはずだ。二人とも、そうであろう？」

　正面を向いていた殿下の視線が我々に移る。

　この辺りは事前の打ち合わせどおりだ。幸い金銭的には余裕がある。保釈金ではないけれど、多少の融通により彼の身柄が解放されるというのであれば、勿体ぶることはないとお伝えさせて頂いた。

「ええ、アドニス殿下のおっしゃるとおりです」

「是非そのようにさせて頂けたらと」

　ミュラー伯爵が粛々と頷いてみせる。

　自身も彼に倣って言葉少なに頷く。

　そうした我々の姿を確認して、殿下は矢継ぎ早に言葉を続けた。

「その方がハーマン商会の頭取とどのような関係にあるかは知らぬ。しかし、我々の心証を害してまで成すべきほどのことなのだろうか？　副店長の存在に不服を覚えているのであれば、我々から他へ移るように説得しよう」

　こちらも事前に自分からお伝えさせて頂いた提案だ。

　現状、既にマルクさんの居場所はハーマン商会にはない。ならばいっそのこと、交渉の席で利用させて頂きたいと、二人にはご説明させて頂いた。ミュラー伯爵は彼の今後を心配していたが、その点については考えがあるので大丈夫だと伝えている。

「殿下にそこまで言わせるとは、あの商人は何者ですか？」

「それが気になるなら、懐の広さを見せてはどうだ？　ディートリッヒ伯爵」

「恐れながら殿下、この件については既に私から、そちらの者たちに条件を出しております。その騎士が扱っているという商品の数々、これを今後すべて私に卸すというのであれば、問題の商人は即座に解放いたしましょう」

「いいや、その条件は飲めない」

「では残念ですが、私も殿下からの提案をお受けすることができません」

第二王子からの言葉を受けても、ディートリッヒ伯爵は頑なであった。

王族の存在だけであっても、多少は譲歩を引き出せるかもしれない、などと考えていたのだけれど、これといって態度が改まることはなかった。口調が丁寧なものに変化したくらいだろうか。

こうなるとハーマン商会の店長さんをどうにかする方が、もしかしたら事態の解決に向けては早いかも知れない。場合によっては後者が前者を動かしている、といったケースも考えられないではない。

ただ、ハーマン商会の規模的に考えて、ミュラー伯爵よりも格上の貴族をどうこうできるとは到底思えない。一部の豪商が並の貴族より力を持っているのは事実である。しかし、ヘルツ王国におけるハーマン商会は中小企業ポジションだ。

このあたりはピーちゃんから聞いた話である。最近になって首都に本店を構えた、という背景からも、地方で複数店舗の経営に成功した飲食店が、都心部でチェーン展開に打って出た、みたいな流れが窺える。

「ところで、この度の策はミュラー伯爵によるものか？」

ディートリッヒ伯爵の視線が、殿下とミュラー伯爵の間で行き来する。

ライバルの宮中における影響力を計りかねているのだろう。つい最近になって子爵から伯爵に昇進したミュラー伯爵ではあるが、すぐ隣に第二王子の姿を眺めては、油断ならないと考えたのではなかろうか。

「いいや、私ではない」

「だとすれば、どうしてアドニス殿下がこのような場所に？」

「そちらに座したササキ殿の提案によるものだ」

「なんだと？　その者は一介の騎士に過ぎないと聞いたが」

「ササキ殿は肩書こそ近衛ではないが、アドニス殿下に専属で仕える騎士だ。現在は訳あって私のもとにいるが、その立場は他の騎士とはまったく異なる。少なくとも私と対等な立場にある人物だと考えて頂きたい」

「うむ、このササキはなかなか頼れる男だ」

「……なるほど、それは失礼を」

ディートリッヒ伯爵から小さく会釈を受けた。

何気ないヨイショが心地よい。しかし、だからといって自身に何ができるということもない。宮中のことはまるで理解していないし、貴族としての経歴も浅い。そもそも実際に殿下をお連れして下さったのはミュラー伯爵だ。

ただ、この流れは自分にとって悪くないものである。せっかく話題にあげてもらったのだから、お喋(しゃべ)りさせて頂こう。

当初の予定通り、殿下との関係を絡めて先方から譲歩を引き出す作戦だ。

「すみませんが、私からも発言をよろしいでしょうか？」

「その方の言葉を受けて私の気が変わるとは思えない。それでも構わないというのであれば話を聞こう。思い起こせば以前、こうして一ヶ月という期限を約束したのも、その方からの提案を受けてのことであった」

「ありがとうございます」

「それで殿下肝いりの騎士には、どのような策があるというのだ？」

「いいえ、策というほどのものではございません。こうしてアドニス殿下にご足労頂いたのは、私が扱っている商品はどれも、殿下の許可を得て取り扱いを行っているものであると、ディートリッヒ伯爵にご説明する為(ため)なのです」

「……どういうことだ？」

マルクさんの為、ここが踏ん張りどころではなかろうか。

今更だけれど、不敬罪というのは非常に便利な罪状だ。

訴える側にしてみれば、自身に都合の悪いあれやこれやを丸め込んで、一方的に主張を通すことができる。だからこそ、それだけを言い分に交渉を行うことは、個人的にはとても卑怯(ひきょう)なものとして映る。

「恐れ多くも私の持ち込んだ品々は、殿下より好評を賜りました。その扱いを巡っては真に信用できる方にのみ卸すべしとのご指示を頂戴して、本日までアドニス殿下より信の厚いミュラー伯爵の下、ハーマン商会さんとお取り引きさせて頂いております」

だからこそ殿下も、その手の単語を我々の前で口にして、権威を振りかざすような真似(まね)は控えていたように感じられた。けれど、今回のケースに限っては、ありなんじゃなかろうか。何故(なぜ)ならば先方こそ、先んじてその手の行いから主張を通さんとしている。

「それを我々の勝手な都合から他へと移すことは、アドニス殿下に対する不敬にあたります。誠に恐縮ではございますが、ディートリッヒ伯爵には改めて、かの商人が犯した不敬の対価をご相談させて頂きたく存じます」

「…………」

粛々とお伝えさせて頂く。

本来はミュラー伯爵との取り決めであったのだけれど、ディートリッヒ伯爵はそんなことは知らないだろう。そして、後者が第一王子の派閥であるのに対して、前者は第二王子の派閥、それもアドニス殿下と蜜月の関係である。

本人の前で反論を述べることは、まず不可能だろう。

「……なるほど、その方の言うことは分かった」

「ありがとうございます」

「先程にも伝えたとおり、私の王宮への敬意は本物だ。貴族としての関係はさておいて、アドニス殿下の清廉潔白かつ勇猛果敢な在り方には、日々尊敬の念を感じている。以前、隣国との騒動に際して、我先にと出立された姿には感動を覚えた」

「つまり、ご検討頂けるのでしょうか？」

「そういった背景があるのであれば、検討しても構わない」

「ありがとうございます」

やったぞ、アドニス殿下様々である。

王族のネームバリューの強さを実感だ。

「しかし、かの商人は貴族である私の尊厳を著しく貶(おとし)めた。これを何の処罰もなく許すというのだから、それ相応の対価が必要だ。それは陛下から騎士の位を賜った貴殿であるなら、重々承知していることと思う」

「それはもう十分に理解しております」

「対価という意味であれば、モノでなくとも構わない。これまで騎士ササキがあの商人に対して卸した品々、その売却益を一括して支払うというのであれば、私は今回の提案を受け入れてもいいと考えている」

「なるほど」

だが、それでも先方は粘ってみせる。

毟るだけ毟ってやろう、という魂胆なのだろう。

「店の帳簿を管理しているハーマン商会の店長には、既に確認を行っている。なんでも結構な額を扱っているそうではないか。ヘルツ王国の大金貨にして千枚近いという話を聞かされては、私も素直に驚いたものだ」

先方はスラスラと語ってみせる。恐らく我々がどういった反論を行ってくるか、事前に想定していたのだろう。殿下本人が登場するとは思ってもいなかったようだけれど、このような流れになることは考慮していたように感じられる。

「大金貨千枚、これでかの商人を放免しよう。いかがだろうか？」

ニヤリと笑みを浮かべて、ディートリッヒ伯爵は言った。

ドヤ顔である。

めっちゃ煽られている感。

っていうか、過去のお取り引きをすべて合算しても、そこまで高額ではないと思う。精々二、三百枚ほどではなかろうか。金貨に換算すると二万枚から三万枚。ミュラー伯爵との取り引きを含めると、それくらいにはなるかもしれないけれど。

しかし、それを示すのに必要な証拠は、先方の手の内である。

帳簿を改竄するくらい、朝飯前と思われる。

これを受けて、ミュラー伯爵が即座に声を上げた。

「ディートリッヒ伯爵、失礼な物言いとなってしまい申し訳ないが、貴方は平民一人にそれだけの価値があると考えているのか？　大金貨千枚だなどと、とてもではないが一介の商人に扱える額ではない」

「いいや、平民一人の価値ではない」

「では何故、そのような提案をしてみせた」

「我々貴族の尊厳に、それだけの価値があると論じたのだ。いいや、これでも少ないくらいではなかろうか。爵位とは陛下より賜った名誉にして責務、これを金銭に換えて計るなど、本来であれば許されることではない」

「っ……」

隣ではアドニス殿下も難しそうな表情をしている。

異世界一年生の自分でも、先方が吹っかけてきていることは理解できた。まず間違いなく、我々が素直に支払うとは考えていないのだろう。ディートリッヒ伯爵の狙いはやはり、こちらからの恒久的な仕入れではなかろうか。

数日前までの自分であれば、それはもう困窮していたに違いない。

困ったことになったぞ、と。

しかし、それも既に過去のことである。

現代で二人静氏の協力を得た上、ケプラー商会さんという大口の取引先を確保した昨今、大金貨千枚は決して手が届かない金額ではない。たぶん、今回の取り引きで持ち込んだ品々を卸したのなら、十分に賄える額である。

マルクさんの生命が懸かっているとあらば、惜しくない取り引きだ。

「承知しました。大金貨千枚、ご用意させて頂きます」

「……なんだと？」

結果的にディートリッヒ伯爵が、顔芸を披露することになった。

オールバックに撫で付けられた銀髪に彫りの深い顔立ち。青い色の瞳と立派なおヒゲが印象的なナイスミドル。そんなお顔がギョッとした表情でこちらを見つめる。これまでのダンディズム溢れる落ち着いた面持ちは失われて、なんだか少し可愛い感じ。

「ま、まさか本気で言っているのか？」

今の今まで、すまし顔で佇んでいた彼だ。

卑しい話ではあるが、これがなかなか心地いい。

「ええ、本気でございます」

「金貨ではない、大金貨だ。それを千枚、用意できるというのか？」

「一枚の欠けもなくご用意させて頂きます」

「支払いは可及的速やかに行ってもらう！　まさか、完済まで幾年も待つようなことはしない。今年中にでも全額を揃える必要があるだろう。それだけの資金力が、その方にはあると言うのか？」

「ございます。来月末には一括でお支払いしましょう」

「っ……」

ディートリッヒ伯爵の口元が引きつるのに応じて、綺麗に整えられたヒゲがピクリピクリと震える。演技などではなく、本心から驚いているみたいだ。たしかに決して小さくない金額である。

思い起こせば戦争騒動の最中、ミュラー伯爵との取り

引きを終えた時点での総資産が、大金貨千枚ほどであった。これにはフレンチさんの経営している飲食店や、ハーマン商会さんとのあれこれも含まれる。

だからだろう、我々のやり取りを耳にしたことで、身内からも声があがった。

「ササキ殿、いくら何でもそれはっ……」

「こうした場での虚偽の申告は罪として罰せられるぞ、ササキよ」

ミュラー伯爵とアドニス殿下が心配そうな顔でこちらを見つめている。

特に前者とは過去に幾度となくお取り引きをさせて頂いている。こちらのお財布事情にも通じていることだろう。黄色い肌の異国人が無茶なことを言い出したぞ、みたいな感じで映ったに違いあるまい。

けれど、ここは強引にでも進めるのが正しい。

せっかくディートリッヒ伯爵が怯(ひる)んだのだ。

これ以上は口を挟ませないように、勢いよく畳み掛けよう。

「差し支えなければ、前金として本日中に大金貨三百枚を一括でお支払いします。代わりにこれでマルクさんの身柄を一時的にでも構わないので、解放してはもらえませんか？　慣れない牢内(ろうない)での生活に疲弊されておりました」

「殿下もおられる席で、ず、随分と大きな口を叩いてくれる。もしもその話が嘘であった場合、その方は貴族の位を失うことは免れないだろう。それで尚(なお)も、支払ってみせると言うのか？　撤回するのであれば今のうちだぞ？」

「それでは証拠としてこれより、前金を調達して参ります。半刻(はんとき)ほどで戻りますので、今しばらくこちらで待っていてはもらえませんか？　併せて残る七百枚の借用書についても、この場で書かせて頂きます」

「っ……」

絶句するディートリッヒ伯爵。

やったよ、ピーちゃん。

どうやら無事にマルクさんを救出できそうだ。

それとなく肩に止まった彼を窺うと、小さく頷く仕草が見て取れた。

「まさか、逃げようというのではあるまいな？」

ぬっとその場に立ち上がり、こちらを見つめてくるディートリッヒ伯爵。

背が高いので、こうして見下ろされると非常におっかない。相手は格上の貴族様なので、いきなり殴られる可能性もゼロじゃない。アドニス殿下の手前、流石にそこまではしないと信じているけれど。

「いえ、決してそのようなことは考えておりません」

「……どこの商会の回し者だ？」

「これといって勤め先はございません。個人的な副業です」

「馬鹿を言え！　如何に殿下お抱えの騎士とはいえ、そこまでの大金を支払えるはずがない！　ミュラー伯爵、まさか貴殿の策ではないだろうな？　私を馬鹿にする為に、わざわざ殿下までお連れしたと言うのか⁉」

どうやら自分が考えた以上に非現実的な提案であったようだ。

ディートリッヒ伯爵のテンションが急上昇。

これにはミュラー伯爵やアドニス殿下も戸惑いを隠しきれない。心配そうな表情でこちらを見つめている。事前に説明していなかったこともあり、本当に大丈夫なのかと気遣うような面持ちが申し訳ない。

だからこそ、チャンスである。

今この瞬間こそディートリッヒ伯爵攻略の機会である。

「繰り返しますが、どうかマルクさんを解放して下さい。大金貨千枚、彼にはそれだけの価値があります。そして、その価値は私のみならず、ミュラー伯爵やアドニス殿下、更にはディートリッヒ伯爵にも恩恵を与えるものなのです」

「なんだと？」

「派閥的な問題もあるかとは存じます。しかし、それ以前に我々は、同じヘルツ王国の貴族ではありませんか。隣国は必ずや再び攻めてきます。王位継承が終えられれば、いいえ、終えられるまでもなく、共に戦場で背中を守り合う日が訪れるかもしれません」

「………………」

「これに備えて力を蓄えることは、派閥など関係ありません。ヘルツ王国の貴族としての責務です。そして、その為にマルクさんは必要な方なのです。彼をこの場で失った場合、その損失は大金貨千枚どころの話ではありません」

決して嘘は言っていない。

ケプラー商会さんにお願いしたマルク商会の立ち上げには、既に結構な投資を行っている。そして、我々が今後こちらの世界で行う取り引きはすべて、彼が代表を務める商会を通じて行う算段として、ヨーゼフさんとも握っている。

「お約束の額は支払います。ですからどうか、矛を収めてはもらえませんか？」

「……それはまさか、私とミュラー伯爵との関係についても述べているのか？」

「はい、そのとおりです」

　そこまでは考えていなかった。

　けどまあ、なんかそれっぽい雰囲気だし適当に頷いておこう。身の回りに敵が少なくなれば、ミュラー伯爵も動きやすくなる。家人に間諜を仕込むような人物だし、引っ込んだら引っ込んだで、きっと彼も嬉しいはずだ。

「…………」

「いかがでしょうか？」

　しかし、ディートリッヒ伯爵の反応を鑑みるに、まだ足りないっぽい。

　何やら考える素振りを見せてはいるが、いまいち踏ん切りがつかないようである。こうなると金銭的な問題というよりは、彼自身のメンツの問題のような気がする。ミュラー伯爵も自分も、彼よりは身分が下なのだ。

　殿下の存在こそ抜きん出ていても、素直に頷くのは癪なのだろう。

　そうとなれば致し方なし、ここいらで殿下をだしにしてダメ出しだ。

「アドニス殿下の前でこのようなことを言うのは失礼かとも思いますが、正直に申し上げますと、私は今回の王位継承について、第一王子と第二王子、どちらが継承しても構わないと考えております」

「な、なんだとっ!?」

　またも驚きから声を上げたディートリッヒ伯爵。

　その視線が自分とアドニス殿下の間でいったりきたり。

　これに応えるように、殿下は小さく笑みを浮かべて応じた。

「まあ、そうであろうな」

　やれやれだと言わんばかりの表情は、どことなく優しげなものだ。先方が自分と星の賢者様の関係を理解しているからこその反則技である。ミュラー伯爵もその辺りは理解があるので、非難の声が上がることはない。

「それよりも大切なのは、来る時に備えてヘルツ王国が強くあることです。私はその為にこそ、アドニス殿下にご協力したく思います。祖国がなくなるというのは、とても悲しいことでしょう。私はその瞬間をお見せしたくないのです」

誰にとは言うまい。

打ち合わせの席とはいえ、あまりにも臭い台詞だ。

ちょっと恥ずかしいじゃないの。

「なかなか嬉しいことを言ってくれるではないか、ササキよ」

「嘘偽りのない私の本心でございます」

「……彼の方が入れ込むだけのことはある」

小さく呟いた殿下の視線が、肩の上の文鳥に移った。

見つめられた彼は、これといって反応を示すこともない。ただジッと正面を見つめて、普段と変わらず大人しくしている。視線の向けられている先にはローテーブルに載せられた、お茶請けのお菓子が窺える。

もしかしてピーちゃん、お腹が減っているのだろうか。

「……わかった」

「ディートリッヒ伯爵？」

「今回はその方の言葉を信じようと思う」

ジッとこちらを見つめて、彼は語った。

その表情は今の今まで眉間にシワを寄せていた悩み顔から一変して、どこかスッキリとした面持ちだ。声色も落ち着いたもので、憑き物が落ちた、と称しては些か語弊があるが、少なくとも苛立ちや敵意は感じられない。

「本当でしょうか？」

「その方の想いは、たしかに本物のようだ」

「ご理解下さり、誠に恐れ入ります」

「同じヘルツ王国の貴族なのだからと、まさか異国の出の者に言われるとは思わなかった。そこまで落ちぶれてしまっているのが、昨今の我々の立場なのだ。このように考えたのなら、なんとも言えない心地になった」

「…………」

響いたのそっちかよ、と思わないでもない。

意外と真面目な性格なのかも。

ただまあ、いずれにせよ結果オーライ。

「大金貨千枚も結構だ。本日中にでも問題の商人は解放する」

「よろしいのですか？」

「ここで殿下の顔を立てねば、ヘルツ王国の貴族ではない」

「宮中を敬う気持ちが本物であるという言葉は、どうやら嘘ではなかったようだな、ディートリッヒ伯爵よ」

「王位継承を巡る派閥はどうあれ、ヘルツ王国の行く先を憂えているのは本当でございます。だからこそ、その礎にならんと自らの身をも省みずに語ってみせた騎士の心意気、これを否定することはしたくありません」

「なるほど」

「また、こうした関係を許容される殿下の懐の広さにも感服いたしました」

「兄上は違うのか？」

「そうは言いません。ですがそれは殿下のほうがよくご存知かと」

「それもそうか……」

ディートリッヒ伯爵より先を見つめるように、少し遠い目となった殿下。もしかして、お兄さんとは仲が悪かったりするのだろうか。人当たりの良い方だから、家族と喧嘩をする姿とか、ぜんぜん想像できないのだけれど。

「騎士ササキよ、問題の商人はマルクと言ったか？」

「はい、そのとおりです」

「先程の言葉が本当であるなら、近いうちに大金貨千枚を日の当たりにする日も訪れよう。派閥こそ違えど、それがヘルツ王国の為になるというのであれば、私はその時を楽しみにしていようと思う」

「…………」

こっ恥ずかしい口上の甲斐もあって、ディートリッヒ伯爵の承諾を得た。

お金については支払うつもりでいたので、逆に肩透かしを食った気分だ。

何はともあれ、これにて万事解決である。

先方とミュラー伯爵の関係についても、この調子ならそこまで悪化することはないのではなかろうか。あとはマルクさんが押し込められた牢屋まで急いで、投獄中の彼を解放するばかりである。

などと安心したのがよくなかったのかもしれない。

そうした只中のこと、不意に応接室のドアが開かれた。

「失礼いたします！」

威勢のいい挨拶が響いて、居合わせた皆々の意識を奪った。

誰もが廊下の方に注目だ。

するとそこには自身も見覚えのある人物が立っていた。

ハーマン商会の店長さんである。

「ハーマンよ、いきなりノックもなく失礼ではないか？」

受け答えするのはディートリッヒ伯爵だ。

眉間にシワを寄せて不機嫌そうに詰ってみせる。殿下の手前もあって、かなり厳つい声色での対応だった。これは相手が商会の代表とはいえ、立場的には平民であることも手伝っての塩対応だろう。

ただ、そんな伯爵に対して彼は声も大きく語った。

「首都への移転に際して発行した我々の店の債券が、何者かにより一方的に移し替えられました！　いいえ、店の債券だけではありません。この度の戦争でディートリッヒ伯爵が支払われた手形もすべて、中央銀行より失われてしまったとのことです！」

「なんだと!?　どこのどいつだ、そんなことをしたのは！」

「それがわからないのです。担当者に聞いても知らぬ存ぜぬと言うばかり」

「そんなバカなっ……」

穏やかな面持ちであったのも束の間、またもお顔が険しくなるディートリッヒ伯爵。

表情豊かな人だなぁ、なんて思ってしまった。

あと、今のやり取りって我々が聞いてしまってもよかったのだろうか。

「ディートリッヒ伯爵、我々はこのあたりで……」

空気を読んだミュラー伯爵がソファーから腰を上げる。

殿下も彼に倣ってすっくと。

もちろん自身も続かせて頂こう。

これ以上の面倒事はごめんである。

するとその直後、ハーマン商会の店長さんの意識がこちらに移った。どうやら我々にまで意識が及んでいなかったようだ。きっとそれくらい大変なニュースであったのだろう。見知った並びを目の当たりにして、その目がくわっと大きく見開かれた。

取り分けアドニス殿下の姿を目撃しての反応は顕著だ。

「ど、どうしてミュラー伯爵やその騎っ……で、でで、殿下ぁっ!?」

「その方がササキの申していたハーマン商会の店長か？」

「こ、こ、こ、これはとんだご無礼をっ！」

大慌てで跪いた店長さんは、その場で土下座を決めてみせた。

めっちゃ鮮やかな身のこなしであった。

もしかしたら慣れているのかもしれない。

「何やら忙しそうなので、我々はこれにて失礼させてもらうとしよう」

「は、はいっ！　お話中のところ申し訳なくっ……」

アドニス王子から声を掛けられたことで、店長さんは全身を強張らせる。

あまりにも大仰な反応だ。

これが王族と平民の関係なのかと思い知らされた。

そんな彼にディートリッヒ伯爵から声が掛けられる。

「ハーマンよ、例の商人だが本日にも解放することにした」

「え……」

予期せぬ追い打ちを受けて、ぽかんとする店長さん。

ただ、それも束の間のこと。

次の瞬間には声も大きく訴え始めた。

「そ、それは約束と違うのではありませんかっ!?」

「今この場でそのように決めたのだ。異論は認めない」

「なっ……」

強い口調で語ってみせるディートリッヒ伯爵。

その姿を確認してハーマンさんは続く言葉を失った。

貴族からこのように言われてしまうと、平民の彼には辛いことだろう。もしも自分が同じ立場だったら、きっと心を砕かれている。げに恐ろしきは貴族制がまかり通るヘルツ王国の封建社会だ。

「ハーマンよ、一つ伝えたい。この者たちに確認した限りではあるが、お前が牢屋に追い込んだ部下は、かなりのキレ者らしい。商人としての大成を願うのであれば、排除するのではなく、上手く使いこなしてみせるといい」

「お待ち下さい。それでしたら私も伯爵との関係を見直さざるを得ません」

「……なんだと？」

「この度のお話には、コッホ侯爵からもご意見を頂戴しております。それを一方的に破棄されるということは、侯爵との関係にも影響するものとご理解下さい。私とて自身の一存で物事を動かしている訳ではございません」

「っ……」

ハーマン商会の店長さんのお口から新キャラ登場。コッホ侯爵。

段々と人の名前を覚えるのが面倒になってきた。ピーちゃんにお任せして、自分はもう忘れちゃおうかな、なんて考えてしまう。しかし、話の流れから考えて、そう容易に済ませられるような内容ではなさそうだ。

だってラスボスを倒したら、裏ボスが出てきたような感じ。

「い、いや、だが私は決めたのだ……」

苦しそうな面持ちのディートリッヒ伯爵。

威力的であった物言いが一変して辛そうなものに。

本当にコロコロと表情が変わる人だよ。

「ディートリッヒ伯爵、どうか考えを改めて下さい！」

「そうは言っても、お前は本当に侯爵と面識を得ているのか？」

「はい、過去に幾度か機会を頂戴しております。首都に店を出すに当たりましては、とても良くして頂きました。そうしたご縁もございまして、微力ながら侯爵様のお手伝いをさせて頂いております」

「コッホ侯爵はルンゲ共和国の大手商会とも縁のあるお方だ。このように言っては聞こえが悪いが、お前のところのような場末の商会と機会を持つとは思えない。これを説明するだけの背景があるのか？」

なにやら話が面倒になってきた。

今後を思えば割り込んででも情報収集に努めるべきだろう。けれど、現在の自身の心境としては、既にやるべき仕事を終えて一段落といったところ。さっさとマルクさんを救出して、フレンチさんのお店でご飯を食べたい。濃いめの味付けのお肉を食べたい。

きっと肩の上の彼もお腹を空かせていることだろう。

自分もいつ腹が鳴るかと気が気でない。

流石にこの場で鳴らせては格好がつかないぞ。

そのような思いが逸(はや)ってだろうか、ふと視界の隅にフレンチさんが見えた。

いやいや、そんなバカな。

思わず見返してしまう。

しかし、そこには確かにコック姿の彼が立っていた。

つい今し方、ハーマン商会の店長さんが押し入ってきた応接室のドアの先だ。部屋と廊下の間に立って、恐る恐る室内の様子を窺っていらっしゃる。キッチンで料理を作る威風堂々とした振る舞いとは打って変わって、とても頼りなく感じられる姿だ。

「あ、あの……」

やがて、そんな彼は意を決した様子で声をあげた。

応接室に居合わせた皆々の意識がフレンチさんに向かう。

「今度はなんだ！」

ディートリッヒ伯爵が吠えた。

ヒィと短い声をあげて震えるフレンチさん。

大柄で厳つい風貌の彼が声を出して怯える姿はギャップ萌え。

それでもどうにか受け答えをしてみせる。

「だ、旦那のお知り合いだという方をお連れしたのですが……」

彼の眼差しはこちらを見つめていた。

予期せず自身が話題に上がったことで、思わず身構えてしまう。

「私の知り合い、ですか？」

「なんでも旦那を訪ねてお店にいらして下さったそうです。ミュラー伯爵のお屋敷で確認しましたところ、こちらのお宿にいらっしゃると伺いまして、こうしてお連れさせて頂いたのですが……」

フレンチさんの発言を待って、その傍らに動きがあった。

廊下に通じるドア枠の陰から、人が一人ひょっこりと顔を出した。

彼が説明してみせた通り、たしかに自身も面識のある人物だ。本日はディートリッヒ伯爵の下を訪れる以前、こちらから先方をお訪ねして、留守であるとのお話から後日またと、少し寂しく思っていたお相手である。

「どうも、お久しぶりです。ササキさん」

「おや、ヨーゼフさん。このような場所でお会いするとは」

っていうか、どうしてこんなところにいるんだろう。

＊

何故かフレンチさんがヨーゼフさんを連れてやってきた。

こちらのお宿は貴族の方々が利用する施設であって、

それなりの界隈（かいわい）に軒を連ねている。同時に彼のお店も上流階級の方々に向けて、なかなかいい感じの立地で営業を行っており、両者はそれなりに近い位置にある。

なのでフレンチさんの対応にはこれといって不思議はない。

しかし、肝心のヨーゼフさんの存在そのものに疑問が残る。

どうして彼がヘルツ王国にいらっしゃるのか。

ケプラー商会の店員さんから、出掛けているとは聞いていた。けれど、まさかこちらを訪れているとは完全に想定外である。ルンゲ共和国からヘルツ王国までは距離がある。相応の理由がなければ、わざわざ足を運んだりはしないだろう。

「不躾（ぶしつけ）なご挨拶となり恐縮ですが、どうしてこちらに？」

「ヘルツ王国に野暮用（やぼよう）があったもので、ついでと言ってはなんですが、足を延ばさせて頂きました。もしよろしければ、私もマルクさんとお会いしたく思いまして。事前に連絡もなく申し訳ありません」

「いえ、わざわざ遠いところからありがとうございます。そういうことであれば、是非お会いして頂けたらと思います。ただ、彼は少し留守にしておりまして、一両日ほどお時間を頂戴できたらと」

「なるほど、承知いたしました」

まさか、牢獄にインされた彼の下に連れて行く訳にはいかない。

ここ数ヶ月（すうかげつ）にわたり牢内に捕まっている彼だ。お風呂に入って汚れを落としたり、おめかしをしたりする必要があるだろう。食事や休息も必須だ。明日の遅い時間で打ち合わせをセッティングするのが無難ではなかろうか。

あれこれと今後の予定に考えを巡らせる。

そうこうしていると、ヨーゼフさんの意識が他所（よそ）に移った。

彼の視線が向かったのは、自身が掛けたのとは対面のソファーだ。

「おや？　そこに見えるはディートリッヒ伯爵ではありませんか」

「ヨーゼフ様、ど、どうしてこのような場所に……」

「もしやササキさんとは、お知り合いだったりするのですか？」

ディートリッヒ伯爵と自分の間で、ヨーゼフさんの視線が行ったり来たり。どうやら顔見知りのようだ。近隣各国と取引のあるルンゲ共和国の大商会ともなれば、他国の貴族にも知り合いの一人や二人はいるのだろう。

「知り合いと申しますか、その……」

「違いましたか？　でしたら申し訳ない」

ただ、伯爵の様子がなにやらおかしい。

つい先程まで荒ぶっていた彼は、ヨーゼフさんの姿を目の当たりにするや否や、急に大人しくなってしまった。背を丸めて所在なげに佇む姿は、フレンチさんを怒鳴りつけた姿とは似ても似つかない。

一方でミュラー伯爵とアドニス殿下は首を傾げていらっしゃる。彼らはこれといって面識もないようだ。これはハーマン商会の店長さんも同様であって、何がどうしたとばかりに様子を窺っている。

「ヨーゼフさん、ディートリッヒ伯爵とお知り合いですか？」

「ええまあ、以前こちらのコッホ侯爵とお会いした際に、彼とも話をする機会がありまして。なかなか男前な方だったので、記憶に残っていたのですよ。私もヒゲを伸ばそうかなぁ、なんて考えましまして」

「なるほど、そうだったのですね」

たしかにディートリッヒ伯爵は男前だ。イケメンだ。綺麗に整えられたヒゲとかめっちゃ格好いい。けれど、そういう貴方も十分にナイスミドルじゃないですか。

「同じく男前のヨーゼフさんですから、ヒゲも似合いそうですね」

「そうでしょうか？」

「近いうちにヒゲを整えるのに便利な商品をお持ちしましょう」

「それはとても気になりますね。是非お願いします」

乾電池で駆動するモバイルのシェーバーとか、恐らく喜んでもらえるのではなかろうか。体毛はナイフやハサミでの手入れが一般的なこちらの世界、ヒゲの手入れが面倒だという理由で、剃ってしまっている人も多いと聞く。

「ササキよ、私にもそちらの御人を紹介してはもらえないか？」

「これは申し訳ありません。ご紹介させて頂きます」

そうこうしていると殿下から突っ込みを頂戴した。

内輪話に花を咲かせてしまったな。

「こちらはルンゲ共和国のケプラー商会で頭取を務めていらっしゃる、ヨーゼフ・ケプラーさんです。色々とご縁がありまして、ここ最近は一緒に商売をさせて頂いております。今後とも長いお付き合いになるのではないかと」

「はじめまして、ヨーゼフと申します」

思い起こせばケプラー商会さんも、ピーちゃんからの紹介だった。

二人はどういった関係にあるのだろう。

ふと疑問に思ったところで、しかし、碌に考えを巡らせる間もなく周囲から反応があった。それは偏に驚愕である。こちらの説明を受けて、殿下とミュラー伯爵のみならず、ハーマン商会の店長さん、更にはフレンチさんまでもが声を上げた。

よくわからないけれど、とりあえず紹介を済ませてしまおう。

「ヨーゼフさん、そちらのソファーに座していらっしゃるのは、向かって手前がヘルツ王国の第二王子であらせられるアドニス殿下となります。また、その隣はこちらの町を治めているミュラー伯爵でございます」

「王族の方にお目通りする機会を頂けるとは、私はなんと運がいい」

ニコリを笑みを浮かべて、ヨーゼフさんは語る。

殿下を前にしても、なんら緊張した素振りは見られない。物腰やわらかく丁寧でありながら、それでいて平然とした立ち振る舞いが格好いい。自分もこれくらい強靭なメンタルが欲しいとは切に思う。

これに対して顔を強張らせているのが、紹介を受けた二人だ。

彼らは大慌てで居住まいを正すと、ヨーゼフさんに頭を下げた。

「私はアドニス・ヘルツと申す。ケプラー商会の頭取の方とお会いできるとは、こちらこそなんと光栄なことだろう。我が父上はどれほど願っても、機会を頂戴することができなかったと聞く。このたびの幸運に感謝を捧げたく思う」

「この地を治めるミュラーと申します。この度は遠いところからお越し下さり、心より感謝を申し上げます。また、その来訪を知らぬばかりか、何のお出迎えも行えなかったこと、誠に申し訳ありません」

「そう気にしないでください。勝手にやってきた私が悪いのですから」

　ヨーゼフさん、想像していたよりも大物だった予感。こうして眺めていると、応接室のヒエラルキーは彼が頂点に立っているかのような印象を覚える。いや、まず間違いなく立っていらっしゃる。

　とても話しやすい方だったので、付き合いのある中小企業の社長さん、みたいな感じで接してしまっていた。大きな商会のトップとはいえ、相手は平民だからと高を括（くく）っていた自身の失態である。

　その姿を眺めていて、今更ながらふと気付いた。ハーマン商会の店長さんが慌てていた一件は、もしや彼の来訪と関係があるのではなかろうか。自身が彼にお願いした依頼を思い起こせば、これ以上ないタイミングである。

「ところでヨーゼフさん、一つ確認したいことが」

「なんでしょうか？　ササキさん」

「いきなり突っ込んだお話となり申し訳ありません。ここ最近になって、ハーマン商会さんが発行した債券や、ディートリッヒ伯爵の印が入った手形が、国内でごたついているようなのですが、なにかご存知であったりしますでしょうか？」

「……よろしいのですか？」

　居合わせた面々をチラリと見つめて、彼は問うてみせる。

　この場に居合わせたのは全員関係者だ。ハーマン商会を巡るあれこれは、どうせすぐに知られることになる。店長さんなどは既に騒ぎ始めている。この場で開示しても問題はないだろう。むしろ、より効果的に我々の行いを演出できる。

「既に確実となっているのですよね？」

「もちろんですよ」

「でしたらお願いします」

っていうか、自分も何がどうなっているのか気になる。

すると我々の面前で、彼は淡々と答えた。

「ササキさんのご指摘の通り、諸々こちらで押さえさせて頂きました」

　当事者が目の前にいるにもかかわらず、何の躊躇（ちゅうちょ）もないお返事だった。

　おかげで皆々、殊更に驚いた表情でヨーゼフさんを見つめる羽目となる。当事者であり被害者でもあるハーマン商会の店長さんやディートリッヒ伯爵は、そんなまさかと訴えんばかり、ギョッとした面持ちだ。

「交渉していては時間がかかりそうだったので、然るべき相手から買い取らせて頂きました。少しばかり高く付きましたが、ササキさんとの商売を思えば、この程度はそう大した投資には入りませんよ」

「こちらとしては頼もしいばかりですが……」

「そう規模が大きくはない商会ですから、あとは不渡りを出させてしまえば、晴れてハーマン商会はササキさんのものです。先方が力技に出てくれれば、もっと早く片付くかも知れません。なので来月には例の件を進められそうですよ」

こちらが考えていた以上のパワープレイである。

たしかにその手の依頼を出したのは自分だ。M&A的な意味で。マルクさんの戻る場所を残したいという意志は本当である。マルク商会の子会社、ハーマン商会、みたいな。しかし、ここまでヤクザなやり方で実現するとは思わなかった。

おかげでハーマン商会の店長さん、顔色が真っ青である。

ガタガタと震えながら我々を見つめている。

それもこれも現代日本と比較しては圧倒的に緩い、異世界の倫理観がゆえだろう。奴隷制度が現役でブイブイいわせている世界観だ。それと比較したら今回の出来事は、まだ可愛いものなのかも知れない。現代でも似たようなことは起こっているし。

「しかし、ディートリッヒ伯爵の手形については何故でしょうか？」

「私に上がってきた情報によると、ハーマン商会の背後に伯爵の影がちらついているとのことでした。仔細は判断しかねますが、後々面倒なことになったら時間が勿体ないので、併せて押さえた次第となります」

ヨーゼフさん、めっちゃデキる人。

ミュラー伯爵や殿下が慌てていた背景を理解した。

「ですがどうやら、ササキさんの方が一足先に動かれていたようですね」

「いえ、私の場合は他に理由があってのこととなりまして」

ヒゲが格好いいから覚えていたなんて、とんでもない挨拶もあったものだ。ここまで刺激的にあれこれと致していながら、平然と受け答えしていたヨーゼフさん恐るべし。これならまだディートリッヒ伯爵の方が怖くない気がする。

「そういう訳ですから、あとはマルクさんにお会いして、商会の設立に必要な手続きを行うだけですね。その為にもご本人には一度、ルンゲ共和国にいらして頂く必要があります。こうした説明も含めて、是非一度お顔合わせをさせて頂けたらと」

「なるほど、そういうことでしたか」

万が一にもマルクさんの獄中インには気づかれてはならない。

ヨーゼフさんに手の平を返されたら、今度は我々がピンチである。ディートリッヒ伯爵とは違い、自国の王族を連れてきた程度では、そう大した影響を与えることもできないだろう。今のうちに弱みの一つでも見つけておきたいくらいだ。

「ヨーゼフ様、ひとつお伺いしたいことが……」

ディートリッヒ伯爵から声があがった。

それまでの威風堂々とした言動は見る影もない。

恐る恐るといった面持ちで、ヨーゼフさんに語りかける。

「なんですか？」

「コッホ侯爵とはどういったご関係にあるのですか？」

「彼とは私の父の代から付き合いがありまして、その関係で昨今もお取り引きさせて頂いております。ただ、以前はそれなりにやり取りがあったようですが、ここ最近は年に二、三度ほど、砂糖や蜂蜜といった甘味を少量お買い求め頂く程度ですね」

「そ、そうなのですな……」

「あぁ、この件についてはササキさんにご提案が」

「なんでしょうか？」

「今後はササキさんからの仕入れを提案してみたいのですが、いかがでしょうか？　その方が仕入れに掛かるコストも大きく下がりますし、品質についてもササキさんの扱っている商品の方が、我々の扱っている商品より上等です」

「ケプラー商会さんとしては、困るのではないですか？」

「我々としては今後、小口の取り引きを減らしていきたいと考えております。その関係で一昨年から取引先の整理を行っているのですよ。それに何より今回の提案は、お客様であるコッホ侯爵にも十分に利益のあるお話です」

「なるほど」

ディートリッヒ伯爵とハーマン商会の店長さんの間で交わされていたコッホ侯爵像と比較すると、なんだか少し軽い感じ。ルンゲ共和国に知り合いがいるというのは、まさかヨーゼフさんのことだったりするのだろうか。

もう少し上客的なポジで、深く関わっているものだと思っていた。

そして、これはディートリッヒ伯爵も同じのようだ。ポカンとした表情で我々のやり取りを見つめている。厳しい顔立ちの彼が声もなく呆ける姿には、どことなく可愛らしさを感じてしまった。

「そういった意味でも、マルク商会には期待しております」

「ええ、是非お役に立てたらと思います」

どうやら裏ボスは攻略するまでもなく、円満クリアのようである。

＊

翌日にはマルクさんとヨーゼフさんの顔合わせと相成った。

場所はミュラー伯爵宅の応接室である。

部屋には主役となる二人の他に、家主である伯爵とアドニス殿下、更にはディートリッヒ伯爵の姿がある。ハーマン商会の店長さんは、昨日の打ち合わせが終えられた直後にお別れしてそれっきりだ。

「お初にお目にかかります、ヨーゼフと申します」

「マ、マルクと申します」

ローテーブルを挟むように並べられたソファー。マルクさんとヨーゼフさんは、これにお互い向かい合うように腰を落ち着けている。その姿を見守る我々は、マルクさんの後ろに立ってのお付き合いとなった。

彼の存在感を引き立たせる為の作戦だ。

「この度は私どもケプラー商会とパートナー契約を結んで下さるとのことで、ササキさんから強い推薦を頂戴しました。マーゲン帝国との一件でも、かなり派手に稼がれたとお聞きしております。ぜひその手腕を奮って頂けたらと存じます」

「めめめ、滅相もございません！　こちらこそよろしくお願い致します」

　事情のあらましは昨晩のうちに、マルクさんにもお伝えしている。なので両者の間ではマルク商会の設立について、具体的なやり取りを交わすこともなかった。ヨーゼフさんが望んだ通り、ただの顔合わせとなった。

　そして、大商会のトップに立つ身の上ともなれば、非常にお忙しい彼である。

　小一時間ほどお話をして、顔合わせはお開きとなった。

　別れ際には当初の予定通り、マルクさんのルンゲ共和国行きが決定。旅費や安全面の問題もある以上、こちらはヨーゼフさんの復路に同行する形で、近いうちに出発する運びとなった。ヘルツ王国の首都で落ち合いましょう、とのこと。

　その間、ハーマン商会の監督はディートリッヒ伯爵が買って出た。店長さんが妙なことをしないように見張るのだと息巻いていた。その対価として、どうか手形をあるべき場所に戻してはもらえないかと、必死に交渉する姿が印象的であった。

　そうしてヨーゼフさんを伯爵宅からお見送りしてしばらく。

　再び応接室まで戻った皆々は、疲れた顔で言葉を交わしていた。

「しかし、ササキ殿の交友関係には驚かされた」

「ササキよ、一体どこで知り合ったのだ？」

　ミュラー伯爵とアドニス殿下から、物言いたげな眼差しで見つめられた。こちらとしては未だに実感が湧かないヨーゼフさんの影響力だ。まさか知らないままという訳にもいかないので、この場で確認したいと思う。

「一つご確認させて頂きたいのですが、ヘルツ王国におけるケプラー商会さんの立場とは、どのような位置にあるのでしょうか？　なにぶん異国の出でして、知見の及ばないところが多々あるのですが」

「なにもヘルツ王国に限った話ではないが、ケプラー商会と言えばルンゲ共和国を代表する大商会の一つだ。歴史こそ浅いが、ここ百年ほどで台頭してきたやり手の商会、というのが各国における評価だろう」

　アドニス殿下からご説明を頂戴した。

　ようは国を跨いで活躍している総合商社のようなものなのだろう。現代における大手ＥＣサイトと考えればしっくりとくる。第一印象がとても腰の低い人だったので、そこまでとは思わなかった。当初は食品担当だとか嘯いていたし。

ただ、それ以上に気になるのはルンゲ共和国の商人の地位である。

「ですが、ヨーゼフさんは平民ではありませんか？」

「ササキよ、ことルンゲ共和国に限って言うならば、そうした考え方は危険だ。まず第一に彼の国は貴族制ではない。王族のような立場にある者たちも存在せず、国政は中央議会により行われている」

「なるほど、そうなのですね」

「また、そもそもヘルツ王国とは国力が大きく異なる。つまり国としての裕福さが、まるで違っているのだ。その根底にあるのが、周辺各国を巻き込んだ大規模な商取引によって財を成した、同国の商人たちの存在となる」

これは勝手な想像だけれど、もしかしたらヘルツ王国とルンゲ共和国では、発展途上国と先進国ほどに経済やら何やらが異なっているのかもしれない。思い起こせば町並みもかなり洗練されていた。

「つまりあの国では、より多くの財を成した者ほど高い立場にある。そういった意味では、ササキの連れてきたヨーゼフ殿は、ヘルツ王国における公爵や我々王族に比肩する立場にあると考えて差し支えない」

「それほどなのでしょうか？」

「こと周囲への影響力に限って言えば間違いないだろう」

「ご指摘ありがとうございます、殿下。とても勉強になりました」

後でピーちゃんにも色々と確認させて頂こう。

向こうしばらくは一緒に仕事をする相手なので、しっかりと情報を得ておくべきである。マルクさんも急な話で慌てているだろうし、事前に準備できることがあるようなら、なるべく協力したい。

「騎士ササキよ、一つ確認したいことがある」

「なんでしょうか？　ディートリッヒ伯爵」

殿下の口上が途切れたところで、伯爵が声を上げた。

昨日とは一変、おずおずと問いかけてくる。

「昨日、大金貨千枚を用立てることが可能だと語ってみせたのはまさか……」

「ですから言ったではありませんか。来月末にはご用意いたしますと」

「……そ、そうだったのか」

ディートリッヒ伯爵、まるで我々のことを信じていなかったみたいだ。

今更になって驚いてみせる姿が、こちらとしても複雑な心持ちである。

「よかったな、ディートリッヒ伯爵よ。もしも素直に受け取っていたら、あるいは件の商人を解放していなかったら、今頃はルンゲ共和国を巻き込んで大変なことになっていたぞ。貴殿の愛国心がその身を救ったのだ」

「…………」

ニヤリと笑みを浮かべて語るアドニス殿下。

その言葉を耳にして、ディートリッヒ伯爵の顔色は真っ青になった。

＊

マルクさんの身の上を巡る問題も、紆余曲折を経て一件落着。

身の回りには落ち着きが戻ってきた。

ディートリッヒ伯爵やハーマン商会の店長さんあたりは、今も慌ただしくしていることだろうけれど、我々はその限りでない。ひと足お先に騒動の輪から抜けさせて頂いて、久しぶりに休みを満喫することにした。

場所は拠点となるセレブお宿のリビングスペース。

そこで愛鳥とのトークを楽しむ贅沢。

『今回は貴様の粘り勝ち、といったところか』

「ヨーゼフさんがいい人でよかったよ」

もしも彼がハーマン商会の店長さんのようなヤンチャな人物だったら、などと考えると、今更ながら行き当たりばったりの行いであったと反省である。今後はもう少し堅実に物事を進めるべきだろう。

『いい人かどうかは判断しかねるが、商売人としては信用できる人物だ』

「もしかしてお友達だったとか？」

『友人というほどではないが、顔見知り程度にはな』

「なるほど」

こうして色々と経験を共にしてみると、改めてその背景に疑問が湧いてくる。生前の彼はどういった交友関係を持ち、どういった日々を送っていたのだろう。仲のいい友人とか、会いに行きたいなんて思わないのだろうか。

『……貴様、また妙なことを考えているな？』

「なにが？」

『我はここ最近の生活を気に入っている。それ以上は不要だ』

おっと、顔に出ていただろうか。

相変わらず察しの良い文鳥殿である。

「本当に？」

『本当だ』

「そっか……」

まあ、本人が結構だと言うのであれば、無理に勧めることもない。

当面は穏やかな生活に身を任せて、疲弊したメンタルを癒やすとしよう。

『ところで貴様よ、このタイミングで一度あちらの世界に戻りたい』

「え？　もしかして何か用事とか？」

『そこにある端末で、こちらの世界とあちらの世界、時間の流れの差異を測っていた。可能なら今この瞬間にでも、昨晩に計算した値を持ち帰り、あちらの世界の時間を踏まえた上で、検証を行いたいと考えている』

ピーちゃんが翼で指し示した先には、現代日本から持ち込んだノートパソコン。その傍らには彼に代わってキーボードやマウスを操作する為のゴーレムが、糸の切れた操り人形のように座り込んでいる。

「……ピーちゃん、もうそこまでやってたの？」

『悪いか？』

「いや、ぜんぜん悪くはないけれど」

『貴様とて、こちらの世界では色々とやっているではないか』

「…………」

デキる男の仕事っぷりを見せつけられてしまった。

なんて格好いいんだろう。

「しかしなんだ、MATLABというのも優れてはいるが、我はこちらのNumPyというものの方が、条件の記述が容易で便利だと感じる。Pythonとやらの仕組みが優れているのだろうな。Rという競合も見受けられたが、これは駄目だ。構文が拙い」

自身の肩に止まった文鳥が、とても遠いところに感じられる。

＊

ピーちゃんの願いを受けて異世界を発った我々は、現代日本に戻ってきた。

場所は自宅アパートの居室。

ここ最近は外出ばかりしていたので、妙に久しぶりに感じる。

場所を移した直後、ピーちゃんはデスクでパソコンに向かう。ゴーレムを操って、カタカタと忙しそうにし始めた。邪魔をするのは申し訳ないので、自分はテレビでも眺めて暇を潰すことに。適当にチャンネルを回しながら、番組を順番に舐めていく。

そうしてしばらく、まったり過ごしていると文鳥殿が声をあげた。

『やはり、段々と短くなってきているな……』

「ピーちゃん？」

頭脳労働をペットにお任せしている事実から、罪悪感に心が痛む。

気分的にはあれだ、リストラされて自宅で食っちゃ寝しながら、妻の家事に勤しむ姿を眺める旦那の気分。炊事洗濯掃除を終えてから、更にパートへ出かけるだろう配偶者の背中を眺めて、昼ビールを決める駄目な旦那さん。

そうした想いを隠しつつの問い掛け。

すると彼はこちらを振り返り、画面を翼でビシッと指し示して言った。

『貴様よ、このグラフを見て欲しい』

「う、うん」

ディスプレイには綺麗な折れ線グラフが映し出されていた。

画面から離れていても見やすいように、記載の文字列はどれもフォントが大きく設定されている。複数あるラインの色合いも、それぞれで綺麗に分けられており、とても分かりやすい。いよいよ文鳥離れしたプレゼン能力だ。

パソコンやインターネットに触れて僅か数週間とは、とても思えない。

おもわず劣等感を刺激されてしまったよ。

『これが以前の値で、こちらが今回の値だ』

「たしかにピーちゃんの言う通り、期間が短くなってきているね」

　当初は現代で過ごす一日が、異世界で過ごす一ヶ月に相当した。それが段々と短くなってきている。そして、これは時間の経過とともに、より顕著なものとしてグラフの上にプロットされていた。

　体感でなんとなく扱っていたそれが、明確な数値として示されている。

　しかもグラフの上には、今後も同様に変化が進んでいった場合、どういった変化が予想されるかが示されていた。その想定に従ったのなら、半年後にはこちらの一日とあちらの一日がほぼ一致する。

「周期的に変化したりするのかな?」

『その可能性も考えている。だが、現時点ではデータが足りない』

　端末の画面を眺めて、ああだこうだと意見を交わす。

　ところで、マウスをカチコチと操作するゴーレムが可愛い。

　名前とか付けていたりするのだろうか。

『貴様には悪いが、もう少し頻繁に行き来してデータを取りたい』

「それがよさそうだね」

『協力してもらえるか?』

「いやいや、こちらこそ色々と考えてくれてありがとうだよ。もっと精密に時間を計る必要があるなら、必要な機材を用意するから言ってくれると嬉しいな。ピーちゃんと二人静さんのおかげで、懐には余裕があるし」

『それは頼もしい』

　向かって正面から眺める文鳥殿の、ふわふわとした胸毛が愛らしい。

　尊大な口調や確たる実績と相まって、貫禄を感じてしまうよ。

　指先でナデナデしたら、やっぱり怒られるだろうか。

　めっちゃ撫でたい。

　彼との関係に一つ不満があるとすれば、それはスキンシップ。

　愛鳥と交流を重ねる世の飼い主の方々が羨ましくて仕方がない。

「ところでピーちゃん、いくつか聞きたいことがあるんだけどいいかな?」

『なんだ?』

この機会に色々と、異世界でのあれこれを確認しようと考えた。

ヨーゼフさんとの件を受けては、知見の及ばない事柄も数多くあったので、次に彼らと場を共にするまでには、そうしたギャップを埋めておきたい。マルク商会の設立後は、ルンゲ共和国に拠点を持つ他の商会との競争も見込まれる。足を引っ張る訳にはいかない。

「ルンゲ共和国についてなんだけど……」

そうした時分のこと、不意に響いたのがテレビの音声。

曰く、これはまるで怪物です。

曰く、異世界からやってきた怪物のようではありませんか。

キーワードは異世界。

その響きを耳にして、自然と我々の意識はテレビに向かっていた。

するとそこには、たしかに怪物っぽい何者かの姿が映っている。

自分とピーちゃんの見つめる先で、ニュース番組のアナウンサーは賑やかに言葉を続けた。こちらの映像を御覧ください。空から降ってきた怪物の絶命する寸前を捉えたと思しき、とても貴重な映像です。とかなんとか。

『リザードマンだな』

「……え？」

ピーちゃんがボソリと呟いた。

たしかに見た感じ、首から上はトカゲっぽい外見をしている。一方で手足は人間と同じように、二足歩行を前提とした作りだ。更には全身を覆うようにびっしりと生えた鱗。そんな生き物が空から降ってきたかと思えば、地面に倒れ伏して、唸り声を上げていた。

映像は数十秒ほど。

最後は力尽きて、被写体はピクリとも動かなくなる。見事にひしゃげた手足から、全身を強打しての絶命だろうことが窺えた。

倒れ伏した下はアスファルト。番組のテロップによれば、都心からほど近い郊外にある、広めに作られたコンビニの駐車場での出来事だという。周囲には飛び散った血液の飛沫まで鮮明に確認できた。

『我の見間違いでなければ、あちらの世界の者だろう』

「……そうだね」

だって、聞こえてしまった。

テレビのスピーカー越し、リザードマンの発した最期の言葉が、自分にはしっかりと理解できてしまった。それは予期せぬ出来事を受けてと思しき多大なる混乱と、大切な家族に向けて発せられた情愛の思い。

つまり、自身もまた知っている世界からの来訪者。

「ピーちゃんの魔法って、リザードマンも使えるの？」

『上位個体であれば分からないが、一般的には使えないな』

「……そっか」

色々と可能性は考えられる。誰かがピーちゃんが扱うものと同じ世界を渡る魔法を使って、実験的に対象を飛ばしただとか、偶発的な事故に巻き込まれる形で飛んできただとか、それはもう色々と。

ただ、全ては想像に過ぎず、検証を行う余地もない。

「ピーちゃん、もしよければ……」

局に行って状況を確認してこようと思う。

そう伝えようとした間際の出来事だ。

デスクの上に放置していた端末がブルブルと震え始めた。

ディスプレイには阿久津課長の名前。

「ごめん、ピーちゃん。どうやら勤め先から呼び出しっぽい」

『行ってくるといい。我も事の次第が気になる』

「そうだよね。申し訳ないけれど、これから少し出てくるよ」

このタイミングで呼び出しとあらば、まさか無関係ではないだろう。

果たして何と言われるのか、考えただけで胸がドキドキとしてしまうよ。

〈デスゲーム〉

【お隣さん視点】

最近の私は、隣の部屋に住んでいるおじさんと話をする機会が減った。

理由は彼の生活リズムに変化がみられたからだ。先週から部屋を留守にする機会が増えた。また、自宅に戻ってもすぐに寝てしまうのか、部屋の電気は消えていることが多い。壁に耳を押し当てても気配を感じることができない。

「…………」

仕事が忙しいのだろうか。

外泊も増えたような気がする。少なくとも自身が数えている限り、週に何度も日を跨いで出かけるようなことは稀だったのに。ずっと玄関口で彼の自宅を眺めていたのだから、かなり信憑性のある情報だと思う。

ここ数年、一週間に二回以上の外泊を重ねたのは三度だけ。

「……おじさん」

本日も自宅の玄関先に座り、同じデザインの隣室の玄関ドアを眺めて呟く。

すると時を同じくして、お腹がグゥと鳴いた。

改めて私という存在は、おじさんに生かされていたのだと感じる。この肉体の半分くらいは、おじさんによって形作られているのではないか。そんな錯覚すらある。自分の身体なのに、自分のモノではないような感覚。

彼と話をしているとき、満ち足りた気分になる。

それはきっと私の半身が、あるべき場所に戻り喜んでいるからだろう。

だから今日も自宅の玄関前で、おじさんの帰宅を待つ。

ただ、そうして座り込んだ私の前に現れたのは、別の人物だった。

「あれ？　もしかして君のママ、まだ戻ってない？」

「…………」

先月から母親が付き合い始めた男性である。

他にも仲良くしている異性はいるようだが、ここ最近は結構な頻度で自宅を訪れている人物だ。年齢は二十代後半ほどで、顔立ちは悪くない。イケメンと呼ばれる部類にあると思う。けれど、どうにも胡散臭く感じられる。

笑顔が、自然じゃない。

おじさんの笑顔と、この男性の笑顔は、私には別物に見える。

「まあいいや、お邪魔させてもらうよ」

どうやら合鍵を持っているようだ。

ズボンのポケットから取り出したそれを、こちらの頭上で玄関のドアノブに差し入れる。致し方なし、私は立ち上がって場所を男性に譲ることにした。自身が座ったままでは、玄関のドアを開けることができないから。

「……君、俺と一緒に来なよ」

「いえ、結構です」

ドアノブを引いて玄関に半歩を入った先方から、声を掛けられた。脇に立った私を振り返り、こちらの顔をジッと見つめている。

スーツ姿は会社帰りだからだろうか。

手には鞄（かばん）を提げている。

「外は寒いだろう？　中に入って暖まったほうがいい」

「大丈夫です、慣れてますから」

外にいなければ、帰宅したおじさんと顔を合わせることができない。呼び鈴を鳴らしてまで物乞いをするのは、なにか違う気がして、これまでも控えていた。多分それは、私が自身に与えた最後の一線。

それをしたら、私が私ではなくなるような。

「いいから来いって言ってんだよっ！」

「っ……」

そうこうしていると、先方の態度が急変した。

怒鳴り声と共に腕を力強く引かれる。

手首を痛いほどに握られた。

その一方的且つ力強い言動から、なんとなく相手の考えていることが理解できた。以前からチラリチラリと胸や股ぐらに視線を感じていたから。母親の不在を受けて一歩を踏み出すことにしたのだろう。

合鍵を得たのも、その為（ため）であったのかも。

いや、流石（さすが）にそれは自惚（うぬぼ）れが過ぎるか。

「止（や）めて下さい」

「いいから来い！」

「っ……」

そして、先方は顔立ちが優れていれば、身体付きも大したものだ。きっと日頃から鍛えているのだろう。必死に抵抗を試みるも、碌（ろく）に声を上げる暇もなく宅内に連れ込まれてしまう。とっさに金的を狙って足を振り上げたが、膝を寄せて防がれてしまった。

　更には廊下に押し倒された上、馬乗り。

　両手両足を押さえつけられる。

　小娘に過ぎない自分には、こうなると抵抗の手立ても少ない。

「痛い思いをしたくなかったら、大人しくしろ」

「………」

　お互いの鼻と鼻が接するほどの距離から、ギラギラとした眼差しで見つめられる。血走った目、というものを私は初めて見たかもしれない。白目に浮かんだ血管の一本一本までもが鮮明に窺えた。

　両手首を押さえた腕も、太ももを圧迫する脛も、とても外せそうにない。

「何の為にあんなババァを抱いたと思ってるんだ？　理解しろよな」

「……ババァ？」

「そうだよ。股は緩くて締まらねぇし、匂いもキツいし、マジ最悪だ」

　ババァ扱いを受ける母親がおかしくて、口元に笑みが浮かびそうになった。どうやら彼女は私を得るために利用されたようだった。けれど、そのせいで自身の貞操が危ういと思うと、今度は苛立ちが湧いてくる。

　初めてはおじさんに差し出そうと考えていたのに。

　興奮したおじさんに無理矢理、力尽くで犯されるのだ。それがいいのだ。

　こんな男にくれてやる訳にはいかない。

「それに引き換え、君は本当に可愛いよねぇ」

　男の舌がツツツと頬を這った。

　全身に鳥肌が立つ感覚。

　反射的に頭部を動かして、相手に頭突きをしていた。

「っ……テメェ！」

「んぎっ……」

　直後に男から鼻を噛まれた。

　こうした野性味の溢れる行いを目の当たりにすると、どれだけ取り繕ったところで、人間も犬や猫と同じ動物なのだと思い知らされる。同時に人間は鼻を噛まれると、頭を金槌で殴られたような痛みが走ることを知った。

　咄嗟に閉じた瞼の裏側に星が飛ぶのを感じる。

「いいから大人しくしてろよ、すぐに済むから」

男の手がこちらの下腹部に伸びた。

興奮状態にある為か、ハァハァと息を荒くしながら、嬉々として語る。タバコ臭い吐息が絶え間なく顔に当たり、とても不快だ。顔を顰めずにはいられない。少しでもこれから逃れようと顔を相手から背ける。

どうして、おじさんじゃないんだろう。

おじさんだったら、最高だったのに。

常日頃から願っていた、理想と称しても過言ではない状況。

そうして思った直後の出来事だった。

『助けて欲しいかい？』

ふと妙な声が届けられた。

反射的に顔を上げる。

すると、そこには少年がいた。

自宅の廊下、仰向けに倒れた私に馬乗りとなる男。その背後に立って、ジッとこちらを見下ろしている。位置は閉じられた玄関ドアの正面、ポーチタイルの敷き詰められているあたりだ。

つい先程、顔を背ける前までは誰もいなかったのに。

年頃は自分よりも少し下、小学校中学年くらいではなかろうか。明るい茶色のボブヘアと、黄金色の瞳が印象的な白人である。肩章の付いた真っ黒いマントを羽織っている。頭には同じ色の王冠。

昔話に出てくる王侯貴族さながらの出で立ちだ。

そんな人物が、廊下に倒れた私に問いかける。

『助けて欲しいかい？』

どうやら少年の声は、強姦魔には聞こえていないようだ。先方は股間の一物をズボンから取り出そうと躍起になっている。

犯されるまで、あと数秒といったところ。

そうした鬼気迫る状況が見せた幻かとも思った。

しかし、そこにはたしかに居るのだ。

王冠を頭に載せてマントを羽織った少年が。

あまりにも滑稽な絵面である。

だからだろうか、駄目で元々、と。

私は相手の目を見つめて、素直に返事をしていた。

「助けて下さい」

『代わりに僕のお願い、聞いてくれる？』

お願いとは何だろう。

疑問に思った。

けれど、迷っている暇はなかった。

「……はい」

『いいよ、それなら助けてあげる』

ニコリと穏やかな笑みを浮かべて、少年は応じた。

スッと一歩を踏み出したかと思えば、その手が私を押し倒していた男に伸びる。小さな指先が相手の肩に触れた。その直後の出来事である。私の手首を握りしめていた男の手から、急に力が失われた。

同時にドサリと、こちらに覆い被さってくる。

反射的に顔を押し退けると、何の抵抗もなく相手の身体は動いた。

「…………」

首筋に手を当てて、男の脈を確認する。

トクトクと規則的に動いている。

『大丈夫、死んだりしていないよ。っていうか、僕がこの物質界で人草を殺したら、重大なルール違反になっちゃうからね。ちょっと気絶してもらっただけさ。君もさっさと身だしなみを正すといい』

見た目相応の少年とは考えない方がいいのかも。

そんな馬鹿な話があるかとは思う。

けれど、その足先が床から僅かに浮かんでいるのを見て、私は考えを改めた。

「君は何者？」

『それよりも先に言うことがあるんじゃない？』

「……ありがとうございます。危ないところを助けてくれて」

『うんうん、そういう素直な性格の人、僕は好きだなぁ』

少年は腕を組んでしきりに頷いてみせる。

傍目には小さな子供にしか見えない。けれど、軽く手で触れただけで、成人男性を気絶せしめた行いは、依然として宙に浮かんだままの肉体も手伝い、相応の迫力のようなものをこちらに伝えた。

『ところで君、大丈夫？　やられちゃった？』

「いいえ、未遂です」

『あぁ、それはなによりだ』

男の下から這い出して、自らの足で立ち上がる。

並び立つと少年は、自分よりも数センチほど目線が下にあった。こうして改めて眺めてみると、男性にしては少し長めで艶やかな頭髪や、クリクリとした大きな瞳、第二次性徴前の幼い体躯から、中性的な雰囲気を感じる。

「ところで、私にお願いというのは……」

『君、意外と適応力があるね。いきなり話題を続けてみせるとか』

「それはたぶん、世の中のことにあまり興味がないだけかと」

『なるほど、そういう考え方もあるのかい』

素直に答えると、相手は感心した面持ちで頷いた。

何かと身振り手振りが大げさな少年だ。

海外の人たちはこれが普通なのかもしれないけれど。

『君には僕の手伝いをして欲しいんだよ』

「……具体的に何をすればいいんでしょうか？」

『急(せ)くねぇ？』

「…………」

なんだろう、私の会話のペースが早いのだろうか。

決してそんなことはないと思うけれど。

しかし、日頃からまともに話をしている相手というと、隣の部屋のおじさんくらいしかいないことに気付いた。

学校では友達も皆無の上、教員とも最低限しかコミュニケーションを取っていない。母親とはそれ以下だ。

『どうしたんだい？　急に黙ってしまって』

「いえ、今後はもう少しゆっくり喋(しゃべ)るようにしようかと」

『なんだい、さっきの僕の言葉に従ったつもりかい？』

「貴方(あなた)に媚(こ)びたつもりはないです。ただ、少しだけ反省をしました」

自(おの)ずと意識は、隣の部屋に接する壁に向かった。

台所を越えて十数センチ、おじさんの住まい。

あぁ、そうだとも。

さっさと話を終わらせて、玄関の前に戻らないと。ここ最近のおじさんは生活が不規則で、帰宅時間にもバラツキがある。私が学校に行っている間に戻ってきた痕跡も度々あったので、なるべく外で待っていたい。

『ん？　どうしたんだい？』

私の視線の動きを受けてだろう、少年の意識も壁に向かった。

これを誤魔化(ごまか)すように言葉を続ける。

「貴方は何者で、私はこれから何をすることになるんですか？」

『僕は悪魔だ。そして、君はこれから僕に代わり、天使の使徒と戦うことになる』

「…………」

それは自身が想定していた以上に突拍子もないものだった。

＊

【お隣さん視点】

自宅の廊下、倒れた強姦魔の傍ら、少年から細かな説明を受けた。

なんでも世の中には、悪魔と天使がいるらしい。

両者は互いに争っており、遥か昔から絶え間なく喧嘩を続けているそうだ。本人たちが真正面から争ってはこの世界が壊れかねない。そこで人間を利用することで、代理戦争としているらしい。

これに悪魔側の代理として参加して欲しい、とのことであった。

眉唾ものの話である。

危ういところを助けられた経緯がなければ、まず間違いなく信じなかったと思う。だからこそ、色々と思い浮かぶことがあった。それはたとえば、依然として廊下に倒れたままの男の扱いだとか。

「この人、貴方の仲間だったりしませんか？」

『どうして、そう考えるんだい？』

「もしも仮に、私に声をかけることが事前に決まっていた場合、その方が効率的じゃないですか。実際にこうして、自分も貴方の説明を信じ始めています。天使や悪魔なんて、これまでに一度も見たことがなかったにもかかわらず」

『ほうほう、君は年齢の割になかなか賢いようだ』

「…………」

『そう睨まないで欲しい。以前から君に声をかけようと考えていたのは事実だよ。けれど、こうして君が襲われたのは、その男の性欲が理由のすべてさ。こっちからけしかけるような真似はしていない。偶然から利用させてもらっただけ』

「本当でしょうか？」

『その上で一つ助言をするとしたら、今後は君自身で答え合わせが不可能な質問は控えるべき、ということかな？　相手が信用できないなら尚更だ。自らで答え合わせが可能なまでに問題を細切れにした上で、その各々で信憑性の確保を目指すべきだよ』

「……たしかに、その通りだと思います」

まさか出会って小一時間の相手から、こうまでも上から目線で説教を受けるとは思わなかった。相手が自身よりも年下の少年然とした姿格好であることも手伝い、少しだけイラッとした。ただ、言っていることは正しい、と思う。

先程には素直な人物が好きだなんだとも呟いていた。

彼は説教好きな性格の持ち主なのかもしれない。

そういうことなら、今後は存分に学ばせてもらおうと思う。

『他に質問はあるかい？』

「代理戦争が行われている背景については理解しました。ただ、具体的にどういった行いをすればいいのかしっくりと来ません。見ての通り私は子供です。大人が相手だと、為す術もなく組み伏せられてしまいます」

床に倒れた男に視線を移して語る。

母親の彼氏は、未だに気絶したままだ。

『そうだね、ここからは少し具体的な説明をするよ』

勿体ぶった振る舞いでゴホンと咳を一つ、少年は語り始めた。

尊大な在り方と相まって、そうした素振りが妙に似合う。

『既に争いに参加している使徒たちの間では、代理戦争の仕組みを表現するのに、デスゲームって単語が利用されているね。そういうふうに伝えると、昨今の人草は理解が早いそうなんだけれど、君はこれで理解してくれたりするのかな？』

これまた物騒な単語が飛び出してきた。

けれど、そういうことなんだろう。

「やたらと不穏な響きですね」

『おかげで天使たちの間では何かと不服の声が上がっているようだよ。逆に悪魔たちからは肯定的な意見を聞くことが多いね。君としてはどうだい？　なんとなくでも雰囲気を察してもらえたら嬉しいのだけれど』

「たぶん、言いたいことは理解できたと思います」

『なら続けよう。代理人たちには使徒として、天使や悪魔の分霊を身体に宿してもらう。その力を利用してお互いに、この世界とは隔離された空間で争うんだ。ルールは天使と悪魔、どちらかの陣営の使徒がゼロになるまでかな』

「私のような子供を選んだのは、天使と悪魔の争いが数年、あるいは数十年と長引く場合も、過去に経験してきたからですか？　それとも単に子供の方が、貴方たちが扱いやすいと考えているからですか？」

『あ、両方とも正解だ。やったね！』

「…………」

さらっと言われたけれど、デスゲームのデスの部分は真実のようだ。

死因はどうあれ、本当に死ぬまで戦わされるらしい。

そして、現時点では代理人である使徒とやらに何のメリットもない。自分のような社会的弱者を強制的に徴収しているのだろうか。だとすると、どうやって現場の人間のモチベーションを維持しているんだろう。

『不服そうな表情をしているね？』

「そう見えますか？」

『ああ、見える見える』

ニコニコと人の好さそうな笑みを浮かべて少年は頷いた。

遠回しに馬鹿にされているような気になる。

いいや、決して気のせいなどではなく、本当に馬鹿にされているのかも。

『君の考えていることは想像がつくよ』

「でしたら、説明をお願いします」

『君、いいね。ちゃんと僕の言葉から学んでいる』

何が嬉しいのか、笑みを深くして少年は言葉を続ける。

その言動に焦れったさを覚えた。

早く話を終えて、玄関先でおじさんを待ちたい。

『我々は使徒である代理人に対して、デスゲームへ参加するに当たり、事前に約束をすることにしている。これから代理戦争で敵陣営の使徒を屠った場合、何かしら一つ願いを叶えてあげるというものだ』

「何かしら一つというのは、随分と曖昧なんですね」

『その分だけ大したものだよ？　場合によっては自陣営の天使や悪魔に協力を願うこともあるからね。過去には死体を黄泉帰らせたこともあった。まあ、そのときは一騎当千の大活躍をした使徒へのご褒美、という側面もあったのだけれど』

「つまり交渉次第、ということですか？」

『あれ？　驚かない？　死人が生き返ったんだよ？』

「いえ、別に」

死人が生き返ったところで、私にはなんの利益もない。

それよりも今は早く、自宅の玄関先に戻りたい。

『ふぅん？　まあ、何でもいいから考えておいてよ。交渉次第だから』

「分かりました」

『それと実際のゲームについてだけど、これは実地で学んでもらうのが一番かな？　幸い君に声をかけた悪魔は、かなり上等な部類に入るんで、そうそう負けたりしない。人草の言葉を借りると、ＯＪＴって言うらしいね』

「………………」

以前、おじさんの口からも聞いた覚えのある単語だ。

あまり肯定的なニュアンスではなかった気がする。

『ちなみに前回のデスゲームは、人草の暦で百年くらい前に始まって、終わるのに三十年くらいかかったかな。逆に早いときだと、二、三年でサクッと終わることもあるから、このあたりは参加者の質次第だね』

「三十年、ですか……」

四十代となった自分など、到底想像できない。

二十歳くらいで死ぬものだと考えている。

何より三十年も経ったら、おじさんがしわくちゃになってしまう。

大切なのは向こう数年、綺麗な二人の時間なのに。

『という訳で、早速だけど契約といこうか』

「印鑑とか、必要ですか？」

『君の場合は既に協力を承諾しているからね。僕から君に対して一方的に分霊を降ろすばかりさ。その際に肉体が些かショッキングな刺激を受けるかもしれないけれど、どうか我慢してもらいたいな』

「っ……」

少年の言葉が終わるか否か、というタイミングでのことだった。

頭の天辺から爪先まで、全身を貫くような痛みが走った。

「んんんっ……！」

あまりにも痛くて、目玉が飛び出るかと思った。

歯を食いしばり、必死になって耐えた。

このアパートは木造で壁が薄い。もしも私がこの少年と話をしている間に、おじさんが帰宅していたとしたら、悲鳴は彼の耳にも届くことだろう。それだけは避けたくて、ギュッと唇を噛みしめる。

口内に溢れた血の味が、空腹に鳴っていた腹をたしなめる。

足元で何かピカピカと光っているような気がするが、確認している余裕もない。

そうして苦痛に耐えることしばらく、痛みは十数秒ほどで消えた。

『君、よく我慢できたね？　降霊で声を上げなかった使徒は僕も初めてだよ』

「……そういうことなら、せ、せめて事前にタイミングを教えて欲しかったです」

『ごめんごめん。だけどほら、身構えると逆に辛(つら)かったりしない？』

「…………」

今更ではあるけれど、目の前の相手の肩書が悪魔であることに、説得力のようなものを覚えた。終始笑みの絶えない表情の裏側に、人を何とも思っていないような、そんな冷淡さが感じられる。

そして、痛みに驚いたのも束(つか)の間(ま)のこと、周囲の雰囲気が変化した。

音が消えたのだ。

屋外から響いてくる自動車の排気音だとか、自宅の浴室で回っている換気扇の駆動音だとか、今まで聞こえていた一切合切の音が、まるでステレオのボリュームを絞ったかのように、一斉に失われた。

自身の耳が壊れたのではないかと疑うほど。

『おっと、さっそく獲物がかかったみたいだ』

「あの、これは？」

『使徒同士が一定の距離まで接近すると展開される隔離空間だね。この空間内での出来事は、実空間ではすべてがなかったことになる。例外は使徒の存在くらいかな？　生成と維持には僕ら悪魔や天使の本体が備えた力が利用されているね』

「……そうですか」

どうやらゲームの開始を知らせる合図のようだ。

非常に分かりやすい。

これなら就寝中以外、絶対に乗り遅れることはない。

あぁ、そうだ。寝ている間はどうするのだろう。

このあたりも後で少年に確認しないと。

『あと、君のその姿は不格好だから、軽く治しておこう』

「っ……」

少年が私に向けてスッと腕を突き出した。

咄嗟に身構える。

これと同時に、鼻と唇に感じていた痛みが消えた。

『具合はどうだい？』

「……ありがとうございます」

鏡で確認した訳ではないので、患部の状態は分からない。けれど、それまで感じていたズキズキと疼くような痛みが、少年の動きを受けて消えた。僅かばかりあった疑いの心が、完全に失われた気がする。

ただ、どうやら汚れまでは取れていないようだ。唇に軽く触れると、ヌルっとした感触と共に、赤いものが指先に付着した。この様子だと鼻の怪我と合わせて、今の私はかなり無様な顔をしていることだろう。

『せっかくの初陣だ、軽く拭ってから出発するとしよう』

「すみません、ついでに着替えてもいいですか？」

『構わないけれど、今着ている服は嫌いなのかな？』

「これは一張羅なので、汚したり破いたりしたくないんです」

『その点は安心していい。先程も説明したとおり、隔離空間内での物質的な損失は、魂の損傷以外はすべて元通りだから。この点についてはＯＪＴを終え次第にでも、改めて細部まで説明するとしよう』

「……分かりました」

『さてと、それじゃあ早速だけど、ゲームに向かおうか』

少年の指示を受けて、私は自宅を後にすることになった。

願わくば自身が留守の間に、おじさんが戻って来ませんように。

＊

【お隣さん視点】

自宅から目的地までの移動は徒歩だった。

隔離空間が発生するのに必要な使徒間の距離や、そうして生成された空間の大きさは、使徒に付いた天使や悪魔の力に比例するそうだ。そして、どれだけ強力な分霊を備えた使徒同士であっても、共に数キロほどの距離でしかないという。

そういった諸々を教示されつつ、少年に導かれて歩く。

音の失われた世界には、人気も皆無であった。

人混みが苦手な私にはありがたい。

普段混雑している場所が閑散としている光景は爽快だ。

すると歩き始めてしばらくしたところで、何故だろう、彼の向かうだろう方向が、自身にも何となく分かるようになった。私という使徒と接近して、この空間の生成に一役買った相手の存在が、なんとなく分かる。

遠方で鳴る音の聞こえてくる方角を察するような感じ。

「相手も同じように、私たちの場所が分かるんですか？」

『これといって隠蔽していないから、捕捉されていると思うよ』

どうやら意図して隠し立てすることも可能なようだ。

逆に敢えて晒すという選択肢もあるのだろう。

当代の使徒たちが天使と悪魔の代理戦争を、ゲームと称する理由の一端を理解したかもしれない。この手の駆け引きや化かし合いが、勝敗を決するのに大きく影響しているのではなかろうか。

ただ、それにしては傍らを歩む少年のなんと安閑としたこと。

「貴方はそんなに強い悪魔なんですか？」

『僕の見立てだと、これから戦う相手は控えめに言って楽勝かな』

「……そうですか」

この悪魔、自信満々だ。

事前に相手を確認しているのだろうか。それなら彼に生命を委ねている自分としてもありがたい限り。しかし、口から出任せだとすると、これほど頼りないパートナーもない。掴みどころのない言動が不安を増大させる。

『相手が見えてきたら僕にこう言って。顕現せよ、って』

「それでどうにかなるんですか？」

『たぶん、相手はびっくりして逃げていくと思うよ』

「使徒を捕捉し合う何かは、適度に隠蔽できるんですか？」

『君、若いのに頭の回りが早いね。流石は僕が選んだ使徒だ』

こうなると事前に下調べをしている可能性は高そうだ。

その一点において、今回は落ち着いて行動すれば、恐らく大丈夫だと思われる。これまでに受けた説明から、少なくとも私と少年は利害関係が一致しているので。

　いいや、一方的に自分が少年の利益に巻き込まれているだけか。

『あ、いた』

　場所は地元の商店街、ショッピングモールの中程である。

　その中央に人が二人が立っていた。

音が失われた世界で、初めて遭遇した自分や少年以外の人である。

　少年の歩みが先方の十数メートル手前で止まる。

　私もこれに倣った。

「あー、女子中学生とか、マジかぁ……」

　こちらを捕捉して、二人の片割れから声が上がった。

　その呟きは私が着用したセーラー服が理由だろう。もしも相手がこの辺りに住んでいる人であれば、一目でこちらの通学先がバレたことになる。そうでなくとも、調べればすぐに判断はつくだろう。

　少年はその辺りを考慮しているのだろうか。

　声を上げた人物は二十歳前後と思しき男性である。ジーンズに襟付きのシャツとジャケットを着用。中肉中背で黒い髪を短く刈り上げている。どこにでもいる大学生然とした人物だ。それでも一つ特徴を挙げるとすると、面立ちが些か童顔気味である。

　そして、男性の傍らには二十代中頃を思わせる女性の姿。真っ白な肌と腰下まで伸びたブロンドの髪が印象的な白人女性である。その背中には二翼一組の羽が生えている。背丈は隣に立った彼と同じくらい。

　まず間違いなく後者が天使だろう。

『ほら、早く指示を出してよ』

「あ、はい」

　先方と挨拶を交わす間もなく、少年から声が掛かった。

　相手に先制されても困ってしまうので、私は素直に口を動かす。

「顕現せよ」

『うぃ、まっかせてぇ！』

　元気のいい返事が、無人のショッピングモールに響いた。

　直後、少年の肉体に変化が訪れる。

　まるで水風船が弾けたかのように、肉体が崩れ落ちた。ぐずぐずになった臓物が地面にドチャリと落ちる。そうかと思えば、これがモゾモゾと蠢き始めたから、すぐ隣に立っていた私は平静でいられない。

咄嗟に数歩を後ずさっていた。

『酷いなぁ、そこまで露骨に引かなくてもいいじゃないの』

「……それ、大丈夫なんですか?」

私の面前で肉塊が膨れていく。

中身が詰まったゴミ袋ほどの大きさであったそれは、瞬く間に私の背丈を追い抜いて、普通自動車ほどのサイズまで膨れ上がった。これまで少年が身に付けていた衣服、王冠やマントも血肉に飲み込まれてしまった。

粘液にまみれた様相は非常にグロテスクだ。

それでも悪臭こそ漂ってこないのが、不幸中の幸いである。

ただし、血肉の飛沫が私のセーラー服にまで飛んだ点は頂けない。

「っ……雅之君、この場から逃げますよ!」

「え!? で、でもっ……」

「あれはアバドン、今の我々では手も足も出ません」

先程も偉そうに語ってみせたとおり、少年は天使たちの間でも、それなりに名が知られた悪魔のようだ。肉の塊に成り果てた彼を目の当たりにして、天使と思しき女性の表情が一変した。傍目にも慌てているように思われる。

『逃さないよぉ』

どういった理屈なのだろう。

肉の塊が空を飛んだ。

数メートルの高さまで勢いよく浮かび上がり、先方の頭上を覆うようにブワッと広がる。投網漁の網打ちさながらの光景だ。ただし、広がっていくのは網ではなくグロテスクな肉の塊であるから、非常におどろおどろしい。迫られた側は堪ったものじゃないだろう。

「っ……」

「ヴァーチャーッ!?」

天使の人が男性を抱いて、空に飛び上がる。

迫る肉塊を危ういところで回避した。

一方で少年は地上へ落ちると共に、グズグズと形を変えて元の姿を取り戻す。大きさも以前の彼と変わりない。シャツやズボン、王冠にマントまで元通りなのは、内部でこれを保持していたからだろうか。

いいや、あまり深く考えるのは止めよう。

そもそも質量が保存されているかどうかすら怪しい。

『ざぁんねぇん』

「えっ……」

少年の意地の悪そうな声が辺りに響いた。

間髪を容れず、天使の人の背後に肉塊。

それは瞬く間に膨れ上がり、空を飛ぶ二人の姿をまるっと飲み込んでしまった。どうやら自らの一部を彼女の翼に付着させていたようだ。一度わざわざ逃してから、再び捕まえるというやり方が厭らしい。

二人は空に浮かんだ肉に丸ごと包み込まれてしまう。

その直後から、ボキボキという音が聞こえてくる。これに交じって悲鳴まで響き始めたのなら、いよいよデスゲームなる単語が現実味を帯びてきた。一歩間違えば、自身も同じような目に遭うかもしれないのだ。

『どう？　僕が言ったとおりになったでしょ』

「これって私が一緒にいる意味あるんですか？　何もしてませんけど」

『原則として君たち代理人の指示を無視して、僕らは勝手に動けない』

「指示を出した覚えがないんですが」

『天使と遭遇して、その面前で顕現を願われた。まさか何もしないで突っ立っている訳にはいかないでしょ。まあ、それくらいの自由はあるものだと考えて欲しいね。そうでないと手取り足取り指示する羽目になるよ？』

「その指示というのが分からないんです」

『たとえば僕はまっすぐに進みたいのに、君が右に進めと言ったら、この身体は右に進んでしまう、と言ったら理解してもらえるかな？　今後は君の何気ない指示が、文字通り僕らの進退を左右するから注意して欲しいね』

続けられた説明を受けて、ようやく少年との関係を理解した。

代理戦争なる言葉の意図する点を咀嚼できた。

天使や悪魔の分霊は、使徒にとって自由に使える凶器そのもの。

きっと使徒同士のしがらみも多分に影響してくることだろう。

だからこそ一つ、この場へ至るのに根本的な疑問が浮かぶ。

「どうして私なんですか？」

『うん？』

「年頃の娘なんて、他にいくらでもいるじゃないですか」

『えぇ、知りたい？　それ知りたいの？』

「知らないほうがいいなら聞きません」

『君はあれだよね、そういう真面目なところがいい。同世代でもピカイチ。けれど、その一方で心の奥底では、世の中のことを憎んでいる。飢えを知っている。しかも胸の内に抱いているのは、歪に捻じ曲がった愛欲ときたものだい』

　この少年はどこまで、私のことを知っているのだろう。おじさんとの会話を見られていたのは間違いない。

けれど、もし仮にそうだとしても、こうまで的確に判断できるものなのか。

『そういう点が悪魔好み。強いて言えば、僕の好みだったんだなぁ』

「私のことを監視していたんですか？」

『端的に言うと、そんなところだねぇ』

「隠し立てもしないんですね」

『隠しても仕方がないからね。これでも僕、悪魔としては誠実な方なんだよ。向こう数年になるか、数十年になるかっていうパートナーを相手に、こんな下らないことで嘘を吐いたりしないさ』

「…………」

　空に浮かんだ肉塊の傍らで、少年と言葉を交わす。

なんてシュールな光景だろう。

　やがて、内部から響く悲鳴や異音が収まるのと同時に、それは少年に向かいヒュンと飛んだ。ベチャリと彼の身体に当たったかと思えば、まるで粘土細工さながら、そのままもぞもぞと内部に取り込まれていく。

　間髪を容れず、静かだった世界に音が戻った。

　人気も皆無であったショッピングモールに、ふっと湧いて出たように、大勢の通行人がどこからともなく現れた。ガヤガヤという賑やかな喧騒が、通りを歩む足音と共に、幾重にも響いては聞こえる。

『天使と悪魔、両陣営のいずれかで居合わせた使徒が全滅、ないしは一定の距離を取ると、こうして隔離空間は消滅する。そして、世界の全ては元通り。君の衣服に付着していた僕の体液も、見ての通り綺麗サッパリなくなっているだろう？』

「……そうですね」

　自身の身体を見下ろして相槌を打つ。

たしかにシミ一つ見当たらない。

「先程の男性や天使の人は、どうなってしまったんですか?」

『天使の分霊は消滅、本体は天界にあるからダメージはゼロだね。前者は隔離空間が解除されたあと、現場で死体として見つかるんじゃないかな? ああでも、今回は僕が食べちゃったから、それっぽいのは見当たらないね』

周囲をキョロキョロと眺めて少年は語る。

彼に倣って自身も周囲に目を向ける。しかし、取り立てて気になるものはない。モールを行き交う人たちは普段と変わりなく歩いている。当然ながら死体など見当たらない。もしも見つかったのなら、悲鳴の一つでも上がりそうなものだ。

『どこまで肉体に隔離空間での状況が反映されるかは、場合によりけりかな』

「……反映、ですか?」

『状況や資質次第で、遺体の損傷状況が細かに元の世界で反映される場合があれば、謎の突然死、みたいな感じで魂だけが抜けることもある。今回は血の一滴に至るまで肉体が損失しているから、死体そのものが残っていないみたいだね』

「なるほど」

数日前、自分が通学路で目撃した猟奇的な死体は、こうした天使と悪魔の代理戦争を受けての出来事であったのではなかろうか。突如として目の前に出現した遺体の存在は、あながち間違いではないと思う。

あれこそがデスゲームとやらに敗北して、隔離空間から放り出された者の末路。

『ま、色々と聞きたいことはあるだろうけど、それは帰ってからかな』

「分かりました」

少年の言葉に頷いて、私は自宅アパートに向かい踵を返す。早く戻らないと、おじさんの帰宅に間に合わないかもしれない。

＊

【お隣さん視点】

面倒な出来事とは、得てして重なったりするものだ。

少年と共に自宅に戻ると、そこには怒れる母親の姿があった。彼女の傍らには、意識を取り戻した強姦魔も見受けられる。私は玄関先に立っていた前者に腕を引かれて、靴を脱ぐ暇もなく居室に引き込まれた。

先方の言い分はシンプルである。

男の額に生まれた青あざは、私からの一方的な暴力、ということになっていた。付き合い始めて間もない年下の彼氏を溺愛する母親としては、ただでさえ気に入らない娘が、一層気に入らないようで憤慨も一入である。

「誰のおかげで生きていられると思っているのよっ！」

ヒステリックな声と共に、頬を平手で叩かれた。

隣の部屋に住んでいるおじさんのおかげ、とは咄嗟に漏れそうになった本音である。私はたたらを踏みつつも、どうにか踏み留まり転倒を免れた。思い起こせば小学生の頃は、これで幾度となく床に転がったものだ。

「まあまあ、娘さんも反省しているみたいだし、それくらいにしてあげなよ。僕もそこまで気にしてないからさ。中学生っていうと、ちょうど反抗期だよね？　これくらいの子だと、どうしても大人に反発したくなるものさ」

私たち親子のやり取りを眺めて、男が声を上げた。

母親はこれに声を荒らげて応える。

「だけど、貴方に怪我をさせたのよ!?」

「きっとこの子も反省しているよ。そうだよね？」

男はニコニコと人の好さそうな笑みを浮かべて問うてくる。

母親を抱き込んで、私から抵抗の意思を奪おうという魂胆らしい。

突然の気絶については、どのように考えているのだろうか。

『君の母親、人を見る目がないねぇ』

すぐ隣で少年が呆れたように呟いた。

二人には彼の姿が見えないらしい。

見ず知らずの少年が土足で上がり込んでいるというのに、母親と男にはなんら構った様子が見られなかった。その声すらも耳に届いていないようである。ただ、必要に応じて見せたり聞かせたりもできるのだとは、先刻に説明を受けている。

「母さん、私はこの人に犯されそうになりました」

無意味だとは理解しつつも母親に訴える。

視界の隅では男の眉がピクリと震えた。

「はぁ？　馬鹿を言ってるんじゃないわよ。どうしてアンタはそういうふうに、いつも嘘を吐いたり、言い訳ばっかり口にするのよ！　いい加減にしないと家から追い出すわよ!?　この穀潰しがっ！」

　再び彼女から頬を叩かれた。

　今度は転んでしまった。

　床の上に膝をつく羽目となる。

『そういえば、君に説明していなかったことがある』

「………」

　そんな私を見下ろして、少年が何やら語り始めた。

『悪魔や天使の分霊を身に宿すことで、使徒はその力の一部を利用することができるんだ。僕が隔離空間で行使する力と比べたら、十分の一にも満たない些末な力だけれど、一般人をどうにかするには十分なものさ。これも使徒へのご褒美の一つだね』

　それはまさか、私もあの肉塊のようになる、ということだろうか。

　しかも隔離空間とやらと違い、この場で起こった出来事は元に戻せない。血肉まみれになった居室や衣服の掃除を考えただけで目眩がする。とてもではないけれど、手を出す気にはなれない。

『あ、もちろん僕の本来の姿は関係ないよ？　君らで言うところの、魔法のようなものが使えるようになるんだ。君の怪我を治したりしただろう？　そして、悪魔や天使は隔離空間の外で人間を殺すような真似はできないけれど、使徒はその制約に縛られない』

　どうやら私の危惧は杞憂であったようだ。

　そうなると卑しいもので、途端に興味が湧いてくる。

『さて、どうする？』

　悪魔の囁きというのは、きっとこういうのを言うのだろう。

　けれど、私には守るべき生活がある。

　しかもそれは、この場所でこそ営める代物だ。

　そうなると中学校に進学して一年と経っていない身の上、母親のような人物であったとしても、保護者の存在は大きい。まさか無かったことにはできないし、自身の手でどうにかして、施設に送られるような結果になっても困る。

「そんなことをしたら、おじさんの隣に住めなくなる」

『いいよね、君のそういうところ』

何が嬉しいのか、少年はニコニコと笑みを深めた。

私とおじさんの関係をどこまで知っているのか。

それは二人だけの、とても大切なものなのに。

「……だったら、なんですか？」

『そんな君だから、僕は教えてあげよう』

少年の手が私の肩に触れた。

そういえば声を掛けられた当初、彼はこうして強姦魔の肩に触れることで、相手の意識を刈り取っていた。ふと思い起こされた過去の出来事と、そこから続く想像は、先方の声を受けて自らの内で確信に変わった。

『相手の身体に、軽く触れてごらん？』

「ちょっと、なにをブツブツと言っているの!? 気色悪いわね！ ああもう、アンタなんて生むんじゃなかったわ！ アンタみたいなのが生まれてきたせいで、私の人生はメチャクチャなのよっ！」

母親は床に座り込んだ私を蹴りつけてきた。

その足の甲に向かい手の平を突き出す。

手根の辺りにドスンという衝撃が走った。かなりの勢いで蹴りつけられたものの、芯の部分で受けることができた為、手首を痛めるようなことはなかった。一方で相手の顔には苦痛の色が浮かぶ。

時を同じくしての出来事である。

母親の足に触れた手から、少年に触れられた肩に向かい、身体の内側を得体の知れない何かが流れていく感覚があった。血管に温かいものでも点滴されたかのような、これまでに経験したことのない、痛みとも痒みとも違う脈動である。

直後、母親の身体がグラリと揺らめいて、居室の床に倒れた。

そのままピクリとも動かなくなる。

つい先刻、男が撃退された光景と瓜二つだ。

『どう？ 今の感覚、覚えた？』

「……はい」

『それじゃあ、今度は君だけでやってみよう』

こちらが素直に頷くと、少年の視線が他所に向けられた。

そこには倒れた母親を目の当たりにして、慌て始めた男の姿がある。

悪魔が何を言わんとしているのかは、すぐに理解できた。現実味の感じられない提案ではある。けれど、一連の摩訶不思議(まかふしぎ)な出来事を思うと、決して伊達(だて)や酔狂で語っているようには思えなかった。

「分かりました」

私はその場で立ち上がると、相手に向かい腕を伸ばす。指先を母親の傍らにしゃがみ込んだ男の頭部に触れさせる。

そして、先程にも感じた脈動を自らの内側に思い浮かべた。

すると同様の感覚が――

体内に何かの流れ込んでくる感覚が、再現された。男の額から自らの指先を通じて、温かいものが入り込んでくる。

正直、気持ちのいいものではない。

何故ならば相手は、自分を一方的に犯そうとした人物だ。

これが隣のおじさんだったのなら、とても心地好かっただろうに。

『あまり取り過ぎると死んじゃうよ？』

「っ……」

少年の指摘を受けて、咄嗟に男の頭部から指先を離す。接していたのは数秒ほど。

それでも影響は顕著だった。

男も母親と同様、その場に倒れ伏した。

二人は重なり合うように、ぐったりとしている。腕をとって脈を確認すると、共にトクトクと規則的な反応が確認できた。皮膚越しに感じる鼓動の大きさや脈拍も自身と大差ない。どうやら気を失っているだけのようだ。

「これって意識を奪わない程度にも行えるんですか？」

『上手(うま)いこと加減すれば可能だね』

「なるほど」

触れた相手を弱らせる、もしくは気絶、絶命させる力のようだ。

他にも何かこの手の能力を備えていたりするのだろうか。

あぁ、そういえば怪我を治せるんだったっけ。

「これならわざわざ、肉の塊になる必要もないような気がします」

『あれはほら、君に対する自己紹介のようなものだよ』

「自己紹介？」

『切羽詰まった状況で、いきなりあの姿を見せて、パートナーである君に驚かれたら困るからね。これでもＴＰＯというやつを弁えてはいるつもりだよ？　こうして今も身綺麗にしているでしょう』

「だとしたら、その少年の身体はどこから持ってきたんですか？」

『これは堕天する以前の姿さ。なかなか格好いいとは思わないかい？』

「……そうですか」

どれだけ悪いことをしたら、ああも醜い姿になるのか。

堕天と聞いて、あれほどシックリとくる姿はない。

同時に思った。こうして説明を受けた感じ、少年との出会いは何も悪いことばかりじゃない。自身の置かれた境遇を考えれば、むしろデメリットよりもメリットの方が、遥かに大きいのではなかろうか。

彼から与えられた使徒としての力は、非常に有用なものだ。

「ところで、一ついいですか？」

『なんだい？』

「敵陣営の使徒を倒したら、ご褒美がもらえると聞きました」

しかも天使との争いで、敵方の使徒を打倒したのなら、成績次第で色々と願いごとを叶えてくれるという。それも人智を超えた事象に至るまで。もし仮にその話が本当なら、私は願って止まなかった思いを実現できるかもしれない。

『ご褒美は事実だけれど、それがどうかしたのかな？』

「ショッピングモールでの件は、その範疇に入りませんか？」

そう、おじさんとの関係を永遠のものに。

今の美しいまま、決して色褪せない二人だけの世界として。

『あっ、悪いことを考えている顔だねぇ』

「そんなことはありません」

『いいよ、サービスしてあげる。君は初陣の成果にいったい何を望むんだい？』

「ありがとうございます。私が初陣の成果として求める願いは……」

向こうしばらく、デスゲームとやらを頑張ってみようと強く心に決めた。

〈あとがき〉

本巻をお手に取って下さった皆様、『佐々木とピーちゃん』をお買い求め頂きまして誠にありがとうございます。また、ウェブでの連載から続きをお待ち頂いていた皆様におかれましては、長らくお時間を頂戴したことお詫び申し上げます。

さて、いきなりではありますが、本巻も『カントク』先生のイラストが最高でございます。１巻の表紙もひと目見て心を奪われておりましたが、２巻の表紙もまた、一度見たら忘れられない幻想的な魅力がございます。カントク先生、ご多忙のなか美麗極まるイラストの数々をありがとうございます。ご高配に与りましたこと心よりお礼申し上げます。

また、本作は『少年エースplus』様にて、コミカライズが絶賛連載中となります。担当して下さっているのは『プレジ和尚』先生です。先生の描かれる漫画のおかげで、原作小説だけでは不可能であった世界観の広がりを強く感じております。素晴らしいコミカライズに深くお礼申し上げます。

担当編集Ｏ様を筆頭としてＭＦ文庫Ｊ編集部の皆様には、書籍を刊行する上で様々な面から手を尽くして下さったこと感謝の念に堪えません。営業や校正、デザイナーの皆様、全国の書店様、ウェブ販売店様、お力添えを下さる関係各所の皆様におかれましては、並々ならぬご助力を賜りましたこと深く感謝いたします。

カクヨム発、ＭＦ文庫Ｊが贈る新文芸『佐々木とピーちゃん』を何卒お願い申し上げます。

（ぶんころり）

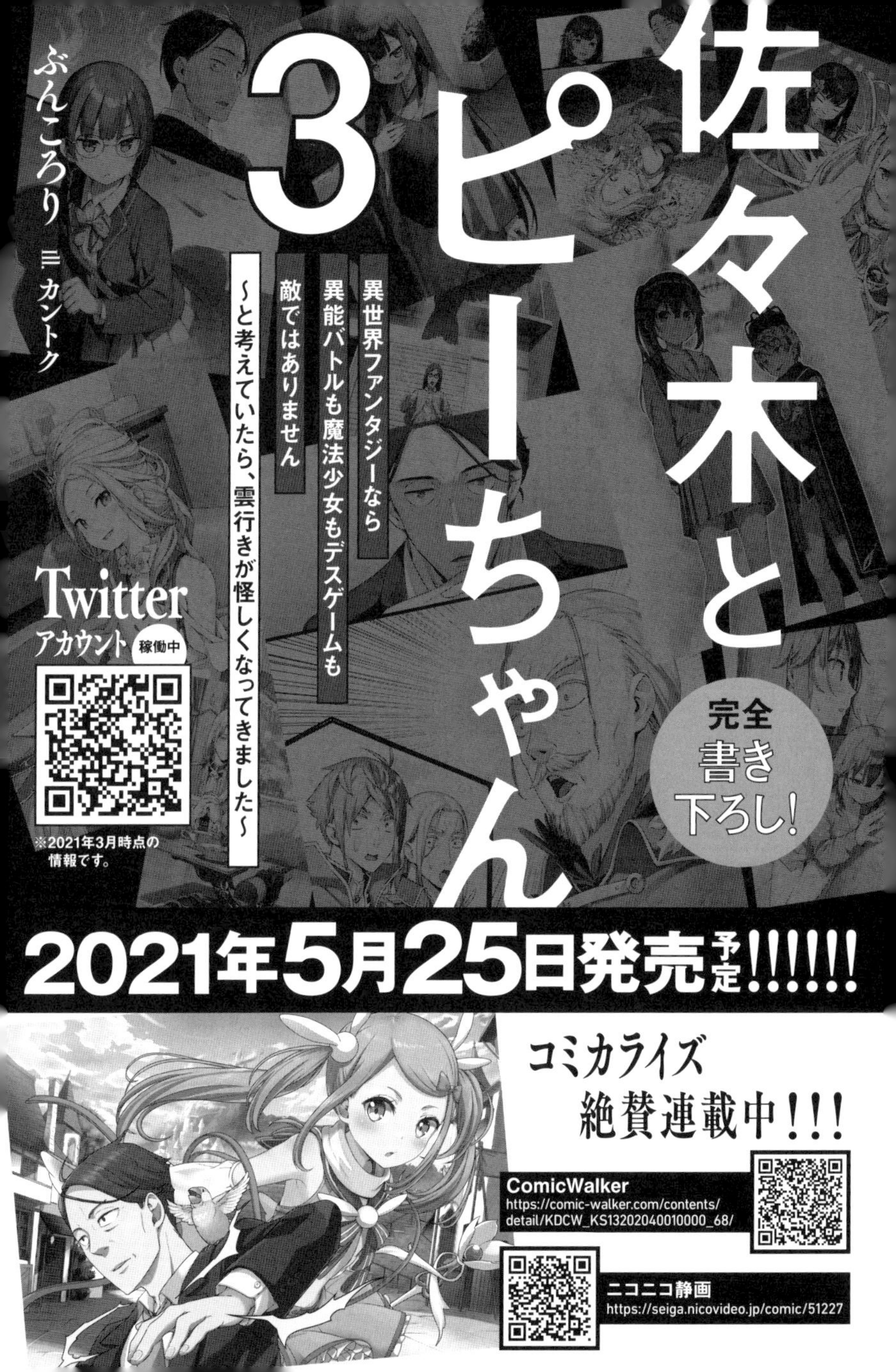
佐々木とピーちゃん
3
異世界ファンタジーなら
異能バトルも魔法少女もデスゲームも
敵ではありません
～と考えていたら、雲行きが怪しくなってきました～
ぶんころり
Ill. カントク
完全書き下ろし!
Twitter
アカウント 稼働中
※2021年3月時点の情報です。
2021年5月25日発売予定!!!!!!
コミカライズ
絶賛連載中!!!
ComicWalker
https://comic-walker.com/contents/detail/KDCW_KS13202040010000_68/
ニコニコ静画
https://seiga.nicovideo.jp/comic/51227

佐々木とピーちゃん 2

異世界の魔法で現代の異能バトルを無双していたら、
魔法少女に喧嘩を売られました
～まさかデスゲームにも参戦するのですか？～

2021年 3 月25日　初版発行
2024年 3 月15日　7 版発行

著者　ぶんころり

イラスト　カントク

発行者　山下 直久

発行　株式会社 KADOKAWA
〒102-8177 東京都千代田区富士見2-13-3
電話 0570-002-301（ナビダイヤル）

印刷・製本　株式会社広済堂ネクスト

デザイン　たにごめかぶと（ムシカゴグラフィクス）

●お問い合わせ
https://www.kadokawa.co.jp/（「お問い合わせ」へお進みください）
※内容によっては、お答えできない場合があります。
※サポートは日本国内のみとさせていただきます。
※ Japanese text only

ISBN978-4-04-065933-6　C0093

定価はカバーに表示してあります。